Anatomía de un jugador

Anatomía de un jugador

JONATHAN LETHEM

Traducción de
Cruz Rodríguez Juiz

LITERATURA RANDOM HOUSE

Papel certificado por el Forest Stewardship Council®

Título original: *A Gambler´s Anatomy*

Primera edición: enero de 2019

Printed in Spain – Impreso en España

ISBN: 978-84-397-3481-9
Depósito legal: B-25.782-2018

Compuesto en La Nueva Edimac, S. L.
Impreso en Cayfosa (Barcelona)

RH 3 4 8 1 9

Penguin
Random House
Grupo Editorial

Para Bill Thomas

ÍNDICE

LIBRO TERCERO

LIBRO PRIMERO

UNO

I

Cuando se despertó ya estaba. Presumiblemente mientras dormía también. La mancha. De pie y solo al fondo de un ferry a Kladow apenas concurrido, felizmente protegido tras un cristal de seguridad contra el frío del lago al anochecer, Alexander Bruno no podía seguir negando la mancha que había crecido en su campo de visión y lo acompañaba a todas horas, la vacuidad que ahora distorsionaba su vista de la orilla cada vez más lejana. Le obligaba a atisbar por los bordes para entrever las mansiones y cervecerías, la franja de arena del centenario centro de vacaciones, los veleros protegidos con lonas. Había llegado a Berlín, tras circunvalar medio mundo, hacía un par de semanas, aunque no supiera si para escapar a su destino o para aceptarlo.

Había dejado pasar el tiempo en Charlottenburg, desayunando en cafeterías tranquilas, viendo cómo los días iban alargándose, oyendo más inglés del que le habría gustado y apurando el dinero que le quedaba. El esmoquin había permanecido en su funda, el estuche de backgammon, cerrado. Todo ese tiempo la mancha lo había acompañado sin él saberlo. Bruno era su transporte, su anfitrión. Había cruzado aduanas con la inocencia del contrabandista accidental: «Nada que declarar». Fue solo después de telefonear por fin al número que le había proporcionado Edgar Falk y aceptar visitar la casa del ricachón en Kladow, solo al despertar, el mismo día en que había desempolvado el esmoquin y el estuche de backgammon, cuando la mancha había insistido en que reconociera su existencia. Una vieja amiga a la que nunca había conocido y a la que no obstante reconocía.

¿Por qué complicarse la vida? Podría estar muriéndose.

Bajo las circunstancias de su propio miedo, el trayecto del S-Bahn por la interminable ristra de estaciones entre Westend y Wannsee se le había hecho a Bruno tan largo como el viaje de Singapur a Berlín. La ciudad alemana, con sus grafitis y sus solares en construcción, sus engañosas franjas de zonas verdes y sus tuberías rosas a la vista, poseía una expansión y circunferencia propias. Berlín se movía a través del tiempo. En el S-Bahn a Wannsee las chicas altas en mallas negras con bicicletas y auriculares, tan predominantes en Charlottenburg y Mitte, habían disminuido, reemplazadas por adustos hombres de negocios prusianos y abuelas de mirada estricta que se arrastraban de vuelta a casa con maletines y bolsas de la compra. Para cuando llegó al ferry poco quedaba capaz de aniquilar la irresistible ilusión de que la ciudad había sido de nuevo conquistada y dividida en sectores, de que el silencio y la melancolía imperantes derivaban de remordimientos y privaciones no de setenta años atrás, sino recientes como escombros humeantes.

Cuando Bruno había telefoneado a su rico anfitrión para preguntarle cómo llegar a Kladow, este le había recomendado que no se perdiera la experiencia de cruzar el lago en el ferry al anochecer. Bruno, había dicho el alemán, no debía quitarle el ojo a la orilla derecha para ver la famosa Stranbad Wannsee, la tradicional playa berlinesa, ni a la izquierda, donde se levantaba la villa de la Wannsee-Konferenz. Era el lugar donde se había planeado la Solución Final, aunque a Bruno había tenido que explicárselo el conserje de su hotel. Naturalmente, ahora que la buscaba con la mirada, no tenía forma de distinguir la casa del resto de las mansiones de la orilla occidental, cada una de la cuales se alzaba sobre el vacío del centro de su campo de visión.

¿Durante cuánto tiempo había considerado que la mancha no era más que una mosca flotante de la retina o el fantasma acechante de su distracción? Había que ser tonto para no conectarla con el sempiterno dolor de cabeza que le había provocado, mientras se alejaba caminando de la estación de Wannsee por el parque empinado que conducía al muelle de embarque e introducía los dedos en el bolsillo interior de la chaqueta del esmoquin en busca del paquete de paracetamol, esa incomparable aspirina británica de la que se había vuelto dependiente. Para luego tragarse un par de pastillas, con el lago resplandeciente ante él por toda agua. Aceptaría el veredicto de que era tonto si eso significaba que el paracetamol le arreglaba la vista. Si transformaba en un pastel lo que en ese momento era una rosquilla: el mundo. Bruno levantó la mano. La mancha oscureció su palma como había hecho con la orilla. Se fijó en que había perdido un gemelo.

–Disculpe –dijo.

Se lo dijo a una chica alta con mallas negras, una de las que habían viajado en su vagón del S-Bahn desde la moderna ciudad de Mitte para tomar el ferry. Había aparcado la bicicleta en las barras correspondientes antes de acercarse a donde él estaba junto a las ventanillas traseras. Bruno se estaba disculpando por estar arrodillado palpando el suelo, por si acaso el gemelo simplemente había caído a sus pies. Un impulso inútil, como el del borracho del chiste que, al vagar una noche por una calleja y descubrir que ha perdido la llave, la busca no donde cree haberla perdido sino bajo una farola, simplemente porque allí hay más luz.

Se acordó del chiste porque la chica se agachó a ayudarle sin saber lo que buscaba. En el chiste, un policía ayudaba al borracho y también buscaba un rato al pie de la farola. Entonces, al agacharse a su lado, Bruno vio que «chica» no era la palabra adecuada. Tenía la cara arrugada, severa a la vez que atractiva. Berlín estaba lleno de mujeres de esbeltez atlética, ataviadas con una indumentaria universal y cuya figura no delataba su edad.

–*Kontaklinsen?*

–No... no...

Todos los berlineses hablaban inglés, e incluso cuando no lo hablaban resultaba fácil entenderlos. En Singapur los idiomas extranjeros, el mandarín, el malayo y el tamil, lo habían aislado felizmente en un cono de incomprensión. ¿Habría supuesto la chica un problema de visión porque Bruno estaba tanteando como un ciego?

–*Kuffenlinksen...* –probó, pellizcándose la manga abierta.

Dudaba de que la palabra existiera en algún idioma. «Y también es probable que pronto pierda la vida», añadió en pidgin telepático, solo para comprobar si ella lo escuchaba.

No dio muestras de leerle el pensamiento. Un alivio. Alexander Bruno había renunciado a la transferencia de pensamientos hacía años, con el despertar de la pubertad. No obstante, se mantenía alerta.

–¿Inglés? –preguntó ella.

A Bruno le gustaba que lo tomaran por inglés. Alto y de pómulos marcados, le habían dicho que se parecía a Roger Moore o al bajista de Duran Duran. Sin embargo, era más probable que la mujer se refiriera solo al idioma.

–Sí. Se me ha caído una joya. Lo siento, no sé cómo se dice en alemán. Una joya masculina.

Mostró el puño ligeramente manchado, quemado por los planchados de hotel. Que lo viera. Bruno era consciente de que su atractivo residía en su glamour arruinado. Tenía el cuello y la mandíbula, según recientes inspecciones en el espejo, del padre al que nunca conoció. La carne ya solo se le pegaba al mentón como antaño si adelantaba la barbilla y echaba la cabeza un poco hacia atrás, una postura que reconocía como propia de la vanidad de la mediana edad. Se descubría a menudo adoptándola.

Ahora no se miró en el espejo, sino en el rostro de la posible rescatadora de su lentilla inexistente. Canas entreveradas en el pelo rubio. Labios apetecibles rodeados de profundas arrugas; para Bruno, expresivas, aunque a ella debían de fastidiarla. Dos seres humanos superada la flor de la vida, pero aún aguantando. Bruno tuvo que desviar la mirada para verla en su totalidad, con lo que seguramente pareció más tímido de lo que se sentía.

—Da igual. Se me habrá caído en el tren.

Coqueteo conseguido sin el menor esfuerzo. Había bastado con mencionar el tren. Un tren sin especificar; ambos sabían cuál era. Habían viajado juntos y ahora compartían transbordador, y aunque en el último par de semanas habrían pasado un millar de mujeres idénticas a ella por delante de la ventana de su cafetería de Charlottenburg, el trayecto compartido ejerció su magia barata. Y los dos eran altos. Suficiente para excusar la lujuria como cosa del destino.

Bruno había imaginado que un día superaría esas distracciones. En cambio, al borde de la cincuentena, el abanico de sus intereses se había ampliado. Mujeres que de joven le resultaban invisibles ahora se le grababan a fuego en la imaginación. No se trataba de decoro erótico. Bruno todavía era capaz de desear a las jóvenes que, en su mayoría, ya no le devolvían las miradas. Pero las de su edad, visible de pronto su constante aptitud para el juego animal, las de su edad le fascinaban más, por su aire de desesperación o de absoluta negación. ¿Terminaría deseando también a las abuelas? Tal vez para entonces la mancha de la vista habría crecido hasta la ceguera total y lo hubiese liberado.

Se incorporaron.

—Me llamo Alexander —se presentó, tendiendo una mano. Ella se la estrechó.

—Madchen.

La cuestión era en qué idioma prolongarían su destino especial. ¿Inglés o...? Alemán no, puesto que Bruno no lo hablaba. Inglés o el idioma del no idioma, que era el que él prefería. Empezó despacio y con intención, pero con cuidado de no dejar a ninguno de los dos de tonto.

—Tengo una cita en Kladow. En una residencia privada. No esperan que llegue acompañado, pero estoy seguro de que a mi anfitrión le encantaría que lleve a una invitada.

—¿Perdón? —Sonrió—. ¿Quieres que...?

—Me gustaría que me acompañaras, Madchen.

—A una cena, *ja?* Perdón por mi mal inglés.

—Soy yo quien debería disculparse. Estoy de visita en tu país. No es una cena exactamente. Es un… encuentro. —Levantó ligeramente el estuche de backgammon. Si lo tomaba por un maletín, tampoco estaría tan equivocada. Era su herramienta de trabajo—. Pero seguro que habrá algo de comer si tienes hambre. O podemos salir luego juntos.

«Nunca te mentiré», prometió Bruno en silencio, de nuevo solo por si ella lo oía. Bruno se había topado con un número escaso de personas en quienes había detectado el don de la telepatía al que él había renunciado. Pero nunca se sabía.

—Eres muy amable por pedírmelo, pero creo que no puedo.

—De verdad que serás bienvenida.

—¿Aunque sea trabajo?

—Soy jugador. Serás mi amuleto de la buena suerte.

Formalidad y aplomo, los viejos métodos de Bruno. No iba a permitir que la mancha lo acobardara.

Ella no dijo nada, pero volvió a sonreír, desconcertada.

—Eres muy guapa —dijo él.

Debería haber un bar en el ferry, y un océano para que el ferry lo cruzara. En cambio, la travesía tocaba a su fin. El barco había rodeado una pequeña isla hacia el embarcadero de Kladow. Los pasajeros se agolparon a las puertas.

—O quizá después —concedió Bruno—. Podría llamarte cuando termine. —Señaló la ciudad crepuscular más allá del muelle—. ¿Tienes algún lugar favorito para tomar una copa de última hora?

—¿En Kladow?

Por lo visto la idea le hizo gracia. Madchen levantó la rueda delantera de la bici para soltarla de la barra.

Bruno sacó el teléfono del bolsillo interior de su esmoquin.

—¿Me das tu número?

Madchen arqueó las cejas, miró a un lado. Luego le cogió el móvil, frunció el ceño concentrada, introdujo una ristra de números en el aparato y se lo devolvió. El ferry se vació rápido.

Los pasajeros desembarcaron por detrás, arrastrando los pies por el pequeño embarcadero donde otros hacían cola para cruzar de vuelta. Lejos de los barcos, Bruno vio zambullirse un cormorán. El pájaro le despertó un recuerdo esquivo...

Escudriñó la franja costera en busca del coche que el ricachón había prometido enviarle. La estampa confirmó el poder del ferry como máquina del tiempo, una máquina que los había transportado desde el moderno Mitte, el Berlín urbano e internacional según su reputación actual. Alt-Kladow, un tranquilo pueblo decimonónico, se apiñaba colina arriba. Tal vez fuera allí donde residía en realidad la vida alemana, atrincherada contra la historia. Bruno comprendió que a Madchen le hubiera divertido que le propusiera tomar una copa tardía. Aunque el paseo marítimo estaba salpicado de acogedoras cervecerías, le sorprendería mucho que siguieran abiertas un miércoles por la noche. Los pasajeros del ferry agacharon la cabeza y pasaron de largo frente a las entradas apergoladas de las cervecerías, obstinados en sus metas domésticas.

—¿Vives aquí? —preguntó Bruno.

Ella negó con la cabeza.

—Vengo a hacer... *kindersitting*. Para la niña de mi hermana.

—Tu sobrina.

—Eso.

Cruzaron la calle, Madchen empujando la bicicleta a su lado. Pasaron junto a un obrero arrodillado entre un montón de piedras cuadradas esparcidas, que golpeaba con un gran mazo para reproducir el familiar entramado que conformaba las aceras berlinesas. Hasta entonces Bruno nunca había visto las piedras desencajadas del suelo. Le parecieron un recordatorio de su oficio, de su motivo para estar allí. Berlín estaba pavimentado con dados sin numerar, aplastados contra el suelo con mazos de madera.

Cuando los pocos vehículos que habían recibido al ferry se marcharon y la muchedumbre enfiló colina arriba, Bruno vio el coche que buscaba, el coche que le había mandado el ricachón. Un Mercedes-Benz, con dos décadas a cuestas pero impecable. Otro producto de la máquina del tiempo. El chófer, con corte a cepillo y de cuello grueso, examinó a Bruno, que habría encajado en la descripción facilitada por el ricachón salvo por la presencia de su acompañante. Bruno levantó un dedo y el chófer asintió y subió la ventanilla. Madchen siguió su mirada.

—Madchen… —Bruno le tomó delicadamente la punta de la barbilla entre el pulgar y el índice, como si enderezara una fotografía que colgara ligeramente torcida de la pared. Cuanto más acercaba la cara de Madchen a la suya, menos le molestaba la mancha. Como si la hubiera invitado a pasar al otro lado del telón—. Un beso para que me dé buena suerte.

Madchen cerró los ojos al tiempo que él se inclinaba y le rozaba los labios con los suyos. Bruno notó sus propios labios sorprendentemente entumecidos. No había sido consciente de tener frío. «Madchen, te ha besado una aparición vestida con esmoquin.» Aunque no tan bien conservada como el coche que había venido a recogerle.

—Te llamaré cuando termine.

Pensó en su promesa de antes. Una cosa llevaba a la otra.

Madchen se apartó y esbozó una última sonrisa curiosa, luego se subió a la bicicleta y se marchó, por el centro de su mancha y colina arriba. Para cuando Bruno se acomodó en el asiento trasero del coche que aguardaba, ella ya había desaparecido. Bruno echó otro vistazo a la orilla, a los cisnes que se empujaban alborotados, al cormorán que se zambullía sin miedo, luego hizo una señal con la cabeza al conductor. El Mercedes enfiló por la misma carretera que Madchen había tomado, la única ruta que conducía a Alt-Kladow.

II

Wolf-Dirk Köhler, el ricachón, abrió la puerta de su estudio en persona. El chófer había franqueado la entrada a Alexander Bruno al interior del edificio, al lujoso vestíbulo en penumbra, y luego había llamado delicadamente a la puerta que ahora se abrió, proyectando luz, calidez y humo de leña. Las llamas lamían la chimenea.

Köhler, publicitado por Edgar Falk como «una ballena potencialmente histórica», apenas le llegaba a Bruno a la barbilla. Nada podría haber sorprendido a Bruno. Pardillos, derrochadores hemofílicos, jugadores de vanidad descalibrada: se presentaban ante él en un amplio surtido de contenedores humanos. Una ballena podía parecer una ballena o un pececillo de agua dulce. La ostentosa casona de Köhler era su verdadero cuerpo. Su dinero era su verdadero atuendo. Bruno estaba allí para desplumarlo en una noche. El dinero no ennoblecía nada, salvo cuando lo necesitabas. Tras lo ocurrido en Singapur y su huida al dudoso refugio de esta ciudad, Bruno lo necesitaba desesperadamente.

—El misterioso hombre de Edgar —dijo Köhler en perfecto inglés. Tendió la mano y sonrió, un duendecillo pelón con esmoquin de terciopelo azul—. Tenía muchas ganas de conocerle. El auténtico príncipe de las fichas, a decir de Edgar. Adelante, por favor.

—El azar es el príncipe —corrigió Bruno—. Y yo su siervo.

No era la primera vez que utilizaba esa réplica o alguna similar: el azar era el amo, el azar era el hechicero, el azar era el califa o samurái o brahmán, y Bruno un mero lacayo, aprendiz, peregrino…

—¡Ja! ¡Muy bueno! Creo que acaba de ganar el primer punto. Adelante, pase.

La sala estaba aislada mediante gruesos volúmenes encuadernados en piel, muebles lujosos, paneles de roble, todo bruñido por los años y aromatizado por los puros. Una bandeja de peltre sobre un carrito de ruedas contenía diversos decantadores de cristal con bebidas ambarinas, vasos y una cubitera. La mirada de Bruno se dirigió a la mesa, donde un tablero de backgammon de cuero y fieltro aguardaba abierto entre dos cómodas sillas.

—Ha traído su propio tablero —dijo Köhler, arqueando las cejas—. Qué detalle.

—Siempre lo llevo. Nunca se sabe. Estaré encantado de usar el suyo.

—¡Insistir en utilizar el suyo sería de hecho un acto de superstición!

—Y sería inútil —repuso, ambiguo, Bruno.

Prefería el suyo, sus puntas suavemente taraceadas, sus sencillas fichas de madera, teñidas en tonos claros y oscuros. Sin marfil ni porcelana, nada de fieltro bordado ni puntas revestidas en cuero que envolvieran el juego en un falso glamour o confort. El chasquido de las fichas contra las puntas de madera era la música del pensamiento sincero, resonando en el silencio mientras navegaban por las fortunas que dictaban las cifras del dado. Durante toda su vida Bruno había asociado el backgammon con la franqueza; los dados, más que determinar la suerte, revelaban la personalidad.

El tablero de madera de Bruno era la esencia, el recinto puro. Cualquier otro, como el lujoso objeto afelpado del empresario alemán, era un eufemismo de la auténtica realidad. Tener consigo el suyo en aquella sala suponía suficiente piedra de toque.

—Ya no puedo jugar con ninguno de mis conocidos —explicó Köhler. Tenía una voz lasciva. Esa noche lo perdería la avaricia—. Al menos con apuestas… y si no hay apuestas, se pierde rápidamente el interés.

—Sí, es comprensible —dijo Bruno, como si se solidarizara—. Acostumbra a ser entonces cuando se requieren mis servicios.

Se olvidó de añadir que había conocido a varios caballeros ociosos que, al caer en la trampa del abismo entre el nivel de juego necesario para derrotar a sus compañeros de club y el que se requería para resistir una velada con un jugador como Alexander Bruno, dejaban el backgammon por completo. Liberar a dichos individuos de sus pretensiones: tales eran los servicios que ofrecía Bruno.

Visto el carácter predecible de Köhler, la confianza de Bruno creció. Daba igual la mancha.

—¿Qué apuestas le interesan?

Bruno habló en un tono monocorde. Debía mantener a raya su fervor, el olor de la sangre.

—¿Comenzamos por cien euros el punto?

Bruno no tenía efectivo, llevaba menos de sesenta euros en el bolsillo. Necesitaba ganar la primera partida como fuera, y a partir de ahí seguir adelante.

—Mejor mil, si no le importa.

Apuestas para pinchar al rico, no para sangrarlo, todavía no.

—¡Qué prisas! —Pero Köhler estaba encantado—. ¿Le apetece una copa? Puedo ofrecerle varios whiskys escoceses excelentes, o puede prepararse lo que guste.

—Tomaré lo mismo que usted.

—Entonces siéntese.

Köhler señaló la silla de cara a la chimenea. O sea que prefería las fichas negras, avanzar en el sentido del reloj. Cada preferencia revelaba una nueva vulnerabilidad. Salvo por el tablero de madera, que depositó en el suelo junto a la silla, Bruno se cuidaba de no tener ninguna preferencia.

El whisky era bueno. Bruno lo hizo durar, sin preguntar la marca ni el año. Ganó las primeras tres partidas recostándose lejos del tablero, dejando que las llamas del hogar acariciaran los bordes de la mancha de su visión, observando cómo resplandecían en la curva brillante de la cabeza inclinada de su oponente. Bruno básicamente atacó, avanzando sin preocuparse de erigir bloques, y venció tres veces seguidas no en el tablero en sí, sino con el dado doblador. Bruno ofrecía apuestas crecientes cuando sus posiciones parecían menos prometedoras, y redoblaba inmediatamente para tomar el control —hacía un castor— cada vez que Köhler osaba tocar el dado.

Köhler era un «jugador puro». Posicionaba las fichas e intentaba cubrirlas, trabajaba para levantar bloqueos con la arrogancia monolítica que afecta a quienes creen haber descubierto un sistema o descifrado un código. Bruno podría haberlo deducido del aire ritual y fetichista del estudio del ricachón, de los libros alineados con pedantería al borde de cada estante, de los decantadores de cristal sin una mota de polvo llenos de whiskys añejos, de las pesadas cortinas que hacían la sala acogedora como el seno materno. Incluso podría haberlo deducido del automóvil de Köhler, si hubiera prestado atención en lugar de intentar captar un último atisbo de su compañera de ferry.

El estilo puro había vivido su apogeo en la década de 1970. Bruno había renunciado a él con diecisiete años. Quizá a Köhler le bastara para desplumar rutinariamente a sus compatriotas adinerados en las veladas del club entre la neblina de los puros y el whisky. Tal vez en esa misma sala. A Bruno le sorprendería, pero ya lo habían sorprendido antes. Puede que el nivel de juego de Berlín no igualara al de Singapur, Londres o Dubái, aunque no podía imaginar una sola razón para que así fuera. Posiblemente Köhler tuviera compatriotas estúpidos, o se sintiera intimidado ante la perspectiva de enfrentarse a un jugador como Bruno. Posiblemente Köhler fuera masoquista. En cualquier caso, hasta el momento había jugado como un novato. Bruno todavía no se había embolsado suficiente dinero para declarar al alemán una ballena.

«¡Los niños!», exclamó Köhler entre risas cuando sacó un seis doble, pese a que le había llegado en un momento inoportuno. Luego «¡Las niñas!», cuando le salió un cinco doble. «Estoy bailando», se lamentó, cuando no pudo reingresar la ficha desde la barra. El ricachón era adicto al argot; tenía que serlo por fuerza, para sabérselo todo en inglés además de alemán. No paró de parlotear durante las dos primeras partidas. Conocía la diferencia entre un «juego de retaguardia», con múltiples puntas cubiertas en el cuadrante interior del oponente, y un «juego de espera», que distribuía las puntas ocupadas por el cuadrante exterior; aunque saberlo no le había servido de nada contra Bruno. A una ficha desprotegida, sola en una casilla, Köhler la llamaba «blot». En backgammon era un término universal y Bruno lo había oído en boca de sijs y capos de la droga panameños, de hombres que no sabían cómo decir «gracias» o «hijo de puta» en inglés. Naturalmente, para Bruno *blot* había adquirido ahora un nuevo significado: «mancha». Por su parte, nunca decoraba su juego con jerga de club o competición. Ese tipo de lenguaje se había convertido, con el advenimiento de las páginas de juego online, en moneda de cambio común. No delataba nada de la experiencia real del jugador que tenías enfrente.

En cualquier caso, hacia el final de la tercera partida, el alemán se había callado. En la cuarta, desconcertó a Bruno al resistirse a una rendición lógica. Bruno lo dobló a ocho con el dado y jugó, y aparentemente el ricachón se creyó en una carrera legítima para sacar las fichas del tablero. No estaba a su alcance. O Köhler estaba suplicando una ronda de dobles que validara su decisión, o simplemente no se le daba bien el conteo con el dado. Y no es que Bruno todavía contara tantos. Le bastaba con echar un vistazo. No obstante, después de que Köhler aceptara el redoble, Bruno tuvo que girar ligeramente la cabeza de lado a lado para examinar todo el tablero alrededor de la mancha. La decisión de Köhler era tan mala que Bruno necesitaba cerciorarse de que no se le había pasado nada por alto. Pues no.

Mientras Bruno sacaba los números que le permitían liberar sus últimas fichas —por supuesto había sacado los dobles, y el error de su oponente recibió su merecido—, Köhler gruñó y se levantó bruscamente. Su pequeña cabeza casi parecía demasiado estrecha, como si una abrazadera le sujetara las sienes.

—¿Cuánto le debo?

—Veintiocho mil euros. —Bruno sabía que no debía insultarlo edulcorando el golpe—. Confío en que Edgar mencionara que necesito el dinero en metálico esta noche. Voy a estar muy poco tiempo en Berlín. —De hecho no tenía ni idea de adónde iría después, ni cuándo—. Preferiría no tener que canjear un cheque cuantioso.

—Yo pago mis deudas.

—Disculpe el comentario.

—¡Para nada! —dijo Köhler, en otro de sus estallidos exultantes—. ¡Me ha metido en un buen aprieto! ¡A ver qué podemos hacer! –Se sirvió otro whisky y rellenó el de Bruno–. ¿Un poco de música?

El alemán se dirigió a una vitrina ornamentada y levantó la tapa; contenía un fonógrafo antiguo.

–Claro.

–Goma laca a 78 –explicó Köhler–. Los colecciono. Nada suena igual de bien.

–¿Algún estilo musical en particular? ¿O basta con que sean de goma laca a 78 revoluciones?

–En mi opinión, el jazz murió con Charlie Parker. Fue un revolucionario cuyas innovaciones debieran haberse rechazado de plano.

–¿Y dónde estaríamos ahora?

–¡Ah! ¡Alguien que cree en el progreso!

Bruno solo había hecho un comentario superficial. Ignoraba cómo había cambiado el jazz Charlie Parker y no le interesaba aprenderlo. Si Köhler había propuesto la música como estratagema, destinada, junto con el whisky, a distraer el juego de su oponente, a Bruno le resultaba indiferente. Desde que había descubierto el backgammon a los dieciséis años, el juego había canalizado toda su atención, excluyendo la confusión y seducción del mundo más allá de las fichas y las casillas. De todos modos, era más probable que para Köhler poner el disco fuera otra manifestación, como el whisky escocés y el argot, de su afición por los ambientes cargados.

Bruno buscaba perder la siguiente partida. Con dos finalidades: retrasar el desenlace mientras decidía hasta dónde quería empujar a Köhler, y ablandar al alemán para que encajara el golpe cuando tocara. Bruno tendió trampas temerarias, su forma preferida de equivocarse a propósito. Esa noche, sin embargo, la suerte le sonreía. Los dados simplemente perjudicaban a Köhler y el alemán no pudo capturar ninguna de las fichas expuestas de Bruno, sus *blots*. Al poco, Bruno tenía tres fichas de Köhler en la barra y había formado un bloque. El dado de apuestas había permanecido intacto durante el ataque de Bruno, y ahora este lo ofreció, buscando un final misericordioso. Pero Köhler aceptó y jugó.

En la siguiente tirada, dos cuatros, Bruno cerró la última punta de su cuadrante interior. Negarse a hacerlo habría llamado la atención, habría supuesto una muestra de algo mucho peor que la lástima. Desprecio. Bruno entró la mitad de sus peones antes de abrir una vía de escape a las fichas capturadas de Köhler. Hacía rato que el jazz había dejado de chirriar, el 78 chasqueaba y saltaba bajo la aguja que giraba en el surco interior. Sobre dicho fondo se oían los gruñidos de Köhler cada vez que tiraba los dados a la espera de un milagro. No llegó. Bruno terminó de liberar sus fichas antes de que la última pieza de Köhler saltara a su tablero interior.

«Soy consciente de que he jugado como un auténtico capullo.» Bruno radió este pensamiento a Köhler, aunque no existía candidato menos probable para ser susceptible al viejo don telepático de Bruno, que de todos modos ya había abandonado. Köhler permaneció inmaculado en su santuario del yo. «De hecho, he intentado favorecerte. Pero los dados no lo han permitido. No les caes bien.»

El gammon elevó la deuda de Köhler a treinta y seis mil euros. Bruno no pensó que le supusiera un daño excesivo. No le sorprendería enterarse de que las preciadas piezas de su colección de discos de goma laca de 78 revoluciones habían costado la mitad de esa suma. Con todo, suponía la primera noche buena de Bruno en dos meses. Si se marchaba ahora estaría en disposición de saldar la deuda con Edgar Falk y pagar la factura del hotel. Le quedaría suficiente para meditar su siguiente movimiento, y las perspectivas de una verdadera independencia de Falk, a placer.

El resultado era demasiado bueno: demasiado, y demasiado pronto. Por el premio que había obtenido le debía a Köhler una noche de entretenimiento, un toma y daca, una pizca de esperanza, no semejante catástrofe. La situación dejaba al descubierto el aspecto que menos le gustaba a Bruno de su profesión. En tales ocasiones se convertía en una especie de cortesano. Un chico geisha que adulaba la vanidad del cliente hasta poder largarse con el botín. Lo bonito del backgammon era su franqueza. Al contrario que en el póquer, no había cartas escondidas ni faroles. Y tampoco, debido a los dados, era como el ajedrez: ningún genio podía anticipar doce o treinta movimientos. Cada posición del backgammon era su propia circunstancia presente y absoluta, destinada a ser revisada, imposible de falsificar. El único artilugio del juego, el dado doblador, ejercía de expresión de la voluntad. Sin embargo ahora, al tener que atraer al alemán de vuelta al juego para prolongar la velada, Bruno debería interpretar como en el teatro.

—¡Ha perdido un gemelo! —dijo Köhler.

—Se me ha caído en el ferry... o en el tren...

Bruno sintió un cansancio abrumador. Había llegado con lo que deberían ser suficientes desventajas: una mala racha, los bolsillos casi vacíos y una oclusión en la vista como un túnel oscuro al que iba aproximándose y en el que tal vez pronto entraría. ¿Qué más podía ofrecer para regalarle una partida al ricachón? ¿Jugar con los ojos cerrados? De ser capaz de lanzar el dado dormido, con gusto habría apoyado la cabeza en el respaldo alto y mullido de la silla. Volver a ganar, después de atravesar el valle de infortunios de Singapur, debería reanimarlo. En cambio, se diría que había abandonado a Bruno en las garras de una fatiga similar a la desesperación. Cogió una copa, fantaseando con que el whisky pudiera penetrar en su cabeza y disolver la mácula de su vista cual quitamanchas para muebles.

—Fletcher Henderson —dijo Köhler, de espaldas a Bruno mientras cambiaba el disco.

—Ajá —dijo Bruno, empujando las fichas de vuelta a las casillas de salida.

—¿Subimos la apuesta?

Bruno se encogió de hombros, disimulando la sorpresa. No debería ser tan ingenuo. Si al alemán todavía no le dolía la derrota, era solo un recordatorio de que el dinero de verdad, el que Bruno jamás conocería, no tenía fondo. Dado que Bruno todavía no podía marcharse, quizá podría al menos despertarse persiguiendo el umbral de dolor de Köhler, para borrarle al ricachón esa sonrisilla de lagarto.

—¿Dos? ¿Tres?

—Cinco.

Bruno asintió. El aire del salón se cargó ligeramente de electricidad.

—¿Puedo preguntarle por sus negocios, señor Köhler? Edgar no me comentó a qué se dedica.

Bruno suponía que, tras aquella combinación de esplendor, complacencia y pasividad, debía de subyacer dinero viejo, o cuando menos parte de una fortuna familiar. Las fortunas hechas a sí mismas solían pertenecer a hombres agresivos, incluso salvajes. Aunque no esperaba una confesión. Las fortunas antiguas también solían cubrirse con un barniz de apariencia industriosa.

—Llámame Dirk, por favor. Y yo puedo llamarte...

—Alexander.

—Alexander. ¿Estabas viendo la televisión en 1989 cuando cayó el Antifaschistischer Schutzwall?

—¿Perdón?

—El Berliner Mauer —explicó Köhler, enseñando los dientes hasta las encías—. El Muro.

—Ah, claro.

—Bueno, que no te avergüence, los alemanes que no estaban en la calle con un pico o un soplete también estaban sentados viendo la tele, salvo yo. Yo estaba al teléfono. —Köhler volvió a sentarse y tiró un dado, para ganar la apertura con un seis-cuatro. Empezó como de costumbre, repartiendo constructores por su cuadrante exterior—. Formaba parte de un consorcio de intereses que llevaba un tiempo adquiriendo lo que para muchos carecía de valor: escrituras de terrenos pegados a ciertas partes del Muro.

—Bienes raíces. Eres constructor.

Bruno lanzó los dados, sin acertar a las fichas expuestas de Köhler. Dividió sus peones retrasados, con la intención de correr, para variar. Quizá esa fuera la partida que debía perder, aunque ceder el primer encuentro con las apuestas altas le irritaría.

—Más o menos.

—O sea que construiste un montón de… ¿qué? ¿Bloques de pisos muy estrechos?

—¡Muy gracioso! Pero entre el perímetro oriental y el famoso Muro de la imaginación occidental, cubierto de pintadas y celebrantes, se extendían miles de metros cuadrados.

Bruno pretendía halagar a Köhler al invitarlo a hablar de sí mismo y de su dinero, una parte del cual cedería esa noche. Sin embargo, el alemán parecía reanimado. Continuó el soliloquio como si leyera un guion interior.

—Esos terrenos abandonados consistían básicamente en edificios demolidos y canales cegados, repletos de trampas, vigilados por guardias desde sus torres: lo que llamaban tierra de nadie. Todo en el lado oriental, por supuesto, y expropiado por el gobierno en nombre del Pueblo. Pero al fondo acechaban varios propietarios privados, familias que ya ni siquiera residían en Berlín, dispuestas a vender… ¡Necesitamos los servicios de un sinfín de abogados! Yo no construí nada, no me apetecía, pero todo el que quiso intentarlo al final tuvo que negociar conmigo y mis socios.

—Vamos, una ocasión irrepetible.

—¿El Muro? Sí. ¿Cómo iba siquiera a imaginar que el dinero volvería a caer así del cielo? Pero encontré la manera de seguir adelante. Esta ciudad da mucha importancia a los derechos de los inquilinos y los okupas, y al derecho de los solares a permanecer en un estado de ruina conmemorativa. Pocos tienen la paciencia para dedicarse al arte de la especulación, es un juego muy lento. Pero, en fin, hasta las tumbas acabarán cediendo algún día su lugar…

—Renovación urbanística.

—Sí, en Estados Unidos le habéis puesto un nombre admirable. Renovación urbanística. ¡Cada cosa en su sitio!

Köhler volvió a sacar un seis-cuatro y cerró un bloque de tres delante de los corredores separados de Bruno. Cuando la siguiente tirada de Bruno no salvó el obstáculo, el alemán cogió el dado doblador.

Bruno aceptó, empujándolos a una partida de diez mil euros, una partida en la que él controlaba el dado. Esta vez destrozaría a Köhler, o le permitiría recuperarse para luego aguardar una muerte más larga y dolorosa. Que decidieran los dados. Bruno adelantaría sus peones retrasados a menos que el conteo ordenara lo contrario.

Pero primero Köhler se comió las dos fichas expuestas de Bruno, quien se vio incapaz de poder reingresar al tablero.

—¡Ahora bailas tú! —exclamó Köhler, como un niño—. Te he metido en un aprieto.

Bruno, molesto, replicó con el dado doblador. Veinte mil. Perdiendo apoquinaría la mitad de su racha ganadora, un fenómeno cuyo mérito sabía que no correspondía exclusivamente al talento. En ese momento tenía el dado. Daba igual. Köhler había demostrado que se le podía vencer. Bruno rotó la cabeza para estudiar la posición de conjunto. «Deja la mancha tranquila», se aconsejó, como si fuera un grano o una verruga que pudiera atosigar con los dedos. En realidad, la mancha era menos importante que un grano, puesto que nadie la veía aparte de Bruno.

—Hablando de apetencias —dijo Köhler—. He pedido a cocina que nos preparen unos deliciosos sándwiches para cenar. Nos los servirán aquí para que no tengamos que interrumpir esta magnífica partida.

—Gracias.

—Alexander, ¿te gustan las mujeres?

—Sí.

—¡Entonces tengo preparada otra deliciosa sorpresa para ti!

«Te toca.» Ahora Köhler lo irritó porque no jugaba. Al precio actual, Bruno quería volver a la arena. Sería cuestión de orquestar un juego de espera tenaz, y quería empezar cuanto antes. ¿O había metido la pata? Köhler no cogió sus dados, sino el dado doblador. Una metedura de pata, sí. Bruno cedió, recordándose que su intención era volver a atraer al alemán, aunque ello había significado presuponer que el ricachón necesitaba que lo animaran a seguir jugando; ahora parecía más que dispuesto. La gran presa de Bruno se antojaba más remota de lo que le habría gustado. Le latían las sienes.

Estaban a mitad de la segunda derrota de Bruno cuando la mujer entró en el estudio. Llevaba una máscara de cuero con aberturas recosidas para los ojos y las fosas nasales, y una cremallera impasible que le enmudecía los labios. Por lo demás, vestía una prenda negra, una camisa masculina con cuello abotonada hasta arriba, y nada debajo salvo unos zapatos negros de escaso tacón. Tenía unas piernas elegantes, largas y suaves, que se movían por la penumbra como bajo un foco. El vello entre las piernas era de color beige, recortado. Mientras la mujer bajaba hasta el nivel del tablero una bandeja de plata llena de sándwiches diminutos, Bruno atisbó el resplandor naranja de la chimenea entre sus rodillas. Gracias a la mancha, su mirada se desvió sola.

Dos de las fichas de Bruno esperaban en la barra, una apuesta aniquilada. «Tú primero», dijo Köhler. El anfitrión retuvo los dados, secuestrando el juego en favor de la espléndida presentación.

Bruno cogió un triángulo de la bandeja. Una gambita curvándose en crema y lechuga sobre una tostada sin corteza. «Gracias», le dijo a nadie en particular, optando por el camino intermedio entre dirigirse al vientre de la mujer que le había servido o a la sonrisa del ricachón. Bajó la mirada a su estuche de backgammon, apoyado en la pata de la mesa sin que nadie lo tocara. Mordió una esquina del sándwich, saboreó la crema en lugar de la gamba. Se metió el resto en la boca y lo bajó con un poco de wishky. De nuevo sintió los labios extrañamente entumecidos, aunque en el estudio hacía calor.

—¿Ves? Es una cuestión de dónde fija uno su atención —dijo Köhler.

—¿Perdón?

El rico señaló a la mujer, impasible.

—Con la cara y los pechos tapados, no hay ningún sitio donde mirar. El asombroso misterio está justo ante ti.

Bruno creyó entenderlo. Si Köhler hubiera podido servir el cuerpo decapitado de la mujer en una bandeja de plata, tal vez lo habría hecho. Bruno se preguntó si podría considerarse un acto de solidaridad mirar hacia arriba, tratar de establecer contacto con los ojos de la esbelta mujer a través de la máscara, o si eso solo la avergonzaría más. De todos modos, no podía mirar nada directamente. El dolor de cabeza que había comenzado en las sienes ahora palpitaba justo entre las cejas, como si un tercer ojo —uno capaz, como no lo eran los otros, de penetrar en la realidad de detrás de la mancha— tratara de abrirse paso hasta la superficie.

—Si quieres, puedes tocarla.

—Lo tendré presente —dijo Bruno.

—Sí, sí, no hay prisa...

—¿Jugamos? —preguntó Bruno, irritado.

Köhler había vuelto a acercarse al fonógrafo y bajó la aguja hasta un disco aún más crepitante. La mujer permanecía de pie y en silencio a un lado, con la bandeja dividiéndola por la cintura, sin que el faldón de la camisa tapara nada. En su mente, Bruno reorganizó la bandeja plateada como un tablero de juego, convirtiendo los sándwiches triangulares en casillas. Ninguno de los ofrecimientos de Köhler le atraía, solo deseaba jugar, regresar a las puntas y las fichas, su interés inmediato. Era descortés, lo sabía. Köhler estaba asegurándose su entretenimiento nocturno, a fin de que Bruno quedara excusado de todo deber salvo el de quedarse con el dinero del alemán. Sin embargo, la noche se estaba torciendo.

El jazz chirriaba y graznaba. Köhler se lanzó sobre el tablero como un poseso y agarró los dados, los agitó exageradamente y sacó un seis doble. Sus fichas superaron el débil bloqueo de Bruno. Cuando Köhler propuso doblar la apuesta, Bruno se rindió.

—¡Bix Beiderbecke! —gritó Köhler, recurriendo por lo visto a alguna mofa arcana en su lengua materna.

—Otra más —musitó Bruno.

—Por supuesto —concedió Köhler.

Curiosamente, se levantó y colocó la aguja al principio del disco, dejando a Bruno disponiendo las fichas en las casillas. La mujer seguía de pie con la bandeja, con la piel de gallina en las piernas mientras las llamas se reducían a brasas de carbón anaranjadas. Aun así, Bruno tenía calor. Köhler regresó, lanzó un dado para abrir la partida y luego la llamó:

—¡Acércate!

La mujer volvió a aproximarse, con el rompecabezas de sándwiches intacto salvo por el único triángulo que Bruno había cogido. Este tuvo la impresión de que podría devolverlo justo al mismo lugar si la mujer seguía acercando aquel olor a eneldo. Ganó la apertura con un débil cuatro-uno y lo utilizó para dividir a sus corredores. Köhle empezó a aplastarlos de inmediato con un anárquico ataque masivo. Ahora las posiciones de Bruno y el alemán se habían invertido. Köhler se había vuelto impredecible.

Bruno, sin conciencia siquiera de haberse vuelto a mirar, se fijó de pronto en que los labios de la mujer se movían por debajo de la cremallera firmemente cerrada en el cuero de la máscara. ¿Se suponía que debía ser capaz de leerle los labios en semejantes condiciones? ¿Un grito de socorro? No. No debía ser ingenuo, era una profesional, igual que él. Estaban en Berlín. Existían tradiciones que Bruno debería ser capaz de dar por sentadas. ¿Un aviso, entonces? Su anfitrión todavía no había tocado ningún sándwich. ¿Habían envenenado a Bruno?

Köhler hizo gammon. Era la suerte de Bruno la que habían envenenado. Su dinero, que nunca había sido suyo y nunca había sido dinero, había volado. Incluso debía cierta cantidad, había perdido la cuenta. Solo eran números en su cabeza, en la mesa no se había depositado ni un solo céntimo. Un juego de caballeros, en términos amistosos que Bruno conocía de sobra: un tiburón, una ballena. Bruno tendría que centrarse, salir del entuerto. Aquello no podía convertirse en Singapur, no podía permitirlo. Se había rebelado contra Falk, había huido a Europa y ahora tenía que arreglar aquella situación, tenía que persistir con la velada, volver a conseguir fondos. Con semejantes apuestas no debería llevarle mucho tiempo. Lanzó un dado para iniciar la partida y giró la cabeza para leer el resultado: tres.

Köhler alargó una mano como para coger un sándwich, pero esquivó la bandeja. Frotó la palma contra las nalgas de la sirvienta a modo de talismán y tarareó al compás del solo frenético del trompetista. Luego lanzó un cuatro con el que ganó la apertura y colocó a sus constructores. Bruno, gafado, no se comió ninguno. Köhler ladeó la cabeza mientras Bruno no conseguía decidir cómo jugar su tirada, un inútil cuatro-uno. ¿Se disponía el alemán a utilizar otra vez el dado doblador? ¿Estaba poniéndose gallito?

En lugar de eso, Köhler preguntó:

—¿Te encuentras bien, Alexander?

—¿Por qué?

—Me preguntaba si tienes algún problema en la vista.

—No.

—Da la impresión de que… escuchas los movimientos de las fichas de backgammon. ¿Es normal entre los jugadores de tu nivel? Admito que para mí es un método desconocido.

Bruno se contuvo. Tenía la cabeza a escasos centímetros del tablero. Se había imaginado que su postura, si no pasaba desapercibida, se interpretaría como un gesto lascivo. Miradas furtivas al misterio cósmico oculto entre las piernas de la mujer enmascarada. En ese momento lo entendió: había estado negando la mancha. ¿Cuántas semanas hacía que apechugaba con su dolencia? En Singapur también lo había acompañado, aunque ahora hubiera empeorado. Estaba claro que había empeorado.

Bruno había estado impartiendo lecciones sin saberlo. Si un pez como el alemán era capaz de asimilar e imitar la práctica de Bruno solo estudiándolo, ¿qué podían haber absorbido los jugadores más avezados de Singapur? Aunque quizá Köhler no fuera tan tonto. Para ser una ballena, recordaba demasiado a un tiburón. Bruno lo había perdido todo, incluida la apuesta que no llevaba en el bolsillo al entrar en la sala. Intentó calcular la cuenta acumulada de sus deudas en Berlín y Singapur, pero no pudo. Aunque, se recordó, Falk le había prometido borrar su huella en Singapur; solo importaba esta noche.

—Cuando las escucho oigo el mar —respondió Bruno con ligereza.

«Ojalá bajaras esa maldita música.»

—*Ich habe die Meerjungfrauen einander zusingen hören* —dijo Köhler.

Giró la muñeca, obtuvo la tirada perfecta. El alemán cerró sus bloques como un reloj.

—¿Perdón? —dijo Bruno.

Respondió con otra tirada calamitosa. Tenía un universo de mala suerte en la punta de los dedos, bastaba con que rozaran los dados. Normalmente solo las partidas a un único juego sufrían reveses tan abruptos. En esta ocasión toda la velada se había torcido sin remedio, camino de la derrota.

—He escuchado cantar a las sirenas, una tras otra, por supuesto. ¡T.S. Eliot!

Y el alemán ofreció el dado doblador.

—Unas a otras —corrigió Bruno, rescatado el verso de alguna marisma de la memoria. Rechazó doblar la apuesta, había tenido suficiente. Otros cinco mil menos, pero finiquitaba la partida en favor de un nuevo comienzo. Bruno buscó en el bolsillo interior del esmoquin, pescó otro paracetamol con un dedo y se lo llevó disimuladamente a la boca. Lo bajó echándose un trago de whisky por la lengua entumecida—. Otra partida.

La mujer de la máscara se había vuelto hacia Bruno. Se frotó la cremallera con un dedo, por debajo de las impersonales narinas. ¿Otra señal? ¿O es que iba a estornudar? ¿Podría hacerlo, tras la máscara? En lugar de una gran belleza o una espantosa desfiguración disimulada bajo el cuero, Bruno evocó ahora unos ojos hinchados y llorosos, senos desaguando por la garganta, un espasmo de tos reprimida. La vida de una doncella enmascarada y semidesnuda profesional: un día cualquiera en la oficina.

Pero no. El problema no era la nariz de la mujer, sino la de Bruno. Notó el cosquilleo, el frío en el labio, en el instante mismo en que Köhler habló.

—Tu nariz, Alexander. Está sangrando.

—No es nada —dijo Bruno, trazando una línea carmesí al quitarse la sangre con los dedos.

Se le planteó el dilema de dónde limpiárselos. Entonces, sin transición, se encontró mirando a Köhler y la mujer enmascarada desde abajo, desde la alfombra. Se incorporó sobre los codos... ¿dónde estaba la silla? No estaba. Había transcurrido cierto intervalo, y cuando los codos no lograron aguantarlo descubrió que bajo la cabeza esperaba un enorme cojín. Köhler estaba de pie, móvil en mano. Gracias a Dios, el fonógrafo había sido silenciado. En su lugar, Köhler y la mujer hablaban alemán como si estuvieran discutiendo... ¿o era que el alemán siempre sonaba en tono de discusión?

—*Ich kenne ihn. Ich kann ihm helfen.*

—*Halt dich zurück, Schlampe. Bitte!*

—*Lass mich ihm doch...*

—*Ich lass ihn in die Charité einweisen. Da wird man sich um ihn kümmern.*

—*Ich fahre mit ihm...*

—*Das wirst du nicht tun! Ich werde mich nicht noch einmal wiederholen.*

La sangre de los dedos de Bruno había formado una costra. Cuando volvió a llevárselos a la nariz la repintó de sangre fresca. Se había manchado la camisa blanca, quizá también el esmoquin negro, aunque lo llevaba abierto y tal vez se hubiera salvado. La mujer estaba de pie, bastante cerca, toda piernas y misterio. Debería parecerle absurda ahora, pero lo que más incomodaba a Bruno era que no se la viera incómoda, como si la hemorragia nasal le hubiera restado a él virilidad.

Al ver que Bruno volvía a levantar la cabeza del cojín, Köhler se arrodilló y le habló en un inglés esforzado.

—Escucha, Alexander. Has tenido una especie de ataque. ¿Recuerdas dónde estás?

—Sí.

—El mismo chófer que te recogió en el ferry está viniendo con el coche.

—Estoy bien, podemos seguir jugando...

«Ha sido la música esa», quiso añadir.

Köhler no le hizo caso.

—Te llevará a urgencias, a estas horas de la noche no creo que tardéis mucho en llegar. El hospital se llama Charité, allí te atenderán...

—No necesito caridad.

—No, no, es solo el nombre. El Charité es uno de los hospitales más importantes de Europa.

¡Cómo no!, pensó Bruno, desesperado. Qué menos que un hospital importante.

Pese a su cegadora confusión, Bruno coligió que lo habían llevado de vuelta al asiento trasero de la limusina y lo estaban sacando de Kladow por la ruta larga, la que evitaba el ferry. La luz destelló en el techo interior del coche mientras yacía en el asiento. Fue entonces cuando reconoció el recuerdo que había despertado el ave de la playa, el cormorán.

A los seis años Bruno se había mudado con su madre, June, desde el complejo sectario de su gurú en el condado de Marin a Berkeley. Apenas tenía recuerdos previos a Berkeley, y lo prefería así: si pudiera, también olvidaría Berkeley, toda su vida en California. De la comuna en sí, en San Rafael, solo recordaba destellos atropellados, cenas multitudinarias de hippies entre humo y espaguetis, cuyas voces y mentes abiertas parecían exceder los límites de Bruno, y duchas comunales al aire libre donde mujeres que no eran su madre lo llevaban en manada junto con un montón de niños sucios para frotarles el barro. Su recuerdo más claro, antes de que June lo rescatara de allí, era el de una visita que había realizado a solas, con el barbudo gurú de su madre, a la playa de Stinson, una fría mañana en la que tenían el lugar para ellos solos. Si existía alguna explicación o razón para aquel trato especial nunca se la dieron, ni entonces ni después.

En el coche de Köhler, Bruno lo recordó: el gurú había señalado los cormoranes, donde los acantilados rocosos limitaban con el cuenco infinito del Pacífico.

—Eres un niño especial, Alexander —le había dicho el gurú, tratando de atraer su mirada mientras Bruno contemplaba el vaivén de las aguas y los cuervos-patos negros que cabalgaban las olas—. Veo cómo observas a June, veo cómo observas a todo el mundo. Eres profundo.

«No quiero ser profundo —había pensado el niño—. Quiero acallar las voces, vuestras voces locas y gritonas, incluida la de June. Quiero ser como ese pájaro.»

III

Superada con creces la quinta, luego la sexta hora en la sala de espera de urgencias, sentado con el estuche de backgammon de madera pegado a la pechera ensangrentada de la camisa y con la cabeza apoyada en el respaldo rígido y a prueba de sueño de la silla, Alexander Bruno ya solo se preguntaba: ¿para qué eran esas huellas rojas? Estaban pintadas, o pegadas, en el suelo. Bruno las contemplaba sentado a una mesa de formica bajo unos fluorescentes estridentes, en una sala con paneles de imitación de madera, con una pantalla plana que pasaba noticias en alemán sin volumen y con las puertas de trauma sin utilizarse a su espalda. Los minutos morían en serie convertidos en horas.

Por lo que fuera, compartía esa zona sobre todo con mujeres no demasiado mayores, cuatro o cinco cada vez. Debería haber sido capaz de tabular sus idas y venidas, de adivinar cuáles estaban enfermas y cuáles esperaban por la enfermedad de algún familiar, de discernir diferencias sutiles, pero no. Se fundían en una monótona similitud: *Mujeres mayores en sala de espera*, la serie. La mancha no ayudaba, por supuesto, persistía en el centro de su visión, tapándoles las caras.

Durante una breve variación, había aparecido una pareja joven con un bebé abrigado, a los que habían hecho entrar para no regresar. Habían pasado un par de policías y numerosos camilleros de aspecto cansado, pero nunca con prisas, sin parecer jamás otra cosa aparte de aburridos. Simplemente mataban las horas de la madrugada deambulando. Por lo visto, en Berlín nunca disparaban ni apuñalaban ni atropellaban a nadie. O al menos esa noche. La mancha de sangre de Bruno era anómala. Si hubiera memorizado una frase práctica en alemán, que desde luego no era el caso, esta debería haber sido: «Es solo una hemorragia nasal».

La cuarentena de Bruno frente a la intrusión del lenguaje humano era todo lo absoluta que habría podido desear. Nadie hablaba. Cuando lo hacían, no se les oía. Cuando se les oía, era en alemán. Bruno había tenido su momento de relevancia, pero parecían haber pasado siglos. Tiempo atrás, el personal se había mostrado excitado; se aferró a ese recuerdo. Cuando el chófer de Köhler lo había dejado en urgencias, pensaron que había sufrido un derrame. La enfermera de triaje lo había remitido a un médico y este le había hablado en un inglés de acento frío, con preguntas simples que Bruno pudo contestar con relativa confianza. La mancha había despertado el interés médico; la mancha y el breve período de inconsciencia, el ataque. Aunque por supuesto Bruno solo contaba con el testimonio de Köhler para suponer un ataque. Ya no podía contactar con el ricachón para que se explicara, y cuando le preguntaron a qué se refería con la palabra «ataque», Bruno comprendió que no tenía ni idea.

El médico examinó su campo visual. Las cavilaciones privadas de Bruno acerca de la mancha, su pequeño misterio esotérico, se habían convertido en moneda corriente… pero al menos era algo. En todo lo demás, Bruno tenía la impresión de haber decepcionado al médico. ¿Cosquilleo o entumecimiento de las extremidades? No. ¿Dificultades para recordar palabras? No, lo siento. ¿Incapacidad de reproducir movimientos rutinarios, caminar, levantar los brazos, acatar las instrucciones del médico? No. Bruno, por desgracia, era capaz de realizar todas aquellas acciones simples. Mientras las ejecutaba, dando al médico muy poco o nada que anotar en la gráfica de su tablilla, notaba cómo la energía de la sala se apagaba. Ahondó en la decepción al confesar el dolor de cabeza, el consumo de whisky a palo seco y el uso –abuso, en realidad– de paracetamol. En el último momento, antes de que lo despachara, Bruno mencionó la sensación de entumecimiento en los labios. El médico levantó una ceja. Casi interesado, pero, por desgracia, no. Bruno cumplía muy pocos de los criterios definitorios de un derrame y, por tanto, era como si no existiera. Lo habían devuelto a la sala de espera.

Ahora la cuestión de cómo interpretar el rastro de pisadas rojas –que partía de las puertas de entrada, cruzaba la sala de espera y seguía por un pasillo del hospital– constituía la única preocupación y el único solaz de Bruno. No tenía nada más sobre lo que cavilar. Nada, se entiende, salvo la mancha o el curso que había tomado la velada en casa de Köhler: el resultado, ya que las razones seguían siendo un misterio.

El súbito cambio de suertes coincidiendo con la subida de la apuesta por parte de Köhler: ¿había timado este a Bruno? Debería ser imposible. Sin embargo, le acosaba la certeza irracional de que Köhler había sido el tiburón. Ahora se preguntó si el alemán se había presentado a la velada con tan poco dinero en el bolsillo como él. Quizá la mansión de Kladow ni siquiera era suya. Quizá la persona que había conocido no se llamaba Köhler. Pensar así era de locos; mejor concentrarse en las huellas rojas. De hecho, el suelo de la sala de espera también lucía huellas amarillas, que se encaminaban en otra dirección. Bruno llegaría al fondo de la cuestión. ¿Por qué no? Tenía tiempo de sobra y, por lo visto, el talento suficiente para llegar al fondo de cualquier circunstancia, de su propia vida.

La entrada a urgencias estaba debajo de un puente peatonal, por lo que apenas llegaba luz natural al purgatorio antiséptico de la sala de espera. Aun así, se colaban indicios del amanecer. El reloj marcaba las cinco menos cuarto. Si se esforzaba, Bruno creía escuchar el trino de un pájaro. Las mujeres mayores no se movían, aunque habían dormido tan poco como Bruno. Cuando apareció un médico joven con una bata verde menta y se plantó con la tablilla sujetapapeles enfrente de su silla, Bruno tardó un rato en comprender que lo habían devuelto al reino de lo visible. El joven era flaco, de rizos rubios. Parecía inmune a la noche de vigilia, quizá acabara de empezar el turno o de despertarse de una siesta reparadora sobre una mesa de operaciones. ¿En Alemania los llamaban «residentes»? Bruno no podía saberlo.

—¿Señor Bruno?

El doctor le tendió la mano.

—Sí.

—Lamento que haya tenido que esperar tanto. Habría sido preferible darle el alta.

—¿Es usted… estadounidense?

El joven doctor sonrió.

—No, soy alemán, pero gracias. Estudié en Columbus, Ohio, y durante un tiempo en Escocia.

—Ah.

Al levantar la vista desde su asiento, la mancha de Bruno convirtió al joven médico de inglés perfecto en un ángel ario sin rostro, nimbado de rizos rubios.

—Debe de estar agotado. Vamos a comentar los resultados y así podrá marcharse… Veo que se hospeda en un hotel.

—Sí.

El médico se sentó al otro lado de la mesa redonda de formica y levantó la primera página de la tablilla sujetapapeles. Nada de lo que vio le exigió más de un vistazo.

—Los niveles de glucosa en sangre son normales. El médico que lo ha examinado considera que puede descartarse el derrame.

—Sí… —dijo Bruno.

—¿Y no ha tenido antes migrañas con distorsiones del campo visual?

—Nunca me lo han diagnosticado. Hace tiempo que sufro dolores de cabeza.

—Las migrañas pueden comenzar a una edad avanzada.

Una edad avanzada: al fin le había tocado a Bruno. Lo siguiente serían los descuentos en el cine.

—Bien, pero la molestia visual que describe también podría corresponder a una arteritis temporal: una inflamación de los pequeños vasos sanguíneos del ojo. Pero se encontraría en una fase prematura. Le he preparado información sobre dos especialistas que tal vez quiera consultar de inmediato, un *Augenarzt*… un médico de la vista. Y también un neurólogo.

—Pero… he tenido un ataque.

—Los análisis indican lo contrario. —El médico echó otro vistazo a los papeles—. Se desmayó al ver la sangre de la nariz. ¿Es correcto?

—Sí.

—¿Y no ha vuelto a desmayarse?

—No… no.

—Veo aquí una sugerencia del médico que le ha examinado: respuesta síncope vasovagal. ¿Se lo ha comentado?

—No.

—¿Conoce el término?

—Lo siento, no.

—Ah. En la respuesta vasovagal uno pierde el conocimiento al ver su propia sangre. Es una respuesta autónoma, imposible de regular a voluntad. Puede ser un gran inconveniente para procedimientos rutinarios: por ejemplo, a menudo se nos desmayan pacientes cuando les sacamos sangre. Pero es una anomalía tonta, sin mayores consecuencias.

¿Una anomalía tonta? Bruno la cambiaría por una sentencia de muerte. La sonrisa del joven doctor era evidente, incluso por los bordes de la mancha. ¿Su inusual amabilidad era meramente una impresión transmitida por su inglés sin acento? Posiblemente el rato que llevaba allí Bruno lo había ablandado, como a Patty Hearst en su armario.

—Entiéndame, por favor. El diagnóstico de migrañas es especulativo, le recomendamos encarecidamente que visite a los especialistas que le he anotado, ¿de acuerdo? Pero... cefalea y hemorragia nasal, un único episodio de desmayo... Está claro que no necesita seguir aquí.

—De acuerdo.

—¿Está de visita en Alemania, señor Bruno?

—Sí.

—¿Tiene seguro de algún tipo?

—No.

—Que eso no le impida concertar esas visitas, por favor. O, si se va, consulte a su médico en Estados Unidos.

—No... tengo planeado volver.

Bruno volvía a ser consciente de su esmoquin raído, la pechera apergaminada, el gemelo perdido y el misterioso estuche de madera que seguía agarrando, con los nudillos blancos, sobre el regazo. Ojalá contuviera isótopos radiactivos o microfilmes. O fajos de billetes viejos sin marcar. Había comprado el estuche taraceado en una tienda especializada de Zurich, con un cheque nuevecito de trece mil francos suizos que llevaba en el bolsillo del pecho. Dada su actual coyuntura, semejante triunfo se antojaba tan exótico como los isótopos o los microfilmes.

—¿Sabe volver al hotel desde aquí?

Quizá el angelical doctor también hubiera examinado las pruebas realizadas a Bruno. Al fin y al cabo, le habían analizado la sangre y seguro que habían detectado la presencia del paracetamol y del whisky de Wolf-Dirk Köhler. El diagnóstico del residente, oculto tras «vasovagal» y «migraña», podría haberse resumido en «farra alcohólica». Dada la cantidad de hombres que deambulaban por las calles de Berlín a mediodía con litros de cerveza a la vista, era probable que en urgencias conocieran a ese tipo de paciente.

—Si me indica cómo llegar al S-Bahn, me apañaré.

—Cruzando el río se llega a la Hauptbanhof. Podrá dar un agradable paseo por el antiguo recinto del hospital... Venga, le indicaré la dirección.

¿Otro servicio angelical? Quizá el joven médico quisiera observar a Bruno poniendo un pie delante del otro antes de abandonarlo a su suerte. De camino a las puertas correderas de la entrada, pasaron por encima de las huellas rojas.

—¿Para qué son?

—¿Perdone?

Bruno las señaló.

—Parece que no conducen a ninguna parte.

—¡Ah, eso! Las rojas van a la zona roja y las amarillas, a la amarilla. Por si hicieran falta.

—No lo entiendo.

Fuera, la reanudación del mundo lo apabulló: el olor de los tubos de escape y la hierba cortada pudriéndose, la luz oblicua, los humanos con un propósito en el mundo, con vasos de papel llenos de café en las manos. Bruno y el médico recorrieron juntos el sinfín de adoquines, dados pétreos, y salieron de debajo del puente peatonal.

—Sí, es raro, pero nadie piensa nunca en ello. Es un plan para una catástrofe que exceda las capacidades del sistema. Las huellas indican dónde deberían congregarse los heridos más graves, separados de los leves. —Debido al esfuerzo de la explicación, el acento del joven doctor empezó a revertirse—. También hay una zona verde, para aquellos que no necesiten un médico pero hayan venido al hospital porque han perdido la casa, o para donar sangre, etcétera.

Habían salido de las anodinas y prácticas instalaciones modernas a otro siglo más sereno. El viejo hospital era un campus con zonas verdes y edificios de ladrillo rojo, cada uno con pórticos y hornacinas shakesperianos. Había amanecido en los amplios senderos y el cielo rosa pálido asomaba entre la vegetación, y en las alturas gorjeaba una cantidad imposible de pájaros. Pero cuando Bruno alzó la vista hacia las ramas, la mancha se interpuso. Dominaba más la mitad superior de su campo visual que la inferior. Normal que le interesara tanto dónde pisaba.

Su acompañante se había detenido en el sendero para rebuscar en su bata y sacar una cajetilla de tabaco, probablemente el verdadero motivo por el que había salido de urgencias.

—Por aquí va bien —dijo el joven doctor, encendiéndose un cigarrillo—. Siga el camino principal que atraviesa el recinto del antiguo Charité y llegará al río. Desde allí se ve la estación de tren. Solo tiene que cruzar el río y ya está.

—Qué sitio tan encantador.

—El Charité se construyó como sanatorio para plagas, así que es una ciudad dentro de la ciudad.

—Resulta una especie de reserva acogedora.

—Sí —admitió el médico, adoptando una expresión irónica—, con montones de edificios y calles que homenajean a médicos nazis.

Berlín, ciudad sepulcro. Dondequiera que fueras caminabas por encima de tumbas o búnkeres, o por la huella fantasmal del Muro. Y de ahí las pisadas rojas: ¿por qué no habían de poder leerse también las catástrofes futuras, trazadas por adelantado las columnas de desarrapados refugiados de los bombardeos o de supervivientes de una plaga de zombis? Entre el cigarrillo y la ironía teutónica barata, el médico rubio había derrotado a su angelical aspecto, pero no importaba. Había trasladado a Bruno desde la zona de terminales a este pequeño paraíso de trinos. Bruno estaba preparado para despedirse de él.

—Estaré bien.

—Seguro que sí.

Una vez solo, Bruno sucumbió a un falso júbilo. Su afección podría haber sido el resultado de toda una noche desplumando a un engreído mago de las finanzas o magnate inmobiliario tipo Wolf-Dirk Köhler (quien, comprendió Bruno ahora, solo podía haber sido sincero en su pomposidad y fortuna, además del beneficiario de una simple racha de buena suerte). No sería la primera vez que vagaba al amanecer por las calles de una ciudad extranjera con aspecto de vampiro diurno. La única diferencia era la falta del dinero que debería tener para demostrarlo. ¿Y qué era el dinero?

Bruno saludaba con una sonrisa a los paseantes y caminaba balanceando el estuche de backgammon. Los estudiantes de medicina, a cada cual más joven, contestaban con las cejas, víctimas de su reserva prusiana. Un par de ellos hasta se atrevieron con un forzado «Morgen!». Armado con una camisa limpia y un çafé doble Bruno ni siquiera habría necesitado dormir, aunque ahora nada se interponía entre él y ocho o quince horas dormitando en una habitación con cortinas salvo el corto trayecto hasta Charlottenburg y el hotel. Tenía la impresión de que hasta era posible que el sueño hiciera desaparecer la mancha. ¿Por qué no? Aunque no tenía forma de pagar la factura, dio por supuesto que la tarjeta-llave que llevaba en el bolsillo todavía funcionaba.

Mientras dejaba el Charité y cruzaba el río, con la Hauptbanhof a la vista, el ánimo de Bruno voló aún más alto. El indiferente crecimiento expansivo de Berlín, su desgarbado esplendor tachonado de grúas, lo liberaban. Quizá solo había necesitado malgastar la oportunidad que Edgar Falk le había ofrecido en Kladow y la consiguiente noche en urgencias para comprenderlo. Quería romper lazos con Falk, no restaurarlos. Se tomaría todo ese episodio absurdo —ser derrotado con un gammon, la hemorragia nasal— como un gran «que te den» de despedida.

Conforme se sumaba a las muchedumbres matinales que se dirigían al atrio central de cristal centelleante de la Hauptbanhof —la estación ferroviaria era una ciudad en sí misma, más gélida y anónima que el campus medieval del Charité, pero también, por tanto, más familiar, con su Sushi Express y su Burger King y su quiosco de prensa internacional, sus docenas de vías que llevaban a cualquier lugar al que deseara escapar–, Bruno, en su vertiginosa huida de la muerte y de su anterior profesión, había concluido que solo necesitaba un nombre nuevo. «Mr. Blot.» «Blotstein.» «Blottenburg.» Fue ahí donde cayó. No tras cruzar el umbral de la Hauptbanhof sino antes, justo al pasar unas obras en la orilla del río a la entrada de la estación.

Cayó en una zanja superficial del camino, una sección donde faltaban los adoquines y quedaba expuesta la tierra de debajo. Un pequeño montón de dados de granito estaba apilado a un lado, a la altura de los ojos de Bruno. Sus piernas habían desaparecido. No intentó levantarse. La mancha lo confundía todo. El estuche de backgammon estaba todavía, o de nuevo, pegado a su pecho. Bruno vio cómo se cernía sobre él la estación, objetivo ahora de una de las paradojas de Zenón. Había estado más cerca de ella plantado de pie en la orilla opuesta del río. Volvía a sangrarle la cara. Movió las piernas, pero solo consiguió patalear entre la tierra y los escombros de las piedras. Nadie le prestó atención. Olía a polvo, a barro, a luz del sol y a salchichas asadas, un olor nauseabundo a esas horas tan tempranas de la mañana.

Si hubiera tenido un mazo de madera, podría haber simulado que estaba trabajando. ¿Circularía por todo Berlín una vasta provisión de adoquines viejos, repuestos sin fin, o había que extraer y esculpir dados nuevos? ¿Qué pasaría si secuestrara una de aquellas piedras, si la retirara de circulación? ¿Se colapsaría el sistema? Bruno disfrutaría contemplando eternamente aquellos bastos dados, ahora que habían cautivado su imaginación, si no fuera porque yacía de costado, viendo cómo le goteaba la sangre de la nariz al suelo de tierra, si no fuera porque le avergonzaba que lo vieran así. De todos modos, «eternamente» se había convertido en un concepto espinoso. El tiempo se le escapaba en instantes cegados, como en una película en la que fuera pasando una persona tras otra por delante de la pantalla: un corte tipo salto. Qué irónico, pensó, que a su espalda, al otro lado del río, en el idílico campus, una figura tirada en el suelo se veía sin duda rodeada por un sinfín de atenciones compasivas, con los estudiantes de medicina compitiendo por demostrar su formación. En este lado del puente, bajo el edificio de la Hauptbanhof, no era digno de consideración, parecía otro de los despreciables marginados y vagabundos que se acumulaban en las principales estaciones de tren de todo el universo.

Había recibido su justo merecido por flirtear con el deseo de desaparecer.

Por simple entretenimiento, trató de alcanzar una de las piedras cuadradas. El resultado superó las expectativas. Sin ser consciente de ello, Bruno se había estado tocando la nariz o el labio; los dedos que asieron la piedra la puntearon de llamativas huellas sangrientas. Tres huellas de dedos en una cara de la piedra y la huella de un pulgar en otra. Tres-uno, siempre una buena tirada para iniciar una partida. Pegado al llamado «punto de oro» del cuadrante interior propio, aunque últimamente se discutía la pertinencia del término, después de que los algoritmos informáticos confirmaran que no era tan valioso como el punto de barra. Pero Bruno había decidido dejar el backgammon, así que daba igual. Se acercó el adoquín ensangrentado. Tras tocarse de nuevo la nariz –¡había mucha sangre!–, embadurnó con cuidado el resto de las caras, pintando un dos, un cuatro, un cinco y un seis. Entre el sol deslumbrante y la piedra porosa, los puntos de sangre fresca se secaron casi al instante. El reto estaba en no mancharla más. Bruno se limpió los dedos en la camisa, sacrificada hacía horas. La tarea resultaba lo bastante divertida para distraerlo de las opiniones de los viandantes o incluso de si lo miraban o no. Cuando completó el basto dado de granito, lo rotó en todas direcciones para comprobar, alrededor del obstáculo de la mancha, que no había cometido ningún error. No. Era perfecto. Bruno gruñó de satisfacción. Luego abrió el estuche, que también estaba salpicado de rastros de huellas rojizas. Allí, para acompañar a los dos pares de dados de madera, los claros y los oscuros, y al dado doblador, metió el dado gigante. Consiguió a duras penas cerrar el estuche, y luego dejó que se deslizara por sus brazos hasta caer a la costura rota de la acera, al polvo. Bruno estaba seguro de que el tosco objeto dañaría la suave madera taraceada del interior. No le importó. El dado de adoquín tal vez fuera el objeto más valioso que poseía. Al menos era la prueba de lo que Berlín negaba: que Bruno existía, aquí, ahora.

IV

Bruno se despertó en el hospital. Tuvieron que llevárselo varias veces para hacerle las radiografías, el escáner y la resonancia magnética, de modo que al despertar se descubrió convertido en un objeto al cuidado de camilleros y enfermeros alemanes apenas interesados en consolarle en inglés, o en explicarle siquiera el propósito de componer la serie escalonada de retratos cada vez más profundos del interior de su cara y su cabeza. Entretanto, dormitaba, sorbía caldo y probaba bocados de carnes y verduras insípidos de unas bandejas cuya llegada y partida solía escapársele, y aprendía a utilizar el orinal.

¿Había sucumbido a la enfermedad del sueño o lo habían sedado? Suponía que todo el trasiego de la noche en vela lo había dejado exhausto. De hecho, la ilusión del pasar de los días no era más que eso, una ilusión, causada por el vacío atemporal de la habitación sin ventanas y por las frecuentes visitas de enfermeras que lo despertaban para comprobar sus constantes vitales, una rutina puntuada por secuencias más dramáticas cuando lo trasladaban en camilla y lo rodeaban gigantescas máquinas zumbonas.

Cuando Bruno recuperó más plenamente la conciencia, solo habían pasado un día y una noche. Habían colocado el estuche de backgammon en el armarito de su mesilla de noche. Lo abrió y descubrió el adoquín a topos ensangrentados. Necesitó esa prueba para convencerse de que había llegado a salir realmente del hospital, ya que su breve estancia al otro lado del río se le antojaba más que nada un sueño o una alucinación. Encontró la cartera y el pasaporte en el cajón de la mesilla, junto con el móvil, descargado. La vida de la batería se había vaciado como un reloj de arena, uno al que debería haber prestado más atención. En el cajón encontró también el papel con el nombre de los dos especialistas que le habían recomendado visitar. Bruno se lo mostró al médico de las rondas, pero no pareció impresionarle. El diagnóstico de urgencias podría haber sido una especulación pobre y apresurada para quitárselo de encima. Ahora se encontraba en una situación completamente distinta, solo que no sabía cuál.

Esta segunda y más exhaustiva fase de su hospitalización había empezado a última hora del jueves por la tarde. Lo informaron de que *der Onkologe*, el oncólogo, no lo visitaría hasta el lunes por la mañana. Tenía todo el fin de semana por delante. Afortunadamente, no ocuparon la otra cama de la habitación. Bruno pidió a las enfermeras que apagaran el parloteo de la televisión alemana, los culebrones y el fútbol, las historias de venganza de Mel Gibson dobladas. La barrera de incomprensión parecía mofarse de él; Bruno solo deseaba silencio. Metió el adoquín entre las sábanas, acunándolo bajo su mano derecha y rechazando todas las peticiones de las enfermeras para llevárselo y lavarlo.

La mancha estaba dentro de él, invisible para los demás. O no: quizá las máquinas la hubieran retratado en su interior. Bruno esperó a que lo informaran. Mientras tanto, la piedra era la gemela visible y corrupta de la mancha. Con ellas por toda compañía, pasó dos días meditando sobre el misterio de su cambio de relación con la suerte. Desde una sala de hospital, los puntos bajos a los que había llegado en Singapur y Kladow parecían logros magníficos, estaciones sagradas de una existencia desaparecida. Perdería gustoso mil partidas contra Köhler, contento de regresar y pasar una eternidad tirado en la alfombra del alemán, incluso disfrutando del espantoso jazz de los crepitantes discos. Si le concedieran una eternidad,

Bruno podría pasarla lamentando no haber acariciado las nalgas de la mujer enmascarada, una oportunidad que en su momento le había parecido sórdida y desdeñable pero que ahora consideraría un altar que no había sabido honrar. Debería haberse comido su ración de sándwiches de gambas y eneldo, maná comparado con la comida del hospital. Era como si hubiera lanzado un dado y hubiera salido una cara hasta entonces desconocida: cero. Quizá ese era el sentido del adoquín. ¡En Alemania, los dados te tiran a ti!

¿Era solo la imaginación de Bruno o las enfermeras ponían un empeño particular en asearlo, en ajustarle las sábanas de la cama y ordenar las posesiones de su mesilla, como agentes inmobiliarias preparando una vivienda? En cualquier caso, no era accidental que lo llevaran en la silla hasta un lavamanos con un espejo lo bastante bajo para que pudiera afeitarse y que le dieran una maquinilla desechable nueva. Las enfermeras querían vendérselo al oncólogo. Por su parte, Bruno rehuyó el orinal, insistió en usar el lavabo. Este logro menor despertó en él cierta capacidad de entusiasmo. En el actual lodazal de tiempo, todo cuanto le rodeaba parecía ansiar un acontecimiento relevante, aunque fuera la muerte. Así pues, quizá las enfermeras fueran más bien como monjas, preparándose o preparándole para ver a Dios.

A media mañana, su visitante estaba listo. De hecho, eran dos visitantes. *Der Onkologe*, el doctor Scheel, era atractivo, de mandíbula tensa, con el pelo salpimentado cortado a cepillo pero más joven que Bruno, e impaciente desde el momento en que entró por la puerta. Su traje, un tres piezas de franela marrón, era la cosa más bonita que había visto Bruno desde que llegó al hospital. El oncólogo llevaba un sobre grande y plano. Contenía, tal vez, el destino de Bruno.

El doctor Scheel no sabía o no demostró saber nada de inglés. Para traducirle había acudido el segundo visitante de Bruno, Claudia Benedict. Esta era mayor, bastante alta, con gafas de búho bajo un flequillo platino y las mejillas marcadas y hundidas, de aspecto severo. Sin embargo, ofreció a Bruno el consuelo de su lengua materna.

—El doctor Scheel me ha pedido que esté presente para evitar cualquier posible malentendido —explicó la mujer—. De hecho soy inglesa, aunque llevo más de veinte años en Berlín.

—Me alegro muchísimo de conocerla, doctora Benedict —dijo Bruno. El doctor Scheel, por su parte, le había estrechado la mano y luego se había apartado a esperar el cese de las formalidades—. Disculpe mi aspecto. Estos pijamas de hospital no favorecen a nadie.

Bruno señaló el estrecho ropero, dentro del cual colgaba el esmoquin, para invocar otras opciones. Lo había comprobado: le habían lavado la camisa. Suponía que en el hospital tenían la mano rota con las manchas de sangre.

—La verdad es que sí soy doctora —concedió Benedict—, aunque nunca he obtenido la licencia para ejercer en Alemania. Quiero que entienda que no soy su médica.

«Entonces ¿puedes ser mi mamá?» Bruno le dedicó una gran sonrisa, su test básico. Si Claudia Benedict le leyó el pensamiento, no lo demostró, ni por calidez ni por desdén.

—El doctor Scheel quiere que comprenda que ha examinado su caso con atención y lo considera de suma gravedad. Yo me he familiarizado con sus informes e intentaré responder a cualquier pregunta que se le plantee, pero sobre todo estoy aquí en calidad de traductora.

¿La expresión ligeramente conmocionada de Benedict era la de conocer a un hombre que no sabía que estaba condenado a muerte? Benedict se volvió hacia Scheel. El oncólogo asintió con gesto brusco e intercambiaron unas rápidas impresiones en alemán.

—*Frag ihn, ob er die radiologischen Befunde selbst sehen möchte, oder ob die mündliche Diagnose ausreicht. In solchen Fällen irritieren die Aufnahmen einen Patienten oft…*

Tras este comentario de Scheel, Benedict dejó una pausa y luego se dirigió a Bruno.

–Sí, mmm… el doctor Scheel pregunta si quiere ver las imágenes o le basta con que le describamos la situación. Le preocupa que puedan alterarlo.

–¿Se refiere a… al TAC y todo eso?

–Sí.

Bruno sonrió confiando en transmitir valentía.

–Estoy listo para un primer plano, señor DeMille.

La traductora no entendió el chiste, ni tampoco el alemán. Bruno pensó que estaban preparándolo para ese momento en el que todo aquello que te hacía ser querido estaba escrito en el polvo y luego el viento lo arrastraba al vacío. Lo cual era doblemente cierto si uno carecía de familia u otros vínculos sociales; si mayormente solo eras querido por ti mismo.

El doctor Scheel extrajo las transparencias de la carpeta y las colocó sobre las rodillas cubiertas por sábanas de Bruno. Este vio amorfos charcos fangosos de espectrales tonos grises y negros, vetas de mineral blanco que recorrían la roca, nada que identificara con su persona ni con ningún otro ser humano. Las imágenes estaban salpicadas de flechas y corchetes minúsculos y de anotaciones en miniatura escritas a mano con bolígrafo rojo. Mientras Bruno evitaba ver más, Scheel hablaba en voz baja y sin pausa en alemán, después esperó a que Benedict tradujera las frases al inglés.

–El doctor Scheel cree que tiene usted un meningioma… un tumor en el sistema nervioso central. ¿Conoce el término?

–No.

–Los meningiomas suelen aparecer en el cerebro, pero no exclusivamente, son… perdone, esta no es mi especialidad. Con frecuencia se presentan en el tronco encefálico central, intracranealmente, es decir, dentro. –Se tocó la frente con un nudillo–. El suyo está en un lugar poco corriente, aunque existen precedentes, en una fosa craneal anterior que ocupa el surco olfatorio. También se ha insertado… detrás de los ojos, es la causa de la disfunción óptica de la que ha informado.

—La mancha.

—Sí… disculpe. —Se giró y hablaron de nuevo en un rápido alemán. Luego se volvió hacia Bruno—. El doctor dice que es probable que también haya perdido el olfato, aunque a menudo los pacientes no se dan cuenta hasta que alguien se lo comenta.

—Dígale que se equivoca. De hecho, capto los olores con especial intensidad. Por ejemplo, la comida que nos están preparando… Huelo a salchichas asadas.

Benedict y Scheel se miraron y luego intercambiaron otra ristra de frases en tono irritado.

—Me temo que ninguno de nosotros huele a salchichas.

—Bueno, ¡pues ahí lo tienen! —dijo Bruno—. Mi surco está abierto de par en par, cumpliendo su función.

Era como si hubiera refutado la nueva palabra, «meningioma», sin tan siquiera haberla pronunciado ni una sola vez.

—No se descartan alucinaciones olfativas —dijo Benedict, con toda la compasión que pudo imprimir a esas palabras—. Aunque su presencia es mucho menos habitual…

Entonces Benedict se calló. Scheel se había acercado a la cama y señalaba con un dedo una de las transparencias, al tiempo que llenaba el oído de la mujer con un alemán que podía corresponder a jerga militar o industrial. El oncólogo volvió a golpear con el dedo en la página de su tablilla, sin mirar en ningún momento a Bruno. Por lo visto, al contar con los servicios de una traductora, no veía la necesidad de reconocer la existencia del paciente. Era un asunto estrictamente entre Scheel y la mancha.

—Insiste mucho en que entienda usted la gravedad de su caso —dijo Benedict, cuando el otro le permitió continuar—. Muchos de estos crecimientos son benignos y responden bien a una resección… una extirpación quirúrgica. El doctor Scheel lamenta comunicarle que en su caso el tamaño y la ubicación lo impiden por completo. Dice que es extraordinario descubrir uno tan desarrollado. Le sorprende que no haya informado de ningún síntoma hasta ahora.

—A ver si lo he entendido bien —dijo Bruno. Sucumbió al vértigo, desencadenado por aquella comunicación triangular y la perspectiva de morir por una mancha—. Me he descuidado de informar al doctor Scheel de los síntomas de un puto cáncer de nariz de un tamaño sin precedentes, ¿es eso?

—Señor Bruno...

—Perdone mi torpeza en el uso de la terminología médica, pero es eso lo que tengo, ¿no?

—¡Herr Bruno! —Esta vez fue Scheel quien habló.

Pues bien, dígale al puto doctor Scheel que siento no haberlo notado, es solo que nunca había tenido un cáncer de nariz gigante y por eso no he reconocido los síntomas.

—Herr Bruno. —Scheel se interpuso entre Benedict y la cama, dando golpecitos con la punta del bolígrafo sobre las imágenes esparcidas en el regazo de Bruno—. Entiendo un poco de inglés.

—¡Ah! —exclamó Bruno, sin mostrar rastro de avergonzarse.

Las enfermeras se habían esfumado. Bruno sintió su ausencia como una pulsación. Tal vez hubieran huido del pabellón, del edificio entero del hospital.

—Se equivoca al hablar de la nariz —corrigió Scheel—. Nariz es incorrecto.

—Está diciendo que no es mi nariz, sino otra parte olfativa.

—*Nein*. Aquí. Usted ha pedido mirar, pero ha decidido no ver. —Con el tapón de plástico del bolígrafo, Scheel rodeó una y otra vez la mancha negra que dominaba una de las imágenes—. Aquí, *bitte*. ¿Ve esta forma?

—¡Avisen al doctor Rorschach! Parece un cangrejo herradura. ¿Respuesta correcta?

—No es la nariz. Está entre el revestimiento del cerebro, ¿lo ve?, y la cara. Presiona la cara por detrás, desde abajo. Desde detrás de los ojos y la carne de todo su *Antlitz*... su semblante.

—Qué mala suerte.

—Mucha.

—Porque si solo fuera un puto cáncer de nariz probablemente podría arrancarme la nariz y listo, pero así no es tan sencillo.

—*Nein*, no tiene nada de sencillo.

Scheel pareció de repente cansarse, como si, después de todo, le hubiera exigido demasiado responder al estallido de Bruno en su idioma. Musitó en alemán.

—*Er kann den Rat eines Chirurgen einholen, wenn er möchte, aber das ändert auch nichts. Es gibt jedoch verschiedene Palliativtherapien, die unmittelbaren Symptome lindern können...*

Benedict volvió a hablar, esta vez sin aproximarse al lecho, como si el papel de Scheel requiriera ser honrado por medio de su deferencia. Su voz sonó amortiguada y distante, como la de una traductora rebajando en una emisión radiofónica la retórica de algún terrorista o dictador.

—El doctor Scheel quiere hacerle saber que cuenta con la opción de consultar a un cirujano, pero duda de que nadie serio se plantee semejante operación. Le recomienda... cuidados paliativos. Cree que pueden controlarse los síntomas inmediatos, al menos por el momento. –Hizo una pausa. Cuando volvió a hablar, lo hizo claramente por iniciativa propia, o de la parte humana de su persona que había estado presente cuando entró en la habitación–. Entiendo que no tiene usted seguro, señor Bruno. Ni parientes en Alemania.

—No.

—¿Amistades?

Pensó en la mujer del ferry. «Hola, Madchen. Tengo cáncer.»

—No, aparte de la buena gente que ahora me acompaña.

Scheel se esforzó en hablar un poco más en inglés.

—¿Cuál es la razón?

La pregunta resultaba desconcertante. ¿La razón del cáncer?

—¿Perdone?

—La razón por la que está aquí. ¿Qué le ha traído a Alemania?

—¡Esto es lo que me ha traído aquí!

Bruno sacó el dado de piedra de debajo de las sábanas y se lo enseñó con gesto vehemente. Que la prueba de la tumba abierta que era Berlín replicara a aquel doctor rigorista. Entonces, como en respuesta a una señal acordada, las enfermeras irrumpieron en tropel. Bruno se había equivocado: habían permanecido cerca, escondidas al otro lado de la puerta, aguardando para reclamar el control de su temperatura y su tensión, para retomar el bombardeo de medicaciones regulares sin explicar. Probablemente también intentarían otra vez quitarle la piedra y lavarla.

Scheel, asqueado, era el único que se mantenía a un millón de kilómetros de distancia, incluso antes de haber cruzado el umbral. Habló solo a través de Benedict, que absorbió el embate de su brusco alemán y luego se giró hacia Bruno:

—El doctor Scheel transmitirá sus recomendaciones a su médico. En cualquier caso, el tratamiento es mínimo, puesto que busca meramente... aliviarle el malestar. Dice que lo siente.

Scheel lanzó a Benedict una mirada de reproche, como si la traductora hubiera improvisado la floritura final.

—¿Puedo quedármelas? —preguntó Bruno, apoyando la mano libre en las imágenes impresas esparcidas sobre sus piernas.

—*Ja.*

Scheel le quitó importancia con un ademán. Por supuesto, guardaban las pruebas a buen recaudo en las máquinas, grabadas en discos duros...

Bruno metió las páginas, junto con la piedra, en el cajón de la mesilla de noche.

En ese momento, Scheel se marchó. Bruno se descubrió atendido por tres pares de manos, mientras las enfermeras realizaban el truco de cambiarle las sábanas sin trasladarlo de cama. Lo habían debilitado a propósito; era mentira: todavía podía andar, hablar, probablemente follar. Se refugió detrás de la mancha, en su pena. Claudia Benedict se despidió con unas palabras amables, le tomó la mano un instante y luego también desapareció por el pasillo.

Bruno rechazó el almuerzo y posiblemente dormitó. Al poco las enfermeras trajeron la noche artificial, que tal vez no guardara ninguna relación con el mundo más allá de esas paredes. Bruno buscó consuelo en la idea de que moriría en la antigua reserva del Charité, el sanatorio para plagas, pero el pensamiento no le sirvió de nada en la asepsia de aquella sección moderna del hospital. Quizá lo echaran a la calle y expirase en el jardín de delante de algún edificio decimonónico de ladrillo rebautizado en honor a un médico nazi, o sobre un montón de adoquines apilados. Quería imaginar que Berlín le había adjudicado el papel de Hamlet, vital entre el polvo, contemplando calaveras, pero era al revés. Sería Yorick, arrojado a un lado.

A la mañana siguiente, Claudia Benedict reapareció. Venía sola.

—Señor Bruno, me preguntaba si podría hablar un momento con usted.

—Creía que no ejercía de médico aquí, solo de muñeco de ventrílocuo.

Le sorprendió su propia amargura incontrolable.

—Es verdad que no tengo jurisdicción en este hospital. Pero pensé que tal vez podría ofrecerle algún consejo.

—¿Sobre cosas que hacer en Berlín antes de morir?

—No estoy segura de que deba quedarse en Berlín.

Así que esa era su recompensa por su terquedad imperial de no intentar aprender alemán. Lo mejor a lo que podía aspirar ahora era a una clase más elevada de lástima. Tal vez Benedict hubiera entrevisto el esmoquin planchado en el ropero y, pobre mujer, se hubiera quedado algo impresionada. Tal vez se sintiera sola.

—¿Que salga a ver mundo? —replicó Bruno—. No, Berlín me parece un buen lugar para morir.

—Señor Bruno, a estas alturas lleva ya un tiempo conviviendo con la enfermedad y es posible que todavía le quede bastante más. Anoche estuve revisando el estado actual de la investigación sobre meningiomas y hablé con un cirujano que conozco en Londres.

—¿Aceptará mi caso?

—No. Pero hay alguien que podría aceptarlo, o a quien al menos valdría la pena conocer.

Desdobló un artículo médico que sacó del bolsillo de la chaqueta, «Un enfoque quirúrgico del meningioma intraorbital complejo», cinco o seis páginas grapadas impresas de una copia en PDF de *The Journal of Head and Neck Surgery*, volumen XXI, abril de 2011. Tras el título del artículo se sucedían las monótonas columnas de texto interrumpidas por las fotos quirúrgicas en blanco y negro mucho peores, mucho más literales, que los modernos escáneres de su mancha, hasta el punto de que Bruno tuvo que cerrar las páginas.

Benedict señaló el nombre del encabezamiento, Dr. Noah R. Behringer, miembro del Colegio Estadounidense de Cirujanos.

—Es cirujano jefe en un hospital de la Costa Oeste estadounidense, muy lejos de aquí. No había oído hablar de él, pero ha causado un revuelo considerable con algunas resecciones bastante radicales de áreas profundas de la cara. Creo que existe la posibilidad de que su caso le interese, justamente por las razones por las que la mayoría de los cirujanos, como el doctor Scheel, consideran que es inoperable.

—¿La Costa Oeste?

—En un hospital muy bueno de San Francisco. Aunque nunca he estado en él.

El norte de California, el último lugar al que Bruno querría regresar. No dejó traslucir que tuviera alguna relevancia especial para él.

—¿El Charité trabaja con ese hospital?

—No es probable que el Charité le vaya a ser de gran ayuda, señor Bruno. Es usted estadounidense y, le ruego me disculpe, pero si no me equivoco, un estadounidense venido a menos. Un pobre.

—Prefiero los términos «vividor» o «calavera».

Benedict arqueó una ceja.

—Berlín es tolerante con la oleada de jóvenes expatriados y mochileros que nos llegan a diario, pero se espera que sepan cuidar de sí mismos.

—Tengo casi cincuenta años.

—Nadie lo diría por su comportamiento de ayer por la mañana. Me temo que la actitud del oncólogo no habrá sido algo excepcional. ¿Conoce el concepto alemán *therapie hoheit*, soberanía terapéutica?

—No.

—En esencia, se trata del derecho del facultativo a que no se le cuestione. No encontrará aquí a mucha gente dispuesta a derivarlo a un cirujano californiano, en particular si lleva barba y coleta.

—¿Puede usted ayudarme?

—Aparte de que ya estoy rebasando mis atribuciones, creo que… francamente, sería preferible que recurriera a sus compatriotas.

—Que entregue a este pobre estadounidense a la merced del doctor Barbinger.

Benedict prosiguió como si Bruno no hubiera hablado.

—¿Me permite otra sugerencia? Si le dan el alta, acuérdese de pedir un cedé con todas las imágenes radiológicas. En ningún caso pueden negárselo, pero si no lo lleva consigo cuando se vaya, es posible que se produzcan retrasos burocráticos.

Bruno sintió una silenciosa oleada de sentimiento hacia Benedict, precisamente en el instante en que ella se disponía a rechazar ir más allá. Bruno se había mostrado ingrato. Pero había hablado en calidad de desahuciado. Ahora Benedict lo había enriquecido y cargado con el regreso de las esperanzas humanas, sus credenciales para participar de la especie. Ella no podía saber lo poco que las había cuidado antes de recibir la sentencia de muerte.

—Gracias —dijo Bruno—. Así lo haré.

—Si me permite el comentario, es perfectamente humano buscar alguien a quien culpar, o culparse uno mismo… básicamente, elaborar una historia, una moraleja, a partir de lo que le sucede.

—No… no lo haré.

—La tentación será fuerte, pero es mucho mejor aceptar que es algo aleatorio.

—Sí. Por supuesto.

—Bueno, ya me marcho, señor Bruno. ¿Tiene manera de volver a Estados Unidos?

—Me las apañaré.

—¿Alguien que pueda ayudarle a su regreso? ¿Tiene amigos en la zona de San Francisco?

Durante décadas, la respuesta de Bruno habría sido: «Me he asegurado de no tenerlos». Pero eso fue antes de Singapur.

DOS

I

Había reconocido a Keith Stolarsky, aunque no sin antes pensar: «¿Cómo habrán dejado entrar a ese vagabundo aquí?». La indumentaria informal occidental no estaba mal vista en Singapur, siempre y cuando se tradujera en horribles tonos pastel de turista, polos Lacoste a rayas, ropa hip-hop y deportiva de diseño, estilo Juicy Couture y similares. Y era lo que solía verse. Esto no. El americano, encorvado como un interrogante, iba vestido con holgadas capas de poliéster negro sin lavar, demasiado ajustadas a la panza, un anorak por encima de los vaqueros negros y zapatillas de correr desgastadas: un conjunto exhumado de algún sótano de *Dragones y mazmorras*. Llevaba el pelo grasiento sobre las orejas, peinado hacia atrás formando unas entradas que revelaban un cráneo enfermizo; la barba parecía de cinco días. Por supuesto, que a Bruno le fascinara semejante presentación era señal, una entre tantas, de que llevaba demasiado tiempo en Singapur. En Estados Unidos el hombre habría pasado inadvertido, a menos que te acorralara para pedirte limosna.

Luego los rasgos del individuo, su comportamiento general, la sonrisa torcida y los andares de pichón, compusieron los de Keith Stolarsky, un conocido de la temprana juventud de Bruno. En el curso de los días siguientes, que pasaría en parte en compañía de Stolarsky, Bruno no pudo evitar maravillarse ante la intensidad traicionera de la memoria recuperada. Hasta que el tipo entró en el Smoker's Club, Bruno jamás habría creído que recordaría al niño, o joven adolescente, llamado

Keith Stolarsky. De hecho, Stolarsky había sido olvidado a propósito, junto con tantas otras cosas. Sin embargo, en su presencia, cada gesto y entonación olvidados de Stolarsky ocupó el estante frontal de la conciencia de Bruno a la espera de ser recuperado. Mediante este proceso, Stolarsky se duplicó milagrosamente en la mirada de Bruno. Era simultáneamente un desecho de cuarenta y siete años –Stolarsky iba un curso por detrás de él en el instituto Berkeley, tal como Bruno recordó sin problemas– y un chico de trece o catorce años, provocador y enérgico, retrasado en su madurez física pero con ingeniosos visos de diablillo.

–¿Lo conoces? –preguntó Edgar Falk en el instante mismo en que Bruno lo reconoció.

No se le escapaba una. De todos modos, no había nada que esconder.

–Sí –admitió Bruno–. De hace mucho tiempo.

–¿Juega?

–No tengo ni idea.

La pregunta de Falk, sin embargo, no difería mucho de la de Bruno: ¿qué estaba haciendo allí un hombre con la pinta de Keith Stolarsky? El Smoker's Club no era un simple salón VIP; era un club secreto, que no constaba en las guías ni en los mismos folletos del Casino Sands de Marina Bay. No entrabas allí sin más. Descubrías su existencia en un aparte o mediante un rumor, y luego te invitaban. El club rehuía el brillo estéril de los centros comerciales, el hotel y el casino que conformaban el complejo en favor de una sugerente apuesta por el glamour de antaño: paneles de madera barnizada, bronces, espejos biselados. Una nube de humo de puro envolvía un rincón donde se celebraba una partida de póquer sin fin, en la que los hombres se esforzaban por consumar la fantasía aflojándose las corbatas y colgando las chaquetas del respaldo de las sillas, dejando a la vista los tirantes, incluso las camisas con cercos de sudor, arremangadas hasta la mitad del antebrazo por encima de relojes suizos. En otro cuadrante, un par de ingleses rechonchos utilizaban con mayor ligereza una mesa de billar, abandonándose a su propio y pintoresco fetiche con unas pintas de cerveza. Aun así, en el fondo el club no resultaba menos antiséptico que el casino. La cuidada iluminación desde abajo conseguía que las caras parecieran carne asada en un ostentoso bufet.

En el caso de Falk y Bruno, ambos habían acudido al Smoker's Club a encontrarse con Billy Yik Tho Lim, exdirector del ISD, la policía secreta de Singapur. Yik Tho Lim había entrado a participar de una inversión a largo plazo de Falk, el amaño de un partido de fútbol coreano, cuestión ajena al ámbito de actuación de Bruno. Sin embargo, durante el proceso, el exdirector había confesado a Falk que le gustaría retarse con el mago del backgammon del que no paraba de alardear.

Falk había trabajado el encuentro durante semanas. No era su primera visita a la suite, ni tampoco la de Bruno; este ya había jugado en esas mismas habitaciones, y de hecho tenía su tablero de backgammon en la silla de al lado, aunque normalmente las partidas serias se organizaban en otra parte. Dudaba de que un hombre como Yik Tho Lim jugara en presencia de mirones y curiosos. La aparición de alguien como Keith Stolarsky podría espantarlo para siempre.

Stolarsky no había venido solo. Lo acompañaba una mujer de pelo oscuro y belleza robusta, mayor de cuarenta años a juzgar por las arrugas de alrededor de la boca, pero mucho más sana que Stolarsky. La mujer también vestía de negro, solo que con muy distinto resultado. Un suéter ajustado y unos vaqueros con pinzas le daban el aire de una actriz vestida con cierto descuido para interpretar a la novia de un músico de jazz o de un poeta de la generación Beat. El suéter iba metido por dentro de un cinturón ancho con hebilla de plata; el rechazo a disimular su gruesa cintura resultaba desvergonzadamente atractivo. De expresión a un tiempo autoritaria y perpleja, la compañera de Stolarsky constituía la mejor prueba de que el viejo conocido de Bruno no vivía en la calle.

—Invítalos —propuso Falk.

—¿Y por qué iba a invitarlos?

—Para divertirnos.

—No me ha reconocido. Probablemente no se acuerde de mí.

—Lo dudo.

—No lo veo desde niño.

Bruno sabía que no era la palabra adecuada para quien había sido la última vez que vio a Stolarsky, justo al marcharse de Berkeley para siempre. Como si le leyera el pensamiento, Falk dijo, regodeándose en la ironía:

—Tú nunca has sido niño. —Luego añadió—: Ese tío te ha reconocido, solo que todavía no se ha dado cuenta.

Posiblemente eso era lo que había hecho que Bruno se encontrara a gusto en compañía de Falk desde el principio: Falk leía todas las mentes, no solo la de Bruno en particular. Le quitaba importancia, era un requisito previo a búsquedas más profundas. Sin embargo, después de tanto tiempo, la naturaleza de las búsquedas más profundas de Falk permanecía sumida en una opacidad constante.

Bruno no tuvo que tomar ninguna decisión. Falk y él estaban sentados lo bastante cerca del camino entre la entrada y el bar para que Keith Stolarsky y su compañera pasaran junto a su mesa.

—No me jodas.

—Hola, Keith —saludó Bruno, lo más despreocupado que pudo.

—Alexander Bruno —dijo Stolarsky—. No me extraña encontrarte en un lugar así. —Se volvió hacia la mujer—. Una vez te hablé de este tipo, comiendo en Chez Panisse, ¿te acuerdas? ¿Un chaval de mi instituto que trabajaba allí de camarero y tenía a todas las mamás enamoradas? ¿Que luego desapareció? Pues es este.

—Edgar Falk —se presentó Falk, tendiendo la mano.

Stolarsky la contempló durante un segundo crucial, como si dudara. Tenía las manos en los bolsillos y sacó solo una. Aunque fue Falk quien la estrechó, Bruno recordó en ese instante la repulsiva flojera ratonil del apretón de manos de Stolarsky.

—Keith —dijo—. Esta es Tira.

La mujer tendió la mano y Bruno tardó un poco en aceptarla, cálida y fuerte, en la suya.

—Tira Harpaz —se presentó.

¿Añadía el apellido para reprochar los modales de Stolarsky? De ser así, Stolarksy no escarmentó.

—¿En qué mierda de sitio estamos, eh? —le dijo a Bruno.

—¿El Smoker's Club?

—Sí, y el Marina Bay Sands, y Singapur, el rollo al completo.

—Supongo. —Bruno soltó la mano de Tira Harpaz al tiempo que se levantaba de la silla—. Sentaos, por favor. ¿Qué os apetece beber?

Era consciente de desear estar a la altura de cualquier leyenda que hubiera dejado tras de sí en el instituto Berkeley. Stolarsky y Falk eran testigos, cada uno en un extremo, de la construcción del único logro en toda la vida de Bruno: su personalidad. Ningún cotejo de información entre ellos lo amenazaba, puesto que Bruno había mantenido una coherencia perfecta. Era para la mujer para quien interpretaría, una pantalla nueva y vacía sobre la cual se proyectaría.

—No, siéntate, deja que os invite a una ronda. Quiero echar un vistazo al garito. ¿Qué estáis tomando?

—Otra de estas… una Tiger Beer, se llama. Pero te acompaño a la barra. Señorita Harpaz… —dijo Bruno, apartando una silla.

Falk agitó una mano por encima de su copa, que Bruno sabía que solo contenía soda y zumo de arándanos.

—Yo también quiero una Tiger —dijo Tira Harpaz, tomando asiento.

—¿Os alojáis en el Sands? —preguntó Bruno, presionando levemente a Stolarsky y la mujer para aclarar cuál era su relación.

Tal vez sus respuestas revelaran versiones distintas. «Me acuerdo de tu maromo cuando solo tenía pelo en la cabeza

—le dijo con la mirada a Tira Harpaz—. Apuesto a que ahora le ha salido en muchos más sitios.»

—Ni de coña —dijo Stolarsky—. Me sentiría como una rata en un experimento psicológico. —Al oír «rata», Bruno se tensó. ¿Stolarksy le estaba leyendo el pensamiento? Aparentemente ajeno a todo, continuó—: Estamos en el Raffles. Después de algunos sitios en los que hemos dormido en Tailandia y Sri Lanka, nos tocaban unas pequeñas vacaciones de cinco estrellas. El Raffles es flipante, tiene una onda muy Kipling.

—Normal —dijo Falk—. Se alojó allí.

Stolarsky calló de nuevo, para calibrar a Falk. Bruno se solidarizó con él. Recordaba su primera impresión de Falk, en el White's de Londres. Bruno había acudido allí por el capricho de un inglés al que había sacado más de treinta mil libras, y que sencillamente consideraba que ver a Bruno hacer lo propio con varias de sus amistades sería una compensación por sus pérdidas. Para gran regocijo de los miembros más bisoños de aquel círculo social, Falk había sido presentado a Bruno como «el otro americano». Con el pelo teñido y aparentemente fijado con laca, y con el colorete de las mejillas, en un primer momento Falk le había parecido mucho mayor de sesenta años, una reinona avejentada con mucho que ocultar.

Ahora, trascurrida una década, Falk no había envejecido un ápice. Bruno consideraba su máscara de Kabuki el verdadero rostro de Falk y jamás había intentado atisbar más allá. Cuanto más conocía a Falk, menos importaba aquella primera impresión: por lo visto Falk no envejecía, tal vez no fuera una reinona. No obstante, Bruno sabía que a otros se lo parecía. Y Falk contaba con ello.

—Sí, normal —dijo Stolarsky.

Pareció reprimir otro pensamiento. En su defecto, Bruno y él se dirigieron al bar y dejaron a Falk con Tira Harpaz en la reluciente mesa.

—Mierda, no es mejor que una Budweiser —se quejó Stolarsky, después de probar la Tiger de Tira Harpaz.

Lo dijo en la barra misma, sin importarle que pudiera ofender al camarero y sin apresurarse a llevar la bebida a su novia o compañera. Él se había pedido un Grey Goose Magnum doble, y acto seguido le dio un trago torciendo el gesto para borrar la decepción de la cerveza, que le había dejado un rastro de espuma en el labio superior entrecano.

—Cada país necesita su Budweiser —dijo Bruno.

—Vale, vale, pero oye, Flashman. —Habló como si llevaran demasiado tiempo, años, retrasando una negociación—. Vamos a tener que ponernos al día.

—¿Flashman?

—No me digas que no te acuerdas de que me prestaste sus libros en el instituto. ¿George MacDonald Fraser? ¿Flashman el cobarde, el capullo, el canalla? Está claro que has basado toda tu vida en él. Joder, si ya era evidente en secundaria.

Bruno recordaba los libros, vagamente. Sin embargo, le interesaba más que semejante desastre, que aquel desecho humano, pareciera inmune al bochorno.

—Tengo toda la serie en primeras ediciones, tío. Cada vez que abro uno me acuerdo de ti. Dime, Alex, ¿a quién has matado por ese esmoquin? Y, por favor, no me digas que eres el compañero del alma de ese carcamal rarito.

—¿Cómo?

—¿Necesitas traducción? Su, cómo decirlo… su catamito.

—¡Menuda palabreja!

—Confiesa, sí o no: ¿eres o no eres el protegido de Liberace?

—No —respondió Bruno, sin avergonzarse en lo más mínimo.

No era la primera vez que lo insinuaban. Si Stolarsky no le creía, tampoco sería la primera vez.

—Entonces ¿es tu contacto de la CIA? ¿Estás a punto de desmantelar algún tinglado de los gordos?

El tono de Stolarsky era sardónico, aunque reclamaba respuesta. Ya había sonado sardónico, pero también apremiante, cuando con doce o trece años un Stolarsky virginal había interrogado a Bruno sobre sus experiencias con las chicas. De este modo, mediante una concatenación de asociaciones, la ruina que se hacía llamar Keith Stolarsky devolvió a Bruno a un pasado no deseado.

Con todo, había en las atenciones de Stolarsky algo cautivador que lo incitaba a seguir tomándole el pelo.

—No —dijo Bruno—. Tampoco.

—Entiendo, estoy fastidiándote la tapadera, ¿eh?

—Imposible, porque voy a cara descubierta.

—¿Un simple tipo de esmoquin en un club secreto del Sands de Singapur? ¿Sabías que este montón de mierda reluciente y cascadas infinitas es el edificio más caro de la historia de la humanidad?

—No tenía ni idea.

—Si no estás harto de que siga tratando de adivinar qué estás haciendo aquí, puedo probar con más insultos. Eres el camarero, ¿verdad? No, el conserje.

—De vez en cuando limpio las mesas, sí.

—Vete a la mierda. Eres gigoló, está claro. Podría comprarte para Tira por quinientos dólares de Singapur, ¿a que sí? Te conservas bien. No eres Dorian Gray, pero tampoco su retrato. No es mala vida, mientras conserves el pelo podrás ir tirando. Trabajas duro por dinero. Igual que este edificio, tienes que invertir hasta el último puto centavo en las apariencias.

—¿Crees que esta vez has acertado?

—Pues claro, por supuesto. He adivinado hasta tu apodo en el mundillo. Te llaman Piscina Infinita. Porque una mujer puede mirarte a los ojos y tener la sensación de que se ahoga, y además eres caro de cojones.

—¿De verdad me contratarías para Tira?

—Claro, pero tendrías que dejarme mirar. Tira consigue siempre lo que quiere.

—¿Como esa cerveza?

—Me alegra comprobar que seguirás haciendo el numerito de Goofus y Gallant hasta la tumba, me habría decepcionado que lo hubieras dejado. Pero ahí le has dado, vamos. Seguro que Tira ya le ha sacado al vejestorio todos tus datos importantes, probablemente tiene hasta tu número de la seguridad social y tus contraseñas, mientras que yo sigo aquí intentándolo, dándote conversación.

—¿Quieres decir que sois un par de estafadores?

En ese momento, la situación cambió. Bruno se reía por dentro, aunque su expresión no mudó. Stolarsky no podía con él. El antiguo compañero de instituto era un hombre en las últimas que había ahorrado toda la vida para un viaje organizado al sudeste asiático, probablemente no era bueno ni como turista sexual, sino un simple quiero y no puedo, un charlatán, que se había colado en aquella sala dándole propina extra a algún conserje.

—Sí, claro, Alex, genial, somos Boris y Natasha Badenov, me has pillado.

—Dudo que mi socio le resulte un objetivo fácil.

—¿Tu socio? Me parto contigo, tío.

—Soy jugador profesional, Keith. Libero a hombres ricos de la falsa ilusión de que juegan bien al backgammon.

—¿Vives de los juegos de mesa? ¿De verdad?

—De verdad. —De pronto, a Bruno le pareció posible hablarle a Stolarsky no solo como si todavía fuera el adolescente retrasado, cobarde y fastidioso que recordaba, sino como a un niño—. Vamos a llevarle a Tira su Budweiser local y disfrutemos de la conversación un par de minutos, luego te agradecería que desaparecieras.

Bruno se había dado cuenta de que sencillamente no le apetecía perder el tiempo viendo a Stolarsky y Falk tratando de calarse, ni escuchándoles comparar sus fatuas apreciaciones de la personalidad de Bruno.

Persistía la curiosidad por Tira Harpaz, pero podía esperar.

—¿Me estás echando?

—Vete a jugar al póquer o a lo que hayas venido. Mira, cuando te he dicho que no podías reventarme la tapadera no era del todo cierto. De hecho, mi socio ha concertado un encuentro con un funcionario corrupto muy peligroso al que le gustan los juegos de azar caros. Es una presa excepcional y no querría espantarla.

—La hostia, Flashman, no te falta detalle.

—Bueno, si quieres, mañana a mediodía os paso a recoger por el hotel y os enseño algunas partes de Singapur un poco más... auténticas. Y tendrás que contarme qué ha sido de tu vida.

—Que en realidad te importa una mierda.

—Al contrario, me muero de ganas de saberlo.

—Yaaa.

II

Mientras dejaba atrás el resplandor de Beach Road para entrar en el vestíbulo del Raffles, Bruno no sabía si estaba de humor para aguantar más cháchara de Keith Stolarsky. Había pospuesto la sentencia a la espera del momento en que volviera a ver a Stolarsky y eso decidiera por él. A la mañana siguiente, la presencia de su compañero de clase en el Smoker's Club se le había antojado una aparición; Bruno había cumplido la promesa de visitarlo en el hotel más para confirmar la realidad de dicha aparición que por las ganas de disfrutar de la compañía de Stolarsky y de su novia, o de quien fuera.

Puesto que la aparición se negó a reaparecer, Bruno se quedó con la incógnita. Tira Harpaz acudió sola y se acercó a donde una mayordoma había arrinconado a Bruno. Estaba atrapado al otro lado del límite «solo huéspedes», pese a haber tomado la precaución, obviando el calor, de ponerse una americana de acuerdo con el código de vestimenta del hotel. Raffles ejemplificaba la absurda rigidez de las viejas fantasías coloniales de Singapur. Bruno se preguntaba lo que opinaría el personal del hotel de la presencia desastrada de Stolarsky, aunque por supuesto este habría aplicado al problema el disolvente universal del dinero.

Tira Harpaz se había preparado para el sol de mediodía con un muy apropiado sombrero de paja de ala ancha, así que

Bruno la condujo hacia la avenida en lugar de proponerle el restaurante o el bar del hotel, o un taxi. De todos modos, se diría que era lo que ella quería. Por su parte, Bruno llevaba un Borsalino, sombra suficiente, aunque ya notaba la humedad calándole la camisa hasta las costillas por debajo de la innecesaria chaqueta. Cuando Bruno volvió la cabeza con expresión interrogante hacia los pisos altos del hotel, ella se encogió de hombros.

–Tengo móvil. Keith ya nos encontrará, si es que se despierta...

–Bien. Podríamos ir paseando hasta los puestos de comida de Lau Pa Sat. O si prefieres en la otra dirección, hacia Orchard Road.

–Keith me ha dicho que nos habías prometido un recorrido por los bajos fondos, sea lo que sea eso.

–Espero que no me malentendiera. Francamente, en comparación con Tailandia y Sri Lanka, los bajos fondos de Singapur no impresionan mucho.

–¿Nada de antros de perdición? –bromeó ella–. ¿Orgías de chicles? ¿Nada?

–En la plaza Orchard hay una tienda de condones de colores muy llamativos. También tenemos los salones de masajes de rigor, pero no creo que hayas venido desde tan lejos solo para un final feliz, ¿no?

–¡Eh! ¿A quién no le gusta un final feliz? –Su tono era críptico, pero alegre.

Bruno volvió a girar la cabeza hacia atrás, hacia el Raffles.

–¿Una noche larga?

–Masculló algo sobre ver salir el sol y luego se tapó la cara con la almohada.

–O sea que habéis empezado la ruta de antros de perdición sin mí. O al menos Keith.

–No es lo que piensas. Se ha pasado la noche bebiendo Red Bull del minibar. Se puso a jugar al backgammon por internet, contra máquinas y personas, y luego a debatir estrategias de juego en los foros con un montón de esos capullos noctámbulos de todo el mundo. Keith… bueno, se ha creado todo un personaje nuevo para el backgammon en cuestión de ocho o nueve horas, algo que, si conoces a Keith, sabrás que es extrañamente típico de él. Me despertó a las dos para que jugara con él, dijo que ya le había cogido el tranquillo. Lo mandé a la mierda, claro. Y, naturalmente, quiere retarse contigo.

—En ocho o nueve horas de internet puedes aprenderlo todo del backgammon, excepto cómo derrotar a alguien como yo.

Le encantará saberlo.

—No me siento a la mesa por menos de quinientos dólares de Singapur el punto.

Bruno no estaba seguro de por qué había exagerado. Últimamente había estado jugando partidas con apuestas más bajas. Cayó en la cuenta de que quinientos dólares era la cantidad que Stolarsky había insinuado que costaría comprar a Bruno para Tira Harpaz por una noche.

—Sí, bueno, puede permitírselo. —Ahora estaba siendo sarcástica… ¿con quién? Bruno no lo sabía—. ¿Es por lo que jugaste anoche? Keith dijo que te habías citado con el J. Edgar Hoover asiático.

—La partida de anoche se suspendió.

Ya fuera porque le había espantado la presencia de unos estadounidenses extraños, o por cualquier otro motivo desconocido, Yik Tho Lim había mandado a un emisario para disculparse ante Falk por no presentarse a jugar.

—Lamento oír eso. Dios, qué calor. Vamos ya por… no sé, el decimoquinto país, y he agotado toda mi curiosidad por deambular por ahí bajo un sol abrasador. Aunque me encantaría tomar un café helado.

Bruno había malinterpretado las ansias de Tira por alejarse del hotel. Quizá había esperado que acudiera en coche.

—Tomaremos un taxi —dijo Bruno—. Te llevaré al mercado, aunque solo sea para echarle un vistazo.

Habían cruzado Bras Basah Road, pero más adelante había otros hoteles y no les costaría encontrar taxi.

—Imagino que en cuanto me siente a la sombra se me despertará el apetito. Sin ánimo de ofender, pero si no lo supiera diría que estamos paseando por Los Ángeles, ¿sabes?

Abarcó con un ademán el horizonte de rascacielos de juguete y, más cerca, la acera estrecha y vacía, con su insuficiente cubierta de árboles.

—No me ofende. —Bruno recordó lo que significaba Los Ángeles si vivías en el norte de California: el grado deleznable de vacuidad y mal gusto, donde solo se veían mujeres de la limpieza mexicanas por las aceras. Los partisanos de la bahía de San Francisco estaban seguros de vivir mejor. Para Bruno, los dos extremos del estado resultaban casi idénticos—. No me afecta lo que pienses de Singapur. Mi opinión no es mucho mejor.

—Entonces ¿qué atractivo tiene, solo que «las chicas son baratas y los chicos aún más»?

—No sé lo que cuestan ni unas ni otros. Lo que me gusta de Singapur es lo poco que me exige. Alardea de tener tres o cuatro lenguas autóctonas, de una mezcla de estilos culturales y todo eso, pero la verdad es que es un lugar soso, sin sabor.

—¿Quieres un CYM?

—¿Un qué?

Bruno sintió un pánico irracional y desproporcionado, como si Keith Stolarsky y Tira Harpaz hubieran sido enviados en una turbia operación especial para timarlo.

—Un Chicle Ya Mascado. Perdona, asociación libre. Leí en la guía de viajes que el chicle está prohibido aquí, y entonces me has recordado una vieja broma de las colonias de verano en Sonoma, allá por 1988.

—Ah, un chicle que no sabe a nada porque ya está mascado, entiendo.

—¿Te escondes de alguien?

—A la vista de todos.

—Entonces ¿qué te retiene en Singapur?

—Nada. Me has encontrado aquí porque nada me retiene en ninguna parte.

—De momento esta visita guiada está resultando de lo más prometedora —dijo ella con fingida exasperación.

—Podemos sentarnos a charlar. Eso me encantaría. —Bruno se sorprendió a sí mismo. Giró el cuerpo lo justo para guiarla hacia la izquierda, hacia la entrada del Swissôtel—. Ven, aquí nos pedirán un taxi desde recepción.

—Qué coño. Vamos a echarle un vistazo al bar. No necesito color local, necesito aire acondicionado.

Una vez dentro, se dejaron caer en uno de los reservados de un rincón vacío del moderno salón del Swissôtel, y pidieron cafés helados a una apática camarera. Desde el otro único reservado ocupado les llegaba una conversación incomprensible, japonés de ejecutivo medio. Tira mandó un mensaje con su ubicación a Stolarsky, luego dejó el móvil encima de la mesa, pero no se iluminó. Bruno se recostó, agradablemente abstraído, vagamente excitado, flotando en una dulce nube de indolencia.

—Mira esto —dijo ella. Se tiró del cuello de la blusa para mostrar la marca del sol entre las clavículas y el lugar donde rebosaba el sujetador rojo—. Ayer salí con una camisa nueva y sin protector solar. Me lo he puesto bastante a rajatabla, pero pensé que podía permitirme quince minutos sin... Pues no. La campaña publicitaria de este lugar debería decir: «¿Demasiado impaciente para esperar otros cien años al Apocalipsis del calentamiento global? ¡Visite Singapur!».

—No cuentas con muchas defensas naturales.

—No. Mis amigas y yo tuvimos una época gótica. Ellas se teñían el pelo y se pasaban horas delante del espejo aplicándose polvos blancos para parecer un espíritu. Mientras que a mí, con este pelo negro y esta piel tan blanca, me bastaba con darme una pasada de pintalabios rojo sangre, *et voilà*.

La gente siempre acababa abriéndose, inevitablemente, si le dabas ocasión. A Bruno no dejaba de maravillarle, aunque rara vez sabía si sentirse aburrido o emocionado. Tira resultó ser un caso extremo.

—Debías de ser un adefesio.

—Deberías haberme visto antes de tener este bronceado. Los hombres de Tailandia se me quedaban mirando como si fuera radiactiva. Supongo que así es como se sienten las rubias dondequiera que van.

Y sin embargo Tira no terminaba de llegar al fondo. Pocos lo hacían, si no les ayudabas.

—¿De verdad habéis venido a hacer turismo sexual? —preguntó Bruno—. ¿O simplemente os va el intercambio de parejas?

Habría resultado demasiado directo de no ser por los cientos de pistas que habían dejado caer Keith Stolarksy y Tira Harpaz.

—¡Ja! —Una risa que fue un gruñido de foca.

—¿Qué? —Incluso a sí mismo, había sonado a la defensiva.

—Es solo que allí de donde vengo, es decir, del Área de la Bahía y del siglo XX, o supongo que ya estamos en el XXI, preferimos la expresión «relación abierta». A lo cual, si me lo hubieras preguntado así, habría tenido que responder: «Claro, a veces, supongo». Keith hace más o menos lo que le da la gana, lo cual yo llevo de diversas y variadas maneras. Pero desde luego no diría que hago intercambio de parejas, Alexander. De hecho, no estoy segura de haber conocido a ningún swinger auténtico y certificado, no con ese nombre. Dios, esto parece jarabe de arce.

Tira se había bebido la mitad del café helado que la camarera había servido en el transcurso de su monólogo.

—Son todos iguales. Sin ánimo de ofender.

Tira soltó otra risotada.

—No pasa nada, a Keith lo han acusado de cosas bastante peores que el turismo sexual. Y a mí también, solo por pulular por su ámbito de operaciones.

¿Operaciones? A Bruno le pareció una peculiar elección de palabra.

—¿De dónde saca tanto dinero?

—¿Me tomas el pelo? ¿Cuándo os visteis por última vez?

—No nos veíamos desde el instituto.

—Pero habrás vuelto por Berkeley en los últimos, eh… treinta años más o menos, ¿no?

—Ni una sola vez.

Probablemente era lo más parecido a un logro personal que podía reivindicar en la vida. Una performance artística apenas percibida y de formación lenta: *Alexander no regresa* (1981-actualidad, objetos encontrados).

—Supongo que por eso no lo sabes. Keith es el dueño de la mitad de Telegraph Avenue. Conoces Zodiac Media, ¿no?

—No.

—¿La gran superficie? ¿Electrónica, juegos, camisetas y porquerías de esas? ¿O Zombie Burger?

—No. Tampoco.

—Bueno, pues son suyos. Es de donde saca la pasta, ya que lo preguntas. El imperio de Keith ocupa una manzana entera de lo que antes eran, ya sabes, tiendas de cannabis, librerías de segunda mano y restaurantes de tabule afganos, el rollo típico de Berkeley. Lo llaman la Estrella de Muerte. Keith está considerado una especie de Darth Vader en tu ciudad natal, Alexander, por eso suponía que estarías al corriente.

Bruno se encogió de hombros. Ella lo miró de un modo extraño.

—No me confundo… Creciste allí, ¿no?

—Llegué a Berkeley con mi madre cuando tenía seis años. Antes vivíamos en el condado de Marin.

—Entonces…

Bruno podía vaciarse como el que más. La pregunta de Tira resultaba obvia, aun cuando no la hubiera planteado. Correspondía a Bruno responder o esquivarla. Intentó recordar la última vez que había optado por abordarla directamente.

—No sé si June está viva o muerta —dijo Bruno—. Aunque me sorprendería que quede mucho de ella. Escapó de las atenciones de su gurú de San Rafael, como he dicho, cuando yo tenía seis años. Pensaba pasar desapercibida en Berkeley, dejar que las drogas fueran eliminándose de su organismo con el tiempo, pero ya estaba muy mal de salud. Mental, quiero decir.

Vivíamos en un piso asqueroso de los bloques, y June hacía trabajos de estucado decorativo por encargo en San Pablo Avenue. Me pregunto si el negocio seguirá. –Bruno no se molestó en describir a los dos gays rechonchos y arrogantes que dirigían el taller, donde fabricaban frontones de cemento y molduras ornamentales de escayola para restaurar techos victorianos. El italiano y el estadounidense, con sus barbas y su provisión inagotable de marihuana, demasiado accesible para June, no ayudaban un pelo, y la insultaban hasta hacerla llorar cuando rompía alguna fabulosa construcción de yeso al sacarla del horno y echaba a perder un día de trabajo–. En séptimo empecé a fregar platos en Spenger's Fish Grotto, luego me dejaron servir mesas, pero en realidad ya tenía la vista puesta en el Gueto Gourmet... ¿Todavía lo llaman así?

–Claro. –Tira lo miraba con los ojos muy abiertos–. La Cheese Board, ¿verdad? Y Keith me contó que habías trabajado en Chez Panisse. ¿Cuando ibas al instituto?

–Sí.

–¿Y luego qué? ¿Te fuiste de casa?

–Ya no vivía en casa. June no podía mantener una casa ni nada. Mi madre vivía en un albergue, aunque también la veía mucho por People's Park, llevaba una vida bastante... asilvestrada.

El novio callejero de June tenía un carrito de súper y un carraspeo característico que resonaba como si llevara un megáfono hundido en el pecho. Bruno a veces lo había oído frente a las ventanas de su clase del instituto Berkeley mientras el hombre recorría los alrededores en busca de materiales reciclables, entre la hora del recreo y la del almuerzo.

–Lo siento.

–No pienso en ello de esa manera.

–¿Vivías en el albergue?

–Me alojaba en los cuartos de invitados de mis amigos, algo que se hacía por entonces en Berkeley. Puede que todavía se haga.

—Uau. ¿Estuviste en casa de Keith?

—No me refiero a los amigos del instituto. Me refiero a la gente de los restaurantes, camareros y eso.

—O sea que te convertiste en un adolescente legendario. No entiendo que Keith no me contara esta parte.

—Keith no debía de tener ni la más remota idea.

—Porque tú eras… ¿qué? ¿Demasiado guay para el insti julai, viviendo tu juventud a ful, más *cool* que Peter O'Toole? Por si no te has fijado, te estoy escribiendo un poema.

Bruno le quitó importancia con un ademán.

—Acuérdate de que Keith iba un curso por detrás. Y yo había aprendido a mantener a June alejada de mi vida con los otros… niños… hacía mucho tiempo.

El móvil de Tira vibró sobre la mesa de cristal. Tira lo cogió y leyó.

—Ahora viene. No veas el cabreo cuando descubra que se ha perdido tu confesión.

Era absurdo que el riesgo de que Keith Stolarsky supiera de June, a estas alturas de la vida, a un siglo y un continente de distancia de Berkeley, le provocara la sensación de que le ajustaban una soga al cuello.

—Hazle un resumen —le dijo Bruno a Tira—. Pero no me obligues a tener que escuchar mientras se lo cuentas. Y, por favor, que crea que te ha costado algo, que no he desembuchado tan fácilmente. Tengo una reputación que mantener.

De pronto la sala parecía más pequeña. Hasta los ejecutivos japoneses parecían estar escuchándole.

—¿Te he torturado haciéndote el submarino? ¿O…?

Tira se llevó un puño a los labios e hinchó la boca por dentro con la lengua, simulando una felación.

—Cuidado —advirtió Bruno, tratando de disimular la sorpresa—. Puede que en Singapur esa clase de lenguaje de signos sea ilegal.

—¿Y qué iba a hacer una chica sorda cachonda? Había pensado invitarte a mascar chicle, pero después me he acordado.

Tira había pisado el acelerador, como desesperada, ante la perspectiva de la llegada de Keith, por demostrar su dominio de la insinuación.

—La chica siempre podría escribir una nota.

—¿Y si además la pobre también es analfabeta?

Bruno estaba tan harto de la broma como deslumbrado, o excitado.

—A cambio, al menos debería haberte interrogado un poco a ti —dijo Bruno—. En lugar de enterarme de casi nada, aparte de tu pasado siniestro como gótica.

—Lo que ves es lo que hay. La típica turista sexual recuperándose de su pasado gótico, nacida en Israel, criada en Saint Louis y con la carrera del Departamento de Retórica de Berkeley menos la tesis.

—Te he calado a la primera.

—Vista una, vistas todas.

Keith Stolarsky cruzó el vestíbulo con andares de pato para reunirse con ellos y la broma se acabó, como arrojada por un precipicio. Con ella saltaron también la atmósfera confesional y la provocación descaradamente sexual, cada una de las cuales había flotado por debajo como hojas en un estanque turbio. A Stolarsky no pareció interesarle lo que hubieran estado haciendo en su ausencia, como si confiara en que no hubiera sido importante. Quizá no lo fuera. Tampoco retomó las preguntas que tanto le habían acuciado la noche anterior en el Smoker's Club.

—Vale, cabrón, voy a comerme tu almuerzo.

—¿Quieres almorzar? —preguntó Bruno.

—Por supuesto, pero no estoy hablando de eso. Esta noche, o esta tarde, en cuanto estés listo, vamos a jugar al backgammon. Quiero ver si eres capaz de sorprenderme.

—Yo juego por dinero.

Stolarsky chasqueó los labios y puso los ojos en blanco.

—Muy bien, pues ya concretaremos —dijo Bruno. Había visto a otros hombres declararse jugadores profesionales instantáneos, enfebrecidos al descubrir que existía el backgammon de grandes apuestas y cautivados por el romanticismo que representaba Bruno, deseando estar en su pellejo. Que también le ocurriera a Stolarsky no tenía nada de particular, por extrañas que fueran las circunstancias–. ¿Todavía os apetece visitar los puestos de comida de Lau Pa Sat?

–Claro. Míralo: fresco como una lechuga, ni se ha inmutado. Tú guías, Flashman.

Pero Tira no dijo nada. Se había retirado, sombría, detrás de Stolarsky, como una luna.

–Voy a pedir un taxi –dijo Bruno–. El sol pega cada vez más fuerte.

Sin duda, la llegada de Stolarsky al bar del Swissôtel supuso el giro en redondo más abrupto posible en el trato entre Bruno y Tira. No solo en aquel momento, sino durante el resto de la estancia de Tira y Stolarsky en Singapur. Bruno no pudo restablecer el contacto. Donde antes había habido dobles sentidos, escote a la vista y ripios sobre Peter O'Toole, ahora... nada. Bruno había captado la sorprendente dulzura de su conversación con Tira en el último instante, como la leche condensada al fondo del vaso, que se colaba entre los labios solo después de haber bebido el amargo café que la cubría.

–¿Eres seguidor de Paul Magriel? –preguntó Stolarsky mientras entraban en los patios sombreados donde se montaban los puestos ambulantes–. Tengo entendido que viene a ser el J. D. Salinger del backgammon, ¿no? Aunque, claro, desde la irrupción de los ordenadores muchas de esas cosas han quedado desfasadas, ¿eh?

–Puede que los torneos hayan cambiado un poco. Las partidas con dinero en serio, menos.

–¿Has jugado con los programas punteros? ¿Jellyfish, Snowie?

–No.

–¿Alguna vez has jugado contra Magriel?

–No he tenido ocasión.

Stolarsky había acribillado a Bruno con datos de todo tipo durante el trayecto en taxi y mientras empezaban a pasearse entre los puestos. Quedaba por ver si aprendía rápido o si simplemente repetía la jerga como un loro. De todos modos, ambas opciones no se excluían mutuamente. Las dos serían congruentes con la mosca cojonera adolescente que Bruno recordaba de Berkeley.

–Uau, este sitio no está nada mal. Podría montarse algo así en Telegraph, metes un puñado de vendedores ambulantes bajo el mismo techo, les das licencia y luego te llevas la comisión. Ya tengo el nombre: People's Park Atrium, ¡ja!

Stolarsky miró a Tira. Ella se limitó a responder con un gruñido.

–Por supuesto –prosiguió–, no tendrías la suerte de contar con una policía estatal represora para mantenerlo todo como los chorros del oro. Una pena, ¿eh, Flashman?

Siguiendo los gentiles consejos de Bruno, probaron los char kway tweo y el sambal stingray, y bajaron el picante con cerveza rubia fría. Comieron pulut hitam –pudin de arroz negro– de postre. Bruno no captó un solo atisbo de que Tira Harpaz disfrutara de la comida exótica, ni de su compañía, ni de nada más. En presencia de Stolarsky parecía abotargada, se limitaba a aguantar. ¿Se habría torcido su relación últimamente, quizá en un hotel de Camboya o Hanói? ¿El espíritu erótico del que ambos hacían gala era una manera de blandir una herida abierta, una tirita sobre una traición reciente? ¿O estaban atrapados en un amor-odio a fuego lento, una *folie à deux* incomprensible para cualquiera de fuera de su sistema cerrado? Bruno tuvo la sensatez de no imaginar que podría discernir la diferencia.

III

A las nueve, Bruno se dejó caer por las habitaciones de Edgar Falk para tomar una copa, antes de su segunda visita al Raffles.

Había pasado la tarde en su hotel durmiendo profundamente, después del pesado almuerzo y el insatisfactorio encuentro con Tira y Stolarsky. No había soñado, pero se había despertado melancólico. Una siesta que concluyera justo al ocaso, con su cualidad sobrenatural, rara vez resultaba buena idea. De hecho, mientras esperaba a que el mayordomo abriera la puerta de las dependencias de Falk, Bruno comprendió que en realidad sí había soñado, no con una situación, no con una persona o un lugar olvidados, sino simplemente con una imagen. Bruno había soñado un ocaso inverso, un ocaso negro.

El sol negro había ido cayendo sobre el fondo de un campo amarillo. Ese sol estaba rodeado de un halo de color púrpura eléctrico, un púrpura inestable como un dibujo de interferencias o electricidad estática. En el sueño, Bruno había visto cómo esa aparición púrpura y negra se hundía por debajo del horizonte amarillo, solo para reaparecer bruscamente en el centro de su campo visual y comenzar de nuevo su solitario descenso. Había sido la causa de su profunda melancolía y había sido, cuando se despertó y corrió la cortina, el motivo de que la media esfera naranja sobre el puerto de Singapur le pareciera tan funesta y extraña.

Más adelante lo recordaría como su primera percepción consciente de la mancha.

El «mayordomo» singapurense de Falk era en realidad un criado asignado en un primer momento por el hotel, pero usurpado rápidamente para los fines locales de Falk. Por enésima vez, Bruno olvidó su nombre. El criado servía a Falk con una deferencia que sugería una ceguera general frente al vicio, y había estado presente en un gran número de transferencias libres de impuestos de enormes sumas de dólares de Singapur, entre otras exhibiciones de dudosa legalidad. A Bruno no le habría sorprendido enterarse de que también informaba regularmente a algunas turbias autoridades, que después contactaban con Falk para cobrar su parte. Falk dirigía una orquesta invisible del chanchullo; su mantra era «el precio de hacer negocios». Especialmente en el sudeste asiático, Falk contenía las incursiones de funcionarios y mafiosos en las operaciones más delicadas de Bruno, tales como una encerrona a un rico borracho que, tras toda una noche dejándole ganar, se arriesgaba a una apuesta a doble o nada sobre una deuda desorbitada. Después, mientras Bruno dejaba el hotel en dirección al aeropuerto para desaparecer en un nuevo escenario, Falk se quedaba para cerrar el negocio y recaudar las deudas. Bruno suponía que era entonces cuando las inversiones rutinarias para pagar a policías devenían esenciales. Estaba claro que Falk también le había librado de la cárcel en algunas ocasiones, sin que Bruno ni siquiera lo supiera.

—Señor Edgar está masaje.

—Me ha pedido que venga. Puedo esperar, o volver luego…

—No, quiere que usted pasar.

Cómo no. Falk parecía disfrutar exhibiendo su desnudez ante Bruno, y ante cualquiera que tuviera a mano, en saunas o piscinas privadas, dondequiera que pudiera darse semejante exposición. Al mostrar sus carnes blandas, Falk se apropiaba del poder del tiempo y lo usaba para hostigar a hombres más jóvenes con aquello en lo que inevitablemente se convertirían. «Si yo puedo soportarlo, será mejor que vayas acostumbrándote.» Bruno pasó junto al mayordomo y entró en el dormitorio en penumbra de Falk. Olía a azafrán, posiblemente algún incienso o aceite perfumado. Una toalla cubría las nalgas consumidas de Falk, tumbado boca abajo en la camilla, y probablemente encontraría la manera de deslizarse al suelo antes de que concluyera la entrevista. Una masajista malaya sobaba la piel apergaminada, pecosa y flácida de los omóplatos de Falk. Bajó la mirada ante la de Bruno.

—Alexander.

Falk no levantó la cabeza. Su gruñido se elevó sepulcralmente del interior de la rosquilla acolchada que le tapaba la cara. Como meter la cara en un asiento de váter, pensó de pronto Bruno.

—Sí.

—He tomado un café con Billy Lim. Se ha disculpado por lo de anoche. Ha dicho que lo retuvieron de forma… ineludible.

El tono de Falk se regodeó en la ausencia de explicación, como si se ajustara a su sentido del decoro. Sin duda Yik Tho Lim y él habían hablado de su proyecto favorito, el partido de fútbol amañado. Pero Falk no lo mencionó.

—Un tipo escurridizo.

—Creo que merece la pena consentirle. Hemos quedado para el viernes por la noche. Le gustaría organizar una pequeña fiesta en cierto restaurante.

—¿En la trastienda?

—Creo que ha reservado todo el local.

—La cosa parece seria.

—Eso espero. Me ha contado que una vez ganó un tigre de Bengala en una partida de póquer con el director del zoo de Singapur.

—¿Y ahora el tigre viaja con él a todas partes?

—Billy se lo comió, para ganar fuerza.

Falk murmuró este enigma envuelto en un suspiro, como si el masaje le hubiera sacado las palabras. La masajista se había colgado del hombro el codo de Falk, revelando el sobaco canoso mientras hundía los pulgares en las cavidades escapulares.

Bruno, perdido en la niebla de azafrán, no tenía la menor idea de si la historia del tigre devorado era una fanfarronada o una ocurrencia de Yik Tho Lim… o una ocurrencia de Falk a costa de Lim. Pero, acostumbrado a los comentarios oscurantistas de Falk, no pidió ninguna aclaración. De todos modos, ya era hora de dejarse de rodeos.

—Escucha, Edgar, todavía no había tenido ocasión de contártelo. Sorprendentemente, incluso para mí, esta noche tengo una partida con ese americano que entró en…

Ese era el motivo de que volviera al Raffles. Keith Stolarsky había reservado una habitación aparte para lo que, al despedirse, había calificado de «batalla colosal que durará toda la noche».

—Tu amigo ancestral. Sí, lo sé.

O sea que Falk se había enterado. ¿Por el mayordomo? ¿La masajista? Probablemente le había llegado de una docena de fuentes. Stolarsky no se habría molestado en disimular los preparativos, aunque intentarlo tampoco le habría servido de mucho, en esta ciudad no.

—Es una suerte que Billy Lim no quiera jugar esta noche, ¿no?

—No te he ocultado nada.

—Lo sé.

—Ha sido una sorpresa —se repitió Bruno.

—Seguro que sí. ¿Habrá acción?

—Creo que sí. No lo aparenta, pero por lo visto es rico.

—Minorista, imagino.

La masajista aplicó algún tipo de polvo o tierra en las extremidades de Falk. Cómo no, retiró la toalla para acceder a todo el cuerpo. ¿Podría ser curry ese olor que ahora se mezclaba con el azafrán? ¿Estaba sazonando a Falk para un horno tandoori? Últimamente, Bruno olía a carne en todas partes.

—Sí. Vende móviles, creo, o videojuegos, a universitarios.

—Preferirías que yo no fuera.

—A mí me da lo mismo que vayas o no, Edgar. Pero no creo que sea lo que Keith tiene en mente. Te llevarás tu parte, desde luego…

—No digas nada más.

Estaba despidiendo a Bruno. Para recalcarlo, Falk se tiró un pedo y espiró una exhalación sibilante, como un cadáver soltando aire. Bruno sintió que le había decepcionado, una decepción genérica y en absoluto novedosa. Lo que fuera que los unía —que incluía el afecto— hacía mucho que había superado las falsas ilusiones del orgullo. El viejo chacal se enfrentaba al joven cual espejo inmisericorde. Y Bruno guardaba menos balas en la recámara de las que debiera; hacía demasiado tiempo que dependía de Falk. Solo con que un único empleado del Raffles entrara en la habitación que había reservado Keith Stolarsky, Falk se enteraría de hasta la última palabra que allí se dijera. Quizá, por eso mismo, Bruno le pediría a Stolarsky que prohibiera la presencia de personal del hotel. Pero entonces, Bruno tendría que informarle al detalle después, siempre lo había hecho así. Su resentimiento era el del esclavo. ¿Había llegado el momento de separarse?

Cuando la mirada de Bruno se cruzó con la del mayordomo de camino a la puerta, ninguno de los dos habló.

Una hora después, Bruno se presentó en el Raffles. Llevaba ropa informal, un traje blanco apropiado para una noche calurosa y el tablero de backgammon bajo el brazo. Esta vez el personal, engrasados los mecanismos, le dio la bienvenida. Lo dirigieron a la puerta de la suite Colonias del Estrecho.

—Sí, le he reservado a Tira otra habitación para esta noche. No necesita tres putos televisores y una caja fuerte solo para sobar.

Stolarsky vestía unos shorts negros de estar por casa cutrísimos y una camiseta de los San Francisco 49ers con el emblema rojo y oro engomado, no bordado. Era de suponer que el albornoz y las zapatillas blancas habían sido cortesía del hotel. Pese a la recargada decoración victoriana del Raffles, a Bruno le sorprendió hasta qué punto la presencia de Stolarsky reducía la suite a simple gusanera, como si al abrir la puerta hubiera levantado una piedra. El acto de entrar, que Bruno realizó ahora, se convirtió en el de encogerse de tamaño para sumarse a un circo de pulgas. Solo habían limpiado las habitaciones por encima, las lámparas iluminaban montones de tíquets de viaje, fajos de billetes y residuos varios. La puerta del dormitorio estaba cerrada.

—He pensado que así aprovecharíamos mejor la suite —estaba explicando Stolarsky—. Al fin y al cabo la pago yo, joder.

—¿Ya está durmiendo?

—Qué va, ha salido a dar una vuelta con una maruja aburrida de Kansas City que ha conocido en el bar, debe de ser algo típico de Missouri. Me ha pedido que te diga que se pasará luego, pero creo que está cabreada porque no le dedico nuestra última noche a enseñarle la vida nocturna o lo que haya que ver. Genial, te has traído el tablero, he pedido en recepción que me consiguieran uno, pero no parecían muy convencidos. Ya veremos si llega. No he hecho nada más que jugar por internet, tengo los ojos como si me los hubieran lavado con un desatascador de tuberías.

—¿Vuestra última noche?

—Sí, hemos adelantado el billete. Nos hemos hartado muy pronto de esta mierda. No entiendo cómo lo aguantas.

—Para mí es igual que cualquier otro sitio.

—Vale, Magister Ludi, te pillo. No ves nada más allá del horizonte del tablero. Pues ahora voy a colarme en tu jardín rocoso minimalista de maestro zen y ya veremos si consigo que te despeines un poco.

—No tengo ni la más remota idea de lo que dices. ¿Puedo prepararme una copa?

—Tu jardín secreto, tu recinto de enigmas. El ruedo por el que mueves el caprichoso dedo del destino del backgammon. Te estoy retando porque vas de farol, viejo amigo, colega, cabrón. Ya que estás, ponme otra copa.

Bruno echó Macallan en dos vasos de whisky.

—En el backgammon no hay faroles.

—Eh, deja sitio para el hielo. ¿Y el dado doblador? Estás intentando camelarme, puto tramposo.

—Yo no le echaría hielo a este whisky. Y doblar no es lo mismo que ir de farol: los dos jugadores pueden ver todo el tablero.

—Ya, no se le echa hielo a un buen whisky, claro que no. Así que tampoco querrás echarle un poco de Dr. Pepper, ¿eh? Es broma. En fin, no me refiero a esconder mierdas en el tablero, Alexander. Me refiero a lo que escondes en la mente.

Bruno se quedó mirándolo. Comprobó cualquier posible intrusión de los pensamientos de Stolarsky. Nada. Le entregó un vaso de whisky. ¿Alguna vez había hablado de telepatía con Keith Stolarsky en el instituto? Habría sido un lapsus imperdonable. Pero sus provocaciones eran demasiado dispersas, e inanes, como para preocuparse.

Stolarsky sonrió y alzó el vaso en un brindis silencioso.

—Soy un libro abierto —dijo Bruno, optando por la displicencia—. Si encuentras algo en mi mente capaz de alterar los hechos del tablero, te invito a que lo aproveches. ¿Empezamos?

Para cuando los interrumpieron por primera vez, Bruno había llegado a la conclusión de que el juego de Stolarsky, por mucho que lo hubiera improvisado mediante búsquedas por internet y jugando contra programas, o contra jugadores ocultos tras sus pantallas que a su vez se habían formado jugando contra programas, no estaba tan mal. Stolarsky demostró una inteligencia absorbente y no se obcecó con uno u otro principio del juego a expensas de lo que dictaran los dados. Con todo, Bruno ganó cinco de los siete juegos y se divirtió renunciando al dado doblador, para pasmo de Stolarsky. Así le negó cualquier pista acerca de cuándo debía rendirse.

—No lo entiendo, ¿por qué no doblas la apuesta? —preguntó Stolarsky durante la octava partida, atrapado en la barra.

Stolarsky ya había doblado, en dos ocasiones anteriores. Bruno estaba decidido a aceptar cualquier doblaje de Stolarsky por norma, al menos de momento. Era una forma de espolear al jugador nuevo, de descubrir de qué pasta estaba hecho. Bruno había insistido en empezar con apuestas de cien dólares el punto, contradiciendo así lo que le había asegurado a Tira Harpaz. A partir de ahí, podían ir subiéndolas o no. En ese momento, ganaba ochocientos dólares.

Esta vez, Bruno respondió con un encogimiento de hombros.

—¿Insinúas que todavía tengo alguna posibilidad? No la veo.

—Siempre hay alguna posibilidad.

—Estás jugando conmigo otra vez.

—Ríndete si quieres.

—Que te den.

Stolarsky tiró. Como si los dados conspirasen con Bruno para educar al novato en el capricho de sus posibilidades, Stolarsky consiguió salir de la barra al primer intento y además mató la única ficha desprotegida de su adversario.

—Ahí lo tienes —dijo Bruno.

—Supongo que lo veías venir.

Stolarsky pretendía ser sarcástico, pero fue incapaz de disimular la satisfacción por el giro de su suerte, las ansias del perdedor se lo impidieron.

—No, pero lo he visto otras veces.

Fue entonces cuando sonó el timbre de la suite. Un empleado del hotel, acompañando a un repartidor que traía una bolsa humeante de comida. ¿El espía de Edgar Falk? Posiblemente, aunque era Stolarsky quien había pedido la comida. Dio una propina al chico y dejó el paquete sin abrir en la encimera. Bruno y Stolarsky volvieron a quedarse solos.

—¿Qué es? —preguntó Bruno.

—Un montón de hamburguesas Omakase. Tengo entendido que son las mejores de por aquí, espero no equivocarme.

—No te equivocas.

—Dinamita. Gasolina para un camino largo y difícil. Pero no pienso dejarte escapar, Flashman. Tira.

Bruno consiguió perder, aunque no antes de aceptar un doble de Stolarsky, al que respondió con un castor, en vano. El resultado prácticamente los equilibró, tras una hora de juego Bruno solo le sacaba cuatrocientos dólares. Una partida entre caballeros, y por tanto un muermo absoluto. La monomaníaca atención de Stolarsky a las fichas había consumido la intensidad caótica de sus otros comportamientos. Con ellos se evaporó el flujo de peculiares recuerdos en que se había sumido Bruno. Se preguntó si podría encontrar una ocasión para colarse en el dormitorio cerrado. Examinar las pertenencias privadas de Tira Harpaz tal vez le diera más pistas… pero ¿de qué? ¿Querría Bruno siquiera saberlo? Aunque sentir esa imperiosa necesidad, al menos, lo entretenía.

Stolarsky colocó dos hamburguesas en la mesa, entre el tablero y él. Bruno también cogió una, apenas una muesca en la enorme bolsa de provisiones, pero solo se había comido la mitad cuando Stolarsky terminó de devorar las suyas. Eructó, suspiró y chasqueó los labios, al tiempo que se desperezaba en la silla para liberar la presión de la barriga, dentro de un halo creciente de envoltorios arrugados y pelotas de servilletas.

—Muy bien, muy bien, ¿listo?

Bruno asintió en dirección a los dados.

—En el fondo no consigo interesarte, ¿verdad?

Stolarksy hizo girar en la boca un trago de Macallan como si fuera enjuague bucal, luego esbozó una mueca y se frotó los dientes con la punta de la lengua.

—No enormemente.

—Ah, con qué tacto lo dices. ¿Qué despertaría tu interés, señor Enormemente? ¿Qué considera enorme una reina como tú a la que le gustan bien gordas? Pero te aviso, pienso clavártela por detrás.

—Puede que a quinientos el punto no me duerma.

—Así me gusta, y si te preocupa dormirte, es un problema con más de una solución.

Stolarsky tiró un dado para abrir juego.

—¿Una cafetera?

—A la mierda el café. Tengo algo mejor, y de todos modos he de acabarlo antes de subir al avión.

Esnifaron la cocaína en la mesilla de mármol, después de bajar a la alfombra la lámpara y el teléfono. La lámpara, desde abajo y con la pantalla entornada, proyectaba extrañas sombras que revelaban el inmenso caos de la habitación: ahora, a los envoltorios arrugados se habían sumado trozos de papel de plata y un arco difuminado de polvo blanco, el albornoz de Stolarsky colgando del brazo del sofá y algunos cubitos derritiéndose sobre la encimera. Pese al suave aire acondicionado del hotel, Stolarsky parecía víctima de una crisis termostática interna; quejándose y encorvándose sobre los dados y las fichas, se secaba el sudor de las sienes y la frente con las mangas. Puede que no le ayudara el haberse abalanzado sobre una tercera hamburguesa Omakase, devorándola de un mordisco hasta engullir su grueso centro y dejando una costra periférica como si de una porción de pizza se tratara. A quinientos el punto, entraron propiamente en batalla. Stolarksy ganó dos veces antes de que Bruno volviera a machacarlo, el hombre sudoroso jugaba al límite de sus capacidades, unas capacidades que iban agrandándose ante los ojos de Bruno. Este lo obligó a rendirse en las siguientes partidas doblando la apuesta, pero no sin que antes Stolarsky calculara mal y doblara a su vez como un tonto, lo que le supuso un castigo de cuatro mil dólares.

—Está bien, está bien —entonó Stolarsky, empujando las fichas de vuelta a los puntos de partida.

—No hay prisa.

—Ah, claro que la hay. ¿Llevas la cuenta de toda la pasta que te debo?

—No me descontaré.

—Eres un hacha, Flash. Seguro que cuentas con la misma diligencia cuando vas perdiendo.

—Supongo, no tengo forma de saberlo.

—Tira, cabrón.

Bruno se acababa de meter otra raya. La cocaína ampliaba los parámetros de la habitación, y también del cráneo de Bruno. Se abrió un abismo entre sus ojos y el tablero, y entre el cerebro y los ojos. Bruno sintió el deseo de llenar los nuevos espacios disponibles con más de aquel asombroso polvo blanco. Stolarsky había sacado lo que al principio le había parecido una cantidad desmedida. Ahora Bruno se preguntaba si bastaría.

—¿Por qué… cojones… ibas… a… matarme… ahí?

O Stolarsky había ralentizado la voz o la atención de Bruno se había acelerado. La pregunta de Stolarsky no carecía de sentido: Bruno se había comido una ficha solitaria en la primera casilla, con solo la cinco propia cubierta. Únicamente un seis doble mantendría a Stolarsky fuera; con cualquier otra cifra mataría a su vez una ficha de Bruno, o bien ganaría terreno.

—No soy tu maestro, soy tu rival…

—A… tomar… por…

—… pero, como iba diciendo, ¿en el grupo de ayuda de internet nadie ha mencionado el «tempo»?

—¿Ves? Eso quería preguntarte: ¿por qué toda la nomenclatura del backgammon suena como el *Kama Sutra*? «Te has quedado desnudo en un paso estrecho de tu cuadrante interior» y mierdas de esas.

—Lo que acabas de decir no tiene ningún sentido.

—Lo sé, pero ya me entiendes, es como un código sexual.

—La explicación es evidente. El coito lo inventó un día una pareja de jugadores de backgammon aburridos. Simplemente utilizaron el lenguaje que tenían a mano.

—Tienes un sentido del humor muy extraño, Flashman. Mierda, voy a perder la carrera, ¿verdad?

Bruno se encogió de hombros.

—Lanza los dados y veremos.

Le sorprendía un poco la curiosa expansión que experimentaba su personalidad en presencia de Stolarsky. Bruno lo atribuiría a las drogas, salvo que también lo había notado la noche anterior, algo nuevo en el primer plano de su atención: un bloque de distracción, una obstinación, que necesitaba rodear, obviar. No obstante, mientras continuara ganando rondas, seguía siendo Bruno. Poco importaban las tonterías que le inspirase Stolarsky. Bruno sacó las primeras fichas del tablero y Stolarsky alzó las manos, molesto.

—Tendrías que doblar para que pueda rendirme.

—Prefiero no hacerlo.

—Pues me rindo de todos modos.

—¿Por qué no corres?

—Porque ya he perdido, joder.

Las mujeres entraron por la puerta. Tira Harpaz y Cynthia Jalter, que así dijo llamarse, la terapeuta de parejas de Kansas City que no había ido al mismo instituto que Tira, no, pero cuya escuela se había enfrentado a la de Tira en hockey hierba y las dos mujeres creían estar seguras de acordarse de la otra de alguna de las siempre sorprendentemente crueles y brutales batallas extramuros, un montón de niñas bien de barrio residencial estrangulándose y dándose codazos hasta acabar vendadas, escayoladas y en fisioterapia durante varias semanas, y, mira qué gracia, ahí los tenías a los cuatro, no exactamente pero casi dos parejas de amigos del instituto en un hotel palaciego de Singapur, mientras el marido de Cynthia Jalter, Richard, abogado testamentario y un soso —¡a Cynthia Jalter no le irían mal algunas sesiones de terapia de pareja!—, roncaba en el piso de abajo. Tira y Cynthia se metieron unas rayas de cocaína —Bruno tuvo sentimientos encontrados al ver desaparecer tanta cantidad por aquellas narices nuevas— y fueron soltando toda la información precedente.

—Así que has desplumado a Keith por el equivalente a... ¿qué, seis meses de tu salario habitual? ¿Ya eres dueño de alguna de sus tiendas?

Tira parecía dirigir su jocoso desdén a los dos hombres por igual, pero estaba más animada que la última vez que Bruno la había visto.

—No estoy asalariado.

—Pues entonces ¿te repartirás las ganancias con tu agente de la condicional o lo que fuera el tipo ese?

—Claro.

—¿Va a ponerse muy fea la cosa? ¿Keith tendrá que vender el Jaguar?

Las mujeres resoplaron y se carcajearon, retorciéndose por el sofá de risa. Quizá la presencia de Cynthia despertara a la charlatana del Medio Oeste que Tira llevaba dentro, o tal vez Tira estuviera borracha (bueno, lo estaba) o embriagada por la camaradería femenina. Bruno no la conocía lo bastante para saberlo, al margen de lo que hubiera tratado con ella mentalmente.

Stolarsky aguardó el veredicto de Bruno en silencio. ¿Lo había acobardado la última derrota? No podía ser por el dinero. Se encorvó sobre la mesa de cristal para hacer unas cuantas rayas y meterse alguna antes de que las mujeres se la esnifaran toda, aunque primero volvió a colocar las fichas en la posición de inicio para otra partida.

—No juega mal —dijo Bruno—. Todavía estamos tanteándonos.

Eligió un tono digno, en cierto modo retrayéndose ahora que Tira y su recuperada amiga de la juventud habían llenado la suite de hilaridad. Tal vez dignidad cansada fuera la primera impresión que necesitaba transmitir en cualquier parte.

—¡No me jodas! ¡Qué bueno… os estáis «tanteando»! ¿Has encontrado algo… duro? —Las mujeres se desternillaban—. Porque nosotros llevamos un tiempo haciéndolo, pero a veces si no encuentras un puro es que no hay puro…

Tira se levantó de un salto del sofá para sentarse en el regazo de Stolarsky, y al intentar colarse entre él y la mesa golpeó el tablero. Las fichas salieron volando; por suerte no estaban jugando una partida, solo estaban colocadas para abrir. Stolarksy separó las rodillas y Tira cayó a la alfombra.

—¡Eh!

—Cálmate.

—Oh, ya lo pillo, me prefieres aquí abajo…

Se arrodilló entre las piernas de Stolarsky y tiró de la cinturilla de los pantalones cortos. Él la agarró de las manos.

—Para, Tira.

—Estoy tanteándote.

—Podéis mirar si queréis…

—¿Mirar qué?

De pie detrás de Bruno, Cynthia Jalter lo abrazó por los hombros.

—Me dijo que te parecías a James Bond, pero no me lo creía —susurró entre dientes.

—Ya ves tú qué estupidez más grande —dijo Stolarsky. Se zafó de las manos de Tira y empezó a devolver las fichas a sus casillas—. Porque a estas alturas a James Bond lo habrán interpretado, no sé, como una docena de actores, de modo que no se parece a nadie, como mucho a un borrón de masculinidad ausente. Que viene a ser lo que podrías conseguir con Alexander, así que un poco de razón no te falta, aunque de todos modos está muy por encima de ti.

Nada parecía tener suficiente sentido como para que importara. Sin embargo, Bruno fue consciente de su propia gazmoñería al temer que Tira consiguiera bajarle los pantalones a Stolarsky —le aterraba contemplar sus calzoncillos, si es que los llevaba— y de su sorpresa al ver a Stolarksy insultar a una mujer a la que acababa de conocer. Por otro lado, y aunque de frente le había repelido su pelo oxigenado y su cara de mofletes caídos y con exceso de colorete, los brazos de Cynthia Jalter y sus pechos generosos contra sus hombros no le molestaban en lo más mínimo. Bruno se maravilló ante sus veinticuatro horas de descenso, desde aquel primer vistazo inquietante a Stolarsky en el Smoker's Club hasta la presente inmersión casera en el libertinaje nocturno al estilo americano. Bruno nunca había estado en Missouri, pero tuvo la impresión de que podría estar allí.

Habían jugado entre siete y diez movimientos de una partida a la que Bruno apenas atendía, cuando se descubrió con tres peones de Stolarsky en la barra y la lengua metida hasta el fondo de la garganta de Cynthia Jalter. Semejante proximidad no le permitía distinguir ningún defecto en la cara de la mujer, aunque parecía a punto de arrancarle la lengua de raíz de tanto succionar.

—No seas condescendiente —dijo Stolarsky—. Arrambla con el puto dinero mientras esté sobre la mesa.

—Estoy un poco distraído…

—Ten, mejor le meto el dado doblador por la puta camisa a ver si así lo encuentras.

—Mmmff… um… —Cythina Jalter despegó su cara de la de Bruno lo justo para decir—: Coge el dinero, cielo, eso es lo que hemos venido a ver. Tranquilo, que no me voooy.

Para demostrarlo, se inclinó y comenzó a trabajarle el cuello con una fuerza bruta propia de una aficionada a la trompeta o la trompa.

—Sí, Alexander —añadió Tira—, por Dios, joder, acaba con su sufrimiento.

Bruno estaba razonablemente seguro de que Cynthia Jalter no era el topo de Edgar Falk, pero no pensaba dar nada por sentado.

—Vale, doblo la apuesta.

—Acepto. Tira los dados.

—¿Por… por… por qué has hecho eso? —preguntó Tira.

—Se llama recirculación, cariño, se llama juego de retaguardia, así que calladita estás más mona.

—Estaría más mona si jugara.

—¿De retaguardia? —jadeó Cynthia Jalter, levantando la cabeza para respirar—. Hace mucho que no lo practico. Puede que esta noche.

—¿Jucgas a backgammon? —dijo Bruno.

A los otros les pareció hilarante.

IV

En el taxi de camino a la residencia de Billy Yik Tho Lim en Sentosa Cove, un coche iluminó el asiento trasero al pasar y Edgar Falk se inclinó para examinar el cuello de Bruno.

—Chófer, ¿nos enciende la luz? —pidió Falk.

—¿Qué? —dijo Bruno, frotándose la zona—. ¿Una picadura de mosquito?

Entonces cayó en la cuenta de qué era lo que había llamado la atención de Falk.

—Una rojez. No te muevas.

Falk extrajo un pequeño vial del bolsillo interior de la chaqueta. Al abrirlo, Bruno vio que contenía una almohadilla empapada en unos polvos grasientos color carne.

—¿Vas a maquillarme el cuello?

—Estoy en ello, sí.

—No me puedo creer que lleves encima el maquillaje.

—Antes o después tú mismo querrás ir preparado, Alexander. Son cosas de la edad. —Si Falk reconoció que el moratón del cuello de Bruno era un chupetón, como evidentemente hizo, no dijo nada. Se limitó a mirar por la ventanilla—. Me hago mayor.

—Sí.

—No me importaría retirarme aquí —musitó Falk—. Me gusta. Sobre todo, Sentosa Cove.

—¿Ya?

Falk guardó silencio.

Al final, Bruno y Cynhtia Jalter no se habían desnudado. Ella se había limitado a pegársele al cuello y agarrarle la polla por encima de los pantalones mientras él perdía las últimas seis partidas seguidas frente a Keith Stolarsky, no sabría decir si a propósito o no, pero dejó que Stolarsky doblara la apuesta en cada una de ellas, de modo que acabó devolviéndole varios de los miles de dólares de Singapur que le había ganado, y eso le alivió. Bruno no quería quitarle demasiado a Stolarsky, no sabía por qué. Había perdido las últimas seis partidas y luego había suplicado parar. La cocaína se había acabado y había dejado un agujero en el centro de su atención, de su vista. Allí, con Stolarsky, se había producido el comienzo oficial de su mala racha, sin precedentes en su caso, junto con los primeros atisbos de la mancha.

Bruno se había marchado sin mirar a Tira Harpaz a los ojos, y eso, al final, fue lo que parecía haberle importado más.

En la casa de la playa de Sentosa Cove, hasta la una de la madrugada, cuando Bruno ya iba perdiendo más de cien mil, Billy Yik Tho Lim no comentó nada sobre la marca del cuello. O bien el sudor había borrado el maquillaje que le había aplicado Falk, o bien Bruno se había frotado en algún movimiento nervioso inconsciente. O tal vez Yik Tho Lim la hubiera detectado de inicio pero había postergado el momento de mencionarla. Yik Tho Lim llevaba una pistola de la que nunca se desprendía, con lo que sumaban dos en la sala, o dos visibles, ya que el guardaespaldas también iba armado. La casa se alzaba entre las demás mansiones que atestaban la playa y no estaba particularmente bien situada ni tenía demasiado encanto, aunque quedaba lo bastante cerca del mar para oír romper el oleaje desde la terraza cubierta de la azotea cuando las puertas correderas estaban abiertas. Bruno imaginó que el rugido de las olas acallaría los gritos humanos, y luego decidió que eso no eran más que tonterías. Yik Tho Lim estaba jubilado, aquella era su casa de recreo, por espartana que pareciera, y las ocupaciones actuales del exdirector se situaban más en la línea de amañar partidos de fútbol.

—No tiene buena suerte —dijo al principio Yik Tho Lim, sin aludir directamente al chupetón.

El inglés del exdirector era de un refinamiento gubernamental, pero con un deje muy franco.

—En este momento no —admitió Bruno.

—Esta noche no debería haber jugado —dijo Yik Tho Lim, sonriendo—. Le ha besado un pulpo.

Fue entonces cuando señaló el cuello de Bruno.

Al cabo de dos horas, después de algunos golpes de buena suerte y muchos de mala, la inversión de Edgar Falk había volado.

Una semana más tarde, Bruno cogía un avión a Berlín.

CUATRO

I

Ahora, al salir de Berlín por la misma puerta por donde había entrado, Bruno solo tenía a su nombre las pertenencias que conservaba en su habitación de hospital. Cartera, pasaporte, móvil descargado y estuche de backgammon con la piedra secreta ensangrentada. Todo lo demás lo había abandonado en el hotel de Charlottenburg a modo de pago. En el hospital le habían devuelto el esmoquin lavado que ahora vestía, junto con la camisa blanqueada de debajo, mientras cruzaba la terminal E del Tegel para volar el corto trayecto hasta Amsterdam.

Desde Amsterdam continuaría hacia San Francisco. Keith Stolarsky le había reservado y costeado el billete cuando Bruno lo había telefoneado desde el hospital. Stolarsky iría a recogerlo al aeropuerto, y también le había prometido conseguirle alojamiento en Berkeley. La tarjeta de crédito de emergencia de Bruno, que en el pasado había estado avalada por una de las cuentas de Egdar Falk, no funcionaba. Bruno le había pedido al contable del hospital que había determinado su inutilidad que la troceara con unas tijeras y la tirase. Era el último lazo que lo unía a su antigua vida, a Singapur... si es que Falk seguía todavía en Singapur.

A pesar de que el lavado almidonado y rudo del hospital debería haber encogido el esmoquin, la prenda le quedaba demasiado holgada, demasiado pesada. Sin necesidad de radiación ni quimioterapia, Bruno había adquirido la palidez fantasmal del enfermo de cáncer y, por lo visto, también la delgadez. ¿O acaso las batas de hospital lo habían condicionado para que sintiera la ropa simplemente como una frágil cobertura, algo que pudiera quitarse y lavarse en cualquier momento? Mientras avanzaba con su esmoquin entre el gentío de la terminal, incluso mientras captaba la atención de quienes parecían encontrarlo siniestro o raro, o de las mujeres que se empeñaban en seguir encontrándolo algo más que siniestro o raro —se había afeitado por la mañana, preparándose para abandonar el Charité, y había descubierto que los huesos de su glamour todavía acechaban bajo la barba de una semana—, no pudo evitar la sensación de que llevaba los pantalones abiertos por detrás.

En el mostrador de facturación giró la cabeza para sortear la mancha y mirar a la empleada.

—¿Equipaje para facturar?

—Solo lo que llevo encima.

La mujer ya había visto de todo. Bruno se sentía etéreo, una visión que podría cruzar el océano flotando sin necesidad de avión. Incluso en el control de seguridad, apenas se topó con resistencia. Depositó los zapatos y el teléfono inerte en una bandeja de plástico, junto con el cedé de las pruebas médicas que había solicitado tal como le había aconsejado Claudia Benedict. Luego colocó el estuche de backgammon sobre la cinta.

—Abrra el ordenadorr.

Los alemanes tenían que aprovechar hasta la más mínima posición de autoridad. Su acento seguía demasiado cargado de implicaciones.

—No es un ordenador.

—Abrra, por favorr.

Los viajeros se amontonaron con aire cansino detrás de Bruno mientras este mostraba el juego de madera y la piedra cuadrada pintada que seguía degradando su interior.

Se preparó para más indagaciones, pero no. El empleado de seguridad le indicó por gestos que podía cerrar el estuche y cruzar. Es un ordenador de destinos, quiso decirle Bruno. La piedra es un virus.

Yo soy un tumor que podría infectar el avión.

Bruno no entrañaba peligro y ellos lo sabían. Volvió a atarse los zapatos. No tenía nada más que hacer salvo esperar, ser pasivo y disciplinado, y en este sentido el aeropuerto no era más que una variante del hospital. Las enfermeras del Charité lo habían instruido bien. Sabía arrastrar los pies como un paciente por los pasillos del cielo, sin protestar, en busca de clemencia. No debería engañarse pensando que pudiera encontrarla allí. Tomó asiento cerca de la puerta de embarque y plegó las manos sobre el regazo del esmoquin.

La novedad del anonimato recuperado al moverse por el espacio aéreo internacional tal vez bastara para contentarlo hasta Amsterdam. Solo que estaba hambriento. Con los bolsillos pelados, decidió esperar a la comida sobre el Atlántico. Quizá después podría dormir. Los otros pasajeros que esperaban a embarcar en su avión miraban fijamente las pantallas, acentuando aún más el aislamiento de Bruno. Sin embargo, al examinar sus reflejos vacíos, no alcanzaba a imaginar que estuviera más solo que ellos. Entonces se fijó en una universitaria regordeta amarrada a un punto de tomas de corriente, recargando electricidad.

—Perdone, ¿me permitiría…? —Bruno levantó su móvil, idéntico al de la chica—. Se me ha descargado por completo. Y he facturado el cargador con el equipaje.

Tanto daba que este no existiera. Si la chica viajaba con él todo el trayecto hasta San Francisco, Bruno quedaría en evidencia en la recogida de equipajes. Pero ¿qué probabilidades había de que eso ocurriera?

Ella se lo quedó mirando.

—Si pudiera enchufarlo solo un momento para ver los mensajes…

—Claaaro.

Lo evaluó mientras alargaba la sílaba. Bruno sonrió al pudin gris de la mancha y dejó que el esmoquin la cautivara y la despistara de su desconfianza. «Mis mentiras son inofensivas», añadió, en el eventual caso de que la chica fuera capaz de asomarse a sus pensamientos.

—Eh... será solo un minuto.

—Tómese el tiempo que necesite.

La chica le tendió el extremo desnudo del cable justo cuando comenzó el embarque. Al principio el móvil ni siquiera se encendió. Luego consiguió mostrar el icono de la batería descargada, que le aconsejaba no desenchufarlo.

—Tengo que irme —dijo la chica.

—Un momento... —empezó a suplicar él.

Ella no le quitó ojo mientras Bruno le arrancaba otro minuto de carga para el teléfono, luego se guardó el cable en la mochila. Bruno la dejó pasar delante, hacia la cola menguante para embarcar. No necesitaba competir por un compartimento superior para el equipaje, no le importaría ser el último en subir al avión.

A punto estuvo. No vio a la chica del cargador. Bruno sonrió sin entusiasmo mientras desfilaba por el pasillo, pasando por delante de aquellos que ahora podían estudiarlo descaradamente, reforzados por la ventaja moral, ligera pero innegable, de haberse sentado primero. El avión olía a carne chamuscada, lo cual no tenía sentido: ¿qué podían servir durante el breve trayecto a Amsterdam? Bruno se acomodó junto a la ventanilla, encajó el estuche de backgammon a los pies y luego consultó el teléfono. Nada de Frank, pero tres llamadas perdidas de un número desconocido. La debilitada batería le permitió escuchar el único mensaje del contestador.

—Alexander, esta vez te dejo un mensaje. —Una voz femenina, con acento alemán y cierta premura. ¿Una enfermera? ¿O la recepcionista del hotel, que lo perseguía? ¿Había sido tan tonto que había dado su número de teléfono?—. He intentado contactar contigo en el hospital, pero no sé tu apellido. —Entonces, como para responder a su pregunta tácita—: Soy Madchen. Espero que no te importe que llame.

La ciclista del ferry, unos mil años atrás.

—Estaba presente cuando te pusiste enfermo, pero no podía decir nada —continuó.

El significado no estaba claro, quizá por fallos en su inglés. Sin embargo, la alusión a la enfermedad lo desconcertó. A menos que Madchen hubiera visitado el hospital, ¿cuándo y cómo había estado presente?

Un instante de reflexión desmontó el rompecabezas. Madchen había cogido el ferry a Kladow no para cuidar de la sobrina de nadie. Había cruzado el Wannsee para hacer un trabajito, como sirvienta enmascarada con el culo al aire de Wolf-Dirk Köhler. Justo en ese momento, la azafata se inclinó y volvió inaudibles las últimas palabras de Madchen al pedirle a Bruno que apagara y guardara el teléfono.

Mientras viraban hacia Schiphol y empezaban a verse las afueras de Amsterdam, Bruno practicó su acostumbrado juego del aterrizaje, un asunto secreto consigo mismo: tenía que detectar alguna forma humana antes de que el avión atracara en el finger. Pruebas de vida humana, para demostrar que el mundo al que había llegado el avión no había sido evacuado durante la duración del vuelo. Difícil en las mejores circunstancias, sin tener en cuenta la mancha. Detectar un camión en movimiento a lo lejos, en una pista entre dos campos arados, no era raro, pero no servía: ¿qué pruebas había de que el camión no estuviera automatizado?

Los seres humanos, visto lo visto, escaseaban y acostumbraban a permanecer en interiores: levantabas la roca del mundo y las hormigas se negaban a aparecer. En la mayoría de los aterrizajes, Bruno perdía el juego. Hoy, en el último segundo posible, justo detrás de la valla que delimitaba el borde del campo de aterrizaje, en el muelle de carga de algún enorme almacén con capacidad para un centenar de camiones, una sombra salió a la luz. Un hombre... ¿encendiendo quizá un cigarrillo? Bruno se pegó a la ventanilla, giró la cabeza, esquivó la mancha.

El hombre levantó la vista cuando la sombra del avión cruzó por delante. Era alto y vestía de esmoquin. ¿Podía ser?

«Sí —admitió Bruno a su doble del muelle del almacén—. Estoy aquí solo para hacer escala. Dejo el gran mundo para regresar a mi hogar de maltratos, psicosis y mal gusto.

»Perdóname. Es por razones médicas.»

Una vez en la pista, cuando dieron permiso y cientos de móviles reaparecieron precipitadamente y se encendieron, Bruno intentó escuchar otra vez el mensaje de la prostituta alemana, pero para entonces la batería estaba agotada.

II

Bruno cruzó el océano en un asiento central. Se había quedado dormido con los zapatos puestos y aferrando el estuche de backgammon contra su pecho bajo los brazos cruzados, sin permanecer despierto el tiempo suficiente para solventar el problema de cómo, en medio de su atestada fila, poder colocarlo debajo del asiento delantero. Un cansancio salvaje se adueñó de Bruno, como algo que le pasara factura. Se perdió la comida. Aquella carne que habían estado asando durante horas −y que parecían haber transportado también a través del aeropuerto holandés y trasladado desde el vuelo europeo al transatlántico−, Bruno solo pudo saborearla en sueños.

Cuando el auxiliar de vuelo lo despertó, el avión estaba vacío. Seguramente no había parado de moverse mientras sobrevolaba el océano. Tenía más baba en la barbilla y el cuello de la camisa que en la boca; notaba los labios y los párpados pegados. Puede que el avión hubiera atravesado la oscuridad equivalente a varias noches, pero ahora las cortinillas levantadas rezumaban luz californiana, cortante como un escalpelo. El auxiliar le metió una tarjeta de llegada entre la manga y el estuche, aunque tal vez las normas básicas de comportamiento le desacreditaran para entrar en aquella o en cualquier otra ciudad.

Bruno, el último de la fila para el suave interrogatorio de los funcionarios de aduanas, rellenó el formulario con un bolígrafo prestado mientras se lamía los labios cortados e intentaba tragarse el nudo de la garganta. El despliegue de avisos y advertencias sobrepasaba al de cualquier puerto de entrada de Europa, o de Singapur, o de Abu Dhabi. Intentó recordar si en su última visita Estados Unidos había enarbolado tan descaradamente sus ambiciones de estado policial, pero había transcurrido demasiado tiempo. En cualquier caso, nadie le prestó atención. Tal vez el esmoquin representara una garantía de irrelevancia: ¿quién viajaría en una misión encubierta con una indumentaria tan excéntrica? O quizá la mancha se hubiera agrandado hasta formar un campo, un aura, en cuyo interior viajaba sin ser visto.

—Tira y yo hicimos una lucha de pulgares para decidir quién te recogía y he ganado yo. —Keith Stolarsky esperaba al otro lado del control aduanero, donde Bruno apareció balanceando el estuche de backgammon entre viajeros que empujaban carritos de equipaje—. Me imaginé que Tira prepararía una maleta a escondidas, te arrastraría con ella por la costa hasta el Big Sur, reservaría una habitación en Esalen y te violaría en el jacuzzi, y ya nunca más volvería a saber de vosotros. —Stolarsky, con pantalones militares negros, anorak de cremallera y el pelo grasiento, destacaba tanto en el aeropuerto como en el casino de Singapur: una figura exhumada de la noche al día. Alargó el brazo para tocar el cuello de la camisa de Bruno, como para quitarle una hebra de hilo—. Mírate, vestido para llevártela de calle, como el mismísimo Cary Grant, lo cual me convierte en el Ralph Bellamy de la historia. Confirmas mis peores presagios.

¿Intentaba Stolarsky curarle a base de bromas? ¿Radiar el tumor con burdas risas desternillantes? Faltaban dos días para la visita con el famoso e iconoclasta cirujano. Como mínimo hasta entonces, Stolarsky era el único mecenas de Bruno.

—¿Y las maletas? ¿No llevas nada?

—Lo he dejado todo en el hotel. —La voz de Bruno sonó como un graznido.

—Deberías habérmelo dicho. Habría pagado la cuenta y encargado que te mandaran tus cosas.

—Todavía estás a tiempo.

Stolarsky tocó el estuche de backgammon.

—Solo con tu caja de la suerte de criptonita por todo el puto universo, ¿eh? ¿Qué has hecho, trabajártelo en el avión? ¿Jugar para que te pasaran a primera clase?

—Dormir. —«O morir y resucitar solo en parte.»

—Cómo no.

El emprendedor mugriento y mordaz, que se había avenido a fingir una larga historia de amistad con Bruno a partir de una familiaridad insignificante y luego le había pagado el billete de avión por pena, no sentía sin embargo ninguna lástima por Bruno ni conocía lenguaje alguno para manifestarla. De modo que había retomado la relación donde la habían dejado, tratando a Bruno como lo había hecho en Singapur. Pero ahora comentó:

—Debes de estar muerto de hambre. Vamos a comer algo.

—Sí, por favor.

—Tenemos mesa en Zuni.

Estaba claro que se esperaba que Bruno reconociera el nombre. La tierra de bienvenida era una isla envuelta en un código y un lenguaje propios, tanto como Zurich o Marrakech. En este reino, como en aquellos, Bruno se guiaría de oídas.

—Perfecto —dijo Bruno.

El coche de Stolarsky era un Jaguar, un modelo viejo, pintado de un bronce gastado hasta acabar mate. El suelo, descubrió Bruno al entrar, estaba cubierto de envoltorios de caramelos y vasos de refrescos aplastados. Stolarsky no paraba de berrear a los oídos sordos de Bruno mientras recorrían la península entre colinas llenas de casas que parecían cajetillas de tabaco de colores pastel e incoherentes vallas publicitarias de Blackblaze, DuckDuckGo y Bitcoin. Los argumentos de venta convergían, para consternación y desconcierto de Bruno, con los intentos de Stolarsky por darle conversación. Tal vez su cerebro se hubiera lanzado en paracaídas desde algún punto sobre el Atlántico.

—¿Qué quieres? —preguntó Stolarsky, sacándolo de su ensimismamiento.

—¿Perdona?

—¿Qué quieres, estúpido cabrón? Porque te lo voy a conseguir.

—¿En el restaurante?

—En la vida.

—Déjame que lo piense.

—Eso es, Godot, piénsatelo muy bien.

Zuni ocupaba la fachada formada por dos plantas esquineras de una manzana triangular de Market Street, el restaurante una proa de cristal con vistas a la calle y vigas laminadas expuestas, abierta de par en par bajo el implacable sol abrasador. No había donde esconderse, ni rastro de discreción o vergüenza en la disposición de las mesas o su exposición a la calle. Y una vez dentro nadie pareció recelar del tipo con pinta de cucaracha vestido como un vagabundo y de su compañero ataviado con un esmoquin planchado en un hospital. De hecho, Stolarsky atrajo inmediatamente unas atenciones aduladoras, estaba claro que era un asiduo del local, si no uno de los propietarios. Tras comunicarse mediante gruñidos con el maître, cuando llegó la camarera Stolarsky se adelantó al menú y pidió prosecco, ostras y pollo asado para dos.

—Hace dos días que el embajador alemán no come —le dijo a la camarera, que vestía una camisa blanca de botones arremangada para mostrar unos antebrazos completamente azulados por la abundancia de tatuajes florales.

—El pollo podría tardar unos veinticinco…

—Bien, pues que le metan caña…

Las burbujas del prosecco hicieron que a Bruno le cosquilleara la nariz y le lloraran los ojos. Parpadeó para evitar el sol y las lágrimas, le pesaban los párpados. ¿Podía ser que volviera a tener sueño? Hablaba despacio, como si la cosa que le presionaba los ojos también descansara sobre el nacimiento de la lengua.

—Aquí te conocen.

—Todo lo contrario. Vengo a San Francisco de incógnito. No sé si Tira te lo habrá contado, pero ya no puedo pasearme por Berzerkeley ante el riesgo de ser linchado por mis enemigos, tanto del sector inmobiliario como del bando de la revolución proletaria.

—Te llamó Darth Vader.

—Je.

Sorbieron ostras de conchas heladas y destrozaron el pollo mientras Bruno meditaba sobre la vida que discurría bajo el resplandor sesgado de la ciudad, mensajeros en bici con candados al cuello, empresarios trajeados de cráneo afeitado que circulaban en monopatín, transexuales amazónicos que tal vez no fueran transexuales. Por un instante creyó ver al hombre del muelle de carga de Amsterdam, el observador de aviones vestido de esmoquin, pero había sido un efecto del vidrio del Zuni: era solo su reflejo. Tocó el estuche de backgammon con la punta del pie para asegurarse de que seguía donde lo había dejado. El adoquín berlinés estaba dentro, escondido como la cosa que tenía en la cara.

—¿Sabes, Alexander? Me encanta comer contigo, pero tu conversación es un poco lenta.

—Perdona.

—Joder, es que eres muy profundo… Eso es lo que me gusta de ti.

—Gracias.

—Mira, este es mi plan. Tengo un edificio en Haste con un piso vacío. Así que te he hecho una llave.

Bruno se sorprendió. Cuando había telefoneado a Stolarsky desde el hospital no habían concretado nada, pero se había imaginado que lo invitaría a su casa. Bruno no sabía si sentirse decepcionado o aliviado.

—Qué generoso.

—Tonterías. Te pillamos algo de ropa, un cepillo de dientes, champú y esas cosas, y luego te echas a dormir un millón de años.

—Justo lo que espero evitar.

—No me refería a que no vuelvas a despertarte.

—Seguro que no.

En el Jaguar de Stolarsky cruzaron el Bay Bridge, con su nuevo y futurista segmento que partía desde Treasure Island como un puente entre planetas. Sin embargo, el nuevo tramo continuaba a la sombra de su decadente gemelo industrial, que Bruno suponía que tendría que ser bombardeado por unos drones hasta hundirlo en el agua. En Shattuck Avenue, a una o dos manzanas de su antiguo instituto, aparcaron enfrente de una farmacia CVS. Bruno no reconocía nada. Después de Europa, Berkeley le parecía aplastado por el sol, hecho de planchas de hormigón apiladas y nociones culturales recibidas, una fuente tipográfica extraída cinco minutos antes de una impresora. Stolarsky le dio tres billetes de veinte y esperó en el coche mientras Bruno entraba para recorrer los pasillos en busca de los productos mencionados, pasta y cepillo de dientes, gel y champú, y un frasco de Tylenol… lo más similar, confiaba, a su añorado paracetamol. Bruno se tragó un puñado de pastillas sin agua antes de salir de la tienda.

De vuelta en el coche, embutió las bolsas de plástico a sus pies mientras la vergüenza por su nueva y lamentable dependencia iba apoderándose de él. Stolarsky seguramente lo percibió y fue más parco en sus comentarios. De todos modos, algo había empañado el ánimo del minorista mientras cruzaban el puente hacia lo que a todas luces constituían los dominios de Stolarsky. Este bordeó el campus y subió por Channing Way hasta Telegraph, y luego aparcó ilegalmente el Jaguar sobre el bordillo delante de Zodiac Media. El emporio de Stolarsky tenía tres pisos de altura, un edificio sombrío de cristal y neón. Se diría que Zuni había marcado la nota arquitectónica, una caja de cristal de falsa modestia, llevada aquí hasta sus extremos más pesados. Sin embargo, en lugar de transparencia, la fachada de Zodiac reflejaba los destellos de la calle, su coche, los otros comercios más pequeños y tradicionales —un local de tatuajes, otro de artículos de cuero, una tienda de cannabis—, sobre el fondo de un sol plano y abrasador.

Si Zodiac era un caleidoscopio, Zombie Burger, más abajo en la misma manzana, era un meteorito herrumbroso que se había estrellado contra la Tierra. O un truño gigante, con letreros. El restaurante estaba construido con acero irregular batido y corroído hasta un marrón terroso. Su superficie estaba empalada por todas partes, cual ballena acribillada con arpones, por astas de bandera, en muchas de las cuales solo ondeaba la letra Z en rojo sangre sobre fondo negro. El edificio absorbía toda la luz. Parecía diseñado para provocar odio.

—Tu feudo —dijo Bruno.

—Sí. La mitad de la calle. Me caen los inmuebles como la lluvia cae sobre otra gente. —Stolarsky no parecía impresionado consigo mismo—. El edificio donde vas a alojarte lo conseguí de rebote al negociar unos impuestos atrasados de un almacén en derribo. Nadie sabe lo que valen las cosas.

—Menos tú.

—Ni siquiera yo. Ten, las llaves. —Stolarsky dejó caer en la palma de Bruno un sencillo llavero con un par de llaves recién hechas—. El bloque está a la vuelta de la esquina, en el 2400 de Haste. Se llama apartamentos Jack London, ya sabes, como el Colmillo Blanco de los cojones, lo verás pintado en oro encima de la portería. El tuyo es el piso 25. —De pronto sonó cansado—. Pero primero píllate algo de ropa en Zodiac. Toma.

En la mano donde tenía las llaves, le embutió un puñado de billetes de veinte.

—¿Para ropa?

—No, cógete la que quieras, la ropa es un regalo. Pregunta por Beth Dennis en recepción, es la encargada de planta. Está esperándote: he llamado mientras estabas en la farmacia. Siéntete como en tu casa. El dinero es para tus cosillas.

—¿El apartamento está… amueblado?

—Hay una cama abatible. Tira se ha ocupado de las sábanas y demás chorradas.

Stolarsky no pudo disimular su impaciencia, su mirada bordeaba la hostilidad. Se había encogido en el asiento envolvente del Jaguar como una tortuga con un caparazón demasiado grande. Bruno se guardó el dinero en el bolsillo interior del esmoquin. No se molestó en preguntar al propietario si pensaba entrar en su tienda.

—Gracias por todo...

—Ahora no te me pongas intenso, Flashman. Si pierdes tu ironía, los terroristas ganan.

Tras lo cual, Bruno bajó del coche al bordillo y Stolarsky desapareció.

Bruno llegó a la entrada de Zodiac Media pasando por en medio de un desolador grupo de chavales sentados en la acera con pinta de haberse escapado de casa, increíblemente jóvenes, increíblemente sucios. Pese a la limosna que pedían los carteles manuscritos, los chicos parecían encerrados en una burbuja inmune a la preocupación que le despertaban a Bruno, mientras arrullaban a cachorros atados con cuerdas y conversaban entre ellos en un idioma familiar que tal vez ya no fuera inglés. Cuando se marchó de California Bruno seguía viendo en caras así a los miembros de su cohorte del instituto Berkeley, aquellos que más se drogaban, los chicos con camisetas desteñidas que nunca iban a clase y que ya a los trece años bordeaban el abandono, aun cuando sus padres todavía les hacían la cama después de mandarlos al colegio de Grove Street. Ahora Bruno podría ser el padre. Sería más fácil sacar a pasear con una cuerda al cuello a uno de esos adolescentes que tratar de entablar conversación.

Dentro, un guardia jurado de ojos soñolientos se limitó a echarle un vistazo, pero le pidió que dejara en consigna el estuche de backgammon. Lo guardó en una maraña de cubículos vacíos salvo por tres o cuatro mochilas, y a cambio le entregó un naipe, el seis de picas. A las dos de la tarde, en la sección de electrónica de la planta baja apenas había clientes, si es que podía llamarse así a los universitarios de mirada cansada que probaban las pantallas más nuevas y plegables. De hecho, algunos podrían ser empleados que estuvieran jugando o consultando el Twitter en aparatos parpadeantes. Bruno subió a la siguiente planta. El segundo piso de la torre de cristal estaba lleno de expositores de franela y licra y camisetas, la mayoría de color azul y dorado con el emblema de la Universidad de California. Bruno localizó a una única empleada, acodada en la máquina registradora. Aquello era una tumba, a pesar de la música dance machacona. La Estrella de la Muerte dormía.

La empleada de Stolarsky era una mujer menuda y elegante, de pelo moreno, corto y engominado, y gruesas gafas de pasta negras.

—Disculpa, ¿eres Beth?

—El amigo de Keith, ¿verdad?

—Sí.

—Bueno, pues a volverse loco. —Beth abrió los brazos y, mezclando inglés y español, exclamó—: Por lo visto, la casa de mi *boss* es tu casa.

—¿Cómo dices?

Entonces la empleada lo miró, se ajustó las gafas.

—Que la ropa es gratis.

—Sí, ya me lo han dicho.

—Puedo darte algunas bolsas. Solo tengo que escanearlo todo luego. Lo que… bueno, no tenemos el estilo que llevas.

—Tampoco lo esperaba. ¿Arriba hay más ropa?

—No. Arriba hay juegos, cómics, muñecos de colección, cosas así. En el sótano están el audio y los Blu-Ray. Toda la ropa está aquí.

—Gracias.

Junto al expositor más próximo al ventanal, donde rebuscó entre las prendas de poliéster negro más oscuras y menos deportivas —los pantalones se ahorraban la raya, pero en su defecto el lema «Golden State Warriors» trepaba en cursiva por la pernera—, Bruno pudo contemplar Telegraph Avenue en dirección a Sather Gate, y atisbar el campanario y las colinas de tierra amarillenta y maleza. Más allá, donde se perdía la vista, quedaban el Northside, Euclid Avenue, el Gueto Gourmet. Por ese paisaje encontraría desparramados recuerdos, primeros cigarrillos y primeras mamadas, si se molestara en recuperarlos. Pero todo estaba encerrado, agradablemente por el momento, tras un cristal. De forma más inmediata, a este lado del cristal, quedaban la ropa horrenda y la música insulsa, las monótonas opresiones de la vida presente, el hecho de que no solo estaba muriéndose, sino que además tal vez tuviera que hacerlo llevando una camiseta verde lima o rosa flamenco que rezaba «¡Marilizad la legahuana!» o «¡A liarla parda, perracas!».

¿De verdad le resultaba tan descorazonador estar allí? Lo dudaba. La némesis que estaba creciéndole por dentro de la cara eclipsaba tales vanidades. Así que ¿y qué si no le gustaba todo aquello? Nada en la tienda de Stolarsky debería suponerle mayor afrenta que lo que encontraría zapeando por los miles de canales de televisión en una habitación de hotel. Zodiac Media no afectó en modo alguno a ningún Berkeley querido del alma, puesto que Bruno no lo tenía. Telegraph Avenue era la misma de siempre, caótica, obscena, en declive interminable desde una lejana gloria que Bruno no había conocido y de la que tampoco habría disfrutado.

Encontró una camiseta que le gustó de verdad, por el tono gris oscuro y por el enigma de su logotipo, serigrafiado en blanco, rojo y bronce. El dibujo mostraba a un barbudo de mediana edad, con un ceño conmovedor y una boca desconcertada, encima de una única palabra: AGUANTA. Las letras parecían grabadas, como las de la moneda estadounidense. En medio de aquellas estanterías llenas de prendas de tonos pastel fluorescente gritando insultos y sandeces, o clamando su apoyo al deporte californiano, la camiseta parecía propugnar su propio método de supervivencia. Bruno la prefería tanto a todo el resto del inventario de Stolarsky que cogió todas las que había: cuatro grandes y dos medianas. A lo que añadió una sudadera con capucha y cremallera de la Universidad de California, a pesar de que por el momento no podía permitirse sacrificar la visión periférica.

—Te ha gustado, ¿eh? —comentó Beth mientras escaneaba y embolsaba las seis camisetas, junto con la sudadera y los pantalones de chándal, los calcetines de deporte y los calzoncillos que había elegido Bruno.

Saltaba a la vista que la chica lo consideraba un gracioso adlátere de su odioso jefe. Así que ahora agradeció la decisión de Stolarsky de no acompañarlo a comprar.

–Sí.

Bruno escondió a la joven lesbiana detrás de la mancha y fingió sonreír ante su condescendencia, reuniendo toda la dignidad que pudo. «Beth, llegará el día en que también tú tendrás que aguantar.» Pero o bien la chica suspendió la prueba de telepatía, o bien no se molestó en leerle la mente.

–Una cosa más. ¿Por casualidad no venderéis un cargador para este móvil?

–Los accesorios están abajo. Es otra caja. Enviaré un mensaje para que no te cobren.

–Gracias.

Los apartamentos Jack London eran un edificio ante el cual debía de haber pasado cientos de veces en su vida prehistórica en Berkeley sin fijarse nunca en él, una edificación de preguerra con paneles taraceados y un ascensor de madera en el vestíbulo. En su lugar, Bruno eligió las amplias y chirriantes escaleras para subir al segundo piso, donde encontró el número 25 vacío, un estudio de una sola habitación con suelos de tarima maciza y la cama abatible prometida plegada contra la pared. Bruno dejó en el suelo el estuche de backgammon y la chillona bolsa de Zodiac Media nada más cruzar la puerta. Cogió solo el cargador, que sacó del envoltorio de plástico y que luego conectó al teléfono y al enchufe de la pared. No se atrevió con la ropa nueva, todavía no.

También dejó la cama recogida por el momento, ya que prometía comerse la mitad del espacio. Así que Bruno se dirigió a las ventanas, que abrió a un plácido patio interior con los jardines traseros al fondo, sin rastro del ambiente de Telegraph aunque se hallaba a menos de media manzana. Otra suerte. Bruno iba a ahogarse con tanta suerte. A lo lejos olía a jazmín o madreselva, y a carne asándose. Apartó la cabeza, optando por no ensuciar el patio. En el cuarto de baño, alguien –Tira Harpaz– había dejado unas sábanas blancas, una almohada y dos toallas pulcramente apiladas sobre la tapa del váter, la única superficie elevada del apartamento, aparte de la encimera de la cocina. Bruno bajó el montón de ropa al suelo, levantó la tapa y su estómago entró en erupción, como llevaba amenazando con hacer desde que se había despertado en el avión, y arrojó un arcoíris líquido y oleoso de ostras, pollo asado y prosecco.

III

No tenía manera de saber la hora que era cuando se despertó aterrorizado, después de soñar que alguien había entrado en la habitación. Tal vez siguiera en el pabellón del Charité. Pero no. El avión, San Francisco, los apartamentos Jack London; todo volvió a él, al igual que la luz que se filtraba a través de la ventana sin cortinas para perfilar el árido contorno del radiador y el suelo, de sus piernas bajo las sábanas. Bruno había abierto la cama plegable y se había desplomado en ella, suponía que a última hora de la tarde, y después había caído la noche. La pesadilla había comenzado poco a poco, sin un marco referencial lógico, y luego se había ido focalizando en torno a un pánico visceral: la presencia de un intruso. Bruno se tocó la cara, los párpados. La mancha era un fragmento de noche que podía eliminar frotando. En ese instante detectó la inhalación de aliento que precede al habla, un cuerpo distinto del suyo. No era un sueño, alguien había entrado en la habitación. Una voz femenina pronunció su nombre: «Alexander». Estaba junto a la puerta. Era Tira Harpaz.

–He decidido entrar.

–¿Por qué?

–Pensaba que no estabas. He traído algo de comida.

–¿Qué hora es?

–Casi las diez.

–¿Me disculpas un momento?

–¿Me marcho?

—No, quédate. Voy a ducharme.

Se envolvió en la sábana, se llevó la bolsa de la compra al lavabo y encendió la bombilla pelada del baño, dejando a Tira atrás, a oscuras. El agua lo despertó del sueño. Cuando abrió la puerta, vestido con la ropa limpia y extraña de la tienda de Stolarsky, con la sudadera cerrada por encima de la camiseta AGUANTA, encontró a Tira en la cocina, inclinada sobre la encimera, donde la luz del patio era más intensa.

—Te he llenado la nevera. Yogur, pan, fiambres y otras chorradas. Zumo de naranja. En Telegraph no hay donde comprar.

Bruno abrió la puerta de la nevera.

—Bolitas de dónut —dijo Bruno, bizqueando por culpa de la luz.

Gotas de agua del pelo le salpicaron los calcetines blancos nuevos.

—Sí —se disculpó Tira—. Comida sana de verdad. No sé lo que te gusta. No me gusta hacer la compra.

—Te lo agradezco.

—No quería molestar…

Tira se calló, por timidez, supuso él. El silencio en el apartamento vacío resultaba abrumador; en ese momento Bruno habría deseado que hubiera una ventana que diera a la calle. El único contenido de la habitación consistía en una cama, así que se atrincheraron en la cocina. Bruno sentía un agradecimiento absurdo por su enfermedad, cuya claridad sustituía la ambigüedad creciente que lo rodeaba por doquier, el deseo absurdo por la novia de mediana edad de Keith Stolarsky, el hecho, para empezar, de estar en Berkeley. Quizá su tumor hubiera surgido de la necesidad de dar forma a la ausencia de forma de su vida. En el gran esquema de las cosas, lo que Bruno hiciera hasta la visita del cirujano milagroso de San Francisco probablemente carecía de importancia.

—¿Te parece bien el apartamento?

—Por supuesto.

Se sintió conmovido. Tira se aferraba a cierta noción de esplendor en su persona, a pesar de tenerlo delante con un chándal de la Universidad de California que ni siquiera hacía juego.

–Huele a vómito.

–Un poco, sí.

El vapor de la ducha había transmitido parte de los efluvios de hacía unas horas. Tendría que revisar el suelo alrededor de la taza.

–Creía que Keith había mandado limpiar el piso.

–Tal vez el olor suba de la calle.

Tira frunció el ceño.

–¿Te apetece dar una vuelta a la manzana?

Se entendían: había que huir del apartamento, aunque solo fuera para esquivar la crudeza de la cama.

Bruno solo tenía los zapatos de vestir, de cuero italiano, ridículos con el chándal. Se los puso. Al día siguiente se gastaría parte del «dinero para cosillas» de Stolarksy en unas zapatillas deportivas baratas para completar su transformación.

Por la paz que reinaba en el patio interior, y por la desorientación debida al desfase horario, Bruno habría creído, por mucho que Tira asegurase lo contrario, que eran las tres de la madrugada. Salieron de los apartamentos Jack London y al doblar la esquina se toparon en Telegraph con una vida que antes, cuando Bruno había llegado, no había dado muestras de existir. Los vendedores callejeros se habían multiplicado por dos y se apretujaban en las aceras. Grupos de estudiantes y turistas cansados entraban y salían de las puertas de las tiendas abiertas y serpenteaban entre los vagabundos y los fugados de casa que reclamaban cualquier escalera o umbral agradable. En cuanto a Zodiac Media, vibraba como un club nocturno; sus tres plantas de cristal ya no reflejaban el exterior, sino que ahora parecían una amplia pantalla de exposición de tres pisos, y la planta dedicada a la ropa estaba sorprendentemente llena de clientes, como si hubieran cambiado la mercancía por otra mucho más apetecible durante las horas en que Bruno había permanecido en coma en el apartamento vacío.

También Zombie Burger había cobrado vida. El edificio marrón mate seguía siendo como si te metieran un dedo en el ojo, una mancha para quienes no tuvieran la suya. Pero ahora el objeto supuraba rayos como láseres de luz roja desde diversas aperturas que no se discernían a la luz del día, como si el meteorito rebosara lava derretida. También alardeaba de una cola ratonil de estudiantes parlanchines que no paraban de teclear en el móvil, extendiéndose desde la puerta hasta ocupar una considerable porción de la acera. Los que salían, los que habían comprado la comida para llevar, devoraban las hamburguesas estrafalariamente gigantescas y chorreantes con la espalda encorvada y los codos hacia fuera, como si tocaran enormes armónicas cárnicas, en un intento de protegerse la ropa.

Bruno se había parado en la acera sin darse cuenta. Siguiendo su mirada, Tira le estiró del brazo y dijo:

—Prométeme que no entrarás nunca.

—Perdóname, por favor, pero diría que alguien anda suelto de vientre, en sentido arquitectónico, digo.

—Representa que es una hamburguesa, Alexander. Poco hecha, rezumante y jugosa.

—Ah, entonces no es una mierda sanguinolenta. Estoy un poco lento. Me recuerda a un cuadro del Bosco, ¿no?

—Has dado en el clavo. «Hooters en el infierno», en palabras de Keith.

—Lo siento, ¿qué es… Hooters?

—Dios, de verdad que estás hecho una auténtica alma de cántaro.

—Tú explícamelo.

—Keith solo contrata a chicas con las tetas enormes, como los de Hooters, ¿entiendes?

—Sé buena conmigo, no soy de este planeta. ¿Eso es legal?

—No es que sea una política de empresa, y tienes razón, si así fuera no sería legal, pero basta con entrar para darse cuenta. La iluminación son todo bombillas rojas salvo por esas luces ultravioletas, y las camareras van todas con camisetas blancas, así que el local parece una caverna infernal de relucientes hamburguesas rojas con esas enormes tetas blancas flotando por todas partes, ¿vale?

—¿Y eso te molesta?

—Algunos días sí. Hoy, por ejemplo. Mira, Keith me contó un día que elige a las chicas que se parecen a mí hace quince años, cuando me conoció. Pelo negro, un poco menuditas, salvo en, ya sabes, el pecho. Yo antes era así. Tú solo dime que no entrarás.

Aunque habían dejado atrás la entrada, Tira se agarró más fuerte, apretándole el bíceps a modo de súplica. ¿Qué significaba Bruno para ella? ¿Temía que la comparase con aquellas dobles de cuerpo adolescentes? Bruno dobló el brazo, enlazándolo con el de Tira para convertir el contacto en un gesto más formal, así como para satisfacer la necesidad que ella parecía ansiar de algún tipo de galantería.

—Te doy mi palabra.

—Ni mirar siquiera.

—Aunque, a juzgar por la cola, seguro que las hamburguesas están buenas. Me acuerdo de Keith en Singapur, evaluando la competencia internacional.

—Al contrario: son basura. Los estudiantes se comerían cualquier cosa con tal de que sea enorme y cueste cuatro dólares. Es una mierda de panecillo con queso de plástico y tomate de supermercado sin madurar. Parece grande, pero Keith hace que los cocineros aplasten la carne para que se expanda en la plancha y se cocine a toda leche. Keith no se comería una ni aunque le pagaran.

—¿Solo come hamburguesas en el extranjero?

Caminaban del brazo, más relajados ahora que habían cruzado Channing Way y dejado atrás la Estrella de Muerte. Las aceras no eran más transitables, pero avanzaban juntos como una burbuja por un tubo, aislados de cuanto los rodeaba.

—Hay un sitio en Durant, casi con Bowditch, el Kropotkin's Sliders, ¿lo conoces? Una especie de alternativa punk-rock al Zombie. Que es donde va a comer Keith, el muy hipócrita. Si te apetece, vamos.

—No. No tengo hambre.

—¿Síndrome transoceánico?

—Varios síndromes, creo. Puede que el transoceánico sea lo de menos.

—¿Estás… medicándote?

—Nada importante. Tylenol.

—Supongo que tienes que estar muriéndote para que te den drogas de las buenas.

—Te prometo que cuando eso pase las compartiré.

—Cuando murió mi padre acabé con un frasco entero de Dilaudid. Se lo rellenaron justo antes de que palmara. Fue en la época en que conocí a Keith, cuando me parecía a las chicas del Zombie. Parecía una auténtica zombi, y creo que Keith tiene olfato para la tierra de los muertos, quiero decir, para los que tenemos un pie en el otro lado. Me llevó en su descapotable al Big Sur y nos metimos un montón de las pastis de mi padre, y luego fuimos a Esalen y follamos en un jacuzzi en los acantilados hasta que nos echaron. Nos largamos partiéndonos el culo.

—¿Por qué me cuentas todo esto?

Habían torcido por Channing, lejos de la avenida, hacia la cubierta de eucaliptos. Entonces Tira se giró para mirarle a la cara, sin soltarse del brazo. Al seguir enlazados, quedaron muy cerca el uno del otro.

—Estaba sacándome el posgrado, justo aquí, Alexander. Eres tú quien se ha colado en mi vida, en esta estúpida ciudad. Si no querías conocerme, no deberías haber venido.

Un razonamiento defectuoso; ni siquiera un razonamiento. Se habían conocido en Singapur. De todos modos, Bruno la entendió.

—No es que lo haya decidido exactamente.

Mantuvo un tono neutro, confiando en no resultar hiriente. No podía permitirse la historia que Tira parecía querer escribir para ellos, en ese momento no.

—¿Por qué llamaste a Keith, Alexander?

—¿No te lo ha contado?

—Sí, claro. Has venido a ver a un médico.

—Sí.

—Que casualmente está aquí.

—En San Francisco. Es un médico muy peculiar.

—Pues entonces podrías haberte ido a San Francisco.

Lo habría preferido, pero las buenas maneras le impedían reconocerlo. Habían reanudado el paseo, habían dejado atrás los árboles y llegado a la esquina de Bowditch, y entonces volvieron a detenerse. Si giraban en la dirección equivocada, les esperaba People's Park, media hectárea polvorienta de retórica y heces humanas, de sus últimas imágenes desgraciadas de June y su novio, cuando Bruno había intentado hacerles entender que se marchaba.

—Paga Keith —dijo a modo de explicación—. Todo.

—También me lo dijo, pero no lo creí.

—Pues es verdad.

—Mírate. ¿De dónde has salido? ¿Eres siquiera real?

—Apenas.

Una fantasía, pensó. Eso era lo que le gustaría ser, una fantasía del deseo de Tira, una fantasía incapaz de decepcionar o ser destruida. Se sentía destinado a ambas cosas.

—¿Te estás muriendo?

—Necesito una intervención radical.

—¿Van a cortarte en pedazos?

—El problema está dentro, es de difícil acceso.

Tira levantó un dedo para tocarse la punta de la nariz y luego se lo llevó a los labios, como queriendo acallarlo. Al hacerlo, su mano desapareció por completo dentro de la mancha. Bruno sintió un súbito y violento deseo de mostrarle el contenido del disco compacto, oculto en el bolsillo de su esmoquin, en un rincón junto a la cama. Llevado por su rabia, quería que Tira conociera al hombre de detrás de su nariz, de su labio superior. El que ahora era su verdadero yo. Sin duda era el que lo había conducido hasta allí, a una manzana de People's Park, «el Meadero del Pueblo», como lo llamaban en Chez Panisse, el sórdido cuadrante que, como único logro de su vida, había conseguido evitar. Ese cuerpo cómicamente ataviado que ahora escoltaba a Tira Harpaz a través del frescor nocturno, entre la bruma de eucaliptos, orines y cigarrillos de olor, insuficiente para disimular los humos residuales de las hamburguesas de la atroz industria cárnica de Stolarsky, su cárcel de tetas con iluminación ultravioleta… esa forma externa de Bruno no era más que un sobre para entregar la mancha a su destino, su cita con aquel médico extraordinario.

El dinero de Stolarsky era el medio fluido en esta transacción intercontinental, el combustible que propulsaba la mancha a través del mar. A menos que se evidenciara que Stolarsky lo había traído con esa finalidad, Bruno no se atrevería a tocar a Tira Harpaz ni en sueños. De todos modos, el juego de Tira no estaba claro. Tal vez ni siquiera para ella. Era lo más generoso que Bruno consiguió creer.

—Tengo que dormir un poco —dijo Bruno.

—Te acompaño a casa.

—Conozco el camino. —Disimuló su rabia, o al menos confió en haberlo hecho—. ¿Te importaría darme tu copia de las llaves, por favor?

Un poco de privacidad no era demasiado pedir, ni siquiera para un mendigo. Los apartamentos Jack London no eran People's Park.

—¿Qué?

—La llave.

Tira lo había entendido, así que en realidad no necesitaba ninguna explicación.

—Por supuesto.

Estaba claro que se consideraba con el derecho de presentarse y llenarle la nevera de bolitas de dónut a su antojo. Su voluntad era una función de la de Stolarsky, por mucho que se fingiera el peón descontento de su señor. Tanto monta, monta tanto.

Si la enfermedad y la abyección lo habían liberado de algo, empezó ahí. Tira, que pareció entenderlo, soltó la llave del llavero y se la entregó.

—Buenas noches —se despidió Bruno.

—¿Sabes cómo contactar conmigo? —preguntó ella en voz baja.

—Tengo teléfono.

El orgullo de Bruno era tan barato como la ropa que llevaba. No tenía ni idea de si Edgar Falk seguiría pagándole el teléfono. Un pequeño hilo que lo conectaba al mundo y lo enredaba en viejas obligaciones. No obstante, ni siquiera había comprobado si Madchen había llamado. Tal vez hasta eso debiera dejar atrás, junto con Europa. ¿Qué libertad resultaba deseable en la situación de Bruno? No estaba claro. Solo que esa noche debía librarse de Tira Harpaz antes de aceptar su lástima.

Se guardó la llave. Permanecieron un momento en silencio, hasta que él dijo:

—¿Te acompaño al coche?

Todavía prisionero de la caballerosidad.

Pero esta vez le tocaba a ella responder con brusquedad.

—Está a una manzana.

—Claro.

Tras lo cual, Bruno regresó al Jack London y cayó casi instantáneamente en un sueño denso y tranquilo.

Se despertó a oscuras, en la habitación iluminada solo por la luna en lo alto del patio y el tibio resplandor del teléfono móvil, que mostraba el molesto dato de la hora. De tres a cinco permaneció tumbado muy quieto en la cama abatible, moviendo la mancha por el amplio techo vacío a modo de experimento. A la seis ya había luz, y recurrió al zumo de naranja y las bolitas de dónut. A las siete bajó y salió a la calle, se cruzó con un trabajador que regaba la acera delante del Amoeba Music y encontró el Caffe Meditterraneum, que abría sus puertas en ese momento. Agradecido, engulló un café con leche servido en un pesado vaso de pinta marcado por varias décadas de pequeños arañazos.

Cogió un libro de bolsillo de una caja de cartón que habían dejado a las puertas de una librería cerrada. Una donación, así que podía quedárselo. La novela era un thriller. Caminó hasta el campus y fue leyéndola abstraídamente por una loma verde, deteniéndose con frecuencia a mirar a los estudiantes, después se aburrió y abandonó el libro en una tapia baja de hormigón. Cruzó hacia el Northside, donde Euclid viraba hacia las colinas, y luego regresó bordeando el Gueto Gourmet, prefería no rondar por allí. Su aspecto actual encajaba mejor en Telegraph. En el límite del campus, para completar la estampa, se compró unas zapatillas de quince dólares, se las puso al salir de la tienda y metió los zapatos en la bolsa.

Telegraph volvía a ser tan inocua, tan inofensiva, como cuando Stolarsky lo había dejado en la acera delante del Zodiac. Los pájaros cantaban en los árboles, los perritos atados con cuerdas lamían las uñas mugrientas de sus dueños en busca de restos de humus, o dormitaban. Los comercios gigantescos parecían más pequeños a la luz del día; Zombie, sin los láseres y la cola, no pasaba de simple pifia arquitectónica. Con todo, Bruno respetó la petición de Tira, a pesar de que se moría de ganas por la carne y el humo cuyo aroma llevaba inhalando una eternidad. En el preciso instante en que fue consciente de tener hambre, llegó a la esquina de Bowditch. Un cartel anunciaba KROPOTKIN'S SLIDERS.

El local tenía el tamaño de un armario empotrado. Las superficies —mostrador, taburetes, la pequeña balda repleta de botes transparentes de kétchup, mostaza y salsa de pepinillos— estaban tapizadas por entero de grasa y salpicaduras, aunque la parrilla en sí estaba pegada a la pared del fondo, cubierta por un espejo que también acumulaba años de chorretones que saltaban de las minihamburguesas al asarse. El ventanal, que debería haber permitido entrar la luz y ver la calle, estaba forrado por dentro con flyers y anuncios pegados con celo, la mayoría garabateados a mano o tecleados con una máquina de escribir desalineada, además de mal fotocopiados, como si no hubieran dispuesto de los originales. Bruno no se molestó en leer ni una sola palabra; las páginas apestaban a obsesión y esoterismo.

El hombre que preparaba las hamburguesas le daba la espalda coronada por un cogote totalmente calvo, brillante y afeitado, aunque seguramente la naturaleza se le había adelantado. Vestía una camiseta gris raída de la que colgaban unos codos esqueléticos. Unas cintas blancas en la nuca y los riñones, atadas con unos lazos flojos por encima de los vaqueros negros, delataba la presencia de un delantal. El tipo no se giró, pero preguntó:

—¿Queso, o extra de cebolla, y cuántas?

Era de suponer que detectaba la llegada de los clientes en el espejo grasiento.

—¿Qué me recomiendas?

—No sabría decirte.

—¿Qué es lo más típico?

—Te haré dos con extra de cebolla. ¿En una bolsa?

—¿Te importa si me las como aquí?

A las once y media, el local estaba vacío.

—Nada te lo impide.

Todo esto sin volverse. El cocinero blandió la ancha espátula para desplazar los discos de carne, que rodaron por la superficie plana y humeante sobre una alfombra de cebollas, desde la zona más fría de la parrilla hasta la caliente para terminar de hacerse rápido. Luego escarbó en las cebollas con la espátula, picándolas a toda velocidad con el borde afilado del utensilio. También los panecillos fueron extraídos de una bandeja humeante y separados mediante el filo de la espátula, y puestos a calentar un instante encima de las hamburguesas casi hechas. Bruno no tenía nada más que hacer salvo dejarse hipnotizar por cada movimiento, por lo poco que alcanzaba a intuir de ellos en el espejo empañado.

El hombre no se volvió hasta que sirvió el resultado final, dos hamburguesas una junto a otra en un plato de papel. Cuando Bruno alzó la vista descubrió una cara más joven de lo que había imaginado, aunque lastrada por unas gafas de media montura y cristales gruesos, como las de un granjero, que le hacían parecer a punto de la jubilación. Las facciones del hombre, pequeñas y nerviosas, se apelotonaban en el centro de la cara. Su mirada estaba más próxima de lo que aparentaba.

—Cinco pavos.

Bruno le tendió el último billete de veinte de Stolarsky.

—¿No tienes más pequeño?

—Lo siento.

Mientras el dependiente reunía el cambio, Bruno buscó en sus pantalones nuevos alguna moneda para el bote, que en rotulador negro sobre plástico transparente advertía: PROHIBIDO PROHIBIR. El hombre enarbolaba de nuevo la espátula de aspecto mortífero y volvía a disponer correctamente las hamburguesas, luego ladeó la herramienta para rascar los restos calcinados hacia la canaleta de la parrilla. Bruno desplazó su plato hacia el estante de los condimentos y se sirvió un charco rojo y otro amarillo.

—Esos recipientes vuelven loco a cualquier mojador.

—¿Perdón?

—Profeso un gran respeto por quienes se sirven el pringue a un lado para gozar de un mayor control de la distribución, y así poder mojar a cada mordisco. No es irreversible, y además el panecillo no se empapa. La única forma de mejorarlo es abstenerse por completo del pegote.

—¿Abstenerse del pegote?

Esto Bruno lo entendió. Solo lo repitió para escucharlo otra vez.

—Ya me has oído.

—¿Con las cebollas basta?

—Las cebollas, más una dosis copiosa de sal y pimienta, para los entendidos.

El dependiente cogió dos botecitos idénticos, de cristal con tapas metálicas desenroscables, como alfiles de ajedrez, y los depositó sobre el mostrador.

—Creía que no sabías qué recomendar.

—Primero calibro con quién estoy tratando.

—Es un honor.

Bruno destapó los dos minipanecillos y salpimentó el picadillo de cebolla.

—Te alojas en el Jack London, ¿verdad?

El dependiente, que había pillado a Bruno a medio mordisco, esperó de pie, su atención de fisgón concentrada a través de los gruesos cristales en algún punto a media distancia.

Bruno tragó y habló.

—En este momento, sí. ¿Cómo lo sabes?

—Vivo allí. Te he visto salir.

—Keith me deja quedarme en uno de los vacíos.

—Así que lo tuteas, ¿eh?

—Es un viejo amigo.

—Un terrateniente y un aparcero.

—Bueno… nos conocemos del instituto.

—Por tanto, hasta que no se demuestre lo contrario, tendré que tratarte como a un espía o un topo.

—Vale —dijo Bruno, repentinamente exhausto—. ¿No te importa que coma aquí?

—Entre estas cuatro paredes reina la máxima libertad, amigo. Mutua cooperación, incluso para posibles espías y topos.

Bruno devoró las hamburguesas, mojándolas o no en los pegotes rojo y amarillo en un estado de máxima inseguridad. El dependiente pertenecía a un tipo definido, con sus gafas de los años cincuenta, el cráneo rapado y los codos huesudos, con sus discursos rutinarios de una exigencia absurda, aunque Bruno no estaba para encajar los distintos elementos y poner nombre a ese tipo. Las hamburguesas, no obstante, estaban deliciosas, las pringaras de rojo y amarillo o te abstuvieras del pringue. Los apetitos físicos de Bruno habían aterrizado con retraso, tras una escala en algún lugar por encima del Atlántico. ¿Las ganas de vivir? Hasta puede que también. Si ahora tuviera a Tira Harpaz en su habitación, la habría llevado inmediatamente a la cama en lugar de salir huyendo.

El dependiente extendió su peligrosa espátula por encima del mostrador, balanceando una tercera hamburguesa. La depositó con maestría en el plato grasiento de Bruno.

—No puedo pagar otra.

—A esta invito yo, camarada. Para un viejo amigo de un enemigo del pueblo.

IV

Había llegado temprano a la cita en la consulta del cirujano, en un edificio del campus de medicina de la UCSF que parecía una triste caja de cereales. El trazado de Parnassus Avenue formaba una especie de puente ventoso, abovedado por la perversa topografía de San Francisco entre la niebla y el viento, y al menos cinco grados más frío que Market Street, donde Bruno había hecho transbordo para tomar el tranvía. Los edificios del hospital disponían del espacio a su gusto, salvo por un par de cafeterías y una floristería. Café para las visitas y pétalos para ensuciar los suelos de los pacientes una vez que aquellas se iban.

Tiritando porque iba poco abrigado, Bruno se apresuró a entrar.

El ala clínica de la segunda planta parecía abandonada. Entonces, a la vuelta de un recodo de un pasillo polvoriento, Bruno localizó a una enfermera recepcionista a la que habían dado su nombre. Sí, el señor Bruno sería recibido por el doctor Behringer en menos de una hora y hasta entonces podía esperar en la salita, y señaló hacia un rincón acristalado sin nada más que sillas idénticas, mesillas cubiertas de revistas y un dispensador de agua. La actitud de la enfermera, sin embargo, sugería que era mala idea esperar, algo que ella no recomendaría.

Bruno se sentó. Allí no había gente, solo números de *People*. Intentó regodearse en el aburrimiento, un oasis en su viaje hacia la condenación médica en trenes de cercanías y en el tranvía desde Market. San Francisco era un dibujo animado futurista de la ciudad amodorrada y acogedora que él recordaba. El nuevo lugar era extraterrestre, de superficie pulcra y reluciente como Abu Dhabi, con ciborgs con Bluetooh y gafas Google paseándose a los pies de torres de cristal. Por debajo la ciudad era cruda y descarnada como Bombay, sin más pasajeros en el vagón de la N-Judah que los intocables, fotografías de Walker Evans retocadas con tonos turbios. Bruno probablemente había descendido al estatus de intocable.

Se asomó sigilosamente a la vuelta de la esquina para ver si la enfermera había abandonado su puesto. Ella interrumpió su silencioso tecleo y lo sorprendió mirándola.

—¿Sí?

—Nada, sigo esperando.

—Ha llegado temprano. Y el doctor se está retrasando.

Su reproche abarcaba a paciente y cirujano. Sin embargo, en ese instante apareció el hombre. Noah Behringer, más bajo y recio que Bruno, salió a toda prisa del ascensor con una mochila y vestido con vaqueros y sandalias. Llevaba el pelo blanco recogido en una trenza y tenía la barba oscura, sin apenas canas, como si las diferentes provincias de su cabeza tuvieran edades distintas. Behringer no era un hombre guapo. Tenía los ojos hundidos, cálidos, asimétricos. Nada salvo la bata blanca indicaba que tuviera derecho a entrar en un edificio médico bajo ningún concepto, y la bata podría haberla comprado en una tienda de disfraces o un mercadillo.

—Alexander Bruno. —El cirujano dejó caer la mochila al suelo para agarrar a Bruno de los hombros. Tenía los dedos largos, un apretón persuasivo—. No se parece en nada a las fotos. Llevo varios días viviendo en el interior de su cabeza. Es una manera bastante extraña de conocer a alguien.

—No lo entiendo.

Bruno tenía el cedé lleno de imágenes en el bolsillo de sus pantalones deportivos. Había dejado el estuche de backgammon y el adoquín ensangrentado en el piso, y había cruzado la Bahía sin nada más que el móvil y los escáneres del Charité.

—Después de nuestra conversación, mi ayudante, Kate, contactó con su médico alemán, el oncólogo, y le pidió todas las imágenes. Kate es un genio, lo encuentra todo. —Por lo visto estas palabras, una vez pronunciadas, le recordaron algo a Behringer. El médico soltó a Bruno y se giró para asir la mano de la sorprendida enfermera entre las suyas—. Gracias por venir y abrir la consulta —le dijo, y luego añadió, para Bruno—: He perdido la llave.

—No se merecen, doctor —respondió la enfermera.

Y aunque el tono contradecía sus palabras, la mujer no pudo evitar mirarlo con cierto asombro maravillado. A Bruno le consoló. Si su médico era excéntrico pero maravilloso, quizá fuera lo que requería su enfermedad maravillosamente excéntrica.

—Pase, pase, casi nunca vengo por aquí, seguro que esto está hecho un desastre. Tengo el despacho en casa. Siéntese.

Bruno se sentó. La consulta estaba hecha un desastre, sí: gruesos libros polvorientos inclinados en posturas que dañarían de forma permanente los lomos, papeles sueltos y carpetas amontonadas en la mesa. Pero la consulta de Behringer no transmitía una excentricidad emocionante como la que su persona irradiaba, tan solo falta de método, en consonancia con los hospitales de todas partes. El elemento anómalo, en la medida en que Bruno fue capaz de detectar anomalías, era un póster enmarcado de Jimi Hendrix con un autógrafo que sospechaba que podría ser auténtico.

—Hasta he hablado con la señora británica, Benedict —prosiguió Behringen—. Un plato de mi gusto, como los huevos, ¿lo pilla? «Huevos» Benedict sería un mote estupendo. Y las imágenes son impactantes. Esas máquinas alemanas son fantásticas. Aunque las nuestras son mejores, por supuesto.

—Entonces… ¿ya las ha visto?

A Bruno le avergonzó la circulación descontrolada de la ficha policial de su mancha, aquel cangrejo herradura de Rorschach agazapado detrás de sus ojos.

—Sí. Pero pediré pruebas nuevas, claro. Kate lo llamará para concertar las citas. No tendrá un segundo libre, le dirigirá la vida como hace conmigo.

—¿Kate es la enfermera de fuera?

—¿Quién, esa antipática? No sé ni cómo se llama, es solo una enfermera que tiene llave. Kate trabaja en exclusiva para mis casos... Es mi antipática particular.

—Entiendo.

—Pronto la conocerá. Pero mientras, escuche, he realizado un viaje fantástico por detrás de su nariz y sus orbitales... sus globos oculares. Me alegro de conocer la superficie exterior. Tiene buen aspecto, la trataré con el mayor de los cuidados. ¿Tuvo Huevos ocasión de explicarle el procedimiento?

—Preferiría que lo hiciera usted.

—Piense en su cara como si fuera una puerta. Una puerta que nunca se ha abierto. —Si los médicos acostumbraban a apabullarte con jerga, Behringer parecía preferir los jeroglíficos, o el mimo—. La abriremos con suma delicadeza. Y luego la sacaremos de sus goznes y la dejaremos a un lado, entera e intacta. Mucho mejor que taladrarla y serrarla, ¿no le parece?

El cirujano hablaba con las manos, recreó la puerta, los goznes, el taladro y la sierra en el aire con los dedos retorcidos y expresivos, los mismos que acometerían el trabajo de carpintería en la cabeza de Bruno.

—¿Y los ojos? —preguntó Bruno—. ¿Va a... sacarme los ojos?

—No, a menos que quiera quedarse ciego. No, preservar los nervios ópticos es prioritario. Por supuesto, los dejaremos colgando de las cuencas hasta cierto punto, y despellejaremos temporalmente algunos músculos para retirarlos de la entrada...

—Muy bien, gracias. —Casi mejor que Behringer no se pusiera demasiado ilustrativo—. ¿Cuándo extirpamos el cáncer?

—No corre prisa. Y, por cierto, no tiene cáncer, técnicamente no lo tiene, o al menos es altamente improbable que lo tenga. Estaremos más seguros cuando analicemos los tejidos, pero la intuición me dice que lo suyo es un meningioma atípico.

«De haber sabido que era mío, lo habría regalado con gusto.» Comentario que Bruno lanzó a los pensamientos de Noah Behringer para comprobar si lo captaba y respondía, su prueba de costumbre. Al parecer, no era así.

—¿Atípico en qué sentido? —preguntó entonces Bruno.

—Para que fuera meningioma necesitaríamos observar una disrupción celular radical, con metástasis. —Por fin, la jerga postergada—. No podemos hacer suposiciones con un neoplasma de semejante extensión, pero parece claramente diferenciado…

Bruno se perdió en la pasividad y la desatención, como cuando, mucho tiempo atrás, las mujeres de la comuna de Marin insistían en leerle las cartas del tarot o analizar su carta astral. La terminología parecía distanciarle de sí mismo.

—Diferenciado —consiguió repetir—. ¿Eso es bueno?

—Es muy bueno. Atípico describe una región entre cáncer y no-cáncer… Probablemente ni siquiera sabía que existiera una región así, ¿verdad?

—No.

—Como tantas otras cosas, el cáncer es en realidad un espectro.

—Uau.

—Hasta podría decirse que todos vivimos ahí, en ese lugar entre el cáncer y el no-cáncer.

—Uau.

—Solo que usted está viviendo ahí un poco más apurado, nada más. Pero compañía no le falta.

—¿Y no corre prisa sacarlo?

—Bueno, operaremos lo antes posible, claro. Pero no va a irse a ninguna parte. Las fotos alemanas son magníficas, pero quiero verlo mejor. Piense en ello de esta manera, Alexander. ¿Puedo llamarte Alexander? ¿O Alex?

—Como quiera.

Aunque el cirujano no era mucho mayor que Bruno, con sandalias, coleta y póster de Hendrix, básicamente le parecía un colega de June. Por tanto, le recordaba todo aquello de lo que había huido al marcharse de California. Sin embargo, ese día Bruno lo vio a través de los ojos de su madre y le pareció de una simpatía reconfortante. Sandalias, mochila, barba, todo le inspiró un amor nuevo.

—Pues piensa en ello de esta manera. Lo que tienes dentro, detrás de la cara, ha estado viajando durante muchos años hasta llegar a mí. Durante todo ese tiempo he estado preparándome para recibirlo, inventando y perfeccionando mi técnica. No quiero sonar a doctor Frankestein ni nada por el estilo. ¡Pero es el destino!

—La técnica de abrir la puerta y… dejar la cara a un lado.

—Exacto.

—Bien, tómese el tiempo que necesite, doctor.

—Llámame Noah.

—Pero el caso es que… en este momento dependo de la generosidad de un amigo. ¿La doctora Benedict le explicó…?

Behringer agitó una mano.

—Renuncio a mis honorarios, que es lo único que depende de mí. Lo hago gustoso. Los gastos del hospital ya son otro asunto, no pueden evitarse y, sinceramente, con una resección como la que practicaremos, son increíblemente elevados. Tendremos un equipo que intervendrá por turnos, estamos hablando de una operación de doce, catorce horas…

—¿Catorce horas? ¿En serio?

—Sí, como mínimo…

—Un equipo… ¿para hacer qué?

—Más o menos para quitarte la cara, como he dicho. Para que yo pueda sacarlo con mis cucharas de cobre… hazme saber si estoy siendo demasiado explícito. Luego volvemos a reconstruirte, lo cual lleva todavía más tiempo. Eso, además de enfermeras de quirófano, anestesistas, que supongo que tendrán que ser tres, y todo el tinglado. Mis residentes se ocupan de gran parte de los cortes y la cauterización arterial y demás, van entrando y saliendo y comiendo y durmiendo por turnos, pero no te preocupes, la orquesta la dirigiré yo, no me muevo de allí.

—¿Y cuándo come y duerme?

—Después. Yo soy así: no siento hambre ni cansancio hasta que termino.

Fue la primera vez que Bruno sospechó que Behringer deseaba impresionar a su paciente. El alarde inspiró un primer destello —tal vez sería el único— de camaradería profesional. En más de una ocasión Bruno había jugado durante toda la noche y todo el día sin sentir apetito, ni ganas de dormir, hasta que abandonaba el ruedo. A veces apenas iba al lavabo.

No obstante, ya había escuchado suficiente sobre cauterizaciones arteriales, aunque decidiera no admitirlo.

—O sea que hay que pagar a todo un pequeño ejército de ayudantes para que le seque el sudor de la frente y demás.

—A través del hospital, sí. Son un problema caro. Calculo que… como unos tres o cuatro mil dólares la hora. Y después falta la recuperación, inmediatamente después de la operación pasarás a cuidados intensivos, que también son caros. Pero ya hemos hablado con tu amigo Keith. Lo paga todo, lo que haga falta. Tienes un amigo de los que ya no quedan, Alexander.

—Gracias. Y le ruego que acepte mis disculpas por no pagar sus honorarios personales.

«Gracias y perdona, gracias y perdona»: la nueva posición de Bruno como penitente se extendía hacia un horizonte indefinido.

—Olvídalo. Gracias a Dios que me has encontrado. O sea, gracias a Huevos Benedict.

—Le debo un ramo o una caja de bombones o algo —convino Bruno—. Pero en este momento voy algo justo.

Aunque se había preparado para recibir más ayudas e interferencias, lo cierto era que ni Keith Stolarsky ni Tira Harpaz habían dado señales de vida. Bruno se había concedido otro café con leche en el Caffe Mediterraneum antes de darse cuenta de que necesitaba sus últimos dólares para pagar el tren hasta la consulta del doctor Behringer, así que tuvo que contentarse con los sándwiches de queso y demás chorradas con las que Tira le había surtido la nevera.

–¿Necesitas un préstamo? –Behringer rebuscó en su bolsillo delantero y soltó un puñado de billetes sobre la mesa. Por lo visto no usaba cartera–. Toma…

Separó tres billetes de veinte, la cantidad exacta que Stolarsky le había prestado a Bruno hacía un par de días. Sesenta pavos, la limosna que al parecer cabía esperar entre conocidos que se respetaban.

–No intentaba dar lástima…

–Por favor.

El cirujano plantó una mano sobre los billetes y los empujó en dirección a Bruno.

–Gracias, otra vez.

La vergüenza de Bruno se disolvió en amargura. La parte de él que odiaba a Noah Behringer como odiaba a cualquier persona sana (no distaba tanto de odiar al rico del otro lado del tablero de backgammon por tener dinero cuando él no lo tenía) le permitía aceptar la dádiva. Se la gastaría con despecho, iría a por más hamburguesas de Kropotkin, carbonizadas hasta resultar cancerígenas, y las condimentaría con sus lágrimas. O se fundiría los sesenta pavos en una película en los cines Shattuck, en un cubo de palomitas con sucedáneo de mantequilla y un paquete del tamaño de una caja de zapatos de Whoppers o Junior Mints. Cargado con el cubo o la caja entraría en la sala a oscuras, difuminada por los espectros de alguna comedia sexual interpretada por actores estadounidenses un cuarto de siglo más jóvenes que él, y a los que debías tomar por adultos. Lo cual convertiría la muerte en permisible. Deseable, incluso.

–Mira, Alex, por lo que me contó Huevos deduje que no estás… bueno, que no estás acostumbrado a… eh… la autoridad institucional. Me dijo que no acabaste de entenderte con el oncólogo boche. Y tenía la impresión de que hacía mucho tiempo que no ibas al médico.

–Es verdad.

–No estoy aquí para juzgarte. Hagas lo que hagas me parecerá bien.

—No lo entiendo.

—Eres traficante de drogas, ¿no?

—No. Juego al backgammon. Por dinero.

—Fantástico. Eso es fantástico. —Behringer parecía encantado, Bruno no sabría decir si porque consideraba su respuesta una verdad inverosímil o una mentira audaz—. Mira, no tienes que contarme un carajo de lo que haces. La gente mira a los cirujanos como si fuéramos una especie de dioses, y muchos cirujanos les siguen el rollo. Pero yo no soy una figura de autoridad, solo estoy aquí para arreglarte la cabeza, ¿me entiendes? En cuanto salgas por esa puerta y vuelvas a la vida que sea que lleves, yo estaré tan contento.

Por lo visto Bruno no necesitaba llevar el esmoquin para inspirar fantasías. Gracias a la doctora Benedict había cruzado el Atlántico ataviado de mística; tal vez fuera su único talento de verdad. Mejor pues que el cirujano se embriagara de los rumores que le hubieran llegado de Europa. A Bruno no le costaba nada y aparentemente le garantizaba una intervención quirúrgica. ¿O era la extravagancia de la mancha la que se la había conseguido?

En cualquier caso, Bruno no pudo continuar odiando a Behringer. Quizá estuviera condenado a quererlo.

—Gracias.

—De nada, de nada. Ten mi tarjeta. Llama mañana a este número, yo nunca contesto, lo cogerá Kate y ella se ocupará de tus citas. Y, oye, si hay algo más en lo que pueda ayudarte, alguna pregunta…

Bruno suponía que debería querer saber sus probabilidades. O preguntar por su cara, su apariencia… ¿qué quedaría de ella? Pero sintió la lengua entumecida. Se acordó de un chiste: un hombre entraba en un bar con una rana en la cabeza. Cuando el camarero le preguntaba cuánto tiempo llevaba con esa desfiguración, la rana respondía: «Empezó el año pasado, cuando me salió una verruga en el culo». Incluso ahora la mancha oscurecía la expresión inquisitiva de Behringer. Entonces ¿era tan sencillo librarse de ella? ¿Y si la mancha era el verdadero yo de Bruno, o su gemelo nonato, o su talento para el backgammon? ¿Y si suprimía su telepatía indeseada igual que le suprimía la vista? ¿Y si al retirarla el mundo estallaba en un sinfín de voces indeseadas, peores incluso que el barullo de su infancia? Le aterraba que las voces volvieran. Y sí, le aterraba lo que le pasara a su cara. Aun así, estaba desesperado por desprenderse de lo que se escondía detrás. Así que ¡abrámosla como una puerta! ¡Saquémosla de sus goznes y dejémosla a un lado! Bruno permaneció sentado en silencio.

–Pregúntame lo que quieras –insistió Behringer.

Su compasión era inmensa, un lago en el que Bruno podría ahogarse.

–Me preguntaba… no sé si sabría usted la respuesta…

Bruno se tocó la camiseta: el barbudo, AGUANTA.

–¿Sí?

–Adondequiera que voy todo el mundo me llama «Nota», o dice «El Nota». Llevo un tiempo fuera de California y…

Le había pasado como mínimo siete u ocho veces el día anterior mientras paseaba solo por Telegraph. Esa mañana, al cruzar el campus en dirección a la estación, tres jóvenes le habían saludado alargando la última sílaba: «Notaaaassshhh». Y de nuevo, justo antes de entrar en el edificio del hospital, en Parnassus.

–¡Sí! ¡Cómo no! La explicación es sencilla.

–Tiene que ver con la camiseta, ¿verdad?

–Sí. Es de una película, Alex. Se titula *El gran Lebowski*. El tipo de la camiseta es Lebowski. Pero prefiere que lo llamen El Nota. Es muy… bueno, informal.

–Lebowski.

Por supuesto el cirujano había reconocido el semblante, de barbudo a barbudo.

–Sí. ¿Qué pensabas que significaba?

–¿La camiseta? Me gustaron los colores. Y… «aguanta».

–Es una buena palabra, magnífica, de hecho. ¿Algo más en lo que pueda ayudarte?

—No —dijo Bruno—. Creo que ya estoy. De momento es todo.

De camino a la parada del tranvía a través de una brisa salobre, se apoderó de Bruno un alivio parecido al júbilo. Una sensación de rayos de luz colándosele por las rendijas de su alma. Tal vez exudara beatitud. En cuanto Noah Behringer le abriera la cara, la depositara a un lado y luego la devolviera a su lugar, Bruno se dejaría barba, sería como Behringer y Lebowski, quienquiera que fuera el tal Lebowski. Habitaría su destino naciente. Aguantaría, no solo llevaría la camiseta.

Tal vez solo hubiera sido su cara lo que siempre lo había mantenido al margen. Por tanto, había que destrozarla para salvarle. Su cara era una carga tan grande como la mancha que se ocultaba detrás. Esta nueva actitud se presentó de forma repentina y absurda, y la recibió con los brazos abiertos. Se convertiría en el san Francisco de San Francisco: ¿cómo no se había dado cuenta hasta ahora de que uno se escondía en el otro? San Francisco, san Área de la Bahía, amaría a todas las criaturas, las que usaban gafas Google y también las que habían terminado en la calle y rebuscaban cascos retornables en las papeleras. Los macarras y gamberros del skate de Telegraph, las tribus tatuadas de la parte baja de Haight con los lóbulos deformados por los piercings. Los viajeros del transporte público urbano e interurbano, modestos trabajadores analógicos, manipuladores de residuos y alimentos. Los que habían escapado a Europa, a la historia, para evitar ser; los abrazaría a todos y a cada uno de ellos. Iría incluso a People's Park y buscaría rastros de June. Puede que hasta la encontrara aún con vida, no era imposible. Con la barba, con la devastación que arrasaría su rostro avejentado, Bruno se parecería a su padre desconocido, perdido, anónimo. June ahogaría un grito ante esa aparición, luego Bruno se explicaría y volverían a estar unidos. El amor que sentía era ilimitado, idiota.

Mientras el tranvía de la N-Judah paraba de nuevo para llevarlo por Market Street de vuelta al tren, le sonó el móvil. ¿La ayudante del cirujano, ya? No, imposible. Bruno miró el teléfono.

Era la prostituta de Berlín, la mujer del ferry de Kladow. Madchen Enmascarada. El cuarto intento, las llamadas se acumulaban. Nadie más lo había llamado al móvil, algo totalmente lógico, ya que el aparato era un vestigio de la voluntad de Falk, de los propósitos de Falk, y al parecer este ya no quería saber más de él. Aun así, todas aquellas llamadas de Madchen eran como un pulso en un cuerpo por lo demás muerto. Europa no se había olvidado de él.

LIBRO SEGUNDO

OCHO

I

La resección del meningioma de Alexander Bruno comenzó para Noah Behringer un lunes de abril, a las cuatro y media de la madrugada, con una llamada despertador de Kate, la coordinadora quirúrgica a la que había corrompido para convertirla en su asistente personal, perjudicando así su carrera.

—Hola, querida —respondió con voz áspera al levantar el teléfono, el fijo, de la mesilla de noche.

Behringer había dejado una lámpara encendida para poder encontrar el aparato, y se enorgulleció de contestar antes del tercer timbrazo.

—¿Estás despierto? —preguntó Kate.

Cuando Behringer respondió «Sí, he estado pensando en ti toda la noche», colgó.

Behringer ya no se molestaba en poner el despertador, de hecho ya no tenía despertador. Kate lo sorprendió una vez diciéndole que el móvil que llevaba tenía una función de activación de alarma, aunque con ello no pretendía insinuarle que la utilizara. Solo le estaba tomando el pelo.

Behringer había estado durmiendo, claro, pero también había estado pensando en Kate. Se había masturbado pensando en su ayudante para poder conciliar el sueño. Era la única forma que conocía —la masturbación en general, no solo pensando en Kate— de distraer la mente del vasto neoplasma en forma de escarabajo agazapado tras la cara del jugador alemán. Behringer no se había enterado bien de la nacionalidad de Bruno y, en su defecto, la cuestión del acento inclasificable y las extrañas maneras de su paciente se había resuelto en una asociación con las notas y escáneres de Berlín. Estos estaban esparcidos por todo el piso, junto con materiales más recientes generados por las pruebas que Kate le había programado a Bruno durante las últimas semanas, para su estudio. Behringer no quería soñar toda la noche con la anatomía a la que tendría que enfrentarse en quirófano. O, peor todavía, pasarse la noche en vela visualizándola. Una operación de dieciséis horas ya era una pesadilla en sí misma. Tendría tiempo de sobra para contemplar el tumor del jugador de backgammon.

Paró en el Donut World de la Novena con Judah. A esa hora el establecimiento, abierto toda la noche, sacaba bandejas de dónuts tiernos y calientes. Behringer compró una bolsa y un vaso grande de poliestireno de café solo. Se comió un dónut a toda prisa en el coche aparcado, luego volvió a cerrar la bolsa y arrancó en dirección al hospital. Cuando estacionó el coche casi a escondidas tras las salidas de ventilación del hospital, su plaza de aparcamiento especial, cogió solo el café y la bolsa de dónuts. Todos los papeles, transparencias y apuntes para la operación estaban duplicados en los ordenadores del hospital y en un fajo de material impreso que le había preparado Kate. La ayudante suponía, con acierto, que el piso de Behringer era un agujero negro del que no cabía esperar que regresara nada útil salvo el propio neurocirujano.

Un jefe de neurocirugía en un centro médico de primer orden como aquel –la carrera por la que había optado Noah Behringer, por la que había sacrificado todo, hacia la que había progresado diligentemente, hasta desarrollar una fascinación por los tumores intratables del surco olfatorio, invasiones imparables de la región orbital y paranasal, pacientes todavía más sentenciados que aquellos a los que estaba destinado a encontrarse por formación–, un jefe de neurocirugía así no solía estar despierto a esas horas engullendo dónuts a oscuras. Un jefe de neurocirugía estaría en casa mientras el anestesiólogo dormía al paciente. Estaría durmiendo, o disfrutando de una ducha larga y un desayuno pausado mientras los residentes rompían, perforaban y abrían el cráneo, mientras cauterizaban y grapaban y retiraban tejido, durante esas primeras horas tediosas de meticulosa craneotomía que preparaba el interior del cerebro para que el gran hombre entrara a hacer su trabajo. Los cirujanos del cerebro eran el cuarto bate, esperaban en el banquillo mientras los primeros bateadores les allanaban el camino.

Behringer podría haber sido uno de ellos. Un cuarto bateador, una estrella que solo hiciera cameos espectaculares. Aparecer durante las horas centrales, seccionar un tumor, grapar un aneurisma múltiple espinoso, controlar la fuga de una arteria principal. O joderla, cortar la arteria principal, reventar el aneurisma, arrasar los cuadrantes del control motor y del lenguaje durante la vigorosa persecución de un glioblastoma o astrocitoma en esencia incurables. Casey lanzando la bola fuera del estadio o quedando eliminado. De una u otra manera, la jornada tocaría a su fin. Los internos cerrarían la cubierta del cráneo por él, ya fuera el cráneo de un éxito médico, un motivo justificado para alardear, o el de un vegetal humano de nuevo cuño que nunca más respiraría sin un tubo, o el cráneo de un cadáver desangrado.

Kate se reunió con Behringer en el ascensor. Una vez dentro, le sujetó el café y la bolsa de papel con lo que quedaba —no mucho— de los dónuts. A cambio, le entregó una carpeta con los escáneres y transparencias, así como las breves anotaciones que él le había dictado por teléfono. Material superfluo: en la pantalla del quirófano no solo tendría las mejores imágenes disponibles, sino que, una vez metido en materia mediante el microscopio binocular, apenas las consultaría. El mapa no era el territorio, etcétera. El monitor era para los residentes, para que pudieran estudiar la actuación de Behringer sin atosigarlo, y para ampliar la imagen de la arteria y los haces nerviosos a fin de conseguir un mejor trabajo de apoyo. Todo aquel papeleo ya era algo secundario. A partir de la primera incisión, se trataba exclusivamente de un asunto entre Behringer y la carne al final del instrumental.

Si todo esto era lo que Behringer podría haberse ahorrado —despertarse en plena noche a fin de estar listo y rodeado de residentes para practicar la primera incisión—, también era donde radicaba la diferencia. En los procedimientos de Behringer nada era rutinario. Entrar en los dominios del tumor constituía una aventura de por sí, cuyas complejidades él se tomaba como algo personal en cada caso. Y no es que le faltaran ayudantes para asistirle. Los jóvenes consideraban sus esporádicas intervenciones en las operaciones de Behringer… bueno, ¿quién podría saberlo? Los residentes estaban en camino de convertirse en neurocirujanos de primera, mostraban todas las características de la disposición monomaníaca, y aunque pudieran consentirse cierta fascinación por el excéntrico método de Behringer, por su temerario recorrido a través del rostro humano, no podían permitirse respaldarlo.

En el pasillo hacia los vestuarios y servicios, en las ventanas que bordeaban el corredor, Behringer entrevió que el sol comenzaba a despuntar. La última luz natural que vería hasta el día siguiente. A menos que saliera al corredor en algún descanso, pero el coste de esa pequeña escapada consistiría en volver a desinfectarse, cambiarse y frotarse las manos. Rara vez se molestaba en salir. En la sala de operaciones no entraba el sol, claro está, ni en los vestuarios ni en los baños. Bastante tenía con frotarse las manos después de las dos o tres visitas al lavabo que necesitaría —había exagerado durante la visita de Alexander Bruno a la consulta—, y después del bocadillo de albóndigas a la parmesana que Kate estaba encargada de traerle del Molinari's de North Beach. Cabría esperar que para la hora de la cena de Behringer, la nariz, las cuencas oculares y el labio superior de Alexander Bruno estuvieran en las primeras fases de volver a reunirse con su cabeza. En lo tocante a la cuestión de comer durante las cirugías, Behringer había mentido de forma flagrante a su paciente. Siempre lo hacía.

En términos de pura arrogancia imperial, Noah Behringer era de hecho un miembro típico de la casta neurocirujana. Aun así, muchos de sus colegas le detestaban, no solo por sus excentricidades, sino también por su audacia. Se suponía que esos hombres, en su mayoría judíos y bajitos, eran los vaqueros, los Clint Eastwood del territorio. Los cirujanos del cerebro se plantaban en el lugar más alto y, con una mueca de desprecio, suspiraban y ponían los ojos en blanco al ver a los internos, los oncólogos, los flebotomistas, los neurólogos. El resto de los especialistas no les llegaban a la suela de los zapatos, ni siquiera los cardiocirujanos. Sacas un corazón, lo subes a un avión y lo encajas en otro cuerpo. Cometes docenas de errores... ¡si hasta se te puede caer el corazón al suelo! Mientras que solo basta con una incisión o un giro equivocado, y el cerebro se muere. Un cardiocirujano era Scotty en la sala de motores, sudando, metido hasta los codos en sus partes grasientas. Los neurocirujanos eran los vulcanianos.

Sus comparaciones, Behringer era consciente de ello, llevaban cuarenta años anticuadas. Scotty ya no dirigía la sala de motores. La mayoría de los actores probablemente habían muerto. (Era un milagro que Behringer hubiera sabido identificar la camiseta de *El gran Lebowsky*, todo gracias a una novia que la consideraba su película favorita.) Vivir tristemente ajeno a todo salvo la medicina desde el primer día en que te incorporabas a su maquinaria era el precio a pagar por dedicarte a ella, por llegar a donde habías llegado, y las compensaciones de Behringer eran tan patéticas como las de cualquiera, pese a los intentos de leer el último best seller o hacer algo más que trasladar los *New Yorker* semanales desde el buzón al cubo de reciclaje después de no haber ojeado más que algún artículo de Olivers Sacks o Atul Gawande, reducido el resto a un ignoto revoltijo de nombres de moda, comunicados de un mundo que le había dejado atrás. Una mañana el *New Yorker* había informado a Behringer, sentado en el váter, de que Jerry Brown volvía a ser gobernador. ¡Imagina! A saber qué otras maravillas le habrían pasado por alto.

Honrando al antiguo régimen, Behringer se frotó cada brazo desde el codo a la punta de los dedos, no al revés, cada dedo tratado como un objeto de cuatro caras, descamado y pulido individualmente, las uñas un mínimo de veinticinco veces, el jabón contaminado desaguando mientras en todo momento mantenía los codos más bajos que los dedos, etcétera.

De hecho Behringer, al que le gustaba hablar de su «escritura», hacía mucho que había superado sus delirios de Oliver Sacks. Era compasivo, claro, pero una barba y una coleta no lo convertían en Sacks. Unas gafas de empollón no lo convertían en A. R. Luria. Ni sus excentricidades hacían de él un humanista, un cirujano del alma; ya no se hacía ilusiones. Los devaneos de Behringer con el enigma mente-cerebro habían quedado satisfechos con la lectura de algunos artículos. Enfrentado a un libro sobre la cuestión (se publicaba uno por mes), Behringer se distraía. Su interés por la fabulación conocida como conciencia humana se ceñía estrictamente al interior de su contenedor tradicional. A Behringer solo le interesaban sus operaciones. Se reconocía en la palabra «solipsista».

Behringer entró en la sala de operaciones, ya no se llamaba teatro. Su anestesista, McArdle, una pícara y jovial escocesa a la que siempre se alegraba de ver, había cumplido con su tarea: el alemán estaba inconsciente. Después McArdle había dejado paso a los enfermeros y técnicos que preparaban al paciente, le afeitaban las cejas y colocaban sus miembros en posición para aguantar toda la intervención. Como de costumbre en las maratones de Behringer, un técnico neurológico controlaría el riesgo del «efecto de la postura» para prevenir daños en los tejidos y los nervios, situado a un cuerpo de distancia del área quirúrgica. Behringer no recordaba ni el cargo ni el nombre del técnico: otro participante-espectador, otro actor de relleno. Sin embargo, el escenario quirúrgico seguía sin ser un teatro, porque no había público. El único que no interpretaba nada en la obra de Behringer no iba a poder verla: el alemán con la cabeza atornillada a la mesa, su cuerpo cubierto e insensible. El aliento fluía de los pulmones del paciente por una manguera que salía de la garganta; Behringer necesitaba invadir la orofaringe, las coanas y los senos esfenoidales con impunidad, no verse obligado a trabajar alrededor de la intubación traqueal.

Primero, no obstante, y presa de una genuina excitación al pensarlo, experimentando por fin el chute de adrenalina, Behringer quería desmantelar las cuencas y desencajar los ojos del paciente.

Behringer no necesitaba que el quirófano fuera un teatro, no para interpretar a Hamlet o Macbeth o Godot o cualquier otro personaje corroído por las dudas y los remordimientos. No necesitaba testigos, ni secuaz ni compinche, no necesitaba un Sancho Panza. Gracias al poder del microscopio binocular, para Behringer la incisión en el paciente se transformaba en un paisaje planetario, cavernoso, laberíntico, envolvente. En esa zona todo ocurría entre Behringer y su fascinación, entre sus manos y la carne. Sinceramente, ni un centenar de espectadores podrían atraerlo de vuelta al reino humano.

Su única atadura era la música. Había llegado el momento. Hizo un gesto con la cabeza a Gonzales, el técnico quirúrgico que mejor lo conocía. Gonzales conectó el iPod, montado sobre unos pequeños altavoces, y empezó a sonar «Night Bird Flying» de *First Rays of the New Rising Sun*, como siempre. Estaba a un volumen que permitía trabajar, comunicar instrucciones y observaciones entre los integrantes del equipo, pero lo bastante alto para tapar el zumbido y quejido de los motores de la succión y el taladro, lo bastante alto para importar.

Acto seguido, y tras un último vistazo impaciente a los escáneres 3-D de la pantalla y a sus propias anotaciones aceleradas, Behringer procedió a pedir los primeros instrumentos que necesitaría para arrancar la cara al alemán.

Si los demás neurocirujanos lo odiaban, la auténtica razón estribaba ahí, en esa perturbación —ambiental, negada, intangible, pero inconfundible— que Behringer desencadenaba al apoyar la hoja afilada en la frente del jugador de backgammon, a lo largo de la línea que antes dibujaban las cejas, y continuar la incisión hacia abajo, alrededor de cada cuenca ocular, hacia la parte inferior de la sien. Behringer era un hereje, un caso aparte. Se suponía que, por un tumor, nadie escarbaba más allá del interior de la cubierta ósea. Que otro lugar secreto estuviera tan cerca, «escondido a plena vista», y sin embargo fuera aún más inaccesible a los tratamientos tradicionales, era algo que espantaba a todo el mundo. El Triángulo de las Bermudas del ser. Los neurocirujanos eran los líderes de la manada, Behringer era un coyote. En concreto un coyote que comía de frente, devorando la cara. A nadie le gustaba alguien que se lanzara directamente a la cara. En términos de cirugía, la cara era territorio de los cirujanos plásticos, esos ruines levantatetas peseteros que se congregaban en el sur del estado. Behringer hedía a dicha impureza, y lo sabía. Lo cual permitía que los neurocirujanos se sintieran superiores a él.

En el fondo, tenían miedo. Los neurocirujanos cubrían la cara, la deshumanizaban para su conveniencia antes de cortar. Acordonaban un cráneo pelado para que pareciera un globo, un huevo de ciencia ficción. La unidad de rostro y cráneo, si se topaban súbitamente con ella, revolvía el estómago del más curtido. Se defendían frente a la conciencia de dicha unidad. Esnobs de la profundidad, menospreciaban la superficie y a quienes se ocupaban de ella.

En opinión de Behringer todo era carne, la superficie y las profundidades por igual. Los médicos eran, del primero al último, mecánicos de la carne. El material con el que se fabricaban los sueños, desde luego. Pero no sueños en sí mismos, no un ectoplasma, ni un alma ni un espíritu. Estos eludían al bisturí. Sino goma y pega, nervios y grasa. Animales moldeados con formas excitantes y evocadoras a partir de una carne que en ocasiones intentaba destrozarse a sí misma mediante mutaciones. Los neurocirujanos eran cirujanos plásticos; no eran más que cirujanos plásticos.

II

Aunque no tenía edad para haber visto a Jimi Hendrix tocar en directo, en su juventud Noah Behringer había sido un «rock doc», trabajando en los dispensarios médicos de festivales y en el backstage del Winterland y el Warfield a cambio de entradas gratis. Allí dispensaba medicamentos con receta a los músicos y los roadies de gira, mientras repartía entre el público ibuprofeno y Gatorade a los afectados por deshidratación y sobredosis de LSD quemados por el sol. Los que se ocupaban de las tiendas solían ser enfermeros en prácticas o médicos de familia porretas; Behringer era el único neurocirujano. Había empezado durante su periodo de residente, a propuesta de un colega, en los conciertos de los Hot Tuna de finales de los años ochenta.

Los fans musicales le parecían una población digna de estudio, repleta de adultos infantiles que le planteaban problemas sencillos que por lo general sabía resolver. ¿Los músicos? Curiosamente, los músicos le recordaban a los cirujanos. Seres profesionalmente intocables y distantes, hasta el momento en que se encendían las luces y se convertían en técnicos rigurosos y exigentes. Solo les interesaban las dosis de anfetaminas más limpias y eficientes del botiquín de Behringer y los chutes de vitamina B. Todo lo cual parecía meticulosamente orquestado para decirle a Behringer: «¿Qué estás haciendo aquí? Vuelve a lo que se te da mejor. A donde tú eres la estrella». La música en sí, en la que había depositado sus esperanzas, apenas le interesaba. Sacaba más escuchando por los auriculares el solo de guitarra de Dave Gilmour en «Dogs» por enésima vez que de cualquiera de los espectáculos a los que asistía, con todas las humillaciones del papel de médico del rock, sus camisas apestando a clavo, cannabis y vómito.

El último concierto de Behringer fue en el Oakland Coliseum. The Who, o lo que quedaba de ellos. La organización había contratado a demasiados médicos, así que Behringer se escabulló al césped de la zona general del estadio de los

Oakland A, y durante una interpretación rutinaria de «Pinball Wizard» se abrió paso entre las mantas y sillas plegables del terreno de juego hasta encontrar el montículo, envuelto en una lona ajustada. Se subió, de cara al escenario, y lanzó una bola imposible de batear en un partido de béisbol imaginario. Allí no lo necesitaban. Se marchó antes de los bises.

Fue ocho años más tarde, mientras asistía a un congreso sobre cirugía en Seattle, cuando había desertado de los tediosos seminarios para visitar el nuevo y llamativo museo del rock and roll y había entrado en la exposición de Jimi Hendrix. Allí, frente a la juventud divina de Hendrix congelada para su conmemoración, Behringer había reconectado con el rock. En la tienda de regalos compró todo Hendrix en cedé, las reediciones y los discos póstumos, y luego equipó su hogar con un sistema de primera para escucharlos. Más adelante se daría el gusto de adquirir material de coleccionista, un disco de oro, entradas enmarcadas, el póster autografiado. Encima del equipo de música colgaba una guitarra, aunque no era una de las que había tocado Hendrix, cuyos precios eran absurdamente desorbitados. Mejor no pensar en lo que costarían las que su héroe había quemado.

Behringer ya no necesitaba enfrentarse al declive o la mortalidad de las bandas que envejecían. La música de Hendrix no declinaba y no era mortal. Cuando sonaba en el quirófano hermanaba a Behringer y al guitarrista en un plano que resultaba esotérico para quienes ocupaban los niveles inferiores. ¿Causó aquello que algunas de las enfermeras más mayores jurasen no volver a trabajar nunca más con él? Estupendo, Behringer prefería a las jóvenes. La música servía a los residentes para poner los ojos en blanco, al tiempo que la disfrutaban disimuladamente. Como símbolo representativo de toda su «personalidad» profesional —«¡Ese loco de Behringer con su Hendrix!»—, la música le liberaba del problema de crearse una.

La atención de Behringer volvió al momento presente. La cara del jugador alemán había sido retirada hacia atrás, descansando como una solapa en una bandeja montada sobre el pecho y la garganta. «¡Como un babero!», se le ocurrió de pronto a Behringer. Un residente llamado Charles Kai, experto en microcirugía vascular, había frenado y redirigido diligentemente el flujo arterial principal, trabajando con el microscopio binocular, como un tallador de diamantes o un relojero con su lupa, para cerrar puntos la mitad de gruesos que un pelo humano.

De haberlo sabido, el alemán se habría considerado afortunado de que los residentes más jóvenes y ávidos se ocuparan de las tareas más prosaicas. Tras el primer acto de violencia cruda de Behringer, al desencajar la nariz del paciente del eje de huesos orbitales, habían sido los residentes quienes habían soltado la carne expuesta para formar la solapa que colgaba del mentón del alemán como una barba cárnica. A continuación habían cauterizado una a una las arterias menores, con una minuciosidad concienzuda que Behringer, con cientos de intervenciones a sus espaldas, ya no conseguía reunir. Una sección circular del hueso que abarcaba las cuencas superiores y la frente baja también había sido extraída y depositada cuidadosamente a un lado, junto con las astillas óseas de la sierra que se guardaban por si se necesitaban para fraguar cemento reconstructivo.

La caverna del interior facial del alemán estaba lista para la espeleología de Behringer. Una copiosa irrigación por parte de los enfermeros había aclarado el paisaje, después se habían identificado y etiquetado haces de nervios para su conservación. El tejido circundante aparecía agradablemente relajado. Ahora el neurocirujano tenía ante él la entidad con la que se había citado. El meningioma, el cangrejo de carne que formaba una mancha negra en los escáneres, se veía bajo las luces quirúrgicas de un rosa débil y enfermizo. Era ligeramente venoso, pero afortunadamente no lo alimentaba ninguna ramificación mayor de la arteria esfenopalatina; en otras palabras, no era una bolsa de sangre con ansias de hemorragia.

El tumor parecía blando, no demasiado firme. Behringer observó, incluso sin aumentos, algún tejido fibroide, pero no de extensión problemática. La masa central había sufrido cierta deformación expansiva, liberada del confinamiento tras los globos oculares y bajo la máscara ósea. Una leve presión evidenció una adherencia mínima del tumor a los tejidos circundantes. Biopsiarían una porción para diagnosticar una sección congelada y asegurarse antes de que Behringer avanzara demasiado con la incisión, pero no tenía ninguna duda acerca del diagnóstico.

Ningún tumor de las meninges, ningún crecimiento en la membrana que revestía el cerebro, podía extirparse por completo. Pero cuanto menos adherido estaba, mayor era el porcentaje que podía eliminarse. De crecimiento lento, dicho invasor podía reaparecer a los diez o quince años. Con vigilancia, esa recurrencia podía reducirse fácilmente, por medio de acciones invasivas mínimas mediante bisturí de rayos gamma. Esos procedimientos trillados no interesaban a Behringer lo más mínimo. Había miles capacitados para realizarlos. La tarea que iba a acometer ahora, que calculó que requeriría unas cinco o seis horas de trabajo citorreductor continuo, solo él podía hacerla. De hecho, gracias a innovaciones incipientes como el bisturí de rayos gamma, la terapia genética y demás, tal vez el mundo de la medicina no volviera a dar otro explorador como Behringer. El narcotraficante alemán tenía suerte de que su cirujano existiera.

—Señor Gonzales —dijo Behringer sin mirar a su espalda.

—Sí.

—«Red House.» La versión de trece minutos.

El iPod no contenía nada más que Hendrix. Incluiría alrededor de una decena de versiones de la canción. Pero Gonzales, aunque gruñó por lo burdo de la broma, sabía a cuál se refería el neurocirujano. La burda broma era un ritual.

Jimi Hendrix cumplía otra función en las operaciones de Behringer, aparte de adornar la personalidad del cirujano. El difunto genio también representaba al paciente de Behringer.

Hurgando hora tras hora en el interior rojo, Behringer tendía a la abstracción. Otros cirujanos se informaban sobre los pacientes para humanizarlos, para poner en un primer plano las vidas en juego que pendían de un hilo sobre el vacío, pero eso no iba con Behringer. Le costaba recordar el nombre de sus pacientes. Tampoco le gustaba conocer a las familias (de todos modos, de nada habría servido en el caso del alemán, que, a excepción del patrocinador fantasma, parecía estar solo en el mundo). Behringer las recibía si lo solicitaban, pero las peticiones de las familias no le causaban especial impresión.

No, para tener presente las vidas que estaban en juego, Behringer recurría a una fantasía de reserva. En dicha ensoñación, Behringer era un médico del rock, pero de un nivel muy superior al de los internistas que repartían electrolitos y protectores solares en una tienda de campaña. En todas y cada una de sus intervenciones, la carne bajo el disector Penfield de Behringer era la del legendario guitarrista negro, a quien los paramédicos habían trasladado a toda prisa en lugar de dejarlo expirar en su lecho de vómitos, y que requería una resección urgente de un neoplasma inaccesible para cualquiera salvo para el más intrépido de los cirujanos. Noah Behringer estaba salvando, de nuevo y para la eternidad, la vida de Jimi Hendrix. El futuro de la música dependía de él.

III

La cara de Alexander Bruno, superada la octava hora de puertas abiertas, se arrastraba ahora hacia la novena.

La cara era objeto de un sinfín de atenciones. Los residentes controlaban los labios y mejillas sueltos, así como el filtrum y la superficie cutánea de la nariz, vigilando el flujo sanguíneo y la temperatura. Se prodigaban cuidados extremos a los globos oculares retirados, tan fáciles de dañar de forma irreparable, y a la capucha de hueso y cartílago que se había apartado para permitir el acceso del neurocirujano.

La anestesióloga, la escocesa McArdle, monitorizaba el cuerpo estabilizado. La acompañaba el neurólogo de quirófano, que comprobaba y estimulaba regularmente las extremidades inertes del paciente. Los dos, McArdle y el neurólogo, existían al margen del drama de la cara destrozada, por debajo de su horizonte, y sin embargo su apoyo a la aventura del rostro era tan necesario como el sistema invisible de raíces para el drama de un árbol en floración.

Gonzales y los otros enfermeros trabajaban con diligencia alrededor de la circunferencia de la cara, irrigando, marcando haces de nervios y cauterizando venas sangrantes conforme el avance del neurocirujano por la masa irregular del tumor iba sacándolos a la luz.

En el centro, Behringer.

Si la cara desmontada hubiera podido observar de alguna manera lo que penetraba en su núcleo, el microscopio binocular tal vez habría aparecido como un par de pupilas desquiciadas aumentadas, inyectadas en sangre hacia la periferia, formando un cielo de globo ocular.

Durante horas Behringer había estado ahondando, hacia las fosas maxilar y paranasal, la nasofaringe, las cavidades orbitarias y hacia el tumor en sí, las entradas que había practicado en la masa extraña. Había perdido totalmente el sentido de la escala. Sus instrumentos y materiales −el cauterizador bipolar y el estimulador de nervios faciales, las minúsculas cucharillas de cobre y las tijeras y pinzas de copa, los cotonoides quirúrgicos− parecían enormes máquinas de construcción, excavadoras y palas mecánicas, al borde de maltrechos cañones de órganos y tumor.

Hendrix había sonado sin pausa. Los que estaban en el quirófano ya casi ni lo oían, salvo en las transiciones, los silencios entre temas o al arrancar una repetición −«Voodoo Child» o «Hear My Train A Comin'»− por quinta o decimosegunda vez. El neurocirujano los había sobresaltado en dos ocasiones, al exclamar «Sáltate esa, Gonzales» cuando iban a sonar «The Star-Spangled Banner» y «Room Full of Mirrors». Era la única prueba que ofreció Behringer de que aún le importaba la música. Por lo demás, tan solo había mascullado alguna orden solicitando irrigación o algún instrumento limpio. En cuanto a la charla, los demás la reducían al mínimo por deferencia, aunque en modo alguno se prohibía hablar. Tampoco pedían su permiso para hacer las rotaciones para descansar o comer. No era muy probable que a Behringer le importara quién conformaba la población de la sala en cada momento.

En la décima hora el neurocirujano alcanzó un umbral; todos lo percibieron. El ambiente cambió. No era una crisis (algo que quizá los residentes anhelaran subconscientemente para reventar el tedio y poner a prueba su coraje), incluso era posible que el cambio, fuera cual fuera, no implicara ninguna modificación de la rutina quirúrgica. Probablemente seguirían en la misma postura durante horas.

Pero Behringer se echó ligeramente hacia atrás. Lo que quedaba del tumor eran zarcillos que requerían cauterización, no extirpación. Zarcillos y una capa neoplásica adherida al tejido aracnoideo, algo que todavía podía abordarse de forma segura. Para el neurocirujano, alcanzar este punto despertaba sensaciones tanto de ambición satisfecha como de perfeccionismo, ambas tan conocidas que ya no distinguía una de la otra. A todos los efectos, eran una única sensación.

La cara iniciaba ahora su lento viaje hacia la reconstrucción. Las partes descolocadas lo reclamaban a su manera silenciosa. Degeneración celular, encogimiento, daño nervioso… todo ello se aceleraba a partir de una determinada hora, con indiferencia de la calidad del mantenimiento. Esa hora había pasado. El neurocirujano, responsable del conjunto de toda la cara, sabía que el reloj dictaba prioridades: había que dejar alguna de aquella mierda dentro. Era algo que se daba por hecho.

El alemán (Behringer abandonó ahora su fantasía, ya había salvado la vida de Jimi Hendrix, quien también, paradójicamente, seguía muerto) volvería a desarrollar el tumor de forma gradual, a lo largo de décadas; o no, podría morir antes de cualquier cosa. Ahora lo importante era preservar funciones: vista, sensibilidad de la piel, deglución, masticación. El paciente nunca llegaría a conocer el interior de su cara como lo había conocido Behringer, jamás atisbaría ni soñaría siquiera con conocerlo así, mucho menos juzgaría las renuncias inherentes al procedimiento. El paciente mediría el éxito en términos de funciones.

Evidentemente, el alemán no volvería a ser en modo alguno el mismo. Su cara había sido una puerta abierta, sí. Pero detrás de ella se había librado una cruenta batalla. La puerta, cuando volvieran a cerrarla, testimoniaría lo que allí había ocurrido. Behringer confiaba en haber sido lo bastante claro a ese respecto.

—Que alguien se arranque con una anécdota de contenido sexual incómodo —ordenó el neurocirujano—. Un lío, una postura o una proposición comprometedores, algo que hayáis oído alguna vez y no os hayáis podido sacar de la cabeza.

No había levantado la cara del microscopio binocular, permitiendo así que el personal se comunicara a sus espaldas, si es que aquella asociación muda de ojos por encima de las mascarillas era capaz de comunicarse. De hecho, era algo que aprendías con el tiempo. Los primerizos de Behringer pidieron ayuda por gestos a los veteranos: no iba a tocarles empezar a ellos, ¿no? Los veteranos respondieron en silencio, bien para exponer que eran unos resistentes ya curtidos y que se lo pidieran a otros, bien para explicar que Behringer ya había desnudado sus vidas privadas en ocasiones anteriores, así que los novatos debían dar un paso al frente y aceptar su turno. Gonzales y McArdle, que conocían mejor al neurocirujano, dijeron con la mirada que no importaba quién hablara, ni si alguien lo hacía. Behringer no tardaría en encontrar la manera de terminar hablando de sí mismo, de sus preferencias.

—¿Alguien ha participado en una orgía?

Un creciente aroma a carne chamuscada acompañaba al interrogatorio, a medida que el cauterizador se convertía en el instrumento predominante de Behringer.

—Vamos, ¿algún trío? ¿Os habéis encontrado con algo raro? ¿Con cualquier cosa, aunque sea a vuestros padres en la cama?

Era un grupo tímido. Una enfermera abandonó la sala, pero era algo que ocurría constantemente, no quedó claro si lo hizo por alguna razón en particular.

—Qué decepción. La última vez estaba la enfermera aquella, ¿cómo se llamaba, Gonzales? ¿Te acuerdas, la de la historia de las escaleras?

—Creo que era Park.

—Eso, la chica coreana, Park. Seguramente de una familia muy estricta, con unas notas de escándalo en matemáticas, clases de piano, una entre un millón. ¿Te acuerdas de lo de las escaleras, Gonzales?

—Creo que sí, sí.

—¿Voy a tener que contarlo yo?

—Mejor tú que yo.

—La mujer está sentada en las escaleras de fuera, en un lugar donde se ha montado una especie de fiesta sexual. Supongo que la fiesta es decepcionante, su amiga sigue dentro, pero ella está por marcharse en cuanto termine de fumarse un cigarrillo en las escaleras. Pero el tipo que la ha invitado al cigarrillo es superatractivo, un tío supermajo con el que le encantaría salir en circunstancias normales, ¿vale? De modo que están charlando, conociéndose, no tardan en empezar a besarse. Despacio, con ternura, de momento no hay nada lascivo, tal vez se pasan los teléfonos. Lo estoy embelleciendo un poco. En ese momento sale un tipo de la fiesta y los ve en las escaleras, el segundo tío no es nada atractivo, es más bien bajo y con pinta de sapo, pero se supone que tiene cierto carisma sexual perverso. Park no lo dijo exactamente así, pero deduje que era uno de esos feos sexys, las mujeres sabrán de lo que hablo.

Acababa de terminar «Castles Made of Sand», de modo que los últimos comentarios cayeron en un vacío sonoro, solo interrumpido por el gemido y el zumbido de las máquinas, y acompañado por el humo y el olor cada vez más densos de carne asada. Luego «Tears of Rage» llenó el silencio.

–Total, que el segundo tipo los ve y se coloca por debajo de donde están sentados (la chica lleva falda, debería haberlo dicho), y mete la cabeza por debajo de la falda y se pone a trabajar mientras ella y el guapo siguen montándoselo al estilo casto y cariñoso. Huelga decir que, como muchos feos, está muy ducho en determinadas técnicas, pura supervivencia dadas las circunstancias.

Nadie dijo nada, solo se oyó el siseo del cauterizador. Durante el interludio siguieron trabajando en silencio en pos de su objetivo.

–¿Veis? Eso es una anécdota. Pero quizá os haya puesto el listón muy alto y estéis intimidados.

Nada. Hendrix.

–McArdle, tú eres de Reino Unido, ¿correcto? Escocia no votó por la independencia cuando tuvo ocasión.

–Así es, doctor, por el momento.

–Bien, entonces tal vez puedas aclararme una cosa. Un amigo me mandó por email algo muy gracioso: por lo visto, recientemente algunas estrellas del porno británico se han manifestado, protestando ante el Parlamento para reclamar su derecho a sentarse en la cara de la gente. ¿Lo he entendido bien?

–No sabría decirle.

–Creo que sí. Montaron una sentada-en-la-cara pública. Me preguntaba si sabrías lo que pretenden, es decir, ¿en Reino Unido es ilegal sentarse en la cara de otro?

–Es posible, no lo sé. Si quiere puedo averiguarlo. No en este momento, claro.

–No, claro. Solo pensaba que, como representante británica, tal vez tuvieras alguna opinión sobre el tema. –Cambió a un tono más plano–. Vamos a empezar a cerrar, en una media hora más o menos.

Con este comentario casual, todo y nada cambió, la sala entera quedó a la espera. La larga travesía de la cara pareció avistar una orilla lejana, los diversos nervios y arterias marcados pronto volverían a aferrarse a sus añorados extremos. Por supuesto, el minucioso ensamblaje suponía en sí mismo un viaje de muchas horas, que exigía la misma pericia que había requerido crear la solapa y abrirla.

—Pero es algo que sigue reconcomiéndome. ¿Me escuchas, McArdle?

—Sí.

Si alguno de los presentes comprendía que el parloteo de Behringer era resultado de una descompresión, de su descenso desde el promontorio absoluto, era la anestesióloga.

—¿Tú crees que parte del atractivo de sentarse en la cara de otro… no sé si hay una expresión más propiamente británica, tiene que ver con la privación de oxígeno? O sea, con la falta de aire. De ser así pondría bajo una nueva perspectiva esa área tan exótica de la asfixia autoerótica, ¿no te parece? La acercaría mucho más al comportamiento del sexo convencional, ¿no? Me refiero al sexo oral en general.

—Nunca me he parado a pensarlo.

—¿Has infringido esas leyes en particular, McArdle? Es decir, en el supuesto de que hayamos interpretado correctamente el sentido de esas protestas.

—Pues, en mis tiempos, sí, doctor.

—No solo aquí, también en Reino Unido.

—Incluso allí me atreví, sí, allí también.

—Bien, muy bien. Así pues esa gente, los manifestantes, aunque probablemente tú no irías al Parlamento a… bueno, a hacerlo en la acera, hablaban en tu nombre, ¿no es así, McArdle?

—Supongo que debería estarles agradecida.

—Sí, deberías, justo lo que estaba pensando.

—¿Le gustaría que me sentara en su cara, doctor?

El aliento colectivo de la sala, reprimido durante casi diez horas, estalló en carcajadas, disimuladas a duras penas tras las mascarillas. Resoplidos por la nariz, silbidos subvocales de incredulidad y demás. McArdle era una mujer corpulenta.

—No digo ahora mismo —continuó la anestesista con su tono seco, inalterable—. Ya veo que está ocupado.

Eso lo calló, al menos de momento.

IV

Tras salir del quirófano, Behringer descansó, en una camilla reservada a tal efecto, en una oficina vacía pegada a la UCI de la planta sexta. Los residentes finalizaron el proceso de cierre, la desconexión del cuerpo del paciente del equipo que lo había inmovilizado durante quince horas, y el vendaje de las heridas de las incisiones. Dedicarían especial atención a las extremidades, que podrían sufrir acumulación de fluidos linfáticos, y al riesgo de flebitis y hematomas quirúrgicos. Preocupaciones que escapaban a las competencias de Behringer, para eso estaban los especialistas. El neurocirujano durmió.

Últimamente, cada vez más neurocirujanos optaban por despertar al paciente después de la craneotomía. La reactivación de las funciones confirmaba a la familia que el procedimiento no había causado ningún desastre neurológico, y además cada hora que se acortara la duración de la anestesia mejoraba el ritmo de recuperación. Pero, en sus aventuras por el interior de la cara, Behringer seguía prefiriendo esperar. Sus pacientes estaban destinados a despertarse ciegos, sin más consuelo que una voz junto a su cama. El alemán no tenía a nadie que abogara por él en el hospital. De modo que Behringer había ordenado seis horas de sueño profundo inducido, quería estar presente cuando reanimaran al paciente. Había dado instrucciones a Kate para que lo despertara al cabo de cinco horas.

Kate entró con un burrito y un café grande para desayunar, petición de Behringer, y una botella de agua, en la que ella había insistido. Behringer se sentó al borde de la camilla y fue inclinándose muy despacio en dirección a la luz, mientras Kate describía con voz monocorde las constantes vitales del paciente y él la ignoraba. La ayudante había dejado los componentes del desayuno en una mesa de mayo y Behringer los fue cogiendo, de uno en uno, mientras se dejaba arrullar por la monótona enumeración. La habitación apestaba a Hibiclens, ChloraPrep y cigarrillos furtivos.

—Eres un espécimen mágico, demasiado bueno para mí, y sin embargo estás aquí. Tan cerca y al mismo tiempo tan inalcanzable. —Si el acoso de la mañana anterior había servido para calmar sus nervios, este le servía para demostrarse a sí mismo que aún existía, restablecía su contacto con el mundo de fuera de la cavidad ensangrentada en la que se había zambullido con el microscopio binocular. Durante sus cinco horas de sueño inquieto, Behringer había soñado con el interior de la cara del alemán—. Algún día te meteré en el cuarto de las escobas. Lo haría hoy mismo, si no estuviera tan hecho polvo.

Ahora le tocaba a ella ignorarlo. Kate había aprovechado el intervalo de la operación para dormir, para regresar a su vida —de la que Behringer no tenía ni idea— y prepararse para responsabilizarse de las primeras cuarenta y ocho horas de recuperación del paciente en la UCI, las más cruciales. Kate nunca entraba en el quirófano durante las intervenciones, algo que la conservaba sacrosanta, solo para Behringer, sin corromper por el cuerpo médico de residentes y personal de cirugía.

—Me siento como un boxeador después de quince asaltos —dijo Behringer, ansiando despertar lástima y admiración.

—¿Has boxeado alguna vez?

—Como me imagino que se sentiría un boxeador.

Por mucho que deseara desprenderse del cascarón del quirófano, del hechizo del trance, Behringer sabía que también se aferraba a él. Se negaba a renunciar al drama de su centralidad, esa esfera de ensimismamiento y urgencia. Había permanecido en el montículo hasta eliminar al último bateador, había lanzado la bola sin que ningún jugador rival llegara a la base. Ahora tenía que volver a los días prosaicos entre esos momentos relevantes.

—Date prisa —dijo Kate.

—¿No tengo tiempo de ducharme y cagar?

Ella negó con la cabeza.

—El señor Bruno se ha despertado antes de lo previsto. Han intentado que volviera en sí gradualmente, pero los ha sorprendido a todos.

Habían tenido que sujetar al paciente para que se estuviera quieto. El alemán había intentado arrancarse la intravenosa y el respirador, explicó la enfermera de la UCI, y había tratado de examinarse toqueteando las vendas que le cubrían los ojos y la traqueotomía de la garganta. Ahora yacía moderadamente sedado, en gran parte imposibilitado y sin duda confuso. La piel visible del paciente era de un color gris oscuro.

Behringer tocó la mano del alemán en el punto donde estaba sujeta a la cama y medio tapada por el esparadrapo de la vía. ¿Lo hacía para que lo viera Kate o la enfermera? No, nadie lo estaba juzgando. El gesto de Behringer fue sincero, aunque consciente solo a medias.

—Están planteándose retirarle los esteroides para reducir su beligerancia —informó Kate—. Así podríamos eliminar antes las contenciones.

—No, quiero seguir con los esteroides. Que le den morfina.

—Sí —dijo Kate, sin objetar.

—¿Has hablado con el amigo? ¿El que paga?

—Brevemente.

—Bien. Mañana lo llamaré. —Behringer dejó de acariciar la carne pálida y se metió la mano en el bolsillo. A continuación habló a las orejas sin vendar, cuya funcionalidad no debería haberse visto afectada en modo alguno—. Señor Bruno, soy el doctor Behringer. La operación ha sido un éxito. —El alemán no recordaría nada de lo que le dijera, pero tal vez le ayudara a dormir—. Hemos extirpado el tumor. Ahora tiene que descansar.

«Me has pedido que te salvara —pensó Behringer. Aunque, en realidad, el disoluto alemán jamás había empleado esa palabra, al menos que Behringer recordara—. Me has pedido que te salvara, pero para salvarte he tenido que destruirte. Es lo que hago.»

DIECISÉIS

I

Alexander Bruno había estado hospitalizado en Oakland de niño por quemaduras. Había pasado casi un mes ingresado, incluidos seis días en cuidados intensivos.

Desde entonces no había vuelto a dormir en un hospital, salvo por su aventura en el Charité. Apenas había pisado la consulta de un médico. La indefensión que ahora soportaba, mientras se recuperaba de la resección del meningioma, le había parecido antes algo exclusivamente propio de la infancia. En su imaginación se mezclaba con las zonas de realidad de la vida de su madre: la secta de Marin, el apartamento minúsculo que compartió con June en los bloques de Berkeley, el taller de vaciado en escayola de San Pablo Avenue, incluso el refugio para gente sin hogar donde iba a visitarla después de mudarse con los camareros de Chez Panisse. Ahora parecía que la memoria sensorial lo había devuelto a la fuerza a aquella época.

¿Dónde estaba Bruno ahora? La respuesta a su tácita pregunta había llegado repetidamente, en voces con acento filipino, tailandés o mexicano, voces unas veces compasivas, otras impasibles y apresuradas: «Estás en el hospital, cariño. Descansa». Las voces podían añadir: «Sí, tiene usted la cara vendada, está intubado, pero deje de tocárselo o tendremos que atarle». O: «Tú respirar bien ahora. No hablar». Le habían ido informando de su estado hasta que llegó a creérselo y pudo recuperar la fe en que volvería en sí. Fue entonces cuando empezó a atar cabos con los recuerdos de su llegada al hospital y de ponerse en manos del personal médico. De la escocesa rechoncha y vivaracha, que había bromeado ofreciéndole un cóctel mientras le clavaba una jeringuilla no en la carne, sino en la maraña de tubos de plástico que le habían sujetado con esparadrapo a la mano.

Lo que no lograba conjugar era lo que de algún modo recordaba del tiempo intermedio, es decir, entre el ingreso y la inmovilización presente. Esos sucesos recogidos en una película proyectada sobre una pantalla en la oscuridad, plagada de fallos técnicos, acoples de sonido y sangre, de la que había tenido que apartar la conciencia. Y así, bajo la noche de las vendas, seducido por el parecido entre un conjunto de máquinas gimiendo y pitando junto a la cama, y otro de hacía mucho tiempo, desubicado por la ceguera de cualquier asidero en el tiempo o el espacio, Bruno cayó agradecido en un trance de la memoria.

Se había quemado con café caliente. Le había caído encima mientras estaba sentado en el rincón de desayunar del piso de Chestnut Street, el verano que cumplió once años, justo antes de la explosión de la pubertad. En realidad no era café, ya que la parte superior de la cafetera Chemex estaba llena de agua hirviendo que todavía no se había filtrado a través del grano molido hasta el fondo del recipiente con forma de reloj de arena: era el agua lo que le había escaldado al volcarse la cafetera.

June, que era quien había vertido el agua hirviendo para llenarla, estaba destinada a cargar con la culpa; ¿quién iba a contradecirla? No obstante, Bruno se culpaba a sí mismo: la Chemex descansaba sobre un salvamanteles de madera en forma de tortuga con cuatro bolitas por pies, una de las cuales se había soltado. El salvamanteles había sido el resultado de un taller de clase de quinto curso. Una vez terminada la manualidad, a Bruno le había parecido un regalo que su madre apreciaría, a pesar del miserable desinterés que había mostrado durante el proceso de recortar la plantilla de la tortuga, pegarle los pies y aplicar el laminado brillante. No era la clase de niño que volvía a casa con montones de dibujos, postales para los padres o ceniceros pintados a pegotes. El pie de la tortuga se había soltado debido al pésimo trabajo de pegado de Bruno: él mismo se había provocado el accidente.

Mientras que los posos del café aterrizaron inofensivamente en el plato de la tostada delante de Bruno, el agua ardiendo trazó un arco y lo salpicó. Le escaldó a lo largo del antebrazo desnudo, el pecho, el estómago y la entrepierna. Empapó los calzoncillos Jockey que habían sido su único pijama la noche anterior, en un piso sin aire acondicionado. Su madre, tras un momento de incredulidad por la impresión, reaccionó con rápida eficiencia, lo desnudó y lo sumergió en una bañera helada y poco profunda. Tiras de piel se desprendieron a franjas de la cara interna de los muslos de Bruno, donde las gruesas costuras de los calzoncillos habían retenido el agua hirviendo contra la piel durante unos cruciales instantes más. Estos recuerdos, y la imagen de June llevándolo a urgencias, eran caleidoscópicos, no sostenidos. Aunque Bruno debía de haber estado gritando, él recordaba contemplar desapasionadamente la carne despegándose de su cuerpo, como una página de un álbum de fotos. Fueron las semanas de recuperación en el hospital Alta Bates, cargadas de tedio y asombro, las que habían fraguado una experiencia personal. Allí había alcanzado su primer orgasmo.

Al principio lo habían ingresado en la UCI, bajo una sábana levantada sobre un armazón metálico para evitar el contacto con la piel dañada. Las quemaduras eran en su mayor parte de primer y segundo grado, y cubrían la mitad de la superficie cutánea. Las de tercer grado se limitaban a las franjas del interior de los muslos y una pequeña zona del pubis lampiño, donde la bragueta de los calzoncillos también había atrapado el agua ardiente. El pene se había librado: nada milagroso, puesto que por entonces era apenas mayor que una avellana. De entrada, sin embargo, las distinciones entre unas quemaduras y otras se antojaron irrelevantes, debido al modo en que las de segundo grado comenzaron a pelarse igual que una quemadura solar acelerada. Durante las primeras veinticuatro horas, la vida de Bruno, tal como él mismo entendería después, corrió peligro por la deshidratación y por el riesgo de que se extendiera una infección incontrolable por la carne escaldada. Manos enguantadas lo embadurnaron hasta el cuello con gel, mientras los tubos intravenosos hacían circular nutrientes fluidos a través de sus venas.

Bruno pasó los siguientes días bajo la tienda de la sábana, volviendo en sí. Resultó que «hospital» significaba un tedio puntuado por la recurrencia de los controles de la temperatura y la presión sanguínea, la colocación y retirada de las cuñas, el doloroso cambio de las vías del hueco de un codo al otro, y la rotación de las enfermeras que destruía las nociones de día y noche, reemplazándolas por turnos tripartitos. Esas mujeres, la mayoría matronas negras, trataban al niño quemado con exasperación afectuosa, como a un objeto que se resistía a su eficiencia y como a un confidente en su guerra contra los obtusos y esquivos médicos.

Tras permanecer seis días en la UCI, la crisis pasó y Bruno fue trasladado a un ala fea y tranquila, a una habitación con una cama vacía por toda compañía. El índice de atención se ralentizó de tal modo que los días devinieron abismos entre bostezos. Bruno sucumbió al aburrimiento, pero había algo más. Aunque June acudía junto a su lecho, el niño acostumbraba a estar solo. No se permitían las visitas de amigos del colegio, si es que se habían enterado del accidente durante las vacaciones estivales. Las enfermeras no mostraban ningún interés por Bruno, y las quemaduras lo mantenían postrado en cama, incapaz de explorar la planta. La televisión diurna —culebrones, tertulias, concursos— no conseguía llenar el vacío. Por primera vez, sintió Bruno, se había alejado de la cháchara de los otros niños, o de June y sus amigas y sus novios, que de pronto le parecieron igual que niños. Al volcarse aquella cafetera, había tenido la suerte de escapar de su estado habitual, es decir, de la intrusión de otras voces en su mente.

A raíz del accidente de las quemaduras, a los once años Bruno había escapado de la prisión de su infancia, como un recluso de una celda sin techo que nadara hacia la libertad durante una inundación.

Oía las conversaciones de las enfermeras por encima de su cabeza, y los comentarios a media voz de los médicos cuando consultaban la tablilla colgada a los pies de la cama. Nada de aquello iba dirigido a la atención de Bruno, pero tampoco se le ocultaba. La invisibilidad de Bruno en el centro de ese despliegue de acciones lo dejaba libre para percibir su propio contorno, posiblemente por vez primera. Vaciado de su yo involuntario, Bruno podía rellenar el contenedor con lo que más le interesara. Podía gestionar los pensamientos y sentimientos de los demás, esas cosas que antes invadían sus límites, y gestionar también qué pensamientos y sentimientos propios mostraba a los demás. Solo tenía que entender que su maldición era un don para controlarla. Y, a diferencia de una maldición, un regalo podía devolverse o abandonarse.

Una monja se acercó a la cama. A él le pareció vieja, al menos comparada con su madre, aunque probablemente tendría solo cuarenta y tantos, pensaría después Bruno. Iba vestida con vaqueros, zapatillas de tenis blancas y una blusa de algodón con el hábito marrón y blanco, y llevaba una cruz grande colgando sobre los pechos. La monja quería saber dónde estaban los padres de Bruno, y el niño le explicó que solo tenía madre y que estaba «trabajando»: Bruno no sabía lo que hacía June con sus días mientras él permanecía en el hospital. A juzgar por cómo los pasaba cuando estaba con él, podría estar haciendo cualquier cosa.

La monja le dijo si podía sentarse junto a él y leerle un poco, pero cuando resultó que se refería a la Biblia, Bruno le preguntó si en lugar de leer podían jugar a las cartas. La monja consiguió una baraja y jugaron al gin rummy. Al principio ella le dejó ganar. Bruno no lo adivinó: le leyó la mente. Luego la enfadó a propósito haciéndoselo notar y la monja intentó ganar, pero Bruno la derrotó igualmente. Fue con ella con quien experimentó por primera vez con el control y el alcance de sus límites. Bruno había detectado las intenciones conscientes de la monja, así como sus deseos incontrolables, la parte cobarde y ansiosa del cerebro de la mujer, pero se limitó a bloquearlos. Solo quería saber las cartas que llevaba.

Cuando se aburrió la dejó ganar una partida, después dijo que estaba cansado.

El mismo método funcionó con June cuando fue a visitarlo. Al principio, Bruno se abrió a ella como siempre. Su madre, como de costumbre, estaba agitada, asustada, no paraba de atusarse el pelo y arreglarse la ropa. Coqueta con los médicos y sumisa hasta con las enfermeras, se situaba automáticamente en el peldaño más bajo de cualquier escalafón, provocando el desprecio de Bruno. Preguntaba constantemente cuánto tiempo tendría que permanecer hospitalizado su hijo y admitía abiertamente que le preocupaba cuánto costaría el tratamiento a unos médicos que incluso Bruno veía que no tenían el más mínimo interés ni la capacidad de influir en el problema. De todos modos, June no pagaría las facturas, algo que Bruno también sabía: tal vez June fuera la única persona de la habitación que todavía lo dudara.

Y después, como con la monja, Bruno se retiró tras sus límites recién descubiertos. Bajó el volumen de June, luego la apagó. De hecho, descubrió que una vez desconectada le costaba volver a sintonizarla.

Fue su encuentro con el encargado de la piscina de hidromasaje lo que selló la transformación. En los últimos diez días de hospitalización Bruno había comenzado a ir al lavabo solo, con sumo cuidado, en lugar de usar la cuña. La mayoría de las heridas se habían regenerado con carne nueva, tierna, y ahora el tratamiento se centraba en las pequeñas zonas con quemaduras de tercer grado: el interior de los muslos y un área por encima del pene. Estas zonas seguían en carne viva y había que protegerlas de infecciones y prevenir las cicatrices. A tal efecto, una vez al día un celador lo transportaba en silla de ruedas a un ala extraña y aparentemente desierta de la tercera planta, donde había una sala con una gran piscina de acero para hidromasajes. Se creía que la hidroterapia, le explicó un doctor, estimulaba el crecimiento de tejido nuevo y minimizaba las cicatrices. Le quedarían marcas, se apresuraban a puntualizar este y otros doctores, a pesar de que Bruno nunca había preguntado al respecto.

El encargado del hidromasaje era un negro arisco con barba salpimentada y sin los modales propios de un cuidador. Su ausencia de tacto era tan absoluta que se sentía como una especie de electricidad, de reafirmación; estaban en Oakland, así que cuando no trabajaba allí podría haber sido un miembro antiguo o actual de los Black Panther. Cada tarde trasladaba a Bruno a aquella sala, varios grados más calurosa que el resto del hospital, pero sin ningún rasgo distintivo aparte de la inmensa piscina. A continuación el celador le quitaba la bata y lo sentaba en el agua, en un banco de acero atornillado al centro de la piscina. Una vez que encendía el aparato y la corriente se arremolinaba alrededor del cuerpo de Bruno sentado en el banco, el hombre se aposentaba en una silla pegada a la pared del fondo a contar los minutos. La bañera de metal vibraba sin parar, el ruido impedía hablar. Al terminar, liberaba a Bruno y lo tumbaba en una mesa cubierta de papel, donde le embadurnaba la piel con un bálsamo denso y amarillo distinto del que empleaban las enfermeras de arriba.

El segundo día, el celador pilló a Bruno mirando y compartió con él una comparación.

—Esto lo usaban en Vietnam con los heridos de napalm. Lo vi hacer unas cuantas veces.

Un excombatiente. Nada sorprendente. Había muchísimos, negros y blancos, vagando por Berkeley y Oakland, trabajando de vigilantes en los colegios y de dependientes en licorerías, o malviviendo en la calle en sillas de ruedas iguales a la que usaban con él. Bruno también los había conocido de niño, en la comuna del gurú de San Rafael, hombres vestidos de hippies que se jactaban de haber matado: alardeando de la cifra de víctimas como francotirador o, más de cerca, con un rápido puñetazo en la garganta. Al igual que la de aquellos, la mente del celador hervía de despecho, aunque Bruno prefiriese pensar que surcaba las situaciones como un buda, o como un músico de jazz que tocase en una clave y un tempo distintos a los de aquellos que le rodeaban. El hecho de que no entendiera cuánta violencia irradiaba en una sola mirada comportaba una enorme energía.

Bruno, fascinado y aterrado, no dijo nada.

—Por entonces no lo usaban con los civiles, todavía era algo experimental —continuó el veterano—. Lo probaban en el campo de batalla. —Luego añadió, con toda la ternura de que era capaz—: Es bueno. Te irá bien.

Hablaba como si el tratamiento lo hubiera prescrito él mismo, como un favor especial para el chaval. Pero no. Bruno sabía que no existía semejante prerrogativa. La relación entre el tratamiento y lo que el hombre pudiera haber presenciado durante la guerra era fantasía o casualidad.

Bruno, para su propia sorpresa, aseguró:

—Iré allí algún día.

No tenía intención de provocar, mucho menos de ser cruel. Simplemente anhelaba destinos, cualquier lugar lejos de donde estaba. Oír nombrar un lugar focalizaba sus deseos.

—¿Adónde? ¿A Vietnam?

—Sí.

—No sé por qué habría de querer nadie ir a Vietnam.

De hecho, Bruno acabaría siendo destinado a pasar muchos meses en Ciudad Ho Chi Minh y Vung Tau. Por el momento, el comentario silenció al celador, aunque su mente seguía bullendo en dirección al niño.

En la tercera visita de Bruno a la bañera, el orgasmo llegó inesperadamente. La erección había quedado atrapada entre la pierna y el asiento metálico, que vibraba cuando las aguas giraban a la máxima potencia. Bruno ya se había acostumbrado a la sensación amorfa, soñolienta, que le inducía el asiento, cuando culminó en un clímax que no habría sabido prever. Luego la magia se desvaneció, dejándolo pasmado. Había pasado todo y no había pasado nada: nada, imaginaba Bruno, que lo hubiera delatado, no por encima del zumbido de la piscina motorizada. Sin embargo, cuando el celador lo levantó, dio la impresión de que encontraba algo censurable y le aplicó el gel amarillo con rudeza y desagrado caballeresco.

A Bruno no le importó. Se limitó a dejar de absorber el carisma hosco del veterano, aquel torbellino crudo de envidia y desprecio. Embotó su propia vergüenza, o miedo, a quedar expuesto. También se desprendió de cualquier deferencia hacia los negros, inculcada por su madre y su círculo. En las siguientes visitas al hidromasaje, Bruno se parapetó en un silo de dicha extática. El juego era solo entre la bañera vibrante y él, mientras el celador se ponía en cuarentena a un lado, como aislado por un plástico. Intuyéndose irrelevante, los conatos de conversación del hombre cesaron. El celador quedó reducido a una función del hospital, al mismo nivel que la silla de ruedas y el ascensor.

Con once años, Alexander Bruno se había vuelto exquisito.

A la espera todavía de que se demostrara para qué se había vuelto exquisito. Con qué propósito o para quién, más allá de sí mismo. Sin embargo, tras el alta hospitalaria, de nuevo al cuidado de June, de regreso al Berkeley materno y al patio de la escuela Malcolm X, Bruno ya no vivía sujeto a la migración indeseada de pensamientos y sentimientos a través de las fronteras de su ser. Su don, una vez desechado, se convirtió en un juguete perdido que rara vez se molestó en buscar. Quedó el lujo esporádico de poner a prueba a otros, igual que había hecho con la monja. «Hola, ¿me oyes? ¿No?» La ausencia de respuesta suponía un alivio.

Una persona de cada... ¿cuántas?, ¿un millón?, podría descubrirlo en su escondite. Bueno, al final una lo había descubierto. Edgar Falk. Algo en lo que ahora Bruno, tumbado bajo la máscara de vendas, no quería pensar. Pensaba demasiado en Edgar Falk. ¿Con qué frecuencia había repasado su trayectoria desde aquel aislamiento exquisito, la voluptuosa e implacable altivez que lo había conducido a Chez Panisse y más allá, a su primer pasaporte y su primer vuelo, al primero de numerosos clubes privados y trastiendas de casino, a la noche de hacía una década, en el White's de Londres, cuando había conocido a Falk y había caído exquisitamente esclavizado?

No. Bruno, que normalmente prefería no rememorar nada, ahora languidecía recordando los años posteriores a aquel accidente. Sexto curso, séptimo, el instituto Berkeley. Las reminiscencias que Stolarsky había intentado incitar ahora afloraban libremente. Los cambios en su cuerpo al poco de quemarse, el desarrollo desenfrenado y repentino de su estatura y su mandíbula. El vello cubrió la cicatriz del pubis, la convirtió en intrascendente. Las chicas, y las mujeres, cuando Bruno se quitaba los calzoncillos, nunca veían lo que temía que las hiciera retroceder. Bruno tenía que señalar las cicatrices para que se fijaran, y eso le granjeaba una compasión útil. «¿Ves? —bromeaba—. ¡Es como si llevara unos calzoncillos fantasma!» El fácil descubrimiento del sexo solo era comparable a la velocidad con la que sus conquistas adolescentes degeneraban en hastío. Bruno necesitaba juegos con un marcador más contundente.

¿Flashman? Sí, ahora recordaba los libros. Y otros, que intercambiaba con niños como Stolarsky como si fueran talismanes: *El hombre de mazapán*, *Miedo y asco en Las Vegas*, *El extranjero* de Camus y *El disconforme* de Colin Wilson. Los libros que Bruno se agenciaba de las estanterías de los hippies, o de la caja que había en el comedor social, arrasaban con todos los tópicos que esos mismos hippies afirmaban exaltar. Flashman sí que había sido el ídolo de Bruno, por un instante, claro. Solo que Bruno, al igual que Flashman, era su propio ídolo.

Bruno se fue alejando, flotando libremente fuera de la órbita de June. Los camareros y ayudantes que conoció en Spenger's y luego en Chez Panisse lo educaron en lo que había fingido ya saber, cosas que había atisbado en libros y películas y viendo a Roxy Music y Robert Palmer en la MTV. Cuestiones relativas a su persona y el mundo, y a cómo conseguir que una se deslizara por la superficie del otro. Los camareros y meseros lo introdujeron en la cocaína y en la vida nocturna de los trabajadores de la restauración, en bares que cerraban a las cinco y las seis de la madrugada. Fue allí donde vio a los primeros jugadores de verdad. Los veía en billares y timbas, o en la barra, comerciando con su superioridad mediante anécdotas obvias o astutas. Por entonces Bruno no sabía distinguir a los ganadores de los perdedores, y los dejaba en paz. Ahora se le ocurrió que, según sus estándares actuales, los habría considerado perdedores a todos, del primero al último.

Por otro lado, allí postrado en la cama, ¿de qué otro modo podía considerarse a sí mismo?

Fue poco después de escapar de Spenger's, al ambiente más enrarecido del Gueto Gourmet, cuando Bruno había entrado bajo la tutela de Konrad, un bailarín de ballet fracasado, un inmigrante polaco orgulloso de no tener acento y encargado de la cafetería de un restaurante de élite cuyo teléfono atendía pronunciando con claridad las palabras «Che Pamí». Los meses de asedio de Konrad a la virginidad homosexual del Bruno de dieciséis años fueron abandonados con la declaración de que el atractivo del chico era un trágico desperdicio; solo después Konrad lo había acogido bajo su ala. Una vez que le hubo enseñado a vestir y caminar, Bruno no entendía cómo se las había apañado hasta entonces. Cuando, en una partida después del trabajo en una casa sobre el cañón Wildcat, propiedad de un catedrático de historia disoluto que ofrecía su jacuzzi y la sala de billares al personal de Chez Panisse, Bruno había empezado a ganarles dinero con regularidad a camareros cinco o diez años mayores que él, fue un malcarado Konrad quien lo informó de que el póquer no era un juego de caballeros. Y sí, fue Konrad quien le enseñó a jugar al backgammon. El encargado de la cafetería jugaba con severa concentración, aunque se negaba a apostar.

Konrad también lo aleccionó en comportamientos que otros consideraban inconscientes: el lugar correcto de una habitación donde posar la vista, y la manera de colocar las piernas en paralelo y girar las caderas como contrapunto para crear una composición clásica y agradable. Konrad no trataba de feminizarlo –la impresión que Konrad transmitía no era femenina–, solo lo alentaba a cobrar conciencia de cómo podía conseguir que su cuerpo recién desarrollado resultara fascinante pero no amenazador. En muchos sentidos fue como si Konrad estuviera ampliando los principios que Bruno había descubierto en el hospital. Si Bruno se había encerrado en un distanciamiento interior, Konrad le enseñó que ese mismo distanciamiento podía exteriorizarse, vestirlo como una capa de inaccesibilidad, con lo que te volvías hipnótico para los demás. El resultado era inducir el mismo anhelo que ocultabas.

Y la magia más profunda era la siguiente: en el proceso de cubrir con capas de interpretación el exterior de su contenedor, Bruno se olvidaba de lo que este disimulaba. Todo, cualquier cosa, estaba al alcance del alivio amnésico.

Años después de que despidieran a Konrad de Chez Panisse y de que el encargado desapareciera de Berkeley de la noche a la mañana, Bruno todavía sentía sus enseñanzas como un lenguaje somático que se removía en su interior. No obstante, hasta esta segunda recuperación, bajo la larga noche de gasas y vendas, se había olvidado incluso del nombre de Konrad. Ahora lo había recuperado, como si desenterrara una pieza suelta de un puzzle de debajo del cojín del sofá. Bruno se preguntó si podría localizarlo. ¿Seguiría vivo o habría caído víctima del sida? Pero no. El impulso era inútil, sentimental. Bruno solo había recuperado un nombre olvidado. No significaba nada.

¿Por qué Stolarsky había querido salvar a Bruno?

¿Para qué quería su vida?

Bruno no tenía nada excepto preguntas. Sintió un estremecimiento en el pecho. El aire zumbaba y silbaba por el tubito de plástico y Bruno sabía que lo que oía era a sí mismo, que debajo del vendaje la carne adormecida de la cara se convulsionaba de pena. Estaba por ver si sus canales podían derramar lágrimas. Aunque pudieran, él no las notaría.

Y aun así todo eso, informes recuerdos antiguos y pena, era preferible a la alternativa: recordar la operación a través de los ojos del doctor Behringer.

II

Día y noche, sueño y vigilia, pasado y presente, todo había perdido definición, hasta una mañana en que una enfermera japonesa despertó a Bruno. Supo que era japonesa porque dijo: «Soy la enfermera Oshiro, de Japón»; supo que era por la mañana porque ella se lo dijo. Luego la enfermera le retiró la intubación y le pidió que tragara. Con lo cual, pese a seguir con los ojos vendados, Bruno emergió de su miasma. Fue como si Oshiro hubiera arrojado una soga al pozo de pavor y recuerdos de Bruno y lo izara hacia la luz... aunque no lo suficiente para permitirle ver.

Al intentar hablar, Bruno solo consiguió un susurro entrecortado y un exceso de dolor.

—¿Prefiere escribirme una nota? —preguntó Oshiro.

—Sí.

La palabra sonó quebrada. No obstante, la enfermera la entendió.

Le trajo una pizarrita de plástico y un rotulador de punta gruesa.

—Escriba lo que tenga que decirme. Yo lo borraré.

¿DÓNDE ESTÁ MI MÉDICO?

—Su médico ha venido a verle tres veces. Ha hablado con usted, pero no se acuerda.

Bruno notó que la enfermera cogía la pizarra y luego se la devolvía. Volvió a escribir.

¿ESTOY MURIÉNDOME?

—La operación ha sido un éxito, todo el mundo se lo ha dicho. Se lo hemos repetido muchas veces. Pero esta vez se acordará.

Oshiro mostraba en todo momento un tono animado y admonitorio. Poco a poco Bruno comprendió que la enfermera ostentaba una autoridad especial en su caso. La habían nombrado supervisora, encargada de enseñarle a tragar, a sorber por una pajita y a colaborar en el manejo de su cuerpo, con el que, según Oshiro, enfermeras y celadores estaban hartos de negociar durante su larga fuga sensorial. Bruno tenía que aprender a ayudarles mientras le cambiaban las sábanas y la cuña.

—¿Lo ve? —dijo Oshiro—. ¡No es tan perezoso!

DUELE.

—Tiene que moverse, es bueno para usted. Pronto podrá ir al baño por su propio pie. Mañana comerá.

A continuación soportó que Oshiro le retirase los parches que monitorizaban el corazón y las vías intravenosas sobrantes, toda aquella porquería que cubría su cuerpo. Luego, fue horrible, le desensartó el catéter del pene. La recompensa de Bruno por responder a la llamada de Oshiro para que volviera a la vida consistió en tener que soportar un esfuerzo humillante y doloroso tras otro.

Claro que tampoco había imaginado que pudiera tener otra opción.

—Mañana también le cambiaremos el vendaje —anunció la enfermera, cuando Bruno estaba ya exhausto.

¿Y MIS OJOS?

—Mañana seguirán tapados, la gasa no se quita. El doctor tiene que mirarle los ojos.

¿ESTOY CIEGO?

—Ya se lo he dicho, señor Bruno, ha ido todo bien, ha tenido mucha suerte. Debería alegrarse.

ME ALEGRO.

—Bien, ahora a dormir.

III

Pasó otro día bajo el vendaje nuevo antes de que Behringer acudiera a examinar las incisiones de Bruno y le animara a abrir los ojos.

Fueron unas horas de penoso aburrimiento. Bruno había empezado a sentarse en la silla que había junto a la cama.

Después de permitir que lo condujeran al lavabo un par de veces, había comenzado a zafarse de los ayudantes o enfermeras para llegar a tientas por sí mismo; el baño no estaba tan lejos. Recuperó la voz, ronca pero reconocible. Había comido: primero gelatina y caldo; luego, conforme fue doliéndole menos al tragar y fue ganando confianza en los desconcertados músculos de la cara, sándwiches reblandecidos y verduras recocidas hasta convertirse en una pasta. Sin embargo, nada de lo que comía tenía sabor y Bruno se quejaba profusamente a quienquiera que le sirviera las raciones del insípido mejunje.

Esa irritación lo envalentonó. Encendieron el televisor de la habitación y pidió que lo apagaran. Fue reemplazado por la nada, por los sonidos de las máquinas y de las enfermeras por el pasillo y en el mostrador del fondo, a veces por el sonido de los médicos de otro paciente hablando con las visitas de dicho paciente. Nada de eso lo distraía, pero tampoco lo confundía como la televisión. De entrada, podía mandar que cerrasen la puerta y lo dejaran tranquilo, y a veces le obedecían. Las otras enfermeras habían aceptado que prefiriera a Oshiro, y por tanto lo trataban con desapego, sin hablarle apenas, esquivando su mal genio como si Bruno fuera un lord ciego y grosero, aunque, por mucho que él se quejara, ellas nunca se disculpaban por nada. Cada vez lo ignoraban más. Y por eso comenzó a insultarlas por lo bajo, en tono pícaro, como un lord ciego y grosero. Por supuesto, era Bruno quien debía disculparse; Oshiro así se lo comunicó.

La noche se eternizó. Bruno no creía haber dormido.

Su segunda hospitalización no reveló ninguna de las misteriosas profundidades y sensaciones de la primera. No hubo orgasmos de hidromasaje, ni monjas que desconcertar. Durante esos días descarnados, incluso aquellos recuerdos que habían invadido las horas inmediatamente posteriores a la operación, ahora se le escapaban. ¿En qué habían quedado aquellos jirones de memoria? Ahora Bruno podía visualizar el libro verde en rústica de Flashman que solía llevar en el bolsillo de la gabardina… ¿Y qué? No se agacharía a recogerlo si se lo encontrara por la calle, tan poca curiosidad le despertaba.

Oshiro preparó al paciente, y la habitación, para la llegada de Behringer. Bruno ya estaba familiarizado con la onda de atención apresurada que precedía a la llegada al ala de un médico importante.

—Hoy le quitará el vendaje.

—¿Quién? ¿Dios?

—No diga tonterías.

—¿Aquel que no debe ser nombrado, pero acude blandiendo las tijeras?

—La habitación tiene que estar a oscuras, señor Bruno. Sus ojos estarán muy sensibles.

—Eso espero. O nada sensibles. Podría mirar directamente al sol. O dormir con la luz encendida.

—No, señor Bruno, le han hecho pruebas.

—Ah, pues muy bien. Mis ojos han pasado el examen. Podemos dejar el vendaje puesto.

Bruno se sentía al borde de ser conducido desde un santuario hacia lo desconocido.

—Chst, chst.

En sus momentos de mayor reprobación, Oshiro recurría a sílabas, chasquidos, como si estuviera limpiando la caja que ha ensuciado un cachorrito.

En ese instante Bruno notó que entraba un hombre en la habitación; de hecho, comprendió que el hombre ya estaba dentro, que había estado escuchando su cháchara imbécil a saber desde cuándo.

—Claro, déjatelo puesto, si quieres. Pero nos privarás a los dos de echar un vistazo a mi obra maestra.

Era la voz del adalid y némesis de Bruno, el hombre que había asesinado su cara. Un hombre que se dirigía a su presa siempre en el tono superior y entusiasta de un ser radicalmente ajeno al resto de su especie. Era un dios, tal vez, o al menos una especie de Santa Claus médico. La presión del aire había descendido, pareció enfriarse y despresurizarse al instante, como si la habitación hubiera salido eyectada como una cápsula lanzada al espacio. O posiblemente fuera el aire de la sala de operaciones: el neurocirujano lo llevaba consigo, una anomalía barométrica y refrigerada.

—¿Te he asustado?

Bruno había levantado las manos de forma involuntaria, y con ellas el tubo de la intravenosa, con las palmas hacia fuera como para defenderse de alguna barbarie procedente de la zona de la voz.

—¿Asustarme? No… no. Me ha sorprendido.

—Soy Noah Behringer.

—Evidentemente.

—Me han dicho que has olvidado mis visitas previas.

—Sí.

—Bueno, pues la resección ha sido un éxito. Puedo contestar a todas las preguntas que gustes. Programaremos una IRM, por supuesto. Pero te he extirpado el tumor, Alex.

—Me lo ha explicado la enfermera Oshiro.

—Y estoy emocionadísimo con lo que hemos conseguido.

El neurocirujano parecía reclamar adoración, una vuelta de honor. Bruno no se molestó en concedérsela. Rotó ligeramente las manos levantadas, simulando el gesto de examinarlas a través de la desconcertante espesura que limitaba su rostro, lo cual, que él supiera, era lo único que le impedía desintegrarse.

—¿Qué veré cuando me quite el vendaje?

—¡Ja! ¿Además de a esta bella enfermera y a mí mismo? ¿Quién sabe? La sensibilidad a la luz no debería molestarte más de una o dos horas. Es posible que durante un tiempo persista cierta visión borrosa. Lo único que me preocupa es que el nervio óptico retenga alguna imagen fantasma de eso que llamabas «mancha». El equivalente en el campo visual a un acúfeno. Puede que los receptores tarden cierto tiempo en reeducarse ahora que hemos aliviado la presión, pero esos pequeños son grandes expertos. ¿Lo averiguamos?

Bruno se confortó con el chaparrón de terminología y lo que pretendía ser ingenio médico. Bajó las manos y dejó que

Behringer se acercase a su cara. También Oshiro. Reconoció el tacto de la enfermera, manos que trabajaban con la misma precisión enérgica y reprobatoria con que hablaba. Cirujano y enfermera cortaron y toquetearon por los bordes, luego levantaron el peso del vendaje, como una máscara de arcilla, del crudo misterio sellado que escondía debajo. Los párpados de Bruno siguieron cerrados bajo almohadillas de gasa individuales, alrededor de cuya periferia comenzó a circular el aire, despertando los azotados contornos de su antigua piel.

Behringer siguió parloteando de forma intermitente: «Está curando muy bien», y todo eso. Bruno apenas escuchaba. Sentía que se elevaba a través de velos de estupefacción en dirección a un mundo más vasto y resplandeciente de luz de lo que recordaba. Había sido una criatura cavernaria, inmersa en el fango y midiendo las distancias en guijarros, en granos. El mundo era inmenso.

Quedaban todavía algunos kilómetros para establecer contacto. Bruno comprendió que aún no lo habían liberado. Las manos continuaron trabajando. Behringer cortaba y recortaba alegremente, mientras Oshiro levantaba membranas de gasa por debajo de los ojos, abriendo a Bruno como una flor.

Con la última capa fue como si le levantaran la nariz y las mejillas para dejar al descubierto el cráneo descarnado. No le dolió, aunque estaba seguro de que seguían inyectándole medicamentos adormecedores a través de los conductos de sus sangraduras. ¿Estaría cultivando brutales adicciones de las que después tendría que rehabilitarse? Supuso que de todos modos lo agradecería.

Bruno pensó en las monedas que se colocaban sobre los ojos de un difunto: ahora el proceso se invertía. Oshiro levantó la carga que cubría sus párpados y le pidió que esperase. Le limpió delicadamente las legañas que mantenían adheridas sus pestañas, aplicándole una solución salina con bastoncillos de algodón en pinceladas descendentes hacia las mejillas, como si las estuviera bañando en lágrimas. Bruno abrió los ojos.

Vio borroso, sí, y doble, hasta que logró juntar la escena partida mediante un leve esfuerzo muscular, todavía indoloro. Persistía una versión de la mancha, que planeaba en forma traslúcida en el centro de la visión, como algo visto y al mismo tiempo no visto. También notaba jirones defectuosos en el borde de su campo visual, como si hubieran hecho añicos la mancha y luego la hubieran barrido hasta el lejano horizonte de su visión. Sin embargo, ninguna de tales deficiencias logró arruinarle el idilio con el mundo que antes no veía. La vista de Bruno funcionaba lo bastante bien, demasiado bien, como para poder negar la aplastante constatación de que no había nada que mereciera ser visto.

¿Dios? Ni siquiera Santa Claus. A Bruno lo había mutilado un hippie pomposo con traje de pana. Oshiro, de cara redonda, baja y agradable, era completamente inadecuada para ajustarse a las fantasías eróticas que Bruno ignoraba haber albergado hasta el instante mismo en que se vinieron abajo. Las dos figuras permanecían de pie en una habitación del tamaño y la vitalidad de una Polaroid descolorida. Lo habían devuelto laboriosamente a un mundo que no era digno de llamarse así. Si hubiera sido una página de una revista, Bruno la habría pasado.

—No se toque —ordenó Oshiro.

Las manos intubadas de Bruno habían vuelto a levantarse, a acercarse a la cara.

—Así que tus ojos ven —dijo Behringer—. Detecto seguimiento ocular.

—¿Seguimiento ocular?

—Ten paciencia si observas alguna superposición, o si ves moscas volantes.

—¿Puedo considerarle una mosca volante?

—Depende. ¿Cuántas narices tengo?

—Las mismas que barbas y la mitad que ojos.

Bruno ya estaba agotado.

—¡Bromea! Y tiene un aspecto estupendo, ¿a que sí?

La efusividad de Behringer, más que falsa, resultaba chapucera. E irrelevante. El cirujano ya no pintaba nada. Se había salido con la suya con Bruno, y lo único que sabía hacer era refocilarse burdamente.

—Si usted lo dice... —dijo Bruno—. Noto la boca como si me la hubieran cosido del revés.

—Ah, bueno, eh... en realidad no te hemos quitado toda la boca. Aún tienes que recuperarte, claro, pero las últimas técnicas de sutura son milagrosas. La enfermera te enseñará a cuidar las incisiones para minimizar la cicatrización, podrás hacerlo tú mismo...

—¿Se requiere una bañera de hidromasaje?

—¿Perdón?

Bruno hizo un ademán sin levantar la mano del muslo cubierto por la bata. No le apetecía que volvieran a regañarlo.

—¿Quieres mirarte al espejo?

Por primera vez, Behringer habló con delicadeza. Bruno sospechó que eso significaba que sería mala idea hacerlo. Ya había echado un vistazo al redondeado ojo negro del televisor colgado en el rincón, que le devolvió la misma Polaroid atroz solo que a la inversa: dos pigmeos solícitos ante un alargado hombre de paja, postrado entre un despliegue de aparatos que le chupaban la sangre. No costaba imaginar las facciones, demasiado minúsculas para examinarlas en el reflejo de la pantalla, que coronaban la figura marchita del hombre de paja. Una antigua cara, cosida demencialmente para formar un semblante.

—No, gracias —respondió Bruno al ofrecimiento del espejo.

Su exterior recosido constituía el menor de sus problemas. La visión que había reprimido volvió: el recuerdo de la operación mientras estaba anestesiado. Bruno había visto su cara transformada en una alcantarilla de carne, en el sumidero abierto por un árbol caído. Había realizado un viaje onírico entre dos planetas lechosos que, estaba bastante seguro, eran sus ojos desencajados.

¿Cómo explicárselo a Behringer?

—Tengo que contarle una cosa —empezó Bruno.

—Claro.

–Puedo leer… las mentes… otra vez. Puedo leerle la mente.

–Eso es genial. ¿Y los olores? ¿Puedes oler?

–¿Qué? ¿Olores? No, nada.

–¿Ves? Me han dicho que te quejas de la comida… es más cuestión de olfato que de gusto. Aunque con la comida de aquí no te pierdes gran cosa.

–Sabe a goma, o a mierda.

–¡Pues claro! ¿Ya no hueles barbacoas fantasma? Antes de entrar en quirófano balbucías algo sobre costillas de cerdo.

–No… no.

–No hemos dañado el nervio olfativo, no creo. La «vieja factoría», lo llamo yo. A veces tarda un poco, como cuando reinicias un sistema…

–No lo entiende. Le he visto operar.

–Bueno, eso es imposible, pero la anestesia puede provocar alucinaciones descabelladas.

–Lo he visto todo.

–Tus ojos estaban, eh… podría decirse que estaban totalmente fuera de servicio.

–No he necesitado mis ojos. Lo he visto a través de los suyos.

Bruno no podía contenerse. Cada vez estaba más convencido del milagro y la catástrofe, y de la necesidad de que Behringer lo entendiera. Por muy frívolo que se mostrara, el cirujano era cómplice del desmantelamiento de Bruno.

–¿Nos disculpa un momento, enfermera? Creo que el señor Bruno y yo deberíamos hablar a solas.

Resultaba absurdo que mandara salir a Oshiro de la habitación, tan empequeñecida parecía ya. Pero también Behringer y la habitación habían encogido. Doctor y enfermera eran un par de sellos franqueados en un trozo de sobre. ¿Se había agigantado Bruno o el hospital era muy pequeño? Se fijó en que, a pesar de haberle confiado la rehabilitación de su víctima, Behringer no recordaba el nombre de la enfermera. Por su parte, Bruno quería objetar que Oshiro debería quedarse, pero no tuvo fuerzas. La vio partir, única testigo de lo que le había hecho el diablo barbudo y de lo que todavía podía hacerle.

Pero no, Behringer era un sanador famoso y reputado, le había operado por caridad, por generosidad. Bruno y él tenían que estar en el mismo bando. Los efectos perjudiciales habían sido completamente accidentales. Bastaría con que Bruno se explicara.

—De niño… —empezó, despacio. Cada palabra arrancada al pasado debía ser esencial. Lo que había ocurrido era extrañísimo. Bruno tendría que renunciar a cualquier ironía o indirecta—. Cuando tenía cinco años vivía con mi madre en un campamento de San Rafael…

—Ajá.

—Los adultos que me rodeaban… bueno, eran los años setenta… —No, no era el enfoque correcto, estaba perdiendo a su público. Un cirujano, al fin y al cabo, no un cura ni un loquero, ni un confesor. Los minutos millonarios de un cirujano, pasando inexorables—. Pero eso no importa. Por entonces no había ningún límite entre los demás y yo…

—¿Sí?

—Probablemente habrá escuchado historias parecidas. Podía leer las mentes.

—Ah, claro.

—A ver, no era nada agradable.

—Imagino que sería un auténtico infierno.

Resultaba más fácil de lo que Bruno había anticipado.

—Bueno, sí, la verdad. Desarrollé mecanismos de defensa…

—¿Quién no lo haría?

—Doctor Behringer… ¿guarda lo que me ha extirpado?

—¿Si lo guardo?

—Sí, la cosa.

—Ah, eh… no ha salido de una pieza. Más bien, al contrario. Pero conservamos segmentos para biopsiar, claro.

—Ya, bueno. Lo pregunto porque, hablando de mis defensas, creo que me ha quitado una. La mancha. Sé que no era su intención.

—No te sigo.

—Desarrollé la mancha como quien levanta una barricada. Cuando decía usted que la mancha presionaba, que deformaba ciertas funciones… por lo visto lo que hacía era restringir la clase de fugas de pensamiento que he sufrido durante la operación.

Behringer se apartó de la cama. Frunció el ceño, se tapó los labios y la barba con una mano. El sello de correos se había vuelto conmemorativo, un retrato de Sigmund Freud en zapatillas, paseando por su estudio.

—Necesito que me la devuelva —añadió Bruno, para dejarlo absolutamente claro.

—Sí, he visto casos similares —dijo Behringer, como si hablara solo—. El poder de la sugestión. La noción de una conciencia intraoperatoria ha invadido la imaginación popular bajo la forma de películas de terror y tertulias televisivas, pero como con tantas pesadillas populares, es mucho más rara de lo que la gente cree.

—De niño ya la tenía.

—¿Conciencia intraoperatoria?

—Telepatía.

—Ah. Pero, Alex, en una operación como la tuya, monitorizamos la actividad nerviosa mediante lo que llamamos «potenciales evocados»: por eso había un neurólogo quirúrgico. Sabemos si estabas consciente o no. Y no lo estabas. Estabas frito, más muerto que vivo. De hecho, es la intensidad de la fuga anestésica la que explica el desconcierto y la paranoia… además del régimen de esteroides, que pienso reducirte desde ya.

—Sonaba Jimi Hendrix.

Behringer lo miró con dureza, luego dejó escapar una risa, de tono tan brusco y amargo que en realidad fue una reprimenda.

—¡Muy bueno! Te fijaste en el póster de mi consulta.

—Necesito que me devuelva lo que me ha quitado.

—Ya no existe. Y no volvería a… ponértelo. No me puedo creer siquiera que esté contestando a estas preguntas, Alex.

Sufres un episodio de delirio. Sin precedentes, de hecho, en toda mi experiencia.

—Escuche, doctor. ¿Podría hacerme un favor?

—Depende de lo que sea.

—Mis cosas. Cuando me ingresaron para operarme, las enfermeras cogieron mi ropa y mis pertenencias. Me han dicho que las trajeron aquí a la sala de recuperación…

—Sí. ¡Pues claro! Eso es. —La perspectiva pareció animarlo de una forma que no era natural—. ¡Vamos a buscarlas!

El cirujano se acercó al estrecho armario que había junto al lavabo. En las vacilantes idas y venidas de Bruno al servicio, empujando los tubos con una percha con ruedas, no se le había ocurrido intentar abrir el armario. No le sobraban las fuerzas.

—Mira lo que tenemos aquí —dijo Behringer. El armario contenía la ropa de Bruno cuidadosamente doblada en los estantes, aparte de la sudadera, que colgaba con falsa formalidad. En el estante superior, el móvil y el cargador, el estuche de backgammon, una bolsa de cremallera con un fajo enrollado de billetes de dólar, monedas sueltas y las llaves del piso de los Jack London, y un *San Francisco Chronicle* doblado por la mitad que había estado leyendo en la sala de espera de ingresos quirúrgicos, hacía una semana o toda una vida. Behringer trató el triste alijo como si fuera una revelación—. ¡Este es tu boleto! Tienes que levantarte y salir de aquí. Volverás a sentirte más tú mismo en cuanto te pongas tu ropa…

—Esa no es mi ropa.

—¿No la reconoces?

El cirujano sonó presa del vértigo y del pánico al mismo tiempo.

—No, es la ropa que llevaba, solo que en realidad no es mía.

Behringer le tendió el móvil como si fuera el premio de un concurso.

—¿Quieres llamar a tus amigos?

—No tengo.

—Tu colega de Berkeley…

—Ahora no. ¿Ve el estuche de madera?

—¿Esto?

—Gracias.

Bruno lo cogió entre sus manos temblorosas, lo agitó ligeramente y confirmó así su contenido. Abrió los cierres.

—¿Echamos una partida?

La figura de Sigmund Freud plantada ante él era un sucedáneo. No obstante, Bruno no tenía más con lo que trabajar. Se concentró en el hecho de que había sido aquella persona de juguete quien lo había abierto en canal, en que, de hecho, le habían enviado a través del océano para encontrarse con el único hombre capaz de semejante acto y, por ende, también capaz de revertirlo. Todo era circular. De un modo muy similar, había sido durante su hospitalización infantil cuando había recibido la protección de la mancha —aunque por el momento se le escapara si se la había producido el bálsamo, el hidromasaje o el orgasmo—, y había sido ahora, durante la segunda hospitalización, ¡cuando se la habían robado! Pero no podía permitirse regodearse en las perversidades del destino.

Abrió el estuche lo justo para extraer el adoquín berlinés. Las marcas que indicaban los tantos de los dados se habían ennegrecido y desgastado. Bruno dudaba de que Behringer las percibiera, y casi mejor, puesto que al cirujano podría preocuparle la contaminación biológica. Por otro lado, era sangre de Bruno, le había salido de la nariz y por tanto volvería al lugar que le correspondía, dentro de su cabeza. Pero era demasiado para explicarlo.

Bruno le mostró el adoquín a Behringer.

—Use esto.

—¿Qué es?

—Eso no importa. —Bruno midió cuidadosamente sus palabras—. Póngalo para reemplazar lo que ha quitado.

—¿Lo que he quitado?

—Métalo aquí. —Bruno levantó los tubos para acercarse un dedo al puente de la nariz, o al desastre que ahora ocupara su lugar entre los ojos—. Quiero que vuelva a ponérmelo.

—¡Pero si nunca lo has tenido!

—Tiene el tamaño correcto. Es… lo correcto.

«Reinstale Berlín», le habría gustado decir, pero no podía arriesgarse a confundir al neurocirujano.

—Extraordinario —musitó Behringer.

—Ha sido un simple error —dijo Bruno—. No se lo reprocho.

—Tendremos que continuar esta conversación en otro momento —dijo débilmente Behringer.

—¿Cuándo?

Bruno no confiaba en ver al doctor-payaso pixelado recuperar su estatura, mucho menos la desmedida confianza que le había permitido dar la vuelta a la cabeza de Bruno como a un calcetín. Bruno se preguntó si se habría equivocado al mencionar a Jimi Hendrix, la prueba de la telepatía que por lo visto había alterado irremediablemente al cirujano.

—Cuando vuelvas a sentirte más tú mismo.

—Esa es precisamente la cuestión. Que me siento demasiado yo.

—El tiempo todo lo cura —aseguró Behringer, en un tono que insinuaba que sabía que estaba diciendo la mayor de las mentiras.

—Por favor…

Pero la figura menguante abrió lo que parecía una solapita en la esquina de la Polaroid —Bruno supuso que era la puerta de la habitación— y desapareció sin mediar palabra.

IV

La cara —porque lo llamarías cara, eso sí— no estaba mal. No era Alexander Bruno como había sido antes, y tampoco dejaba de serlo; era una amalgama fascinante, carne transformada en masa, hinchada y moteada, aquí y allá inflada o hundida, en otras zonas ligeramente despellejada, y por todas partes unidas en secciones para adherirse al contorno del esqueleto. Esa masilla de rompecabezas iba ganando sensibilidad, cada vez más alerta a la oruga ardiente de la sutura que la cosía, y operativa a través de las viejas reacciones musculares instintivas. Por ejemplo, Bruno podía hacer que la cara sonriera sin demasiado dolor. Oshiro, que empleaba un hisopo de quince centímetros para aplicar Neosporin a lo largo de las costuras, lo animaba a hacerlo. Bruno sonreía para ella al menos una vez al día.

Utilizó un espejo para examinarse la cara hasta que se hartó de los resultados. Cuando la inspeccionaba de cerca, veía instantáneas de la NASA de un paisaje lunar devastado. En cambio, si dejaba que Oshiro aguantara el espejo a cierta distancia, el reflejo le mostraba una versión más o menos borrosa de sí mismo, un suplente por el que no merecía la pena tanto esfuerzo. No había una distancia adecuada para mirarse. Cualquier plano corto implicaba una agitación inútil, mientras que los más alejados resultaban demasiado genéricos como para decirle algo.

¿Debería estar de duelo por su belleza? Le resultaba difícil preocuparse por ello. Nunca había dudado de su atractivo ni de su efecto en los demás; sin embargo, toda una vida pendiente de la tirada de un dado o del giro de una carta lo había habituado a la pérdida repentina de lo que, para empezar, nunca se había ganado. Lo importante para sobrellevar el desastre era el comportamiento de uno: no lo que hubiera sobre la mesa entre el otro jugador y tú, sino la máscara interior. Si seguía esta lógica, Bruno concluía que estaba esperando una nueva mano, otra pareja de números, la próxima cara. Lo que atisbaba en el espejo de Oshiro era solo una mala tirada. Quizá ahora le tocara pagar por una racha de suerte facial que había durado décadas. Si la falacia del jugador dictaba que la suerte podía ser acumulativa… bueno, Bruno era jugador.

O también, Bruno podría estar muerto sin saberlo. Si estaba muerto, podría vivir con ello.

Solo con que Behringer hubiera encontrado la manera de mutilarle también el nombre además de las facciones, Bruno podría superar el pequeño purgatorio de su recuperación, anónimo y arruinado, pero por la misma lógica de su destrucción sin estar en deuda con nadie, incluyendo, y tal vez más crucialmente, su antiguo yo. Las expectativas de que Behringer pudiera hacer algo por él además de salvarle la vida —¡un gesto, al fin y al cabo, insignificante!— se habían derrumbado. Lo cual lo liberó de los contrastes entre el antes y el después. Donde habitaba ahora, un archipiélago de lavabo, televisión y camilla, las nociones como suerte y belleza resultaban ridículas. Cuando Oshiro le hubo enseñado a aplicarse los ungüentos y a masajearse muslos y pantorrillas para aliviar los calambres de la anestesia, cuando lo hubieron destetado del último tubo y su digestión pudo tolerar la vieja basura de siempre, no solo la del hospital, Bruno se sintió listo para escabullirse como un desagradecido entre la multitud sin rostro. No mendigaría otro billete de avión; de hecho, no lo aceptaría ni aunque se lo ofrecieran. Tal vez viviera debajo de un puente.

El décimo día de hospital, Oshiro comenzó a prepararlo para algo, aunque no decía el qué. Behringer, quizá espantado por su último encuentro, no había vuelto a visitarlo. ¿Podía alguien más aparte del cirujano firmarle el alta? Oshiro no contestó. Aun así, estaba ahuyentándolo hacia la puerta como a un gato.

—No estoy preparado —le dijo Bruno, cuando la enfermera insistió en que se pusiera la ropa de calle y fuera a la sala de día, un ensayo para la expulsión—. Sigo enfermo.

—No, el doctor le ha curado, señor Bruno.

—Después de una operación como la mía, la gente se pasa semanas hospitalizada.

Ella negó con la cabeza.

—Eso era antes. Se recuperará mejor en casa. Ya ha estado aquí demasiado tiempo.

—No tengo casa.

Una afirmación suficientemente clara. En otra vida Bruno tal vez la hubiera pronunciado por encima de un tablero de backgammon, con irritante vanidad, para envidia del socio de algún club que solo podía soñar con decir algo parecido.

—Pues con sus amigos.

Le recorrió un escalofrío.

—¿Qué amigos?

—El señor y su mujer. Se han preocupado por usted. La señora vino a verlo mientras dormía.

—¿La señorita Harpaz?

—Sí, esa misma. Una señora muy agradable. Mañana lo llevará a casa.

Con lo cual sucumbió al abatimiento más absoluto, una estrella muerta convirtiéndose en agujero negro. Bruno había estado engañándose. Su cara destrozada, el disfraz hecho jirones de sus defensas, solo era suficiente para aquella pobre habitación. Solo era suficiente para que lo presenciara Oshiro. Al fin y al cabo, Bruno tenía principios. Era un esnob redomado. Se llevó las manos a la cara, como tratando de contener lo que se había quebrado. Pero no bastaron. Notó cómo la grasa de las suturas del puzzle impregnaba sus palmas.

—No puedo… dejar que me vean.

—Tonterías, señor Bruno. Está estupendo.

—Jamás. No pienso ir ni siquiera a la sala de día.

—Tiene que ir, por favor. Mañana recibe el alta. Vendrá su amiga.

—Se lo prohíbo.

Desde luego, reclamar autoridad resultaba absurdo. Bruno no tenía autoridad. Al oír el nombre de Tira Harpaz introducido en el pálido vacío de su recuperación, comprendió que había estado esforzándose por olvidarlo: el nombre de Tira y el de Keith Stolarsky y los interrogantes que escondían detrás. ¿Por qué lo visitaba Tira en lugar de Stolarsky, cuando se suponía que su amigo era él? ¿Qué motivo tenía Stolarsky para costearle la cirugía? ¿Mera diversión? ¿Tanto dinero le sobraba? Era posible. Siempre era posible. Dinero amasado sin sentido, en cantidades que pocos creerían, que pocos tendrían el hábito, como Bruno, de desviar o malversar. Sin embargo, si Stolarsky era tan rico, ¿por qué se mostraba tan pueril, tan sórdido, tan anticuado? ¿Dónde estaba su séquito? El dinero granjeaba adulación y avaricia, atraía a pelotas que, bajo nombres como «asesor» o «secretario», acechaban por el perímetro, celosos de la incursión de otros como ellos. ¿Qué se jugaba Keith Stolarsky en la persona de Alexander Bruno? ¿Y por qué se había empeñado con tanta alegría en regalarle a su novia?

Quizá lo averiguara. Eliminada la mancha, recuperada la porosidad infantil, tal vez se le revelaran los motivos de Stolarsky. Pero Bruno solo podía pensar en que, a su vez, él quedaría expuesto ante Stolarsky.

—Necesito una máscara —le dijo a Oshiro, con terror.

—¿Qué?

—Para mi cara. Para mi cabeza, algo que me cubra. No veré a nadie ni saldré de esta habitación hasta que esté protegido de algún modo.

Oshiro se levantó y se quedó mirándolo, una pausa excepcional en su campaña continua de ajuste, limpieza o corrección de algún elemento del montaje de Bruno. La cara de ella, redonda y tersa, venía a ser una especie de máscara. Tristemente anodina, olvidable, del sexo equivocado, y aun así Bruno envidiaba su imperturbabilidad. ¿Podía imaginar Oshiro lo que se sentía al mirar desde el campo de minas detonadas que era la cara de Bruno?

Terció el infatigable pragmatismo de la enfermera.

—¿Le gustaría probar una máscara postoperatoria?

—¿Existe tal cosa?

—Por supuesto. Se considera una prenda compresiva. Se fabrica con tejido transpirable, y va muy bien. Sobre todo, se emplea con pacientes de cirugía estética.

—¿Cubren… toda la cara?

—Con agujeros para los ojos y la boca, y las fosas nasales. Si no la quiere, no podemos ayudarle. Entonces tendrá que esconder la cabeza debajo de una manta, señor Bruno.

—No, no, claro que la quiero.

—Necesito que la prescriba el médico, pero no creo que ponga problemas.

—Por favor.

–Le traeré algunas muestras. ¿Me promete que irá a la sala de día?

–Se lo prometo.

Bruno captó el alivio de la enfermera. Había absuelto a Oshiro de su dilema existencial ofreciéndole una tarea que cumplir. ¿El paciente quiere una máscara? Pues tendrá una máscara. En esto, el impulso de la enfermera no difería tanto del de Behringer: vestir a Bruno con ropa de calle y librarse de él. Bruno tenía que acostumbrarse a su nuevo papel de invitado inoportuno. Reflejaba su existencia anterior, cuando se ganaba la vida ejerciendo de decoración humana, un perfume o estado de ánimo para engrandecer la velada. Ahora tenía el poder de mejorar la escena con un mutis.

Oshiro, maga de la competencia, salvó los obstáculos burocráticos en enfermería y al cabo de una hora regresó con un pequeño surtido de máscaras. Recordaban a la indumentaria de los luchadores mexicanos, o a piezas de un kit masoquista de juguete, solo que la ornamentación abigarrada había sido sustituida por un color de tirita, cetrino y uniforme, con dos tiras de velcro para poder quitarse más fácilmente. Despertaron cierta sensación de consuelo en Bruno. Se permitió tocarlas; eran de una fina malla antibacteriana, a la vez suave y rugosa, y cálida al tacto, como la piel de un robot diseñado para tranquilizar a viejos y moribundos.

Mientras Bruno ojeaba las opciones, Oshiro le dejó la ropa doblada y la sudadera sobre las rodillas, y colocó las cutres zapatillas al lado de la cama, insistiendo a su modo callado en que Bruno cumpliera con la prueba de vestuario prometida. También sacó el móvil y el cargador, lo conectó al alcance de Bruno en la mesilla, y trasladó el estuche de backgammon y el *Chronicle* plegado al estante de debajo del cajón, junto al adoquín. Todo lo que Bruno había llevado al hospital, su kit para reincorporarse a un mundo en el que apenas poseía algo más. En Berkeley, en el apartamento que le habían prestado por lástima, le esperaban el esmoquin y los zapatos, y algunas camisetas AGUANTA.

—Esta.

Encontró la máscara con los agujeros más estrechos para los ojos. Los huecos del puente de la nariz casi no dejaban ver su yo remendado.

Oshiro había aprendido cuándo era mejor picar a Bruno y cuándo volver a una solemnidad ceremonial. Le guio las manos en silencio para que se ajustara la máscara, asistiéndolo al tiempo que le enseñaba: todo eran deberes para la siguiente fase, en la que Bruno cuidaría de sí mismo. Lo acompañó hasta el espejo, le colocó la ropa en las manos y lo encerró en el pequeño lavabo para que se cambiara. Que le concediera la dignidad del recato marcó otro hito: unos días atrás, Oshiro lo había bañado del cuello a los pies con una áspera toallita blanca.

Al verse en el espejo, Bruno entendió por qué la máscara lo consolaba: le recordaba a Madchen, su boca muda tras la cremallera del cuero. Se puso la camiseta y al instante empezó a aguantar. Madchen había sido el contrapoder, el ángel que había intentado intervenir en el ferry a Kladow, aunque ya era demasiado tarde. Todas las personas con las que se había cruzado Bruno desde entonces habían conspirado para arrojarlo a aquella mazmorra, empezando por el monstruoso especulador inmobiliario alemán aficionado al jazz, su rival la noche que había ingresado en el Charité... ¿Cómo se llamaba? Al principio solo le salía Bix Beiderbecke.

Wolf-Dirk Köhler, claro. ¿Cómo lo había olvidado? La máscara, al contener y ocultar a Bruno, también le devolvió sus recuerdos. Y Köhler había sido otro pigmeo. Porque también eso le recordó a Madchen en el espejo: la máscara coronando a un ser humano de tamaño natural. Enderezando los hombros, Bruno se irguió en el pequeño aseo, igual que la chica enmascarada con el culo al aire había convertido en un homúnculo a su supuesto amo. Al otro lado de la puerta cerrada oía a Oshiro trajinando, ordenando la habitación, moviéndose como una rata en una caja. Preparando a Bruno para que el pigmeo-rata Behringer lo dejara al cuidado de los pigmeos-rata Stolarsky y Harpaz. Nunca te fíes de nadie que mida menos de ciento sesenta centímetros; si el axioma no existía antes, Bruno acababa de acuñarlo. Qué alivio pensar otra vez con claridad. El móvil se había cargado. Bruno devolvería las llamadas de Madchen. Aunque no allí. No en ese lugar.

La máscara estaba bien, pero no era suficiente. Bajo la intensa luz cenital se veía demasiado alrededor de los agujeros de los ojos y del borde de la boca. También las orejas, aunque no se las habían arrancado y vuelto a coser, parecían como de tonto asomando de la máscara. Y un halo en su campo visual, la versión extremidad fantasma de la mancha, reforzaba el efecto. Bruno abrió la puerta, una rendija.

—La sudadera, por favor.

—¿Tiene frío?

—No.

La enfermera le dio la sudadera y Bruno volvió a cerrar la puerta.

—¿Se encuentra bien?

Oshiro sonaba inquieta y Bruno comprendió que al cambiarse de ropa había alterado el equilibrio. Ahora tenía poder. De hecho, ahora la penitente era ella.

—Por favor, no deje que entre mi amiga, hoy no quiero verla. Nada de visitas.

—Como guste, señor Bruno.

—Y mañana la recibiré abajo. No quiero que suba a la habitación, ¿entendido?

—Sí.

Bruno siempre se había reído de los jugadores que se ocultaban tras unas gafas de sol y la capucha de una sudadera. Su frágil armadura los delataba. Unabombers, los apodaba con desprecio Edgar Falk. Ahora, sin embargo, la capucha tapaba las orejas de Bruno y ensombrecía el resto, envolviendo la pálida máscara como entre la niebla y la distancia. Cambió de algo estrepitosamente medicinal a una aparición. Cuando Bruno salió del baño, Oshiro retrocedió.

En el fondo, Behringer había tenido razón. Aquella era la ropa de Bruno.

El neurocirujano hizo una última aparición oficial, en el ultimísimo momento. Firmó el alta de Bruno, aunque, como había indicado Oshiro, podría haberse encargado cualquier otro médico de turno. De hecho, Behringer dejó que otro doctor más joven le pidiera a Bruno que se quitara la máscara para realizar una revisión final de las incisiones y examinar ciertas reacciones musculares, la rotación de los ojos al seguir una linterna de bolsillo moviéndose por el aire, o los gestos de masticar y tragar que para entonces Bruno había repetido una docena de veces.

Behringer solo se presentó cuando Bruno estuvo de nuevo vestido y enmascarado, con sus escasas posesiones metidas en una bolsa sobre la cama. Una silla de ruedas había aparecido de la nada en el pasillo frente a la habitación. Bruno sabía que Oshiro insistiría en empujarlo en ella hasta el ascensor y hasta la acera, donde Tira Harpaz lo esperaba; hasta puede que lo exigiera el protocolo hospitalario. Era el último acto de Oshiro, y Bruno no tenía razones para negárselo. La enfermera se dirigió hacia la puerta, y en cuanto salió Behringer entró en la habitación.

—No podría estar más contento —dijo Behringer, en un tono que insinuaba justo lo contrario.

—¿De librarse de mí?

Behringer pasó por alto el comentario.

—Ha sido una recuperación ejemplar. En mis notas atribuyo cualquier episodio de delirio a un trastorno asociado a una abreacción al régimen de esteroides. El trauma postanestésico es algo muy real. Pero, por lo demás, las observaciones de la enfermera apuntan a un feliz desenlace. No me cabe ninguna duda de que la recuperación ambulatoria irá muy bien. ¿La máscara es cómoda?

—La necesito.

—¡No! Pero llévela si le ayuda a sentirse mejor. Asustará a los niños y a los gatos. A mí ya me está asustando.

—No he sufrido ningún episodio de delirio.

—¿No?

El tono de Behringer era de una falsa jovialidad. De hecho parecía al borde de una crisis nerviosa, como si cualquier interrupción de su maniobra dilatoria pudiera resultar fatal.

—No se acordaba de mi nombre.

—¡Si lo pone aquí en la tablilla! Alexander Bruno.

—Me refiero a cuando estaba operándome.

—Su hostilidad me fascina. Quién sabe, tal vez desde su punto de vista parezca completamente razonable. Con todo, diga lo que diga, pienso considerarle uno de mis triunfos, señor Bruno. Estoy satisfecho al cien por cien de todo el proceso.

Bruno dedujo que Behringer no tenía nada mejor que hacer, de lo contrario no habría estado allí. Pese a toda la deferencia que las enfermeras y los médicos más jóvenes prodigaban al neurocirujano, aquel maestro del desastre era en esencia un ocioso, incapaz de ocuparse hasta que el siguiente desastre acudiera a su puerta. Había ido allí a matar el rato, ni le preocupaba Bruno ni le interesaba de verdad el rompecabezas que le había presentado el paciente la última vez que habían hablado. Con todo, por razones que solo él sabía, Bruno quería recordárselo.

—Se imaginó que era un lanzador de béisbol.

—¿Perdón?

—En el montículo del Oakland Coliseum. Lanzando una bola imposible de batear. No sé qué significaba para usted.

—Puede que tenga razón —dijo Behringer, pasados unos segundos—. Es bastante propio de mí. Pero le propongo que lo hablemos dentro de unas semanas. Kate le llamará para concertar una visita de control.

Behringer le tendió la mano. En apariencia, volvía a ser inmune. Obviamente se trataba de una capacidad genérica, incluida en el maletín de todo médico. Bruno, harto de hurgar en las fisuras de la vanidad del cirujano, aceptó estrecharle la mano.

—Lo espero con ilusión —dijo Bruno.

En realidad, nunca más volvió a ver a Noah Behringer.

TREINTA Y DOS

I

Mientras cruzaba por segunda vez el puente renovado, en el Volvo de Tira Harpaz, Bruno se dio cuenta de que se había equivocado. El trecho redundante ya estaba tomado por una telaraña de grúas, detenidas en el acto de desmontar el armazón de acero gris. Desde aquel día, hacía ya semanas, en que lo recogieron en el aeropuerto, las cuadrillas de derribo habían amputado la unión con tierra de los dos extremos abandonados. Los soportes más próximos a Treasure Island y Oakland habían quedado reducidos a pilotes desnudos, centinelas en el agua. El tramo superviviente solo era accesible mediante helicóptero o paracaídas.

Había sido un error de la vista. Bruno había mirado alrededor de la mancha, negándola, adivinando. Ahora, retirado el párpado interior, la luz y la información inundaban el lugar de la mancha. En el trayecto desde el hospital, Bruno se había encontrado en las garras de un mundo crudo y tumultuoso. La luz matinal danzaba sobre el lomo del puente nuevo, que descollaba como las entrañas de un piano cósmico. La misma luz que agitaba los ventanales de las chabacanas casas que se derramaban temerariamente por las costuras de las colinas de Oakland.

La tarde anterior, la sala de día del hospital no le había enfrentado a tales maravillas.

Tal vez fuera un pictograma del yo partido de Bruno. Su pasado arrasado, carismático y lastimoso, era una isla en el mar. Inalcanzable. Bruno había dado la espalda a Tira para estudiar el puente; quizá ella pensara que la estaba ignorando. Pero conductora y pasajero guardaron silencio, llegaron al largo paso elevado oriental antes de que por fin Tira tomara la palabra.

—Dime una cosa.

—¿Qué?

—¿Estoy soñando?

—No estoy en condiciones de decírtelo.

—Porque todo esto me parece el sueño más raro que he tenido en la puta vida. No te ofendas, pero me pregunto si te das cuenta, Alexander, de la impresión que da desde mi lado. Dejé a una persona, un nuevo amigo, alguien con quien al menos sentía que, para variar, podía hablar, una especie de hombre guapo, triste y extraño que se supone que de crío salía por ahí con Keith, aunque no sabría decir si Keith te cae mal o bien, o si te ha caído bien alguna vez. En fin, así que dejé a un tipo en el hospital para una operación que iba a salvarle la vida, algo que yo no entendía para nada de qué iba. Y no me importa admitir que he estado pensando mucho en ti. Y ahora por fin llega el día y recojo a… no sé, ¿qué eres, el Motorista Fantasma o algo así? ¿Qué escondes ahí detrás?

—¿El Motorista Fantasma?

—Ya sabes, una calavera en llamas, algo así.

—No tengo la calavera en llamas.

—Por Dios, ya lo sé. Es una forma de hablar.

—Tener o no una calavera en llamas no es una forma de hablar con la que esté familiarizado, discúlpame, he estado viviendo fuera y me he perdido montones de…

—Cállate, Alexander. ¿Por qué no me dejaste que fuera a visitarte ayer?

—Ya habías hecho suficiente.

Resultaba imposible lastimarla. El tono de Tira lo demostró ahora.

—He venido a San Francisco por otros motivos.

—Bien, no me gustaría hacerte perder el tiempo.

—Vete a la mierda. ¿Quieres colocarte?

Ajena a los cinco carriles de tráfico veloz que discurrían junto a la costa de Oakland, Tira metió la mano en su bolso, tirado de cualquier modo sobre los posavasos que la separaban de Bruno, y sacó un grueso porro. Mientas conducía con una mano, pescó el mechero con la otra e hizo varios intentos, airados y fallidos, de prender la punta del porro sujeto entre los labios fruncidos. Bruno le cogió el mechero y acercó la llama protegida al papel.

—Fuma un poco —dijo Tira.

—No me queda otra.

El ambiente del coche se había cargado al instante.

Tira dio otra calada, luego le pasó el porro.

—Sospecho que ya voy bastante drogado —dijo Bruno.

Oshiro le había entregado los medicamentos prescritos en la farmacia del hospital. Estaban en el asiento trasero de Tira, junto con un paquete de bastoncillos largos, gasa y ungüento para el cuidado de las incisiones; una bolsa con billetes arrugados, monedas y llaves; el estuche de backgammon de Bruno y, escondido dentro, su dado de piedra. Los medicamentos habían sido cortesía, una vez más, de la generosidad de Stolarsky... Stolarsky, que no había podido tomarse la molestia de ir a recogerlo al hospital.

—Bueno, pues apágalo —estaba diciendo Tira—. Hoy en día esta mierda te deja tonta perdida con un par de caladas.

—¿Por qué no ha venido Keith?

Bruno apagó la punta del porro entre los dedos, una costumbre adolescente de la que nunca había conseguido librarse. Dolorosa entonces y dolorosa ahora. Se la contagió un freganchín del Spenger's con cierto atractivo de chusma blanca de El Cerrito... por lo visto, Bruno había quedado a merced de sus recuerdos desatados de Berkeley.

—Déjalo por ahí —dijo Tira.

Solo entonces Bruno se fijó en los cinco o seis porros a medio fumar tirados en el suelo del coche. Echó un vistazo al interior del bolso abierto y descubrió una docena de porros idénticos, liados todos con rigor profesional. Supuso que, incluso en el entorno caótico y deprimente de su Volvo de diez años (nada tan ostentoso como el Jaguar de Stolarsky), Tira había encontrado la manera de recalcar el despilfarro gratuito de la fortuna de Stolarsky.

Tira lo pilló mirando.

—Sírvete tú mismo, si quieres algo para tu despensa, por así decirlo.

Él no le hizo caso e insistió en su pregunta.

—¿Dónde está Keith? ¿Por qué no ha venido al hospital?

—No tengo ni pajolera idea de dónde está, ¿vale? Para de preguntar. Ya lo has dejado claro: no soy lo bastante buena, ni siquiera para un tío con máscara de poliestireno.

—¿No estáis… en contacto?

—En realidad sé dónde está, o dónde es probable que esté. Tiene una bodega en Glen Ellen donde suele ir a desconectar unos días y ponerse hasta el culo en el loft que hay encima de las barricas, como una especie de monje loco. Bueno, un monje no, a juzgar por la vez que me arrastró allí con él. No estamos en contacto, no, estrictamente hablando.

—Pero sabe que has venido a recogerme.

—Seguro que se lo imagina y probablemente piensa que me he presentado en el hospital desnuda debajo de una gabardina, y por eso está fatal, emborrachándose y cascándosela o haciendo que se la chupe una puta.

La voz se había ido apagando, como si estuviera a punto de llorar, pero el rostro permaneció fiero, su postura al volante alerta y contra el viento, como compitiendo en una carrera con un grupo de perseguidores. En el primer semáforo en rojo repitió el numerito del bolso, porro nuevo y mechero. Esta vez se lo encendió sola.

—Se diría que tú también estás de farra.

—Cuando el gato no está, los ratones etcétera.

Subieron por Ashby Avenue hasta Shattuck, y rodearon la estación. Bruno debería haber cogido el metro y haberse mantenido al margen del culebrón en que Tira Harpaz parecía empeñarse en enredarlo.

—Keith cree que me ha comprado —dijo Bruno.

—Si tú lo dices…

—Y te ha cedido los derechos.

—Nos has calado muy bien, así que ¿por qué no nos callamos? Te llevaré a los Jack London y podrás funcionar por tu cuenta, Alexander. No pienso ni bajarme del coche, te dejaré en la acera.

—Si bajas la ventanilla lo suficiente, podré subir flotando sobre el humo hasta la segunda planta.

—Y ahora intentas hacerme reír, lo que supongo que podría funcionar con esa pinta que llevas, en plan totalmente inexpresivo. Como el tipo ese del *Gong Show*, ¿no? ¿El Cómico Desconocido?

—Podrían llamarme el Trágico Desconocido —propuso Bruno.

La broma siguió a pesar de él. Si no se andaba con ojo, se veía obligado a admitir su capacidad para disfrutar con Tira. Lo que había entre ellos no tenía futuro, pero tradicionalmente esa era la situación en que más le gustaban las mujeres.

—Suena a Henry James.

—Me fío de tu palabra.

—Ah, claro, lo había olvidado, no lees ni ves la tele ni escuchas música popular contemporánea, bla, bla, bla. Bien, pues Henry James es una estrella gangstarap, casi la más grande por estos pagos. Mira, tu parada.

Se deslizaron hacia la pesadillesca hamburguesa sangrienta del Zombie Burger, aburrida y anodina a la luz de la mañana, como la cara reluciente de Zodiac Media, con sus ventanas como dientes con aparatos. Luego giraron por Haste Street, hacia la sombra. Tira aparcó en doble fila a las puertas de los apartamentos Jack London. Se giró para arquear una ceja ante el revoltijo de las pertenencias de Bruno, mientras apagaba el segundo porro en el salpicadero rayado y después lo sumaba a las porquerías del suelo.

—Supongo que no necesitas ayuda con el equipaje —dijo Tira.

—No.

Bruno se estiró para recoger sus cuatro cosas, humillado. La llave del apartamento, en la bolsa, sería su salvación. Solo tenía que retirarse detrás de la puerta cerrada del número 25 para acabar con aquella farsa. No importaba bajo los auspicios de quién estuviera en su santuario.

—¿Keith se ha ido de verdad? —preguntó, acunando la bolsa de plástico, la bolsita de papel con los bastoncillos y las medicinas, el estuche de backgammon con su polizonte.

—Un día está aquí y al otro no, no te preocupes, querido. En este autobús todos somos Trágicos Desconocidos.

—¿Qué pasa si no vuelve?

—No caerá esa breva. En el testamento, heredo el Imperio del Mal.

Con un ademán abarcó el bloque de pisos y, más allá, las grotescas máquinas Zombie y Zodiac de fabricar dinero.

—¿Por qué necesita testamento? ¿Está enfermo?

¿Y si la generosidad de Storlasky, y el hecho de que después hubiera evitado por completo el hospital, y también sus juergas nihilistas, fueran los comportamientos de un hombre sentenciado contando las horas que le quedaban?

—No está enfermo, solo su alma lo está.

—¿Entonces…?

—Porque es rico y paranoico. También porque, bueno, que seas un paranoico no quita que alguien no pueda ir a por ti. De hecho, quizá trame el asesinato perfecto. Tengo una vacante para un cómplice, dame un toque si te interesa el puesto. Todo esto podría ser tuyo. Al menos la mitad, hasta el día que me mates. Y ahora sal del puto coche, enmascarado.

II

Ahora Bruno era su propio Oshiro. Allí estaba el hombre, tumbado en la cama abatible desplegada: lánguido, abstraído, esperando a que el sol indirecto y los tenues sonidos y aromas de la vida callejera se colaran por las ventanas entornadas del apartamento para insuflarle vitalidad, y descubriendo que no lo conseguían. Desde otra perspectiva, contemplaba a la figura acostada con lástima, y entonces se transformaba en el asistente, se acercaba al fregadero a por un vaso de agua fresca, reunía el puñado de pastillas que debía tomarse, se quitaba una camiseta o unos pantalones hediondos y se los cambiaba por otros menos sucios, entreabría más o menos las ventanas para regular la temperatura y aplicaba ungüento antibiótico por las largas y agrestes incisiones que cubrían la cara del paciente. Después, terminada la ronda, volvía a instalarse en el cuerpo indefenso de la cama. Pasó dos o tres días en ese estado. Cada uno de ellos podría haber sido una semana, salvo porque la noche finalmente caía y negaba la ilusión.

Cuando oscurecía, Bruno yacía despierto o dormido, incapaz de percibir la diferencia. Si se hacía el dormido, si estaba menos enfermo de lo que fingía, solo se tenía a él para engañarse. La máscara de nailon lo excluía de un mundo que se le antojaba remoto, pero lo mismo cabía decir de la máscara caliente y tensa de su carne. Se despertaba sin saber si la llevaba o no. Dentro del apartamento no importaba, puesto que nadie podía verlo. Bruno solo se miraba al espejo el tiempo imprescindible para curarse las heridas.

Al final necesitó comer.

La respuesta estaba más cerca de lo que había imaginado. Cuando abrió la puerta del pasillo de los Jack London, descubrió que alguien había dejado un gigantesco paquete amarillo de Cheerios y un cartón de leche. Los volcó sin querer con los pies. Bruno miró a ambos lados, como un artista de llamar al timbre y salir corriendo, aunque por supuesto solo había silencio, y de hecho la leche estaba tibia, las gotas de condensación al enfriarse habían dejado la huella del cartón en la moqueta del pasillo.

Escondido, embutido entre la leche y los cereales, había otro tributo, un sobre liso repleto de billetes de veinte dólares. Otro estipendio de Stolarsky. Si bien, supuso Bruno, entregado por Tira Harpaz. Lo cogió todo y lo metió dentro. Al abrir el cartón, descubrió que la leche se había cortado, probablemente llevaba días fuera. De pie junto a la encimera de la cocina, se metió un puñado de Cheerios a través de la raja de la máscara y se los tragó, al igual que el surtido matinal de pastillas y cápsulas, con agua del grifo. Claro que con los dólares podría comprar leche fresca o cualquier otra cosa.

Telegraph Avenue no se inmutó ante la máscara de Bruno, si es que resultaba visible por debajo de la capucha de la sudadera. Probablemente no. Aunque el sol se había abierto camino hasta los tejados más bajos, la avenida, ajustada al horario estudiantil, se despertaba tarde. A las diez y media todavía desprendía un ambiente a desayuno, una vibración soñolienta; los vendedores montaban sus puestos, los comandos de los carritos expurgaban los desperdicios reciclables de la noche anterior y las mesas de las cafeterías estaban llenas de cafés con leche fríos y bollitos desmigados. Berkeley no se fijaba en un paseante solitario y excéntrico. Para los niveles locales de excentricidad, Bruno se quedaba corto.

Kropotkin's Sliders también empezaba a desperezarse, preparándose para la hora punta del almuerzo, una pirámide de minúsculas hamburguesas crudas aguardaba en un aparador refrigerado mientras las llamas se caldeaban y el dependiente calvo rascaba la amplia parrilla.

—El primero del día —anunció el hombre, sin mirar al interior de la capucha de Bruno para ver la máscara—. ¿Dos con cebolla?

—Igual que la última vez, sí.

—¿Te conozco?

La extraña cara como un puño escudriñó a Bruno a través de las gafas retro, con unos ojos amplificados que parecían ostras.

—Nos hemos visto antes. Me invitaste a la tercera.

—Así siempre vuelven.

—Muy amable, pero si quiero otra esta vez puedo pagarla.

—Estás boyante, ¿eh? Ah, el pupilo del Cerdo Stolarsky, te reconozco hasta con esa pinta espeluznante. —La enorme hoja de la espátula del dependiente destelló al final de su brazo larguirucho, y depositó dos hamburguesas sobre el lecho de cebolla–. ¿Te ha llegado la entrega especial de Cheerios?

–Sí.

–No te sientas vigilado. Aunque en la actualidad todos estamos inmersos en el panóptico, ¿no? Vivo en la puerta de al lado.

–Lo recuerdo.

–¿Estás preparándote para atracar un banco?

El hombre hablaba alegremente mientras preparaba las cebollas en un cuadrante frío de la inmensa parrilla.

–Acaban de operarme.

–Protección de testigos, entendido. Necesitabas una cara nueva. Seguro que eres un criminal corporativo de algún tipo… Te calé la primera vez que viniste. Pero no te preocupes, soy increíblemente experto en estas lides, nadie más habría visto más allá de semejante indumentaria. Y Berzerkeley es el último rincón adonde irían a buscar, es un destino brillante.

¿Berzerkeley? Stolarsky había hecho la misma broma. Bruno no lo comentó.

–No trabajo para ninguna corporación.

–¿El banquero suizo personal del Cerdo Stolarsky?

–En serio, solo soy un amigo del instituto. –E incluso esto le parecía demasiado decir–. ¿Keith necesita un banquero suizo? ¿Por qué lo llamas así?

–¿Crees que lo invierte todo en hamburguesas y en ese ruinoso bloque de pisos? Qué va, seguro que se está llevando la pasta a algún paraíso fiscal. Y lo llamo así para provocarte, camarada.

–Pues tú vives en su ruinoso bloque de pisos.

–Aquí se plasman dos principios. En una sociedad oligárquica, el verdadero anarquista vive como un parásito descarado y desvergonzado que se aprovecha de la riqueza del capital. El segundo es más probable que lo conozcas: «Mantén cerca a tus enemigos».

–Esos argumentos podrían ser también los de Keith. Si es que tiene la más remota idea de cuánto lo desprecias.

—Ah, ya lo sabe. Solo que aún no ha averiguado qué hacer al respecto.

—Por lo que tengo entendido, toda la ciudad lo desprecia. ¿Acaso tú representas algún desafío directo que me ha pasado por alto?

—No más que el que debiera suponerle a todo este sistema podrido el cáncer de la mala conciencia. En realidad no culpo a Stolarsky a nivel personal. Su corrupción no es excepcional, simplemente ocupa el primer plano del panorama local. Berkeley necesita una cara a la que odiar y Stolarsky se la proporciona. Pero la ciudad debería picar más alto.

—Pues se rumorea que tus hamburguesas le gustan más que las suyas.

—¡Ja!

La caótica agitación del dependiente empezaba a cansar a Bruno.

—¿Podrías prepararlas para llevar?

—¿Eh?

—Ponlas en una bolsa.

—¿Y la tercera que se supone que vas a querer?

—Se me ha cerrado el estómago, gracias. Dos están bien.

—Si tú lo dices…

¿Se había ofendido de verdad? Seguro que lo dejaban con la palabra en la boca cientos de veces al día. Sin embargo, preparó las hamburguesas para llevar con gesto enfurruñado.

—Mira —dijo al darle el cambio a Bruno, aunque no sin antes fruncir el ceño ante el terso billete de veinte dólares recién salido del banco—, mi puerta está abierta. En los Jack London, se entiende.

La sorpresa de Bruno pasó inadvertida. Cuando arqueaba una ceja, nadie podía verla. Pero las cuencas agraviadas de sus ojos se ensancharon por debajo de la máscara.

—Suele pasarse gente por allí. Puedes venir si quieres, siempre hay algo cociéndose en una olla al fuego.

La torpeza del cocinero consiguió que su intento resultara patético. Todavía no le había dicho a Bruno cómo se llamaba.

¿Qué clase de comida podía cocerse en la olla de aquel hombre? A Bruno no se le ocurrió ninguna. El olor de las hamburguesas le despertó un hambre de perro aullando en el fondo de un pozo.

–Gracias –dijo Bruno, impasible.

–De nada.

Entonces, cuando Bruno salía a la acera a mediodía, el hombre soltó con sarcasmo:

–¡No te olvides de darnos al «Me gusta» en Facebook!

Bruno evitó los Jack London durante unas horas. Devoró las hamburguesas mientras caminaba, paseando por College Avenue y luego por el campus, hacia el teatro griego, entre la crujiente hojarasca de los eucaliptos. El aroma que emanaba de la tierra subía cargado de indicios, de notas inconclusas que Bruno ignoró. De regreso hacia la ciudad, encontró un servicio para caballeros en el pasillo recorrido por murmullos de un edificio del campus. Nadie se fijó en la máscara.

En la entrada de los Jack London estudió las maltrechas placas con los nombres de los residentes. «La puerta de al lado» situaba al cocinero de la hamburguesería en la segunda planta del edificio. Tres apartamentos: «O. Hill», «G. Plybon» y otro cuya placa habían rayado con la punta de una llave. Pero incluso los nombres legibles podían ser de hacía varias generaciones, no probaban nada. Bruno subió.

La caminata lo había dejado agotado y apenas fue consciente de acostarse en la cama abatible. Se despertó al cabo de unas horas con un sobresalto, por el olor agrio de la leche cortada que no había tirado. Se acercó dando tumbos a la cocina y la vertió por el fregadero. Luego, con un vaso de agua fresca, se tragó un puñado de pastillas sin atender a los horarios que indicaban las etiquetas, que de todas maneras no habría podido leer a oscuras. Conforme el olor de la leche agria se disipó, fue captando otro que le despertó el apetito.

La olla al fuego del cocinero del Kropotkin's, plantada como una sugestión hipnótica, iba aromatizando el pasillo.

Bruno salió por la puerta incluso antes de despejarse. Sus viejos amigos, el café expreso y el paracetamol, lo habían abandonado. Probablemente apestaba, de dormir con los pantalones de chándal y la camiseta AGUANTA; tendría que gastarse algunos billetes de veinte en más ropa o hacer la colada. También la máscara estaba mugrienta, por el sudor y la pomada. Nada de lo cual le inquietaba ahora, mientras avanzaba por el pasillo. Tenía ganas de sentirse convertido en un monstruo, algo atraído desde un pantano por la algarabía y el gusto de la actividad humana. Los olores culinarios eran lo bastante intensos para tratarse de otra alucinación. Bruno estaba dispuesto a admitirlo ante Behringer: que se había imaginado la carne chamuscada que lo había cautivado o asqueado durante todo el viaje de Berlín a San Francisco.

Pero no. Bruno empujó la puerta del apartamento del dependiente, que estaba entreabierta según lo prometido. El número 28 daba al patio interior de la manzana. Aunque forrado de libros y pósters, las dimensiones eran idénticas a las del apartamento de Bruno; la cama abatible estaba recogida para dejar sitio a las tres figuras sentadas en cojines en el suelo, agachadas como junto a una hoguera alrededor de unos cuencos de sopa y una tabla con trozos de pan y restos de queso manchados. En un tocadiscos auténtico, apoyado en unos maderos sobre bloques de hormigón, sonaba jazz chirriante.

—Hemos osado declarar que todos tenemos derecho al pan, que hay pan suficiente para todos y que bajo la consigna de «Pan para todos» triunfará la revolución. —El dependiente sonrió por debajo de la cúpula calva y las gafas protectoras, y alzó un tarro mediado de vino tinto—. Pasa, camarada.

—No quisiera interrumpir.

—¿El qué? La fiesta es en tu honor.

Bruno entró. Reconoció a una mujer, sentada junto al dependiente y ataviada con unas gafas negras que parecían a juego con las de él. Beth, la encargada de planta de Zodiac Media, la que le había entregado la ropa que llevaba. El pelo corto y negro seguía peinado hacia atrás y la camisa blanca abotonada hasta arriba. El atuendo masculino de empollón se convertía en el más estiloso para una lesbiana. Una mujerona negra y atractiva estaba sentada de piernas cruzadas a la izquierda de Beth, probablemente su novia.

Ninguna de las mujeres pareció sorprenderse ante la aparición de aquel mendigo enmascarado que suplicaba un cuenco de lo que fuera que estuviera cocinándose en la olla. Aunque no se molestaron en levantarse de los cojines, se movieron para ampliar el círculo y palmearon a la vez el hueco que habían dejado entre ambas, como animando a un gato tímido a acercarse. Quizá la reunión sí que se hubiera montado en su honor. Al menos el hamburguesero del Kropotkin's debía de haberles hablado de él para inocularlas contra una reacción de asombro ante la escalofriante máscara.

—Soy Beth, ya nos conocemos.

—Claro. Por cierto, justo estaba pensando en que debería ir a verte otra vez para conseguir más de esas magníficas camisetas.

—Joder, te traigo una docena si quieres, no necesitas volver a pisar aquel antro.

—Eso estaría muy bien.

—Te presento a mi compañera, Alicia.

La negra saludó con la cabeza y Bruno le estrechó la mano brevemente.

—Alexander. Si de verdad no os importa, me sentaré un momento...

—Siéntate, Alexander —dijo Alicia.

Tenía una sonrisa cálida adornada por un diente de oro. Vestía un mono amarillo de tela de paracaídas, con estilosos bolsillos en hombros y muslos. Entretanto, Beth sirvió unos dedos de vino tinto en otro tarro de conservas y lo dejó en el espacio abierto para Bruno.

—Pero no sé cómo se llama nuestro anfitrión.

Mientras Bruno se acomodaba en el cojín entre las dos mujeres, el dependiente del Kropotkin's se había levantado de un salto y había ido a la estrecha cocina, también reproducción de la de Bruno. Ahora regresó con un cuenco lleno de sopa roja con tropezones, que depositó en el regazo de Bruno.

—Garris. ¿Quieres salsa picante?

—¿Me la recomiendas? Recuerdo que no eres partidario del pegote.

—Es otro contexto. Esta sopa en sí ya es un pegote, te aconsejo que la aliñes. El chipotle lo preparo yo.

—No me lo perdería por nada del mundo.

Garris —el «G. Plybon» de la placa de la entrada— sonrió mientras echaba su mejunje en el cuenco de Bruno. La sopa era una minestrone, o algo todavía más variado, con arroz y espirales de pasta, y con garbanzos, alubias rojas y trozos fibrosos de pollo. Con la fogosa salsa picante estaba deliciosa. Bruno notó que se le mojaban las costuras del agujero de la máscara para la boca, pero no pudo moderarse.

—Deberías servirla en el Kropotkin's —sugirió—. Me refiero a la salsa.

—No es mala idea. Podría llamarla «Un Toque de Perspicacia».

—¿Quién se encarga del negocio cuando tú no estás?

—Siempre hay alguien capaz de preparar una hamburguesa, no es una fórmula de complejidad prohibitiva. En estos momentos está cubriendo el turno de noche Jed, un chaval de una fraternidad, aunque suelo encargarme yo… las conversaciones de noche son mejores.

—Imagino que el contenido filosófico cae en picado cuando no estás.

—La decoración imprime una cierta vibración disidente que impacta hasta a las mentes menos dispuestas.

—Seguro que sí.

—Beth me ha dicho que eres un viejo amigo de Keith Stolarsky —dijo Alicia, sonriendo amigablemente con su diente de oro mientras Bruno sorbía la sopa. El tono transmitía tanto empatía como implicación—. ¿Cómo es?

—Pues no sabría decirte, la verdad. No se deja ver mucho. Creo que se ha marchado de la ciudad por alguna razón.

—Ya, ya lo sabemos —dijo Garris Plybon, con un deje agresivo que Bruno no supo a qué atribuir—. Cuando se va de la ciudad nos parece que el cielo se despeja. Alabado sea Alá por sus salidas de putas.

—¿Es lo que hace? —preguntó Bruno—. ¿Irse de putas?

Plybon se encogió de hombros.

—Ni idea —admitió.

Alicia le pasó a Bruno un papel de cocina arrancado de un rollo cercano a modo de servilleta, demasiado tarde.

—Entonces ¿en qué consiste vuestra amistad? Me interesa de verdad. El tío es famoso por no tener amigos, aunque no es la única razón por la que nos alegra haberte conocido, Alexander.

—Consiste en… rememorar la época del instituto —dijo Bruno—. Solo que básicamente es Keith el que se acuerda. —«Eso, y estar a punto de tirarme a su novia en varias ocasiones», pensó, pero se calló. A mí tampoco me cae bien, hubiese añadido, si ello sirviera para pagar la entrada a aquel peculiar club. Aunque al parecer ya lo habían admitido—. ¿Tú también trabajas para Keith? —le preguntó a Alicia.

Era extraño el desprecio lisonjero que sentían por su viejo conocido, cuando era él quien les pagaba o vivían bajo su techo.

Pero no.

—Trabajo en el archivo Pacific Film —dijo Alicia. Como Bruno no reaccionó, añadió—: Pertenece al museo de arte de California. No soy más que una bibliotecaria de películas y vídeos.

—Ah.

—Beth y yo nos conocimos porque está preparando una tesis sobre Abraham Polonsky.

—Estoy en el programa de Retórica —explicó Beth, aunque eso apenas ayudó a aclarar la referencia—. Y además trabajo de dependienta para no acumular demasiadas deudas de estudios.

—Claro.

Bruno se deleitó en su sinceridad, absorbiéndola como hacía con la sopa.

—¿Y tú a qué te dedicas, Alexander?

Ah, el abismo. La vida de Bruno estaba destrozada, tanto como su cara. Pero no existían máscaras para la vida. Los nuevos compañeros de Bruno, pese a la falta de glamour, funcionaban en el mezquino reino cotidiano que él había pasado por alto tanto tiempo, distante, y que ahora lo expulsaba. Los otros al menos mantenían una relación económica con Keith Stolarsky, mientras que Bruno dependía de sus dádivas: Cheerios, sobres de billetes de veinte y el ofrecimiento de Beth de camisetas nuevas.

—En estos momentos no estoy trabajando.

No parecía apropiado mentar el backgammon.

—Está enfermo, Licia —dijo Beth. Señaló la cara de Bruno con la cabeza, reconociendo por fin la existencia de la máscara—. Necesita tiempo para recuperarse.

—Sí, ya lo veo.

—Lo curioso es que estoy curado —dijo Bruno, sorprendido—. Por lo que me han explicado, estaba enfermo antes… hasta puede que llevase enfermo toda la vida. De lo que tengo que recuperarme ahora es de la cura.

—La medicina occidental es muy cabrona.

Garris Plybon lo dijo como quien repite una máxima conocida y recurrente.

—Bueno, pues has venido al lugar idóneo —dijo Beth.

¿Se refería al piso de Plybon o al edificio en su conjunto?

—Ya lo he notado.

Bruno sostuvo el cuenco de sopa con ambas manos, apartó la cuchara y sorbió los restos.

Plybon añadió otra agudeza aclaratoria:

—Claro, Telegraph Avenue, la isla de los juguetes perdidos.

Aquí la gente alcanzaba la fama con una perorata o un disfraz distintivos, por un libro de diatribas impreso a mano, por la desnudez o por una declaración ritual gritada a pleno pulmón. Con máscara y capucha, Bruno podía sumarse a sus filas. Aun así, el mendigo de la sopa intentó no tomárselo como algo personal. Si abrías tus puertas con la consigna «Pan para todos», ¿cómo no iban a cruzarlas juguetes perdidos?

Una plebe igualitaria de hamburgueseros, dependientas y archiveras cinematográficas: Bruno podía convertirse en su mascota. Una vez en Mónaco, durante los primeros meses bajo el ala de Edgar Falk, Bruno se había marchado del Café de Paris con dos mujeres, amantes, elegantes como estrellas de cine. Había dejado que lo convirtieran en su distracción, en su juguete. Era lo más cerca que había estado de corroborar la insinuación de Keith Stolarsky de que era un gigoló y Falk su chulo, aunque Falk no había intervenido para nada ni había habido intercambio de dinero. No había sido tan distinto de los devaneos de cuando tenía diecinueve años con las clientas de Chez Panisse, mujeres mayores que deseaban el cuerpo de Bruno y agradecían su buena disposición. Aquí, a mundos de distancia, tendría suerte si esos humanos dulces e inocuos, a quienes en su vida anterior ni siquiera habría mirado, lo arropaban con camisetas y lo alimentaban con sopa.

Si confiaba en disimular su nueva desdicha, fracasó.

—¿De verdad no tienes a nadie que pueda cuidar de ti? —preguntó Alicia.

—En Berkeley no.

—¿Y en otra parte?

Bruno no necesitó más pruebas de que la mancha había roto la cuarentena; la ternura de Alicia parecía indicar que probablemente Bruno había transmitido el contenido de su cerebro al de ella.

Lo comprobaría con una mentira flagrante.

—Mi novia está en Alemania.

Tal vez cayera mejor a las lesbianas con el aval de una aprobación femenina.

Alicia le limpió el mentón con su servilleta. Bruno retrocedió instintivamente, luego se inclinó hacia adelante. Como si ella fuera Oshiro.

—La máscara está asquerosa —dijo Alicia.

—No pasa nada, tengo otra.

Segunda mentira.

—¿Quieres quitártela?

—No.

—¿Por qué no está contigo? —preguntó Beth.

—¿Quién?

—Tu novia. ¿Por qué no está aquí cuidándote?

El tono era duro, un «poli malo» instintivo para complementar a su compañera.

—No podemos… permitirnos el billete.

—Qué putada —dijo Beth—. Creía que Keith te había extendido un cheque en blanco, que vivías a cuerpo de rey.

—No pasa de Cheerios y chándales.

Lo cual obviaba una factura de hospital que seguramente ascendía a decenas de miles de dólares. Pero poner a Stolarsky en entredicho era la moneda de la economía social de los Jack London. Bruno dudaba de que pudiera perjudicar aún más la pésima reputación de Stolarsky.

—Bueno —dijo Beth—. Yo tengo acceso a dinero para gastos menores. Mi firma está registrada en la cuenta y nadie se lo va a mirar dos veces, sobre todo cuando en Wells Fargo saben que Stolarsky no está en la ciudad.

—Nunca me lo habías dicho —dijo Plybon.

—No era asunto tuyo —replicó Beth en tono cortante—. En Shattuck hay una agencia de viajes —continuó, dirigiéndose a Bruno—. Podemos ir mañana.

—Ella es… alemana —explicó Bruno—. Creo que necesitará visado. Y ni siquiera sé si tiene pasaporte.

—¡Bueno, pues entérate!

—Trabaja en la industria del sexo —soltó Bruno—. Es dominátrix.

No lo era, que él supiera, pero le sonó más poderoso que una camarera semidesnuda con una máscara de tortura. Su caprichosa mentira floreció en un descabellado vehículo ficticio que se le escapó de las manos.

—Bien por ella. ¿Cómo se llama?

—Madchen.

—O sea que tiene horario flexible —apuntó Beth, la pragmática.

—Apuesto a que es guapísima —dijo Alicia.

—Sí.

—¿Te ha visto… la cara?

—Todavía no.

—De ahí las reticencias, ¿no?

—Puede.

—Tienes que contárselo —dijo Alicia—. Comparte tus miedos, ábrete.

—No le contesto las llamadas.

—Es normal que esté preocupado —dijo Plybon—. Ya sabéis cómo llamó Renzo Novatore a la mujer, ¿no? «La más brutal de las bestias esclavizadas.»

—Calla, Garris.

Alicia se acercó con el cojín, rodeó con un brazo la espalda de Bruno y apoyó la otra mano en su rodilla.

Con lo cual Plybon quedó al margen de su propia reunión. Bruno no creyó que mereciera la pena preguntar quién era Renzo Novatore. En vez de eso, se recostó en el hombro fuerte y suave de Alicia. Si Beth quería sumarse al abrazo por su lado, a Bruno le parecería bien. Quizá hasta Garris Plybon pudiera beneficiarse del abrazo grupal: en ese momento, Bruno no se lo reprocharía. Pero Plybon fue a la cocina y volvió con cuatro vasos de chupito, cada uno impreso con la palabra «Arizona» y un cactus y una rodadora pequeños, y una botella de whisky de malta escocés, además de un trozo grande e irregular de chocolate negro envuelto en papel de estraza, como partido a hachazos de un bloque gigante. El Gueto Gourmet se había infiltrado en la fiesta del pan anarquista, al menos un poco.

Más tarde, de vuelta en el número 25, Bruno se quitó la máscara para lavarla en el lavamanos del baño. Palpó el tejido con los pulgares, frotó los lamparones de sopa roja y las manchas de chocolate para limpiar la malla. Luego la tendió a secar en la barra de la cortina de la ducha y se acostó, no sin antes comprobar el móvil, que estaba cargándose en el enchufe de la pared. Ninguna llamada nueva. El último intento de Madchen databa de una semana antes de la operación. Pero el teléfono seguía iluminándose, preparado. Falk, el lejano benefactor de Bruno, seguía pagando la factura.

III

El Fantasma de los Jack London dormía entre diez y doce horas del tirón, tomaba pastillas a intervalos esporádicos e irregulares y se ungía las incisiones antes de acostarse. Lavaba la máscara, la ropa interior y los calcetines en el lavamanos y los secaba al aire según iba necesitándolos. El día después de la fiesta sopera aparecieron un montón de camisetas AGUANTA y pantalones de chándal en la puerta del apartamento, en una gran bolsa de plástico de Zodiac. Nada indicaba la presencia de Tira Harpaz. El Fantasma administraba con racanería los billetes de veinte del sobre, se alimentaba en antros estudiantiles a deshoras, lugares cuyo rancho internacional le devolvía el tenue eco de su vida expatriada: barbacoa mongola, sushi pasado, falafel. En sus paseos diarios deambulaba por Shattuck o College Avenue, desentumeciendo las piernas debilitadas por la anestesia, evaluando sus fuerzas. Se hacía con periódicos nacionales olvidados en las barras de las cafeterías y los leía al aire libre, en un banco de Willard Park, acompañado del sonido del peloteo del tenis. Los diarios apenas captaban su interés. No saludaba a nadie. Con la máscara nadie se le acercaba, solo los locos.

Evitaba el Kropotkin's. Bastante tenía con la posibilidad de cruzarse con Garris Plybon por los pasillos del edificio. Al quinto o sexto día de soledad, se encontró al cocinero en el vestíbulo del bloque.

Bruno le agradeció la sopa y la compañía.

Plybon levantó un dedo severo.

—Ni más ni menos que la ayuda mutua que cualquier ser humano debería intercambiar con sus semejantes.

—Bueno, fue una velada agradable. ¿Has visto a Beth y Alicia? Tengo que darles las gracias por la ropa.

—Son muy majas —gruñó Plybon—. Creen que el sexo radical puede alterar la realidad colectiva. Es un enfoque inviable, pero no tengo más remedio que admirar su actitud.

—Pues ya somos dos.

—Tengo un mensaje para ti. Las señoritas se pusieron como locas al enterarse del asunto de la dominátrix. Supongo que Beth se encargaría de hablar con la agente de viajes, una examante suya. Han reservado un vuelo abierto desde Berlín con los fondos ilegales del Zodiac, que suelen emplear en contratar a dobles para operaciones encubiertas de distracción durante las asambleas públicas de la Asociación de Propietarios Comerciales de Telegraph Avenue. Por lo que me han dicho, solo tienes que llamar a la alemana y cambiar el nombre de Beth por el suyo.

—Es impresionante.

—Un tiburón y muchas rémoras, pero todos nadan en la misma dirección.

—¿Perdona?

—Tú no te olvides de que tu viejo amigo Stolarsky gana dinero más rápido de lo que sus esbirros podrían redistribuirlo. Toda esta mierda —Plybon señaló en derredor, indicando al parecer un invisible palacio de la conspiración que los rodeaba por todas partes— no son más que habitaciones de una casa que hay que reducir a cenizas. Pero, entretanto, seguro que te aliviará ver a tu novia.

—Sí.

Estaba harto de los acertijos con cebo del cocinero. Bruno confiaba en que el próximo encuentro fuera con Beth y Alicia. Imposible calcular las probabilidades de que eso ocurriera.

—Tengo que ir a abrir el local.

Con lo que acabó la conversación.

Cuando le entraron ganas de una hamburguesa, el Fantasma cruzó el umbral prohibido del Zombie. Tenía demasiado presente aquel edificio de aspecto fundido, latiendo al ritmo del dance y derramando sanguinolentos láseres rojos al cielo nocturno, como para ignorarlo. Eligió una hora temprana con la esperanza de evitar las colas que se formaban en cuanto anochecía, luego se ajustó la capucha hasta dejar una pequeña portilla, el negativo de la mancha, el mundo entero condensado en un agujero luminoso. ¿Tan malas podía ser las hamburguesas? Bruno estaba deseando descubrirlo.

La cola no asomaba por la puerta, pero dentro serpenteaba en tres capas antes de llegar al mostrador, como en el control de seguridad del aeropuerto, delimitadas por una gruesa banda de terciopelo sujeta a montantes de latón. Los estudiantes esperaban en grupos o solos. En uno y otro caso sus caras estaban iluminadas, dentro del fulgor carmesí del techo abovedado, por el resplandor del teléfono móvil. Puntuaban aquel miasma las brillantes camisetas blancas y escotadas del personal del Zombie y el centelleo de las minúsculas banderitas con una Z clavadas con palillos en las hamburguesas, que llameaban bajo los focos ultravioletas con la misma intensidad que las camisetas. Otros detalles dispersos absorbían la luminiscencia: un par de deportivas Converse, el cuello y los puños de un polo Lacoste. Las camareras, tal como había anunciado Tira Harpaz, eran curvilíneas a más no poder.

Detrás de ellas, en las más profundas tinieblas, aquellos que no sacaban sus hamburguesas a la calle se sentaban en largos bancos de picnic unos frente a otros, encorvados sobre sus platos más bien cutres, ahogado cualquier intento de conversación por la ruidosa música disco. La escena recordaba a la vieja historia de la caverna, los pechos iluminados representando las sombras.

Bruno se sintió invisible hasta que alcanzó el principio de la cola y vio la reacción de la cajera. La chica señaló y se rio, y atrajo la atención de una de sus compañeras, que justo regresaba de las mesas con bandejas de desechos.

—¡Qué pasada, tío!

—¿Perdona?

—¡Te brilla la cara!

La malla de la máscara había cobrado vida bajo las luces ultravioletas, más potentes en el mostrador para resaltar las camisetas y las banderitas de las hamburguesas. Bruno se cerró aún más la capucha, restringiendo la visión periférica, encogiendo el negativo de la mancha. Tal vez no fuera un movimiento muy inteligente. Otras voces reclamaron conocer el motivo de tanto barullo. Al poco, caras curiosas, tanto del personal como de la clientela, se asomaban al ojo de buey para echar un vistazo al efecto de la máscara: la luna llena atrapada al fondo de un pozo.

—¿Puedo pedir la comida? —dijo Bruno.

—¡Claro, Jason!

—Poco hecha, sangrienta para el tipo de la máscara.

—¡Trátalo bien, no queremos una matanza aquí!

La atención resultaba intolerable. Bruno dio media vuelta. Tuvo que abrirse paso a empujones entre los cuerpos que lo rodeaban, no tanto una muchedumbre con horcas como una penumbra que tenía que surcar. Tuvo muy claro que ya se habían olvidado de él en cuanto se precipitó, consternado, al aire libre.

Bruno se conformó con unos nachos y un recipiente plástico con guacamole que le entregó un dependiente indiferente en una tienda de comestibles bien iluminada. Se retiró con su botín al número 25. Al dejar la sudadera en la cama se fijó en el móvil, que seguía cargándose en la base. Lo separó del cargador por primera vez desde que había vuelto del hospital y seleccionó Devolver Llamada.

El tímido «Hallo?» llegó solo tras el quinto tono, cuando Bruno ya se había convencido de que saltaría el buzón de voz.

—¿Madchen?

—Ja?

La voz sonaba débil, empañada por lo que al instante Bruno dedujo que sería sueño. ¿Qué había, diez horas de diferencia? Bien, así no la habría distraído de su trabajo de toda la noche en alguna mazmorra con máscara y sin bragas. Bruno no tenía ni idea. Las historias que se montaba no eran más que cuentos.

—Soy yo, Alexander. Me has llamado varias veces.

—Perdona, *bitte*, ha sido un error.

—No, no te disculpes. Me alegro.

Solo Madchen guardó silencio: el océano que los separaba rugía en el vacío electrónico como en una caracola.

—No —dijo Bruno—. De hecho, significa mucho para mí.

—Entonces yo también me alegro.

Al teléfono, en un idioma extranjero y adormilada, Madchen parecía un pajarillo. Bruno tuvo que recordarse a sí mismo la franca seguridad que había proyectado en el ferry de Kladow, ataviada con la máscara y el culo aire, en las persistentes llamadas a su móvil.

—¿Te he despertado?

—No —mintió Madchen sin disimulo.

—Soy yo el que debería disculparse. No he respondido a tus llamadas. O sea, no es que no les haya hecho caso. Pero debería haberte llamado antes.

—Tenía miedo de que hubieras muerto.

Todavía cabía la posibilidad de que los Jack London fueran la franquicia de Bruno en la vida del más allá. Aun así dijo:

—No.

—En el Charité no me dieron ninguna información.

—Imagino que querían proteger mi intimidad.

«Deberías haberles dicho que eras mi novia —pensó Bruno—. Dado que yo me he tomado la licencia de hacerlo.»

—¿Has estado gravemente enfermo?

—Sí, la verdad.

—¿Y ahora… estás mejor?

—Mejor y peor, las dos cosas. —¿Podría eludir la conversación obvia? Quería evitar que Madchen se despertara, quería seguir pareciéndole salido de un sueño–. Me siento lejos, muy lejos.

–¿Estás en América?

–En California.

–Es muy tarde… *Gott*, es casi por la mañana.

–¿Todavía está oscuro, Madchen?

–*Ja*.

–No enciendas la luz.

Se tumbó en la cama, con la habitación solo iluminada por la luz de la calle y el mediocre guacamole calentándose en una bolsa en el suelo. Si en la llamada de caracola chisporroteante cabía todo el océano entre ambos, también era un nido donde sus dos voces se mezclaban, un recinto virtual contra la galaxia inconmensurable de habitaciones no habitadas por sus dos cuerpos.

–Está apagada.

–Bien.

–¿Vas a preguntarme si estoy sola?

–¿Estás sola?

–*Ja*.

«Ya no lo estás», quiso decir, pero calló.

–¿Quieres preguntarme qué llevo puesto?

–No –dijo el hombre enmascarado a oscuras.

–Vale.

–No tenemos que hacer eso.

–*Ja*.

–Deja que te cuente una historia. Había una vez un hombre, un hombre en un ferry, que vio a una persona, a otra persona, una mujer, una mujer muy bella. Ese hombre y esa mujer cruzaron sus miradas y se comunicaron algo muy rápido, seguro que me entiendes. Pero el hombre era muy tonto, estúpido y corto de miras, y cuando, poco tiempo después, tuvo la oportunidad de hacer algo muy importante por la mujer, la desperdició de la peor manera. Y eso, por lo que fuera, supuso el fin para él. Como en un cuento de hadas, pero esto no es un cuento de hadas. Lo siguiente que le pasó fue que el hombre sufrió una caída repentina. Cayó por un precipicio al inframundo. A una especie de ocaso de la vida. La mujer, por supuesto, lo presenció. Es la única que tiene alguna idea de lo que ha pasado. Fue testigo. La mujer no podía ayudar al hombre, igual que él no pudo ayudarla por mucho que lo deseara. Pero, aun así, que ella lo presenciara fue su salvación. No hay otra palabra para definirlo.

Eran más palabras de las que Bruno estaba acostumbrado a oírse pronunciar. La historia era lo mínimo que le debía, consideraba Bruno, para compensar la retahíla de llamadas sin responder que formaba el sendero de migas de pan o semillas de granada en dirección a la libertad, desde la mazmorra de su enfermedad pero también de California, de Keith Stolarsky y Tira Harpaz, de la esclavitud de su patrocinio.

La escuchó respirar. No se le ocurría nada más sublime que complacer a Madchen en su dormitorio sorprendido por el amanecer berlinés. Podrían practicar sexo telefónico, ella se lo había sugerido más o menos. Dado su físico desfigurado, quizá no debiera desear nada más. Sin embargo, había algo más en juego que escapaba a la voluntad de Bruno. Como si los dados hubieran arrojado unos números que dictaran un ataque continuo. Atacó.

—El hombre se llevó consigo al inframundo una especie de sueño de la mujer. Él también era el testigo de ella, ¿entiendes? Ella le había confiado su secreto casi por accidente. La suerte había hecho que tal vez la conociera mejor que otros hombres que la habían conocido desde hacía años, o que creían conocerla. Y ese conocimiento lo sostuvo en la oscuridad. Lo mantuvo con vida. Es decir, ella lo mantuvo con vida. —La claridad exigida por los idiomas que los separaban, por la llamada rebotada mediante satélite a través de zonas y fronteras, purificaba el lenguaje de Bruno. Una ventaja, puesto que hablaba de la erótica profunda del destino—. Necesito algo de ti, Madchen.

—Ja?

—Que vengas a cuidarme. Estoy entre enemigos.

—Que vaya… ¿adónde?

—A California.

—¿Ahora?

—¿Hay alguna razón que te lo impida?

—No lo sé.

—Tengo un billete para ti.

—¡*Nein*, Alexander! No puede ser verdad.

—Lo es.

Sin hablar, Madchen sonó más distante. Como si hubiera salido de la caracola. ¿Un billete de avión, un llamamiento para que acudiera a él? Ahora Bruno la perdería por esta improbabilidad.

—¿Madchen?

—Tengo que pensarlo.

—Naturalmente. Si es demasiado…

—Podría viajar dentro de una semana, tal vez.

—No tienes que decidirlo ahora.

—Iré.

—Pero, Madchen…

—*Ja?*

—No soy como me recuerdas.

—Ay, Alexander, querido Alexander, ¿crees que eso me importa?

IV

La tarde antes de la llegada de Madchen, Tira Harpaz volvió a aparecer en la vida de Alexander Bruno. Fue seis días después, el mismo día que Bruno llegó al fondo de su alijo de billetes de veinte, el soporte vital del que negaba y renegaba. El dinero, como la anestesia, te mantenía vivo y dormido.

Tal vez el don extrasensorial de Tira consistiera en reaparecer precisamente cuando Bruno se preguntaba si tendría que ir a mendigar comida a la puerta de Plybon o a buscar a Beth Dennis en el mostrador del Zodiac. Unos días antes,

Beth le había pedido el número de teléfono de Madchen; al día siguiente había llamado a la puerta de Bruno para entregarle con una sonrisa la confirmación impresa del billete de avión, que revelaba el nombre completo de la mujer del ferry, Madchen Abplanalp, y su edad, treinta y dos años. Desde entonces Bruno no había vuelto a ver ni a Beth ni a Plybon, aunque no se había esforzado particularmente en evitarlos. Bruno no había reservado dinero para el billete de tren para ir a recoger a su visitante alemana al aeropuerto de San Francisco. Y no tenía ni idea de cómo le explicaría la situación cuando llegara.

Tira Harpaz lo trincó en la puerta de los Jack London. Había aparcado en un sitio prohibido, bloqueando los callejones donde estaban los contenedores, y silbó para que se acercara a la ventanilla abierta del Volvo. Acomodada con aire satisfecho tras el volante, estaba fumándose un porro. Pese a todo ello, y pese a que Bruno podría haber seguido caminando tranquilamente e ignorarla, se sintió firmemente apresado.

Las primeras palabras de ella lo informaron de los cargos.

—O sea que has ido al Zombie a pesar de todas mis súplicas.

—Solo oí una. ¿Fueron más?

—Vale, listillo. ¿Quieres dar una vuelta?

Bruno subió al coche, supuso que por voluntad propia. Tira llevaba una blusa de poliéster extrañamente fluorescente, con flores de color lima que se extendían demasiado ajustadas por encima del pecho y el estómago, y mangas blancas ceñidas que cubrían a medias unos bíceps sorprendentemente articulados. Puede que en otro tiempo fuera de su talla. El largo brazo de la ley, se descubrió Bruno pensando, continuando con su alucinación de que Tira Harpaz era policía. O que Stolarsky y ella formaban una pareja de detectives, de la variedad desastrada, de los que te descolocaban.

—¿Estabas vigilando la entrada? ¿Cuánto habrías esperado hasta que saliera?

—Acababa de aparcar.

—¿Cuánto estabas dispuesta a esperar? Comprendo que tal vez no lo sepas.

—Unos cuarenta y cinco minutos, después hubiera entrado.

—Creía que me habías devuelto la llave de repuesto.

—Ah, sí, claro, querías que fingiera que solo había una. Lo siento.

—¿Y lo del Zombie Burger? ¿Me seguías tú en persona o habías contratado a alguien?

—La encargada recopila las cintas de seguridad una vez a la semana y se las manda a Keith, con las mejores imágenes destacadas. Acostumbro a revisarlas por placer antes de colgar los mejores momentos en YouTube. Había uno muy bueno, de un tipo con una máscara brillante. Tendrías que haberlo visto.

—No sabría decir qué parte de lo que has dicho intenta ser gracioso.

—Pues has mejorado mis expectativas, porque creía que dirías que nunca habías oído hablar de YouTube.

—No, conozco YouTube. Es uno de los sitios a los que acude la gente para convertirse heroicamente en jugadores incompetentes de backgammon.

Aceptó el porro que le tendía Tira y lo coló por el agujero de la boca para darle una calada. Debajo de la máscara, los músculos de la cara seguían fortaleciéndose, preparándose para enfrentarse al mundo.

—¿No te da calor?

—Siempre.

A la luz del coche, Bruno se fijó por primera vez en que el pelo ala de cuervo de Tira estaba teñido. Cobró una conciencia obsesiva de la presencia física de la mujer. Probablemente había estado cavilando sobre su cuerpo distraídamente, sin darse cuenta de que lo hacía. Durante los últimos días había experimentado una boyante independencia en su vida en Telegraph, como si Tira hubiera seguido a Stolarsky y desaparecido también de la ciudad. Pasado y futuro se habían alejado y habían dejado tan solo el circuito cada vez más amplio de cappuccinos y aceras, al menos hasta que se agotaron los billetes. Bruno incluso se había aventurado por el campus del instituto Berkeley y había empezado a acortar por People's Park con total impunidad, como si no comportara ninguna asociación íntima. Ahora Tira le presentaba los recibos pendientes de pago.

Tira viró y lo condujo hacia el norte, por Shattuck. Tras un par de caladas, Bruno le mostró el porro y señaló el suelo del coche con la cabeza, simulando el gesto de tirarlo, y ella lo alentó:

—Adelante.

Curiosamente, aunque no habían limpiado el Volvo, el pequeño almiar de porros a medio fumar de Tira no estaba. Bruno arrojó el nuevo al suelo cubierto de envoltorios de caramelos, pañuelos de papel y una tirita nudillera con una oscura mancha sanguinolenta.

—¿Has estado reciclando?

—Uno de los secuaces de Keith sabe que no cierro el coche con llave. El tipo se agencia los porros que tiro. Un ejemplo más de la miríada de formas desagradecidas que tenemos por aquí de alimentar a la máquina.

—¿Un asistente personal de la casa?

—Peor aún. Uno de los cretinos de sus locales. Pasa merodeando con la bici, ni se imagina que lo veo. El revolucionario, tu colega de piso, Plybon. Por lo que sé, has estado visitando bastante la tumultuosa habitación de esos chavales desde la última vez que nos vimos.

—Un momento, ¿Garris Plybon trabaja para Keith?

—¿Bromeas? ¿Crees que Keith no controlaría una hamburguesería rival? Aunque no es algo del dominio público. A la gente le gusta imaginarse que está fastidiando a Keith por preferir las hamburguesas anarquistas.

—Creía que Plybon y él eran enemigos mortales.

—Una cosa no quita la otra. Mucha gente cobra su sueldo de su peor enemigo.

Bruno clavó la vista al frente mientras avanzaban hacia el Northside, totalmente descolocado, con las mejillas ardiendo debajo de la máscara. Tira continuó parloteando.

—Keith dice que es una jugada sacada del libro de Stalin. ¿Por qué molestarte en infiltrarte en las células disidentes cuando puedes montarte una tú mismo para ver lo que crece a partir de ahí?

—¿Plybon lo sabe?

Tira emitió un sonido como el de un neumático perdiendo aire.

—¿Tú qué crees?

—¿Adónde me llevas? —preguntó Bruno, por cambiar de tema.

En el fondo no creía que el destino fuera una cámara de interrogatorios secreta.

—Me preguntaba cuándo lo preguntarías. He planeado una sorpresa. No vas vestido para la ocasión, pero en realidad no vas bien vestido para nada.

—¿Tengo que adivinarlo o vas a contármelo? ¿Debería ponerme un saco en la cabeza?

—Ya llevas un saco en la cabeza. He reservado mesa en Chez Panisse.

Por segunda vez en el espacio de un minuto, Bruno enmudeció.

—¿Qué te parece?

Esta vez la voz de Tira delató el trasfondo vulnerable que buscaba ocultar con tanta plática irritante. O quizá fuera un calculado toque maestro: ¿por qué habría de renunciar Bruno a su paranoia?

—En la cafetería —añadió, razonando con Bruno.

El restaurante principal, con su servicio de carta, resultaba demasiado ostentoso para semejante par. La cafetería era más relajada, un lugar donde podías esconderte, un lugar del que podías huir.

—¿Mi última cena?

—¿Eh?

¿Por qué habría Tira de entender la broma? Bruno dudaba de que mereciera la pena explicarle que había fantaseado con la idea de que era policía.

—Estupendo, comamos.

—Comemos, disparamos y nos marchamos.

—¿Perdona?

—Ya sabes, como el panda del chiste. Que come, dispara y se marcha.*

Tira sonrió. Cuanto más se regodeaban en el malentendido y el desconcierto mutuo, más cómoda parecía. Quizá por la convivencia con Keith Stolarsky, tan adicto a la referencia gnómica.

—Ya no disparo y me largo —replicó Bruno. Se tocó la camiseta—. Ahora aguanto.

—Genial, pues entonces aguantaremos, solo déjame que encuentre antes aparcamiento.

Bruno sabía que incluso la cafetería estaba concebida para guiar a los comensales a través de una secuencia de experiencias gastronómicas, pero Tira desbarató la presentación del camarero de la detallada carta al elegir varias copas de champán rosado. Bruno supuso que el dinero, incluso el dinero turbio, obtenía lo que quería, era capaz de reducir Chez Panisse a poco más que una coctelería, igual que había compartimentado Singapur en una habitación de hotel con aire acondicionado y una bolsa de hamburguesas. El dinero, en este caso, respaldado por el silente enigma de una figura enmascarada.

Bruno causó un pequeño revuelo, lo notó. Se quitó la capucha para ganar visión periférica y disipar la extrañeza, para permitir que los mirones encubiertos de la cocina y el resto de las mesas le vieran el cuello y las orejas, confirmaran que era humano. Por su parte, Bruno iba bebiendo, no al ritmo de Tira pero sí lo suficiente, apenas atendiendo a las incursiones de esta por el flanco izquierdo mientras él picoteaba de los

* Chiste sobre un panda que entra en un restaurante, *eats, shoots and leaves* («come, dispara y se marcha») porque lo ha leído en una guía mal puntuada, ya que con la puntuación correcta la guía debería decir que el panda *eats shoots and leaves* («come brotes y hojas»). *(N. de la T.)*

platos que habían comenzado a servir, huevas de trucha y pizzetta de patata, hígados de pollo y *crostini* con guisantes, nada que casara ni remotamente con el espumoso rosado con el que Tira no paraba de llenarle la copa, y sufría alucinaciones en las que los camareros que les servían o pasaban raudos en dirección a la cocina de arriba eran sus antiguos compañeros. Su disoluto mentor, Konrad, y los demás, jóvenes camareros y ayudantes y subchefs de nombres olvidados. Pero por supuesto todos ellos habrían envejecido, estarían tan mayores como Bruno o más, si no igual de cascados. Aquellos rostros eran jóvenes no porque el tiempo se hubiera detenido, sino porque los habían reemplazado por versiones más nuevas. ¿Quién habría sustituido a Bruno?

Tira había ninguneado los intentos del camarero por describir un plato especial o confirmar que estuvieran satisfechos, resuelta a airear su mal gusto. Entonces, apurada la segunda botella, agarró al camarero por la manga y se lo acercó, convertida ahora en una policía que hablaba arrastrando las palabras.

—Este sitio antes era bueno.

—¿Hay algo que pueda hacer por usted?

—Nada. Es solo que antes era especial y ahora es vulgar. Lo sabes, ¿verdad?

—Yo creo que sigue siendo especial.

La respuesta del camarero dejaba abiertas varias salidas.

—¿Cuántos años tienes?

—Veintiséis.

—¿Ves? Explícaselo, Alexander.

—Estaba todo exquisito —dijo Bruno.

—Él trabajaba aquí, ¿lo sabías? Así que forma parte de la secta, igual que tú. Pero lo irónico es que él debería saberlo mejor que nadie, mejor que yo. Él estaba aquí. Y ahora es un sitio vulgar.

—Retiraré esto —dijo con delicadeza el camarero, tomándose la libertad de empezar a recoger los platos.

—¿Hay *galette* de melocotón? —preguntó Tira.

—Esta noche no.

—Quiero una *galette*, de lo que sea.

Su marcha del local resultó un tanto confusa para Bruno. Acabaron con algo de chocolate y un vino de postre. Si Tira pagó, él no lo vio. Quizá hubiera pagado disimuladamente con tarjeta. O quizá Stolarsky tuviera cuenta en el local, si es que esa práctica existía. Había anochecido y Bruno se sentía embotado por el alcohol y, aunque debería haberle asustado que Tira condujera, apenas tenía conciencia de haber regresado a los Jack London. Ella subió y se plantó en su puerta sin que Bruno participara de ninguna decisión. Al menos, Tira esperó a que sacara su llave.

Él dejó apagada la molesta luz cenital y prefirió encender la de la cocina.

—¿Qué tienes?

Bruno oyó caer al suelo los zapatos de Tira.

—No necesito más alcohol, y diría que tú tampoco.

Sirvió agua del grifo para ambos en un tarro que había tomado prestado de Garris Plybon.

—Tienes razón, voy cocidísima. Mejor fumamos un poco y nos relajamos. —Sin darle tiempo a protestar porque le llenaría el piso de humo, se oyó el chasquido del mechero—. ¿Te acuerdas de lo que dijiste sobre YouTube y el backgammon?

—Más o menos.

—Bueno, he estado siguiendo el ejemplo de Keith. No en YouTube, en un tutorial que se llama Gammaniacs.

—No tenía ni idea, te ruego que me disculpes si he estado grosero.

—Grosero, burdo, obsceno y listo para comer crudo.

—¿Cómo dices?

—Eres… no sé, la persona menos grosera que me he echado a la cara, Alexander. Es prácticamente una deficiencia incapacitante. —Tira había abierto el estuche de backgammon encima de las sábanas de la cama. Cuando Bruno regresó de la cocina, Tira estaba apartando a un lado la piedra berlinesa sin mostrar la menor curiosidad por ella—. He mejorado lo bastante en esta última semana para perder cinco mil dólares en la página de Ladbrokes, deberías estar orgulloso de mí.

—Sí, una gran hazaña.

Bruno se quitó las deportivas y la sudadera y se sentó con ella en la cama.

—Seguro que en tres o cuatro partidas eres capaz de desplumarme.

—¿Vamos a jugar?

—Sí. —Tira le pasó el porro—. No consigo recordar cómo se colocan estas pequeñas cabronas. Un síntoma clásico del jugador de internet, supongo.

—No sé si lo consideraría clásico.

Bruno se arrodilló en la cama, sintiendo, cuando menos, la necesidad de ordenar la confusa distribución de las fichas. Después de darle una calada y temeroso de los efectos de una segunda, devolvió el porro a Tira. Ella negó con la cabeza.

—¿Tienes fobia a la saliva ajena?

Eso explicaría el cuerno de la abundancia de Plybon, los porros a medio fumar arrojados a los pies del asiento del copiloto.

—Me gusta la saliva de los demás. Siempre y cuando sea de la persona correcta. Tengo fobia a la mía. No me gusta el papel de liar mojado.

Bruno lo apagó como antes, entre los dedos, cada vez más acostumbrado a la punzada de dolor. Si se empeñaba, podía retrotraerse hasta el instituto. Pero tenía el tablero delante, rebosando glamour innato, prometiendo, más que nunca, transportarle. Era sorprendente lo poco que había arañado la superficie de juego la piedra berlinesa.

—¿O sea que esta vez tengo que ganarme los billetes de veinte?

—No. No vas a jugar por dinero, vas a jugar por mi ropa.

—¿Tu ropa?

—Para que me la quite, tonto. No te hagas el sueco, te has pasado la cena devorándome con esos ojos de fantasma tuyos. —Se pasó un brazo por debajo de los pechos, levantándolos como si le ofreciera un bebé. Se apelotonaron junto al tenso primer botón de la camisa de poliéster fino, ese margen místico que Bruno no podía dudar de que había regado con su mirada–. Dobla la apuesta, hazme un gammon, consigue que te enseñe las tetas.

Bruno bebió agua del tarro de mermelada, notó cómo le empapaba el borde de la máscara. Era demasiado tarde para reclamar la capucha y, de todos modos, el alcohol lo había acalorado. No la necesitaría. Preparado el tablero, Tira lanzó los dos dados de las blancas y sacó un cuatro doble.

–Se acostumbra a tirar solo un dado para ver quién empieza.

–Nunca he jugado con un ser humano, así que no tengo ninguna costumbre. Puedes permitirte darme ventaja, señor espeluznante.

Bruno se encogió de hombros. Ella movió las fichas blancas a una posición de arranque fuerte. Él sacó dos-tres, colocó perezosamente las fichas en el cuadrante exterior. Ya tendría tiempo de jugar con más audacia. Primero descubriría lo que había aprendido Tira y esperaría a que se disiparan los efectos del champán. El enredo con Tira, de la naturaleza que fuera, había comenzado tiempo atrás, antes de que empezara la partida. Ella tenía razón: Bruno podía permitirse una pequeña diversión. Con Tira humillada por la derrota, tal vez fuera posible reclamarle el apartamento 25, aunque ello significara suponerle la capacidad de humillarse.

Tira dobló de inmediato. Dentro de la máscara, Bruno arqueó una ceja.

–¿A qué tanta prisa?

–Esto tiene que valer la pena. O, ya sabes, si te sientes derrotado, ríndete.

Bruno aceptó el dado doblador y luego levantó un bloque de cinco. Tira no tuvo suerte. Bruno la vio correr presa del pánico y luego la atrapó y se comió el *blot* que había dejado atrás. La partida se convirtió en una carrera y Tira iba rezagada. En lugar de volver a duplicar la apuesta para demostrarlo,

Bruno la dejó jugar. Tira gruñía con rabia a los dados que le negaban el milagro.

Entonces, cuando Bruno sacó la última ficha del tablero, Tira comenzó a quitarse los calcetines, formando sendas bolas de tejido enrollado que le arrojó a la cabeza una tras otra. Bruno los esquivó.

—Si he entendido bien las normas internacionales del strip-backgammon, los calcetines cuentan como una sola prenda, no como dos.

—Correcto… y has ganado una partida.

—Pero has doblado la apuesta. Para eso sirve el dado doblador. Aceptaré los pantalones, gracias.

—Si te hubieras empollado las reglas del strip-backgammon internacional o el strip lo que sea, sabrías que la perdedora elige qué mierda de prenda se quita. —Tira se desabrochó la blusa y se la abrió completamente, aireando el voluminoso sujetador arquitectónico negro que Bruno había extrapolado desde un millón de ángulos—. Sabrás valorar las normas cuando te toque perder.

—Por lo que he visto, no va a tocarme.

—Vete a la mierda. Y me tomaría como un insulto que no quisieras que me descamisara, salvo que seas justo la clase de persona que rehúye lo evidente y prefieras hacerlo al revés. Porque mis tetas te van a flipar.

—Abnegación, lo llamaba Edgar Falk.

—¿El Gandalf mariquita y retorcido? Seguro que sabe de lo que habla.

Bruno volvió a colocar las fichas y se adjudicó el privilegio de tirar primero. Con un seis-tres sembró otra vez la retaguardia, retándola a comerse una ficha. Notaba que el efecto de jugar tan mal lo abotargaba, era depresor como el champán y la marihuana. Sin embargo, ninguna mancha se interponía entre el tablero y él, ni frente al cuerpo de Tira, así que lo examinó. Tira se esforzaba como una adolescente en un examen, sacaba la lengua al lanzar los dados, luego revisaba las opciones. Jugar en pantalla no le había enseñado nada acerca de la actitud y el comportamiento del jugador. Recordaba al tipo de empollón de los juegos de ordenador que había comenzado a toparse en los clubes en los últimos años, pero los movimientos de Tira delataban una sordera sin remedio a las órdenes de los tantos.

Esta vez, Bruno renunció al dado doblador. Un acto de piedad, se mirase como se mirase: si Tira era lo bastante lista para rechazarlo, se ahorraría quitarse prendas. Si lo aceptaba, acabarían antes con aquella farsa. Tira lo miró confusa.

—No te sorprendas —le dijo Bruno—. Se juega así.

Tira torció el gesto, cogió el dado y siguió adelante. Bruno casi la gana por gammon, pero en el último momento un seis doble permitió que una ficha blanca perdida corriera hasta el tablero interior de Tira y otra saliera definitivamente.

—Dos prendas otra vez —le recordó Bruno.

Tira se desabrochó el sujetador, luego se puso de pie sobre la cama, alzándose por encima de él, y se liberó de los vaqueros. Las bragas, que planearon sobre el centro de la visión de Bruno, no hacían juego con el sujetador, eran rosas y de algodón, viejas. También grandes, como de abuela, aunque no lo bastante para contener la mata salvaje de vello púbico negro que rompía todas las barreras de ingle y vientre, extendiéndose un par de centímetros por la carne de los muslos y subiendo en un estrecho sendero de pelillos hasta el ombligo. Bruno se descubrió comparando el sujetador negro bajo la blusa traslúcida y el matojo que asomaba de las bragas, la parte oculta derramándose a través de aquel mísero velo. El vello púbico proporcionaba otra ocultación más, una barba para la carne que lo atraía. Todas esas comparaciones absurdas eran una forma de intentar disociarse de lo que quería y del hecho de quererlo, los desconcertantes absolutos del cuerpo que tenía delante.

Una vez quitados los pantalones, Tira se balanceó maravillosamente de vuelta a su puesto tras el tablero, de piernas cruzadas. Las bragas se tensaron, convertidas en una pantalla fina. Curiosamente, Bruno no miraba más que a esa prenda solitaria: supuso que por esa funesta buena educación que

Tira le había recriminado, aunque así tampoco le quitaba ojo a la entrepierna. De todos modos, pechos y vientre inundaban su visión, tres globos que le devolvían triplemente la mirada. Ninguna mancha lo salvaría ahora. Aunque se inclinó para ordenar las fichas y recoger el dado, el tablero tendría que ser diez veces mayor de lo que era para que Bruno pudiera fingir que ni veía ni lo veían.

—Tiras tú —graznó Bruno.

La racha de suerte de Tira comenzó con seises. Los jugó bien —no era difícil— y al siguiente turno ofreció a Bruno el dado doblador. Él no lo rechazó. Bruno volvió a disponer constructores, en un juego pesado y automático. En esta ocasión, los dados de Tira mandaron dos fichas indefensas de Bruno a la barra. Para cuando él llevaba tres turnos danzando sin rumbo, Tira ya había levantado un bloque de seis. ¿Estaría afectando su desnudez a los dados? No, era a su cerebro al que confundía la desnudez de Tira; los dados eran imparciales frente a las tetas, como ante todo lo demás. Bruno supuso que, al jugar con un estilo tan deliberado, sin querer había enseñado a Tira las virtudes del bloqueo, un ejemplo de manual para elevar a tu nivel a un oponente mediocre.

El destino, implacable ante el aturullamiento de Bruno, la recompensó dos veces con dobles para sacar las fichas del tablero. A Bruno, el gammon le costó prácticamente todo: calcetines, pantalones, AGUANTA. No se avergonzó. Puede que su cuerpo estuviera ajado, arruinado por el esfuerzo de la recuperación, pero el hospital había acabado con su sentido de la vergüenza. Era solo un cuerpo, un pobre objeto surcando a través del tiempo, y de todos modos lo que acababa de perder no era su ropa, ni siquiera era ropa.

Como todavía debía otra prenda, Bruno se enfrentaba a una decisión que no era tal. Se quitó los calzoncillos y se mostró cubierto solo por la máscara. La polla se había enrojecido y puesto dura sin que Bruno se diera cuenta. Ahora temblaba en el aire. Tal vez fuera la primera erección de una nueva era del yo.

—¡Por fin los títeres salen a escena!

—¿Títeres?

—Es como los llama Keith.

—¿A qué? ¿A los penes?

—A los genitales, de ambos tipos. Son títeres. Pellejos como trapos hasta que comienza el espectáculo.

Tira alargó una mano por encima del tablero y se la agarró como si lo saludara. Bruno gruñó, con un placer casi intolerable. Justo cuando había conseguido exhalar, Tira apretó, retorció y soltó. Luego dispuso las fichas en los puestos de salida correctos, aprendía rápido.

—¿No hemos terminado?

—De eso nada.

Tira señaló la máscara.

Bruno sacó dos-uno, separó a los peones de atrás. Tira volvió a rozarlo al recoger los dados para tirar.

—No hagas eso.

—Eres tú el que se pone en medio —dijo ella, apartándose con un ladrido de foca.

—Si me tocas no puedo jugar.

—Vale. —Tira lanzó los dados, tres-uno, levantó un bloque en el cuadrante interior—. Pues me toco yo.

Deslizó las manos por los muslos, introdujo los dedos tras el telón de gasa.

—No sé si voy perdiendo o ganando —dijo Bruno: un gañido, no lo que había pretendido.

Lanzó los dados, a duras penas consiguió leerlos. Las fichas parecían de diversos tamaños y ajenas a la gravedad, vagaban a la deriva entre las puntas.

—Serán las dos cosas a la vez.

—Creo que preferiría un espectáculo de títeres.

Su voz era solo un hilo, pero Tira la oyó.

Renunció al dado doblador y se lo acercó a Bruno.

—Ríndete y lo veremos.

—Pero tú todavía tienes… un trozo de ropa cubriéndote… trozos de ropa.

—Pues nos rendimos los dos. —Tira se estiró por encima del tablero y rodeó el borde del glande con la punta de los dedos. Ante tanto entusiasmo, Bruno podría haber salido disparado hasta el techo. Con la otra mano Tira se bajó las bragas, primero por una cadera y luego por la otra, y se encaramó al tablero, desordenándolo todo—. Abre la boca —ordenó. Bruno obedeció. Tira le embutió las bragas entre los dientes, luego toqueteó la máscara por detrás—. ¿Y la cremallera?

—No tiene… —farfulló Bruno a través de la mordaza.

—Da igual.

Tira soltó los velcros y estiró de la máscara, ovillándola con la misma mano que las fragantes bragas. De mala gana, él abrió la boca y ella tiró ambas prendas, los últimos disimulos.

Recorrió con las yemas de los dedos las suturas que enmarcaban los ojos de Bruno.

—Con cuidado —dijo él.

—Tenía unos zapatos de piel de cocodrilo fabulosos, iban en una maleta que me robaron en Costa Rica y todavía no se me ha pasado el cabreo. Pareces hecho del mismo material.

—Estoy a medio hacer. Suavizo las partes de cocodrilo con vitamina E.

—No volverás a ser el de antes, Alexander. Llevas una máscara que no podrás quitarte.

¿Se lo había arrancado del pensamiento? Él jamás había sospechado que Tira tuviera semejante poder. La cabeza de Bruno había escapado de su contenedor, todo era posible.

—Así en los cielos como en la tierra —dijo Bruno, y guio la mano de Tira de la polla a las cicatrices olvidadas que se escondían junto a la base.

—Sigues siendo guapísimo.

—Gracias.

—Toca aquí.

Tira condujo la mano de Bruno a su entrepierna, pero lo sorprendió al virar a la izquierda. Entre la pelambrera de la unión con el muslo, los dedos de Bruno descubrieron un bulto duro, del tamaño de una pelota de golf, flotando bajo la piel sedosa.

—Un quiste. Es benigno, hace años que lo tengo.

—Oh.

Lo acarició, embriagado de confusión.

—Me dijeron que me lo quitara —explicó Tira en tono desafiante—. Pero dije que no hacía falta, que no me molestaba.

Si esa era la prueba que le planteaba Tira, quedaba fácilmente superada.

—Es muy gustoso.

Apartaron el tablero, junto con los calcetines ovillados, la piedra berlinesa y el tarro de mermelada vacío. Una ficha y un dado resbalaron hacia las sábanas y tintinearon delicadamente donde los cuerpos de Bruno y Tira habían abierto una depresión en el viejo colchón. La presencia de Tira era a un tiempo contundente y acuosa, tenía los brazos extrañamente musculados, los pezones como pequeñas lenguas que cabalgaban la carne volátil que se deslizaba sobre la superficie de Bruno, los muslos suaves hacia el punto en que hundió los dedos, seguidos por el resto de él. La pelota de golf del quiste también flotaba, una presencia tenue contra la piel de Bruno, un rasgo, no un defecto. Tira, tan locuaz habitualmente, no gritaba ni gemía. El silencio de sus respiraciones se entrelazó con el chirrido de los muelles de la cama. Bruno sintió que también su mente se vertía en la de Tira, al menos abarcó una gran distancia fuera de su cuerpo.

Su propia sombra tapaba la luz de la cocina, no podía descifrar la cara de Tira.

—Me siento… devorado —dijo Bruno.

—Comes o te comen —susurró ella—. Envuelve y Devora. Es nuestro lema.

—¿Nuestro?

—Lo dice Keith.

—¿Podríamos dejar a Keith al margen?

A Bruno ya no le divertían los títeres ni nada que luciera la repulsiva marca de Stolarsky. Luchó contra la sospecha de que Stolarsky y Tira eran la misma persona, o que como mínimo adoptaban una misma actitud con él. A falta de otra razón para follarse a Tira, le habría bastado con la de sembrar un secreto entre Stolarsky y ella.

−¿Para qué molestarse?

−Tal vez porque está fuera de esto.

Incapaz de contener la hilaridad, Tira dejó escapar varios ladridos. Apartó a Bruno y rodó hasta liberarse, su transición poscoital palpable como el vapor o la escarcha.

−¿Cómo que está fuera de esto?

−Se ha marchado de la ciudad. −Bruno alzó una mano, apuntando vagamente hacia Telegraph, la arteria comercial que puede que Stolarsky gobernara, pero que misericordiosamente había cedido a los ratones que jugaban en ella. Al menos para que reclamaran el número 25, su célula clandestina−. No quisiera pasarme de listo, pero deduzco que tal vez te haya dejado.

−No sé qué deduces ni qué fumas. ¿Musgo, quizá? Hace un par de días que Keith volvió a la ciudad. De hecho, quiere verte mañana en su oficina.

−¿Su oficina?

−Sí. −Esta vez fue ella la que señaló, con un gesto de la barbilla−. Encima del Zodiac. −Recuperó su ropa de entre el revoltijo de sábanas y fichas. Se colocó con destreza las tiras del sujetador sobre los hombros y se lo abrochó por detrás de la espalda−. Opina que, como ya estás recuperado, se te han acabado las vacaciones gratis. Eso es lo que había venido a decirte.

LIBRO TERCERO

SESENTA Y CUATRO

I

La oficina de Keith Stolarsky estaba escondida al fondo de la segunda planta del Zodiac, detrás de una puerta forrada de pósters de Nike, su pomo un detalle insignificante que cualquiera pasaría por alto. Dentro había una ventana alargada, de espejo por la cara que daba a los clientes, como una aspillera de parapeto medieval, por la que Stolarsky podía observar sin ser visto. ¿Quién sabe?, hasta podría haber estado allí, espiando, el día que Alexander Bruno había encontrado las camisetas AGUANTA y el chándal con los que se ahora se presentaba ante su mesa.

La oficina era peor que genérica y mal amueblada. Era como algo que un conserje soltero podría haber improvisado al final de la sala de calderas, un refugio cuyos tabiques los investigadores derribarían después en busca de cadáveres emparedados. El deteriorado escritorio de acero, enorme, parecía rescatado del depósito de tráfico. De los cajones abiertos de un archivador metálico asomaban varias carpetas, pero también de diversas cajas de cartón, de estantes atornillados al muro de hormigón del fondo, y se veían otras desperdigadas por el suelo. Sobre el escritorio de Stolarsky no había ningún ordenador, solo una lámpara de mesa, varios libros en rústica y revistas pornográficas, un teléfono Slimline de color pardo, un cenicero vintage de Cal Bears, vasos de papel con café evaporado, una cámara Polaroid y las manos de Stolarsky, que se retorcían, estrujaban y frotaban entre sí como tratando de controlar las ansias de fumar o masturbarse. Era un búnker para despidos, un centro clandestino de detenciones para interrogar a los ladrones cazados en la tienda o un cuartel general para planear oscuras intervenciones en las asambleas de la Asociación de Propietarios Comerciales de Telegraph Avenue. Su existencia confirmaba todas y cada una de las peores implicaciones del arsenal dialéctico de Garris Plybon.

Bruno había acudido a mediodía, según las instrucciones de Tira. La tienda estaba vacía, Telegraph todavía bostezaba. Un empleado desconocido, a cargo de la caja de arriba, lo había conducido hasta la puerta secreta. Beth no estaba, al menos Bruno no la había visto. Quizá estuviera deslomándose revisando facturas y recibos en otro cuarto secreto.

Keith Stolarsky no se levantó ni saludó a Bruno, se limitó a ordenar «Cierra la puerta», luego eructó, lo miró fijamente y chasqueó los labios. La cara de trol se tensó, como esforzándose por evitar un pensamiento demasiado obvio. Bruno permaneció en pie, aislado por la máscara y la capucha, sintiéndose a un tiempo momificado por la separación respecto a Stolarsky –y el resto de la especie– y completamente desnudo. La habitación solo disponía de una silla, aparte de la de Stolarsky, pero era un ejemplar lamentable, una silla plegable de plástico apoyada contra la pared lateral. Ir a cogerla para sentarse enfrente del hombre de detrás del escritorio parecía el movimiento equivocado. Bruno siguió de pie.

–Así pues –dijo por fin Stolarsky–, más pajarillos heridos a mi cuenta, ¿eh?

–¿Pajarillos heridos?

–Tu pobre y lastimosa dominátrix de la patria europea.

–¿Qué sabes de ella?

O bien otro ser humano estaba explorando hasta el último rincón de la mente de Bruno, removiéndola como si fuera arena, o bien no. Bruno se recordó que se trataba de una situación permanente, tanto si se molestaba en pensar en ella como si no.

–Bueno, le he pagado el billete de avión, algo debería saber.

–Por lo cual te pido disculpas.

—No lo sientas por mí, siéntelo por Beth.

—¿Qué le ha pasado a Beth?

—El desempleo. Que ha acabado con su culo de lesbiana en la puta calle. De hecho, estaba planteándome ofrecerte su empleo, pero luego se me ha ocurrido algo mejor. Tira me enseñó la cinta tuya del Zombie. Causaste sensación. Eres un buen aprendiz de espectro, material de leyenda.

El más ínfimo funcionario europeo —un inspector de aduanas, por ejemplo— vestía inmaculado y decoraba incluso un cubículo para transmitir impresión de respetabilidad. Un hombre verdaderamente rico, como Stolarsky, proclamaba su categoría mediante paneles de madera bruñida, plumas estilográficas, encuadernaciones de cuero. Bruno bloqueó un pensamiento tan deprimente; aquel cuarto siniestro anulaba Europa.

—¿Qué pasa? ¿He ofendido tu delicada sensibilidad? Mírate, Flashman. Perjudicado pero majestuoso, con la cara enfundada en un condón. ¿Qué pinta tendrás cuando salgas de debajo de eso… como Jonah Hex?

—Es una máscara sanitaria.

—Sí, claro, claro. No te agobies, puedes ir en plan tipo rarito, alto y misterioso. Vas a arrasar entre las damas. Es la pátina añadida de misterio trágico, como Bob Dylan y Lawrence de Arabia después del accidente de moto.

—Si no recuerdo mal, Lawrence de Arabia no sobrevivió al accidente de moto.

—Da igual.

—¿De verdad has despedido a Beth?

—A ver cómo te lo explico: ¿de verdad dentro de dos horas aterrizará en SFO una puta de lujo nazi? Una pregunta responde a la otra.

Bruno calló. En el silencio, el ritmo de la música se coló por las baldosas, algo funky que los empleados habían subido de volumen para acallar su angustia al por menor. Bruno volvió a echar un vistazo a la silla, su compañera de cautiverio, la única cosa con menos libertad que él para salir de la habitación.

—¿Qué? ¿Quieres sentarte?

—No.

—¿Debería hacerte la visita más agradable? ¿Tal vez una copa? ¿Te pido algo de picar, quizá? Discúlpame, cuesta saber cómo conseguir que un encapuchado se sienta como en casa.

—Estoy bien.

—¿Sabes, Flashman? En el instituto Berkeley eras el chaval más adelantado que había visto nunca. Era emocionante, créeme. Al igual que las chicas, prácticamente me corría cuando te veía pasar. Y ahora miro tu vida y pienso que, por debajo de ese acento falso del Atlántico Medio y la pose quijotesca de hombre de mundo, probablemente no has madurado un ápice desde la primera vez que te vi. Te quedaste varado, mientras que todos los demás seguimos creciendo.

—Bebí de la fuente de la eterna juventud.

Pretendía satirizar la diatriba de Stolarsky, pero la circunstancia le arruinó el tono. Ahora sus ironías sonaban macabras.

—Ya, bueno, a diferencia de muchos ilusos de esta avenida, mi cartera no es un pozo sin fondo. Estás en deuda conmigo.

Bruno calló ante lo que, a fin de cuentas, era incontestable. ¿Consideraba Stolarsky a Tira Harpaz parte de la deuda? Bruno no quería saberlo.

—He hablado con tu cirujano y se lava las manos de todo este asunto. Ojalá pudiera yo decir lo mismo respecto a las facturas por cuidados intensivos, o el grupo de anestesiólogos, ¡menudo tinglado tienen montado!, o cualquier otro de los cientos de recibos de los cojones que no sé ni de dónde salen. Tienes una cara nueva y muy costosa, aunque no percibo mucha gratitud. ¿Me estás oyendo, Flashman?

—Pagaré la deuda.

—No estamos jugando al backgammon. Tengo un negocio que dirigir. Por no mencionar que podría estar cobrando un alquiler del apartamento donde vives.

—Puedo desalojarlo.

—¿Así piensas recibir a tu dama del cuero? Heil Hitler, y, por cierto, esta noche dormimos en el asilo para indigentes...

La historia alemana, esa herida abierta para que cualquiera hurgara en ella... Bruno no podía permitirse ponerse a la defensiva.

—Yo no me preocuparía por ella. Seguro que los mete en los vagones en un plisplás.

—¡Qué bueno! Esa es la actitud que esperaba.

—Sinceramente, no tengo ni idea de adónde iremos. No es problema tuyo.

—Ah, sí lo es, sí. Mi dinero, mi problema. Ya conoces las tradiciones de los nativos americanos, ¿no? Todos tuvimos que aguantar aquella clase de Malcolm X, era obligatoria, como la gimnasia o las fracciones. Si salvas la vida de un hombre, se convierte en tu responsabilidad.

—Más que una tradición de los nativos americanos, diría que lo has sacado de *Kung Fu* o *F Troop*. En fin, te absuelvo de toda responsabilidad.

—Ni hablar. Tengo otro argumento para ti, Flash: mi dinero, mi problema, pero también mi oportunidad. Ten.

Stolarsky abrió un cajón de madera sin miramientos y extrajo algo del interior, un fardo de ropa y cuerda, y lo arrojó sobre la mesa. Su sonrisilla indujo a Bruno a suponer que se trataba de algo importante, una carta ganadora.

—¿Qué es?

—No puedes servir comida enmascarado, resultaría demasiado desagradable. Pareces una víctima de quemaduras, como si no tuvieras piel por debajo de la máscara. Nadie querría comer. Así que te he traído esto. Casa perfectamente con la temática de Zombie Burger. Como te he dicho, causarás sensación. Basta con que te quedes allí plantado, igualito que ahora. Y que entregues los pedidos sin decir ni mu. Ten, pruébatela. Me daré la vuelta.

Bruno se acercó a ver. Extendió el objeto arrugado sobre el escritorio. Una capucha de arpillera con aberturas cuidadosamente cosidas a máquina para los ojos, la nariz y la boca. Y una soga gruesa al cuello, con un nudo corredizo.

—¿Has encargado que hagan esto?

—Qué va, la encontré perdida por el Zodiac, mierdas de algún Halloween que no se vendieron. Hay toda una caja llena. Pura potra.

La habitación pareció inclinarse bajo los pies de Bruno. Ahora la triste silla plegable descansaba cuesta arriba.

—Debería estar muy bien iluminada —continuó Stolarsky. De pronto se lo veía contento, muy ufano de sí mismo—. Si no, podemos rociarla con uno de esos tratamientos sensibles ultravioleta que tenemos por aquí. A veces a las chicas se les va la cabeza y lo usan de pintalabios.

—No pienso trabajar en el Zombie Burger.

Al propio Bruno le pareció que sus palabras emanaban de una región zombi de su anatomía, un alarido de último recurso.

—No jodas.

—No puedo. —Esta vez suplicó—. Soy demasiado mayor.

—No eres mayor, eres una «figura totémica». Y la vas a liar a lo grande. Todo el mundo sabe, porque lo ha aprendido en las películas, que el tipo de debajo del saco del Hombre Elefante es siempre guapo, siempre es el Mel Gibson de los cojones o David Bowie.

—No podría soportarlo.

—¿Qué pasa? ¿Es por una lealtad mal entendida hacia Tira?

Era la primera vez que Stolarsky la mencionaba. O sea que Tira le había revelado su petición: que Bruno boicoteara el Zombie. Bruno debía aceptarlo, estaba rodeado.

—Por lealtad a mí mismo. Déjame trabajar en el Kropotkin's.

—Mierda. ¿Prefieres ese antro cutre?

—Sí.

—Pues es la hostia, la verdad. Creo que me encanta la idea. A sacar tajada del mundillo de Plybon, ¿eh? Hasta podrías vigilar a ese cabroncete justiciero por mí. Eso sí, supondría mucho más trabajo, te das cuenta, ¿no? Vas a volver a casa con diez kilos de humo cancerígeno en la ropa. La capucha se empapará de carcinógenos como una esponja. ¿Seguro que el médico te lo recomendaría?

—No tenía cáncer.

—Ya. Genial. Pero aun así ponte esto. —Stolarsky empujó el saco con la soga hasta el borde de la mesa, a punto de tirarlo a los pies de Bruno—. Por mi parte, este es el trato. Con esto pagas alquiler y facturas médicas —trazó dos arcos con las manos como si limpiara un parabrisas empañado—, se acabó, *finito*. Basta con que cocines hamburguesas con la soga al cuello.

—Gracias —se oyó decir Bruno.

—Te llamaremos, no sé… Le Martyre de Anarchie. ¿Eso existe? Suena auténtico.

El acento francés de Stolarsky era sorprendentemente bueno, al menos en esa frase.

—Es convincente.

—Plybon se va a cagar encima.

A lo que Bruno no supo qué contestar. Recogió la máscara de Halloween y se la guardó en un bolsillo de la sudadera para examinarla después. La sumisión lo mareaba. Además del hambre de tanto hablar de hamburguesas. ¿Había hecho suficiente, había recibido castigo suficiente para que le levantaran el arresto?

—No me importa que no te la pruebes. Pero déjame verte la cara.

—¿Perdona?

—La he pagado yo, quiero verla.

Bruno aflojó el velcro del dorso de la máscara sanitaria. Si había accedido con la esperanza de apelar al decoro de Stolarsky, se llevó un desengaño. Stolarsky agarró la cámara Polaroid del montón de basura del escritorio y apretó el gatillo: un flash, luego un zumbido metálico mientras el artefacto sacaba su lengua negra de olor químico.

—¿Para qué es?

Bruno volvió a colocarse la máscara.

Stolarsky señaló la pared con el pulgar.

—El fichero de delincuentes.

Una colección de instantáneas Polaroid colgaba desordenada en un tablero, cada una de ellas con el hosco retrato de un sujeto pillado con gesto sobresaltado.

—Los chorizos de la tienda. Los traemos aquí y les sacamos una foto para reconocerlos si vuelven. No te preocupes, no voy a colgar la tuya.

—Gracias —dijo Bruno estúpidamente.

—Así que Flashman regresa a sus orígenes —dijo Stolarsky, recuperando su locuacidad—. A la escena del crimen, como en los viejos tiempos.

Hablaba como si envidiara el destino romántico que aguardaba a Bruno.

—¿Y eso?

—East Bay, servir manduca. Como si nunca te hubieras largado.

—Pues de hecho me siento como si me hubiera ido muy, muy lejos.

—Ah, claro, «de hecho»... —Generoso en la victoria, Stolarsky parecía convencido de que sus burlas podían considerarse cariñosas—. Bueno, ¿y qué hay de tu amada alemana? ¿Cómo es que no me habías hablado de ella? ¿Por qué no acudió junto a tu lecho?

—Es algo... reciente.

—¡Un salto a lo desconocido!

¿Es que no iba a callarse nunca?

—Sí. Disculpa, Keith, debería marcharme. Tengo que tomar el tren para ir a recogerla al aeropuerto.

No mencionó que tenía hambre.

—¿Estás de broma? Es un vuelo jodidísimo, no querrás que vaya en transporte público después de cruzar el charco.

—No creo que tenga otra opción —replicó Bruno con neutralidad.

No quería limosna, y mucho menos un viaje en el Jaguar.

—Tranquilo, ni se me ha pasado por la cabeza. Tira sabía la puerta de llegada por el billete y ha enviado un coche. Recibirás a la teutona y su equipaje en la puerta de casa. Puedes ir a comprarle unas flores, airear las sábanas y acicalarte, o lo que sea que hagas en tus actuales circunstancias.

A Bruno le costó encontrar la voz.

—No tenías por qué hacerlo.

—Bueno, pues lo he hecho. Ahora está bajo mi ala... igual que tú.

II

Sumido en una bruma que parecía dirigir sus movimientos, Bruno cruzó el campus hacia el Northside. Allí se compró un panini, una concesión al hambre y un gesto menor de resistencia contra su destino entre hamburguesas. Mientras se alejaba de los comercios paseando por Euclid Avenue hacia las colinas, fantaseó tímidamente con dirigirse al Wildcat Canyon y desaparecer para siempre de Berkeley. Irónicamente, ahora era Madchen quien lo ligaba, era la obligación de recibirla lo que le impedía romper la burbuja de la cautividad. Bruno dio media vuelta, salió de la ladera con frescor a eucalipto y regresó a la avenida contaminada de cerveza y cigarrillos aromáticos, de vuelta a los vendedores callejeros y los chicos fugados de casa. Entró en los Jack London temiendo toparse con Plybon, sin saber qué explicación le daría, pero no vio a nadie.

En la calma del número 25, esperó toda la tarde hasta después de oscurecer. La noche anterior había enjuagado y escurrido la máscara, había lavado a mano la ropa sucia, la había tendido en la barra de la ducha. Ahora, desafiando la sensación de que obedecía órdenes de Stolarsky, adecentó el apartamento, estiró las sábanas de la cama abatible, dobló las toallas, frotó encimeras, hizo lo poco que había que hacer.

Horas más tarde, Madchen llamó a la puerta. Al abrir, Bruno se la encontró de pie, alta y pensativa, cetrina a la luz del pasillo, con una mochila grande que había depositado a su lado como una mochilera adolescente en un andén ferroviario.

Madchen lo miró y levantó una mano hacia la máscara, pero no llegó a tocarla.

—¿Alexander?

—Sí.

Él entró la mochila. Ella lo siguió desconcertada, calibrando la modestia del alojamiento; algo que, por lo visto, la tranquilizó. Sonrió tímidamente y dio un paso adelante para fundirse en un abrazo con Bruno. Él volvió a maravillarse de su soberbia altura. Se apretaron, encajando delicadamente las mejillas en el hombro del otro y entrelazando los brazos con un titubeo torpón. Madchen abrió un puño para mostrarle un llavero con dos llaves nuevas.

—Me han dado estas llaves, el conductor…

—Sí, lo sé. —Bruno habló con suavidad, no quería inquietarla—. ¿El vuelo se ha retrasado?

—Solo un poco… Me ha llevado a un restaurante, ha sido muy extraño.

—¿Quién te ha llevado?

—El conductor del coche, no sé la palabra. Me ha mandado dentro a comer, sola. Ya habían pedido por mí… Lo sabías, *ja?*

—No, pero me lo puedo imaginar. ¿El restaurante se llamaba Zuni?

—Alexander, ¿eres rico?

—No, todo lo contrario. —«Tú y yo somos prisioneros, los dos juntos, de un hombre rico.» No lo dijo. Ya habría tiempo—. Así que ya has cenado.

Madchen negó enérgicamente con la cabeza.

—Me han dado pollo y marisco, pero no puedo comer nada de eso, soy *vegetarierin*, Alexander. Vegetariana.

De modo que iba a desencadenarse la avalancha de todo lo que Bruno ignoraba sobre esa mujer. Tendría que apechugar con ello. Practicó en silencio el peculiar apellido, Abplanalp, Abplanalp la Vegetariana…

—¿No lo has explicado?

—La comida ya estaba servida. Y el conductor, fuera. Me he comido la ensalada.

Bruno le ofreció agua en el tarro de mermelada y le preparó Cheerios con leche en el único cuenco que tenía. Madchen comió sentada en el borde de la cama. Él la observó. Mientras masticaba, de vez en cuando Madchen le dirigía las mismas miradas agradecidas que un animal acogido, que una mascota rescatada. Cuando terminó, dejó el cuenco a un lado. Tenía que estar agotada; Bruno la acostaría. Se agachó a limpiarle un rastro de leche del mentón. Pero ella interpretó el gesto como una llamada a la reciprocidad. Con el más sutil de los roces, Madchen tocó no la máscara en sí, sino el cuello, el borde por encima de la camiseta.

—Lo de tu enfermedad, Alexander, no lo entiendo.

—Ya te lo explicaré. No corre prisa.

—*Ja*.

La mano se demoró en el cuello con lo contrario a la urgencia. Como cuando había entrado medio desnuda en el estudio de Wolf-Dirk Köhler, incluso al caminar con la bicicleta tras bajar del ferry, Madchen se alimentaba de una reserva de serenidad, como si sus movimientos los dictara un coreógrafo entre bastidores cuyos motivos ella reprodujera desapasionadamente, aunque pudieran despertar la pasión de otros. ¿O acaso estaba deprimida? Quizá estuviera traumatizada, quizá la hubieran maltratado y hubiera huido no de un coreógrafo, sino de un chulo. O, más sencillo, era una vegetariana anémica con jet lag sin apenas fuerzas para levantar los brazos.

Madchen recorrió la costura de la barbilla. Bruno sentía la espantosa perplejidad de su llegada, la responsabilidad que se había creado, la bomba arrojada sobre su soledad.

—Deberías dormir —dijo Bruno.

—No.

—¿No?

—No quiero dormir. He dormido en el avión.

—Ya.

—¿Puedo darme un baño?

—Sí, cómo no.

Bruno no había llenado nunca la bañera, se limitaba a descorrer la cortina para ducharse. Entró en el cuarto de baño y procedió a llenarla, obturando antes el desagüe con una tosca palanca metálica. La bañera de porcelana era alta y corta, tenía la mitad de la longitud de Madchen. Manaban torrentes de los grifos.

—¿Tienes velas?

—No, lo siento. Puedo salir a comprar.

—Da igual, Alexander. Apaga la luz.

Bruno obedeció, y además giró los grifos para cortar el agua, que había alcanzado el nivel del rebosadero. Hundió la mano para comprobar la temperatura y removió para mezclar las corrientes de agua fría y caliente. La luz de la luna se colaba desde el patio, perfilando la silueta de Madchen mientras se desnudaba y pasaba junto a Bruno para meterse en el agua. Su ágil cuerpo desprendía un brillo asombroso, como si hubiera captado alguna radiación al atravesar la estratosfera inferior; quizá fuera esa la pátina de la que quería desprenderse. Madchen se abrazó las rodillas y echó la cabeza hacia atrás, contra la porcelana, enseñando su largo cuello, sin preocuparse de que el pelo se mojara y flotara por encima del agua. Tenía los ojos cerrados, lo que permitió a Bruno examinar su cara, redescubrir la discreta red de arrugas en las comisuras de sus labios y sus ojos, los pelos más gruesos y blancos ocultos entre los rubios.

—Quítate la ropa y la máscara, por favor.

—¿Vamos a hacer el amor?

—Solo quiero verte la cara, Alexander.

Se desnudó, dejó la máscara en el lavamanos, volvió a arrodillarse. Ella se giró para verlo, volvió a alargar una mano sin llegar a tocarle la barbilla.

—Oh, cariño.

—Sí.

—Te han hecho daño, cariño.

—Han hecho lo que han podido —dijo tontamente, sin saber ni lo que quería decir.

—Frótame la espalda.

Agradecido, Bruno hundió las dos manos en el agua, cogió el jabón y la toallita fina. Madchen se inclinó adelante, se recogió el pelo sobre el hombro más alejado, estirando su suave lomo de dinosaurio. Mientras Bruno le enjuagaba la espuma de las costillas, vio a la luz de la luna que Madchen le había transferido una parte de su destello, de su extraña radiación, que se había mezclado ahora con el vello de sus antebrazos. Al mirar más de cerca comprobó que era purpurina, estrellitas, corazones y medias lunas infinitesimales y brillantes. Estaban por todas partes, mezcladas con el jabón y la suciedad, y habían formado un anillo en la porcelana por encima del borde del agua.

—De una fiesta —explicó Madchen sin disculparse.

—Vale.

Madchen se irguió, resplandeciente, y dejó que Bruno la envolviera en una toalla. Se recogió el pelo suelto con ambas manos y lo retorció como una esponja, con lo que llenó el suelo de gotas y empapó la toalla alrededor del cuello.

—Ahora te lavaré yo.

—No hace falta, me he duchado antes.

Aquel caldo gris de purpurina no resultaba demasiado tentador.

—Quédate desnudo, *bitte*.

—Sí.

—Y sin luz.

—Sí.

Madchen lo llevó de la mano hasta la cama y se tumbaron uno al lado del otro. Bruno no volvió a preguntar si iban a hacer el amor. Ni le apetecía ni dejaba de apetecerle, pero no encontraba el deseo. La luna proyectaba hoyos de sombra planetaria en la mejilla, la clavícula y la cadera de Madchen. Bruno notaba la mano como si estuviera hecha de queso, algo pesado y amarillo, que habían dejado fuera demasiado tiempo y sudaba. No se atrevía a levantarla.

Entonces Madchen le tocó la cara, por fin, y Bruno empezó a sollozar, primera prueba de que sus lagrimales estaban vivos. Una vez que comenzó, no pudo parar. La mano de Madchen pasó a su torso, los dedos se acomodaron entre el vello, y como si su contacto lo hubiera activado el pecho también se agitó, arrancando sonidos de león marino o búfalo de agua que costaba creer que surgieran de él. Bruno notó que la topografía irregular, su mapa del desastre facial, complicaba el curso del agua salada. Madchen se limitó a yacer junto a él, como si acatara la orden de la camiseta que Bruno se había quitado. Al rato pareció que la serenidad libre de prejuicios de Madchen alcanzaba a Bruno y calmaba su agitación. Ella se giró hacia el otro lado para que él la abrazara por la espalda y los dos se durmieron. No se despertaron, ni tampoco oyeron nada cuando pasaron por debajo de la puerta el sobre que Bruno descubriría a la luz del día. Contenía otro puñado de billetes de veinte, trescientos dólares en total, y una nota escrita por Garris Plybon, cuya letra Bruno reconoció al instante por los garabatos conspirativos anotados en los panfletos y manifiestos pegados con celo en las paredes del Kropotkin's: «Preséntate al turno de noche, Caraculo. Y no te olvides la soga». Bruno se guardó el dinero en el bolsillo y arrugó la nota, junto con el sobre, antes de tirarlos disimuladamente al cubo de basura de la cocina.

III

Para empezar, Madchen Abplanalp no era de Berlín. Como tantos otros jóvenes alemanes, había tenido que llegar allí. Hija única de unos padres católicos estrictos y puritanos, Madchen había alcanzado la mayoría de edad en la ciudad de Constanza, a orillas del lago homónimo y el Rin, una ciudad que se había salvado del bombardeo aliado –había salvado su espléndida catedral, su pintoresco «casco viejo», sus restos históricos, sus pilares del puente medieval– fingiendo pertenecer a Suiza. El padre de Madchen, abogado de empresa especializado en patentes, la adoraba y la ignoraba, entre semana pasaba más noches en Frankfurt que en casa, en un piso que mantenía aparentemente por razones laborales. Los fines de semana, resplandeciente en la casa de la playa con la que pretendía compensar tanto sus ausencias como el pequeño hogar suburbano demasiado formal, pescaba y cocinaba y mimaba a su hija mientras descuidaba a su mujer. La madre de Madchen, por su parte, se aferraba a la niña y le confiaba sus cosas, o sea, nada.

Fue una infancia de lagos, chocolate y aburrimiento. A los dieciocho, cuando la huida de Madchen debería haber adoptado la forma de una matriculación en la Universidad Goethe de Frankfurt, recompensa a su diligencia en los estudios, su padre lo estropeó todo. El día que su hija ingresó en la universidad, anunció que había pedido el divorcio, de la madre y de Constanza. En cuanto pudo vendió la casa de la playa y se marchó. Por lo visto consideraba que ya había cumplido su condena, con su obligación, y que Madchen y él serían compañeros de fuga, pero resultó lo contrario: la madre se derrumbó.

Fue el cura de la familia quien contactó con Madchen cuando la chica llevaba una semana en la residencia universitaria de primer curso para comunicarle que en su casa la necesitaban. La conformidad de Madchen, su regreso al hogar, cerró la puerta de Frankfurt. Madchen tenía que llorar con su madre, odiar con su madre, y no fue hasta los veintidós años, todavía virgen, a la edad en que debería estar acabando la carrera, cuando se marchó de casa, trasladando la responsabilidad a las amistades de la iglesia que aún conservaban y huyendo del ambiente asfixiante de Constanza y de la madre y exesposa completamente desquiciada.

Madchen consiguió entrar en la Freie Universität de Berlín, lejos de Constanza pero también del Frankfurt de su padre, aunque continuó aceptando el dinero paterno, la mensualidad que le había ocultado a su madre y que había ido ahorrando. En Constanza no había tenido en qué gastarla; ahora se compró un piso en Neukölln.

Pero el castigo no cejó, porque la vida no va así. Su madre murió a los tres meses de irse Madchen. Fue el golpe que, después de tanta diligencia, la lanzó a la vorágine. Quizá, después de todo, hubiera heredado de su padre la sensación de que la lealtad familiar podía saldarse como una cuenta. Ahora Madchen también lo odió, y no solo en nombre de la madre. Por despecho encontró la manera de castigar y castigarse: rechazó el dinero del padre y rompió todo contacto, no sin antes aludir a un problema con la heroína. Esto último, un malicioso torpedo a la vanidad filial distanciada del padre, aunque, desgraciadamente, cierto. Por segunda vez, Madchen abandonó la universidad, pero no para regresar a Constanza. Jamás volvió a Constanza. Berlín era su hogar.

Madchen había ido hablando mientras caminaban, en la mañana fría y luminosa, después de un desayuno a base de cruasanes y cafés con leche en el Café Mediterraneum, por College Avenue hacia el paso elevado de Rockridge. Allí encontraron una tienda y se gastaron un par de los billetes de Bruno en velas e incienso. Después regresaron para instalarse en un banco de People's Park. Sentados en el banco con la bolsa de papel a los pies, Madchen y Bruno se alojaron nominalmente en la cloaca comunal al aire libre de Berkeley, pero su narración creó una burbuja que los aislaba y no se les acercó nadie. La compañía de la alemana había elevado al hombre de la máscara a algo invulnerable, quizá sublime, imposible de confundir con el resto de los excéntricos moradores del lugar. El parque no podía tocarlo.

Madchen no especificó cómo, en el curso de la década siguiente, la desolación de la heroína la había conducido al vegetarianismo y las bicicletas, a servir sándwiches de gambas con una máscara con cremallera en la isla de Kladow, o a situaciones en las que terminaba con lentejuelas pegadas. Bruno no necesitaba leerle la mente para adivinar novios corruptores, trabajos de mierda o la solidaridad entre los trabajadores del sexo berlineses. Estaba claro que había dejado atrás las drogas; Madchen irradiaba buena salud, odontología experta, la Técnica Alexander, una vitalidad que conseguía que, en comparación, los bronceados campistas urbanitas con rastas que deambulaban por el parque parecieran supervivientes aturdidos de una bomba de neutrones.

En el momento exacto en que Madchen le tocó un brazo y le preguntó por sus padres, Bruno dio un respingo, incluso cayó presa del pánico, al atisbar a una anciana empujando un carrito de la compra oxidado que se arrastraba por Haste Street cargada con bolsas repletas de latas. La mujer era un emblema, un cuadro vivo de Sísifo. Por supuesto, no era June. June ya no estaba.

—Me crie aquí.

Una verdad más precisa de lo que Madchen podía imaginar. Si ella, con su historia, lo había transportado a Constanza, él la había conducido a su insoportable zona cero. Pero no tenía ganas de pronunciar el nombre de su madre en voz alta. De todos modos, la notaba muy presente, evocada en la distancia en algún punto entre la bruja que avanzaba felizmente con su carrito traqueteante ya fuera del alcance de su oído y la mujer sentada a su lado en el banco, Madchen, con su extraña sofisticación inocente. No todo tenía que converger: podía perderse hacia el indiscernible punto medio y desconcertarte. Todas las pobres chicas que han perdido a un ser querido eran propensas a caer, y a caer presas. Algunas conseguían levantarse, al menos en parte. Bruno se engañó con tales pensamientos, luego los abandonó. Madchen esperaba.

—No conocí a mi padre —dijo por fin Bruno.

—¿Y tu madre?

«Ah, está ahí mismo.» Pero la mujer del carrito se había perdido de vista.

—¿Sabes si tu padre sigue vivo? —preguntó Bruno.

Ella se encogió de hombros.

—Debe de estarlo. O ya me habría avisado un abogado, *ja?* Creo que heredaría las casas.

—Bueno, si mi madre hubiera muerto no me habría enterado. Ni yo, ni nadie.

Bruno dejó caer el comentario de forma seca, sin adornarlo. No quería despertar la lástima de Madchen. La que sentía por sí mismo era tan exuberante que Bruno apenas alcanzaba a ver al otro lado. El desdén de Tira, o incluso el de Stolarsky, sería un mejor tónico para su ánimo.

Pero ahí radicaba la debilidad de Bruno. Anhelaba el desprecio de sus enemigos. Una cosa era cuando los atracaba elegantemente en sus clubes y salones privados, y luego se deslizaba como un cuchillo por sus instalaciones de cuatro estrellas. Ahora que estaba acorralado, que era una criatura desfigurada que había picado el anzuelo, no podía permitirse su desprecio. Tira y Stolarsky pretendían destruirlo. Bruno asió el brazo de Madchen.

—Tenemos que irnos de aquí.

—¿Del Menschenpark?

—Sí, pero también de Berkeley.

La máscara no transmitió el pánico, bloqueó los pensamientos de Bruno. Así que Madchen se limitó a esperar con la fidelidad de un San Bernardo. Bruno era el beneficiario de la misma paciencia implacable que había atrapado a la chica católica de Constanza en una virginidad postergada. No necesitaba la lástima de Madchen, no, pero su fe inquebrantable era como un diamante hallado en un lodazal.

—Entiéndeme. Me alegra que hayas venido hasta aquí. Te necesitaba conmigo. Pero ahora tienes que ayudarme a escapar.

—Por supuesto, Alexander, lo haré.

—Compraremos un coche. —Se oyó precipitándose sin remedio hacia un embrollo de imágenes de un éxodo fronterizo, de travesía de road movie. Un coche era para marchar al oeste, y ya estaban en el oeste. Quizá al Big Sur, aunque las fantasías de Kerouac estuvieran pasadas de moda, borradas por la historia de Tira sobre los jacuzzis de Esalen. O a Joshua Tree, en Sedona. Los alemanes adoraban el desierto y los ca-

ñones, la América marciana pura–. Basta con conseguir…
con ganarnos el dinero, y luego nos iremos.

–Vale. –Madchen sonrió y le tocó la mano–. Alexander,
cuando me hablaste por teléfono de ese hombre que había
visto a una mujer en el barco de Kladow, entendí que eras mi
amigo, *ja?* Y que tenías que encontrar una salida. Parecías
estar en una prisión o un túnel. ¿Es posible que esa prisión
esté dentro? Perdona, ¿dentro de tu… cráneo? No conozco
una palabra mejor. –Una vez más Madchen empleó su gesto
mágico: alargó el brazo hacia la máscara de Bruno sin llegar a
tocarla. Luego levantó la mano para abarcar el cuadro donde
estaban sentados en el banco a la sombra de los árboles resig-
nados y enfermos, del parque encerrado por las aceras agrie-
tadas, de los coches aparcados como si no los movieran nunca–. Quizá ahí, más que fuera.

–Quizá en las dos partes.

Madchen sonrió levemente, como si hubiera obtenido una
concesión pero no quisiera dar la impresión de restregárselo.

–Tendrás que ver a los médicos, *ja?*

–No.

De hecho, Bruno no había contestado a las llamadas de
Kate, la asistente tirana de Noah Behringer. La nueva peticio-
naria del móvil de Bruno, en sustitución de Madchen. Bruno
había borrado los mensajes y silenciado el teléfono.

–Pero tienes a tu amigo.

–Es amigo solo en apariencia. –Bruno se reprimió. Mejor
no espantar a Madchen. Necesitaría sentirse cómoda en los
Jack London, esconderse en la seguridad de la trampa hasta
que por fin pudieran escapar–. Mejor que no te mezcles para
nada con él.

–No lo entiendo, Alexander. ¿No es la persona que te ha
pagado la operación y que ha mandado el coche al aeropuerto?

–Sí y no. Es decir, es la misma persona. Ha tratado a la
gente… mal. –La oleada de culpa le provocó náuseas: apenas
había pensado en Beth Dennis–. La chica que se ha encarga-

do de comprar tu billete, esa sí que es amiga… Él la ha despedido.

–¿Por qué?

–Porque puede.

–Pero eso es horrible.

–Lo sé. –Tiró de ella para que se levantara–. Ven, vamos a ir a ver a su novia, tendría que habérseme ocurrido antes. Trabaja en el museo de arte, hemos pasado por delante viniendo hacia aquí…

Salieron del parque y enfilaron Bowditch, llevado en volandas por la urgencia. Madchen tenía la ligereza del corredor, a diferencia de la mayoría de los que se arrastraban por las aceras impregnadas de orines: en su compañía, quizá ni siquiera necesitara un coche para desaparecer.

El vasto museo brutalista parecía abandonado. Aunque las puertas estaban abiertas, los pasillos permanecían a oscuras, salvo por la cafetería y la tienda de regalos, como en una horrenda concesión al hecho de que, de entrada, a nadie le importaban las exposiciones de arte. Pero ¿y el archivo cinematográfico? La única persona que podía responder al acertijo era otro empleado, encargado del solitario mostrador de la tienda de regalos, un joven casi adolescente con el pelo verde. Bruno avanzó hacia él, ajeno al efecto que pudiera causar la máscara. Madchen lo siguió, la Alicia de su Reina Roja.

–¿Qué ha pasado con el archivo cinematográfico?

El chico del pelo verde abrió la boca sin emitir sonido alguno, alzando ligeramente ambas manos en un gesto de sorpresa, o tal vez de miedo. Quizá creyera que acababa de entrar en un relato criminal y estuviera a punto de romper a sudar y farfullar que no tenía acceso a la caja fuerte de la tienda. En ese momento Madchen se inclinó y le tocó el brazo, le dijo:

–No te asustes, *bitte*. Mi amigo ha estado en el hospital. Está recuperándose de las heridas.

—Oh.

—Estamos buscando el archivo de películas que había aquí —explicó Bruno—. Formaba parte del museo.

—Ah, sí. —El chico del pelo verde recompuso la expresión, eligiendo una entre aburrida y apaciguadora—. Ahora los pases son al otro lado de la calle, en Bancroft. Como sede temporal está bastante bien, la verdad.

—Quiero hablar con una de las archiveras.

—Vaya, pues lo siento, el archivo no volverá a abrir hasta que terminen el edificio nuevo.

—¿El edificio nuevo?

—Sí, este no está preparado para terremotos, por mucho que parezca una mole de hormigón. —El chico miró al techo—. Estamos bajo la espada de Damocles.

—Eres muy valiente —dijo Bruno.

—Je.

—No habrán despedido a los archiveros, ¿no?

¿Habría dispuesto Keith Stolarsky que clausurasen un museo para vengarse del desafío de Beth y Alicia?

—¿Despedirlos? No, los mismos empleados volverán al nuevo edificio, señor. De momento están ocupados preparando el traslado de la colección.

—Busco a Alicia… ¿La conoces?

—¿Alicia? Ah, sí. No estoy seguro, pero creo que está de baja.

—¿Conoces a Beth Dennis?

El chico del pelo verde lo miró sin comprender.

—Gracias de todos modos —dijo Bruno.

—No hay de qué. Hoy pasan *Perceval le Gallois* de Rohmer, una copia rara. Yo que usted iría a verla.

—Gracias —dijo Madchen.

Frente a la puerta principal, Madchen trepó a un muro bajo de cemento y entró en los terrenos del extraño museo sentenciado, jardines vallados salpicados de esculturas olvidadas. Bruno la siguió. Se deslizaron bajo la sombra de un glifo herrumbroso atornillado a un zócalo de hormigón. Madchen acercó la cara a la de Bruno, como si alguien pudiera estar vigilándolos bajo el sol de California. Se amoldó sin problemas al espíritu persecutorio de Bruno; quizá fuera lo que le gustaba de ella.

—No te preocupes —susurró Madchen—. Encontraremos a tus amigas.

—No sé cómo.

—Has aterrorizado al pobre chico, con tu máscara.

Le cogió las manos, entrelazando espléndidamente los dedos.

—Bastará con que interrogue a todos los dependientes y camareros de la ciudad hasta que alguno confiese.

Pero el sentimiento de culpa de Bruno había dejado paso a una feliz impotencia. No era culpa suya que Stolarsky tuviera el poder de hacer desaparecer archivos y personas.

—Te dirán todo lo que quieras.

—No, lo hemos asustado los dos juntos. Yo solo no soy más que otra pesadilla callejera de Berkeley, y por tanto prácticamente invisible. Una alemana exageradamente alta y elegante a mi lado, eso es lo que impresiona.

—*Ja*, se ha creído que éramos la Rote Armee Fraktion.

—¿Quién?

—También los llamaban la Baader-Meinhof.

—Ya.

Bruno no necesitaba entenderla del todo. Probablemente se tratara de alguna variante de la culpabilidad nazi que los alemanes tendían a confesar a la menor insinuación.

—Pero ahora ya no la necesitas, Alexander.

Madchen liberó una de sus manos para llevarla a la nuca de Bruno y aflojar el cierre inferior de velcro.

—Yo…

Madchen se pegó a su oreja, susurrando:

—Estarás más guapo, y tal vez también más aterrador porque serás más real. No pasa nada.

—No lo sé.

—Prueba por mí, *bitte*. Aquí en el jardín.

¿Por qué no? Bruno podía desprenderse de la máscara, y Madchen y él de sus ropas para recrear el Edén en los terrenos del museo condenado, reclamando la propiedad de forma preventiva contra Keith Stolarsky o cualquier otro especulador. Tumbarse y follar delante de los buldóceres, crear un People's Park de dos. Según la lógica de Berkeley, lo raro era que aún no hubiera pasado. Bruno solo temía que se destapara la válvula bidireccional de su cerebro. Quizá allí estuviera a salvo, con la masa escultórica como barricada, una mancha exterior contra la radiación mental. No tenía nada que temer de Madchen. Ella no era capaz. Si Bruno le leía la mente solo desvelaría sin querer el callejero de Constanza, las caras de quienes le habían cubierto el torso de estrellas y lunas, o la verdad acerca de la Baader-Meinhof.

Madchen subió la mano hacia el siguiente cierre de velcro. Bruno notó que la máscara se aflojaba, que el aire circulaba hacia la carne sensible de debajo de los ojos. Era toda una experta desnudando con una sola mano. Bruno no necesitaba saber lo que indicaba dicha habilidad. Madchen retiró la máscara, la estrujó en una mano y pasó los dedos de la otra por el pelo de Bruno.

—Yo sé lo que necesitas —dijo Madchen.

—¿Qué?

—*Haarschnitt*.

Imitó unas tijeras con dos dedos, como si le recortara el pelo alrededor de las orejas.

—Los barberos de cerca de la universidad son para nadadores o luchadores, solo rapan.

Bruno formó un puño y reprodujo el ruido de un cortapelos eléctrico avanzando amenazadoramente hacia la melena de Madchen. Eran como Crusoe y Viernes, abandonados en el jardín del museo, reinventando la sociedad humana.

—No, no, necesitamos tijeras.

—Las velas.

Madchen abrió mucho los ojos.

—Se nos han olvidado.

Corrieron de vuelta a People's Park, Bruno sin apenas notar la ausencia de la máscara. Nadie se había llevado la bolsa de papel blanco que contenía las velas y el incienso, que esperaba bajo el banco astillado donde se habían sentado. En Telegraph, Madchen se detuvo frente al Walgreens, le puso la bolsa en las manos y se llevó un dedo a los labios. «Volveré.» Bruno se quedó contemplando la acera, ocupada por apáticos vendedores de pendientes con sus pistolas perforadoras. Madchen le había quitado la máscara, igual que Behringer le había quitado la mancha, para que el mundo pudiera entrar a raudales en él. Pero no era algo que hubiera añorado especialmente cuando le faltaba. Madchen regresó y lo agarró del brazo. A media manzana le enseñó el paquete de plástico con las tijeras que se había escondido en la manga.

—Podría haberte dado dinero.

—No es delito robar en una tienda así.

Una vez dentro del número 25, Madchen lo desnudó y lo colocó frente al espejo, donde Bruno estudió sus facciones alteradas mientras ella recortaba alrededor con gesto experto. Bello y aterrador: por fin podía aceptar el veredicto. Le ayudó que Madchen aclarase el cogote salpimentado, reparara el perfil de su último corte de hacía ya demasiado tiempo, en Berlín. Bruno podía permitirse ingresar en las filas de los tipos legendarios con cicatrices. Madchen le igualó las patillas, luego apoyó un pie en la bañera para cortar por la coronilla. Conforme llovían diminutos pelos sobre los hombros y la nariz de Bruno, ella los apartaba soplándole su aliento dulce y delicado. Entre la estrecha simetría de las sienes, la irregularidad de sus facciones recordaba al gesto de un artista del action painting inmaculadamente enmarcado, colgado en la pared de un museo. Cuando terminó, Madchen se situó a su lado frente al espejo, casi tan alta como él. Luego se desnudó y abrió los grifos.

—Nos lavaremos el uno al otro.

Todavía no habían hecho el amor, ni siquiera habían hecho nada. Tampoco lo hicieron ahora, bajo la ducha. Hacía menos de veinticuatro horas que Madchen había aterrizado.

El rito de purificación conjunta tal vez requiriese más tiempo, Bruno no estaba seguro. No pensaba contaminarlo con una secuencia que parecía anunciada, fuera de su control. Pelos cortados y purpurina se arremolinaron juntos en el desagüe. Quizá la provisión de purpurina fuera infinita, quizá manara de alguna parte del cuerpo de Madchen, ¿quién era él para presumir nada?

Después, con unos pantalones y una camiseta AGUANTA limpios, dejó la máscara a un lado. Encendió el móvil, no por curiosidad por las llamadas —no tenía ninguna—, sino porque era lo único que indicaba la hora en la habitación. El turno de noche del Kropotkin's comenzaba a las cinco. Bruno fue a la cocina y se tomó varias pastillas, aunque ya no sabía para qué eran ni seguía ninguna pauta. De todos modos, se terminaría los frascos. De momento acataría las órdenes y no llamaría la atención, aunque Madchen le había insuflado un nuevo coraje. Le había devuelto su cara. Tal vez no fuera la misma, pero al menos tenía algo con lo que trabajar.

—¿Estarás bien aquí sola? —preguntó Bruno. Madchen también se había puesto una camiseta AGUANTA y estaba sentada, vestida solo con la prenda, donde el colchón de la cama abatible tocaba a la pared—. Tengo que salir unas horas.

—¿Vas a jugar por dinero?

Bruno asintió. La mentira encajó limpiamente, no tenía sentido resistirse.

—Ve con cuidado, por favor, Alexander.

—No voy a hacer nada peligroso. Me limitaré a librar a algunos universitarios de parte del dinero de sus padres.

Lo cual era cierto. Bruno cogió la sudadera con capucha.

—¿Lo necesitas?

Madchen le ofreció el estuche de backgammon que estaba junto a la cama. El primer comentario al respecto.

—No hará falta, gracias.

—Vale.

Hubo algo lastimero en su asentimiento. Como si la niña de Constanza le hubiera tendido a su padre el maletín al salir para tomar el tren a Frankfurt y él lo hubiera rechazado. Madchen necesitaba que la tranquilizaran, pero Bruno no tenía mucho que ofrecer.

–Estaré bien.

–Tienes las llaves del piso si te apetece salir.

–*Ja*. Puede que duerma un poco.

–Deberías.

Bruno palpó el bolsillo de la sudadera para comprobar que el saco con soga de Halloween que le había dado Stolarsky seguía allí, donde lo había dejado. Se lo pondría una vez fuera, o tal vez se pararía entre los matorrales de People's Park. Puede que Madchen le hubiera devuelto la cara, sí. Pero, al igual que ella en Kladow, Bruno seguía siendo un intérprete que debía actuar enmascarado.

IV

No eran hamburguesas. No debían llamarse hamburguesas, ni minihamburguesas, ni burgerettes. Eran sliders, algo completamente distinto. Eso era lo primero que debía saber. Garris Plybon le había dicho con anterioridad que elaborar la especialidad del Kropotkin's no suponía ninguna «fórmula de dificultad prohibitiva»… pero cuando Bruno llegó para el turno de noche, Plybon se le echó encima como un sargento instructor para asegurarse de que asimilaba toda su complejidad. Los panecillos se cocían al vapor. De hecho, Bruno había oído hablar de esa manía en particular. Desde la época del Gueto Gourmet prestaba atención a esos detalles. Pero ¿en vapor de caldo de ternera y cebolla en lugar de agua? Jamás lo habría imaginado. En cuanto a la carne en sí, pese al delicioso aroma a carbón, también se cocinaba básicamente al vapor. La plancha se mantenía a temperatura media y se rociaba con el mismo caldo para humedecerla, eran las bolitas que brincaban entre los chorretones de grasa fundida que manaban del grasiento trozo de carne picada.

—Los panecillos apenas rozan la plancha, ¿ves?

—Sí —dijo Bruno, el alumno embelesado.

En efecto, los panecillos descansaban, como en *La princesa y el guisante*, sobre un lecho salado de cebollas al vapor.

—En el White Castle no las giran —explicó Plybon—. Por eso les hacen agujeritos, para que la ternera se cocine entera sin girarla. Es un sistema sumamente eficiente, reduce la humareda, pero en esencia lo que hacen es pan de carne. En el Kropotkin's les damos la vuelta. Mantenemos la plancha más caliente por aquí —señaló la zona más próxima a la canaleta— para darles un chamuscado rápido al final. ¿Sabes lo que significa «rosada»? ¿Como «escarcha»?

—Una palabra poética.

El agujero para la boca de la máscara de arpillera, a diferencia del de la prenda sanitaria, colgaba demasiado holgado. No obstante, Bruno conseguía hacerse oír. Pese a la tosca superficie exterior, el interior era de una suavidad satinada y se ajustaba cómodamente, ceñido a la nuca. La soga hacía de contrapeso, con el nudo rebotando fastidiosamente por debajo de la nuez.

—Sí, muy poética. Bueno, pues nuestras criaturitas reciben una rosada de carbón… ¿me sigues?

—Creo que sí.

—También el queso, si lo piden, se añade en el último segundo.

Para demostrarlo, Plybon retiró un cuarteto de sliders del camastro de cebolla para que las besara el calor abrasador. Las cubrió con finos cuadrados de queso anaranjado, desgajados de un montón próximo. El vapor lo derritió en el acto, de forma que el queso también donó su grasa al depósito. Luego, igual de rápido, Plybon las desplazó, primero entre las rebanadas de panecillos cocidos y luego al interior de minúsculos envoltorios de papel.

Los pedidos volaban, para hamburguesas que se comían allí mismo o que se llevaban en bolsas blancas manchadas de grasa. Vigorizado por el caos amistoso, Plybon cocinaba, enseñaba, embolsaba y gestionaba la registradora cual organista loco tocando un Wurlitzer; con todo, la cola de clientes salía por la puerta. En el punto álgido llegó casi a Bowditch. En cuanto Plybon puso en manos de Bruno la todopoderosa espátula afilada, ya solo la recuperó cuando el resultado de alguna hamburguesa o ración de cebollas no satisfacía su perfeccionismo. Entonces raspaba el resultado hacia la canaleta de la parrilla y lo sustituía por una nueva porción de ingredientes crudos. Cuando Bruno lo hacía bien, Plybon se limitaba a manejar la registradora y agasajar a la clientela con proclamas incongruentes: «¡En tiempos de revolución, basta con una cena de pan y queso mientras se debaten los acontecimientos!», gritaba. O: «¡El dueño no construyó su casa, ni el comensal su bocadillo!».

Los que habían cruzado la puerta y soportaban las punzadas del hambre entre sabrosos vapores, gemían cuando salían las sliders de apariencia perfecta. Tal vez fuera el efecto que Plybon perseguía: déjalos que sufran, oblígalos a mortificarse con la propaganda política pegada o estarcida por todas las superficies disponibles. ¿Que no te gusta esperar? Siempre te queda el Zombie Burger. Nadie renunciaba nunca a su puesto en la cola. Parloteaban entre ellos o con sus aparatos, o se reían nerviosos ante el espectáculo, un dúo protagonizado por el famoso y rarito cocinero revolucionario y su alto aprendiz con máscara de arpillera y soga. Los más descarados, normalmente chicos sanotes de fraternidad con decorados capilares, tatuajes en los brazos o collares de conchas, renovaciones mínimas adquiridas de la noche a la mañana después de decepcionar las esperanzas del entrenador del equipo de natación que les había ratificado la beca, lanzaban sus provocaciones sin demasiada convicción.

–¡Eh, Anonymous! Ponme dos con extra de hacktivismo.

–¡Eso es, *V de Vendetta*!

–Pero mira, si es Lebowski. ¡El del saco es el Nota!

–Pues se habrá adelgazado.

–Lo han linchado, ¿no lo ves? Creo que Johnny Deep le disparó a la soga cuando colgaba de un árbol en *El Llanero Solitario*.

–Querrás decir en *Django desencadenado*.

–Sterling Hayden en *Johnny Guitar* –corrigió de pasada Garris Plybon.

Bruno no dijo nada hasta que una chica con gafas y flequillo, que esperaba a que la comida saliera de la parrilla, le preguntó en voz baja:

–¿Quién eres?

Bruno optó por la reserva.

–Solo soy el nuevo. Un aprendiz.

–No. ¿Quién se supone que eres?

La chica hablaba como si el disfraz de Bruno fuera un código que debiera descifrarse.

–El Mártir de la Anarquía –contestó Bruno.

Cuanto más se escondiera en la charada de Stolarsky, menos se delataría. Un juego de espera: contar tantos, obedecer a los dados y mover las fichas a posiciones seguras.

–El anarquismo no genera mártires –corrigió Plybon–. Los mártires los causa el Estado.

La mandíbula del cocinero estaba apretada, sus ojos negros y endurecidos tras los prismas de aumento.

–¿Y el anarquismo qué produce? –preguntó la chica.

–El anarquismo produce humanos, gracias por preguntar. Y alimento. ¿Extra de cebolla? –El extra de cebolla seguía siendo la señal de máximo respeto por parte de Plybon–. Adelante, te veo en la mirada que lo quieres. A quien le eche para atrás el aliento a cebolla es alguien a quien no querrás conocer.

Plybon se negó a aceptarle el dinero, se lo devolvió sin más explicación. Siempre voluble, volvió a la carga.

–Una manzana al día el médico ahorraría, ¿habéis oído esa? –Miró a la cola en busca de confirmación–. Sí, es como lo de «La lluvia en Sevilla es una maravilla», a todos nos taladran con estas mierdas en las factorías fordistas que se fingen escuelas de primaria. Bueno, una manzana al día el médico ahorraría, vale, muy bien, pero una cebolla al día el mundo a raya mantendría. –Lo que arrancó risas, pero Plybon levantó una mano pidiendo silencio–. Aquí, mi colega, no puede mostrar su rostro al mundo, de hecho es uno de esos famosos desastres de la medicina occidental. ¿Pensáis que bromeo? Pues no. Díselo tú, camarada.

—Decirles… ¿qué?

—¿Quién te ha hecho esto, la supuesta industria de la salud o el anarquismo?

—Es verdad que tuve un encontronazo con un neurocirujano. En su momento pareció necesario.

—Deberías haberte limitado a las cebollas. —Con esto, Plybon perdió a su público, que tal vez había juzgado de mal gusto la explicación médica para la máscara de Halloween—. ¡Seguiré siendo una persona imposible —masculló Plybon, volviendo a girarse hacia la parrilla— mientras quienes ahora son posibles sigan siendo posibles! Lo dijo Bakunin, mamones.

Tras lo cual Plybon cargó en un radiocedé un compacto rayado, con «Sonny Sharrock» escrito en rotulador; la guitarra disonante hablaría por él. Bruno había encontrado un ritmo fiable de producción a la parrilla. Había dejado de chamuscar hamburguesas fallidas. Plybon, con movimientos de marioneta agitada, embolsaba el resultado y manejaba la caja registradora, estampaba el cambio en las palmas de las manos, confiscaba billetes de dólar para el bote de las propinas a su antojo y fulminaba con sus gafas de rayos X a cualquiera que osara quejarse.

En cuanto Bruno y él conformaron un equipo sistemático, la cola se evaporó. Plybon subió el volumen hasta niveles intolerables y despejó los taburetes de la barra de clientes ociosos. Durante un rato no hizo caso a Bruno, rascó la parrilla, cargó las bandejas con pálidos panecillos rechonchos y repuso la provisión de hamburguesas crudas y lonchas de queso. Luego bajó el volumen y se volvió hacia Bruno, al que pilló por sorpresa.

—¿Tienes la más repajolera idea de lo que pasó en la Revuelta de Haymarket?

—¿Perdona? No.

—¿El Mártir de la Anarquía? ¿A quién se le ha ocurrido esa gilipollez, a ti o a Lord Zodiac?

—A Stolarsky —admitió Bruno.

—Ocho anarquistas en Chicago, 1886, a cuatro de ellos los ahorcaron después de una encerrona y un juicio amañado. Los dejaron colgando en lugar de que cayeran debidamente por la trampilla, para que murieran lentamente por estrangulación. Supongo que es la idea que tiene tu compañero de juegos infantiles de algo repugnante.

Bruno lo comprendió: era la máscara con la soga lo que había ofendido a Plybon.

—No estoy seguro de que Keith conozca la referencia histórica. Me pareció una ocurrencia impulsiva, la verdad. Si hubiera tenido a mano una máscara con un falso cuchillo carnicero clavado en la frente, probablemente me la habría dado.

—No subestimes a Stolarsky. Mírate a ti, por ejemplo. Ha masacrado tu orgullo de todas las formas habidas y por haber solo por... ¿por qué? ¿Porque eras más guapo que él en el patio allá por 1978?

—La cirugía me ha salvado la vida.

—Ajá, pero ¿cuánto vale?

Los ojos del cocinero giraron como molinetes tras las gafas de aumento.

Bruno no estaba seguro de haber entendido la pregunta.

—¿Mi vida?

—Sí, para Stolarsky. Suma el desembolso por la cirugía, por cruzar el océano en avión, el alquiler, etcétera. Porque, con indiferencia del precio que marque la etiqueta, Stolarsky nunca arriesga si la apuesta no se paga al menos diez a uno. Podría parecer caridad, pero fíate de mí, eres capital humano. El Zar de Telegraph sabe esperar. Joder, si compró solares vacíos por los que estará pagando impuestos una década solo para asegurarse de que la competencia no monta un negocio en lo que parece el Dresde de posguerra. Pero está cocinando algo en la trastienda, como siempre. Te tiene designado un papel, oh, Mártir. Solo que todavía no sabes cuál.

—¿Y Beth? ¿También era capital humano? Se diría que en su caso Keith está dispuesto a asumir una pérdida.

—Mira, Stolarsky llevaba tiempo queriendo despedir a Beth, se ha llevado una gran decepción con ella.

—¿Decepción en qué sentido?

—Stolarsky estaba formando a su lugarteniente. Beth tenía que ser sus ojos, el topo de la madriguera. En cambio se tomó en serio la solidaridad en el puesto de trabajo, una tendencia sindicalista que admito haber alentado. En principio se suponía que Beth, entre otras cosas, tenía que espiarme, como probablemente te habrá pedido también a ti.

—No con esas palabras.

—¡Ja!

—No lo haré.

—Lo harás aunque no quieras, camarada. Tienes más agujeros que un colador. No te lo reprocho. Mira, ¿quieres hacerte una idea de a qué te enfrentas? ¿El puro afán de venganza? Stolarsky la ha echado del apartamento.

—Un momento, ¿Beth vive en los Jack London?

—No, en un complejo de cajas inmundas de Bowditch, que también es propiedad de Stolarsky.

—Qué cruel.

—Todavía no he terminado. Stolarsky se aseguró de que el tribunal que evalúa la tesis de Beth se enterase de su supuesta espiral de faltas administrativas. Beth tenía que defender su tesis dentro de seis semanas. Pero ha vuelto a Chicago hecha un mar de lágrimas. Alicia ha tenido que pedirse un permiso en el archivo solo para ayudar a devolver a casa los restos destrozados de su novia.

El Berkeley de Stolarsky era un tablero de ajedrez, donde los peones ignominiosos desaparecían sin ser vistos. Bruno siempre había despreciado el ajedrez por sus jerarquías acorazadas y la invulnerabilidad intimidatoria de sus campeones, la convicción de que vivían al margen del destino.

—Tiene el poder para hacer desaparecer a la gente.

—Es solo el modelo local. «Ninguna revolución conseguirá un éxito real y permanente a menos que vete enfáticamente toda tiranía y centralización: solo el reverso total de estos principios autoritarios servirá a la revolución.» Emma Goldman.

—Perdona la pregunta, pero ¿a ti por qué no te despide? Para empezar, has colaborado en la insurrección de Beth.

—Excelente pregunta. Veo que empiezas a buscar hilos y palancas, es el primer aviso del despertar.

—Sí, pero ¿por qué?

—Sobre todo, por un exceso de confianza por su parte. Además, soy la cara de la franquicia. Me entregó un guion y yo le he dado vida, lo cual, supongo, le divierte.

—¿Qué guion?

—Le puso el nombre de Kropotkin's al local. No porque entendiera las implicaciones, se las tuve que explicar yo. Pero la reputación depende de que la participación de Stolarsky permanezca oculta, ¿no? Además, no tendría la menor posibilidad de reemplazarme.

Como para demostrarlo, se puso a cocinar. Casi sin mirar había comenzado a deslizar bollos hacia el vapor, a voltear hamburguesas sobre cebollas rehogadas y a verter cucharones de caldo para avivar la nube de vapor. Habían llegado clientes nuevos, y aunque Plybon no se comunicó con ellos (tal vez fueran habituales, o Plybon leyera la mente), las sliders se embolsaron y se intercambiaron por dólares. Quizá estuvieran demasiado intimidados por la charla de Bruno y Plybon para plantear sus deseos de ajustes marginales (¿queso?, ¿más o menos cebolla?) al producto base. El cocinero leía la mente por defecto, puesto que todo el que entraba en el local quería exactamente lo mismo. Vida humana, reducida a una esencia de necesidad animal, y Plybon como una cadena de montaje que suministraba pan y carne. ¿Reforzaba o socavaba eso la premisa ideológica de Plybon? Bruno no era quién para juzgar.

Entonces Plybon cambió su veredicto anterior.

—En realidad no debería ser tan obtuso. Tal vez Stolarsky tenga un plan para sustituirme y ahora mismito me esté mirando a la cara: tú.

—No estoy versado en kropotkinismo.

—¡Ja! No, adaptaría la marca para ajustarse más a la línea terrorífica del Zombie Burger. «Las Sliders del Hombre Elefante, ¡venid todos a comprarle una bolsa al enigma desgraciadamente famoso!»

De hecho, en ese momento Plybon recordaba mucho a Stolarsky; tal vez los dos antagonistas fueran el mismo hombre, dividido para jugar un partido de doppelgänger con Bruno como volante de bádminton. Sin darle tiempo a replicar, Plybon le plantó la espátula afilada en las manos.

—Ten. Inténtalo, ensaya la usurpación total, Encapuchado. —Había entrado otro par de clientes. Mientras Plybon empezaba a ajustarse el casco de la bicicleta, saludó a los recién llegados con la cabeza—. Mi camarada os atenderá, acercaos a la barra.

—Espera —protestó Bruno—. No sé cómo va la caja.

Plybon salió del local encogiéndose de hombros.

—Pues regala la comida.

En las profundidades de la psique de Bruno latía la reverencia del empleado de restauración. Preparó una flotilla de sliders, para esa pareja y la siguiente. La noche era joven, la avalancha temprana era solo la primera ola en arribar a la costa. Plybon, entretanto, seguía visible entre los manifiestos pegados con celo a la ventana. Soltó una cadena con candado gigante que amarraba una bicicleta medio desmontada a una farola, y luego se la echó al hombro, al estilo mensajero.

Por el momento la comida estaba a salvo en la nube de vapor de cebolla. «Un momento», pidió Bruno a los que esperaban. Se agachó por debajo del mostrador para salir a la acera con intención de cazar a Plybon antes de que se fuera. Bruno todavía blandía la espátula, de cuyo mango pendía una serpentina de cebolla grasienta. Plybon volvió a enganchar la rueda delantera con la facilidad de un mago.

—No puedes irte.

Pese a la protesta, Bruno se sorprendió pensando que, solo al mando de la parrilla, podría zamparse un par de sliders con la esperanza de que su peso volviera a ponerle los pies sobre la tierra.

—Vamos que si puedo. Estás autorizado para cargar las bombas calóricas del Pueblo. Regresaré para ayudarte a cerrar, no te apures.

—¿Adónde vas?

—Tengo ganas de cannabis. Así que me daré una vuelta por el palacio imperial a ver si han repuesto mi alijo.

—¿Tu alijo?

—No te hagas el tonto —replicó Plybon. Su cabeza calva con forma de hacha no podía sonreír. En su defecto, pareció abrirse como la de un Teleñeco en una risa amarga—. Mi alijo habita en el Volvo de Lady Macbeth.

Dicho lo cual, arrancó colina arriba, hacia la heredad ignota de Stolarsky. Bruno entró: tenía que girar las sliders. Había interiorizado el reloj, el ritmo circadiano de la parrilla. Preparó la comida, consiguió abrir la registradora y fue metiendo el dinero. Durante la hora siguiente dejó el cajón abierto y dio el cambio calculándolo mentalmente en lugar de teclear en la máquina. Al final, en un momento de caos, terminó regalando algunas hamburguesas, cuando entre clamores de burla había perdido la cuenta de a quién había alimentado una vez, dos o ninguna. Plybon había inculcado una permanente actitud combativa entre sus clientes habituales, que abucheaban y se quejaban con impunidad. Para ellos era un juego sin apuestas. Algunos turistas le sacaron fotos. Un universitario se inclinó sobre el mostrador para tirarle del extremo de la soga. Bruno lo complació alzando silenciosamente la espátula afilada como si fuera a cercenarle la mano, que se retiró entre un coro de chillidos satisfechos.

Cuando la avalancha hubo pasado, Bruno descubrió a Madchen de pie en un rincón junto al espejo incrustado de propaganda revolucionaria, observando. Tenía la expresión amable del ferry, cuando pensaba que Bruno había perdido la lentilla. Llevaba una de sus sudaderas universitarias, con la cremallera subida y la capucha ajustada. Fuera debía de haber refrescado, aunque Bruno sudase bajo la arpillera.

—¿Me has seguido?

Madchen no se lo tomó como una acusación.

—*Nein*, te he encontrado. Creo que he intuido que estabas aquí. Solo estaba paseando.

—Claro.

—Es bueno que no estés jugando, Alexander.

—Sí.

¿Debería corregir su presunción? Era como si alguien hubiera elaborado un sistema de doce pasos para liberar a Bruno de su tendencia a apostar, al tiempo que evitaba que Madchen siguiera haciendo lo que fuera que estuviera haciendo en Berlín.

—Has encontrado un trabajo, *ja?*

—Sí —admitió Bruno.

Sentía una satisfacción tranquila. Siendo camarero también la había experimentado, era el placer ínfimo pero inconfundible de aliviar el hambre de otro ser humano, como ayudar a alguien a quitarse la chaqueta de gala.

—¿Estás solo?

—De momento.

—¿Puedo acompañarte? —preguntó Madchen—. ¿Para ayudar?

—Sí… sí.

Y así, con la misma elegancia fluida con que se había sumergido en la bañera de los Jack London, Madchen se colocó detrás del mostrador del Kropotkin's y Bruno enseñó a la *Vegetarierin* a preparar la slider perfecta.

GAMMON

I

En su extrema juventud, Alexander Bruno había imaginado que la vida tenía una capa superior y una inferior. La inferior se plasmaba en lo que veía a su alrededor en San Rafael, luego en Berkeley, en People's Park y en Telegraph Avenue; la poblaban su madre y los dos artesanos de los frontones de escayola en su mar de polvo blanco, abroncando a June; el casero que esquivaban cuando visitaba el piso de Chestnut Street; los apurados maestros de colegio público que acorralaban a Bruno y al resto de los niños; los tristes voluntarios que llenaban las bandejas del comedor social al que su madre recurría con excesiva frecuencia para comer.

Al principio Bruno solo se había abierto paso hasta un vibrante estrato de esa capa inferior: el reino de lavaplatos y camareros del Spenger's, luego de Chez Panisse, sus baratas drogas blancas y comentarios picantes intercambiados lejos de la vista y el oído de quienes ocupaban las mesas que servían. Era en las mesas donde, como a través de un espejo unidireccional, la capa superior se hacía visible para los de abajo. La zona de privilegio y lujo, el único destino que merecía la pena. O así se lo había parecido a Bruno entonces. Si alguna vez se había cuestionado dicho enfoque, ahora, de vuelta de una cirugía al borde de la muerte, se disolvió para ceder paso a una nueva comprensión. Keith Stolarsky tal vez fuera el emperador de la fachada plástica de Telegraph Avenue —su capa superior, carente de atractivo—, pero Garris Plybon era el rey de la Telegraph inferior. Era en esa capa donde Bruno se había sumergido, o a la que se había visto reducido, gustosamente. No se trataba de abrazar un pasado desechado en otro tiempo como algo que se le hubiera pegado a la suela del zapato. Bruno ya no se preguntaba qué habría sido de June o de sus compañeros de clase aparte de Stolarsky, o del resto de los camareros o de Konrad. Bruno no necesitaba que Berkeley se acordara de él. En el Kropotkin's se sentía de vuelta a los bajos fondos estrafalarios y atemporales a los que siempre había pertenecido.

El restaurante era un teatro. Al marcharse, Bruno tiró la máscara con la soga a un cajón sin usar lleno de manoplas. En la calle resultaba irreconocible para los mismos estudiantes que en la barra lo habían llamado «muerto» jocosamente. También se había quitado la máscara sanitaria, había aceptado su cara cicatrizada. Todavía le asustaba cuando la vislumbraba al pasar, reflejada en algún escaparate. No obstante, su vieja cara también le habría asustado. A un muerto le asustaba estar vivo.

Beth Dennis regresó de Chicago y reapareció en casa de Garris Plybon. De permiso del Departamento de Retórica, despojada de su puesto de venta en el Zodiac, el pelo negro y brillante de Beth y sus gafas airadas no parecían tan ingeniosamente irónicos, y sí más peligrosos. También más sensuales, a la manera de una pandillera de los años cincuenta o una jefa de bloque en una película de cárcel de mujeres. Era como Bruno, otro soldado del cuadro secreto de Plybon. A la primera ocasión, agachada en torno a la insondable sopa de Plybon, Beth se pegó a Madchen Abplanap. Las unía una conspiración irónica, al ser Madchen la pasajera del billete de avión cuya adquisición había sentenciado a Beth. Y Beth hablaba alemán. Las mujeres desaparecieron en una conversación que Bruno no podría seguir aunque no se hubieran envuelto en un manto de mutua admiración.

—*Alexander wäre perfekt für Bankautomatenprojekt. Das Blöde ist nur, dass er kein Girokonto hat...*

Bruno, feliz de ser invisible, dragaba material de su cuenco, tratando de analizar el tema de la sopa. Encontró zanahoria y apio, como siempre, pero también tentáculos minúsculos, mejillones barbudos amarillos, semillas de comino. Esta sopa es un cuadro de mi vida actual, pensó. Esta sopa soy yo. En cualquier momento, un bebé de monstruo marino... y sin embargo, mira, un tierno trozo de patata... Mientras tanto, Plybon había regresado de la cocina con una pequeña fiambrera cargada con los porros reciclados que había recolectado del suelo del asiento del pasajero del coche de Tira Harpaz. En su nueva vida, Bruno viajaba a todas partes envuelto en una nube de marihuana, la única droga que nunca le había despertado el menor interés. Daba igual: ya no se identificaba con sus preferencias, sino con las de sus hogares naturales en el mundo, el Kropotkin's y los Jack London. El aroma a maría añeja impregnaba las maderas y decoraciones del bloque de apartamentos: si se te agotaba el suministro, probablemente podías fumarte las molduras.

—*Er kann meine Karte benutzen, um Geld abzuheben. Es ist völlig egal, wessen Konto das ist.*

—¿Qué coño andáis tramando vosotras dos?

El tono de irritación máxima de Plybon no impresionó a Beth y Madchen, sentadas muy juntas. Bruno no había oído mencionar a Alicia en ningún momento, pero no podía presuponer que su relación excluyera ningún comportamiento: entre lesbianas, entre humanos en general, siempre quedaban demasiadas cosas por entender. En cuanto a Madchen, aunque la compañera de piso alemana de Bruno había transformado el número 25 en un acogedor santuario de incienso y velas, todavía no habían consumado su cucharita nocturna. Bruno no sentía celos. Estaban todos juntos en esto, fuera lo que fuera.

Hasta cabía la posibilidad de que Bruno fuera lesbiana.

En todo caso, su corazón culpable deseaba a Tira Harpaz. Sin embargo, no tenía ninguna pista de dónde podrían estar Tira y Stolarsky. La abdicación regular era una de las características del reinado de Stolarsky en Telegraph, una negativa imperial a aparecer. ¿O era un científico que observaba a escondidas mientras los ratones desentrañaban el laberinto?

—Estaba poniendo a Madchen al día de tu acción en los cajeros —explicó Beth con aire desganado—. Cree que Alexander iría perfecto.

—¿Perfecto para qué? —preguntó Bruno, al que habían pillado absorto en la sopa.

—Garris forma parte del Grupo de Contravigilancia de East Bay —dijo Beth—. Están planeando una acción contra los bancos. Y yo quiero filmarla. —Alzó una cámara de vídeo imaginaria y enfocó a Bruno—. Explícaselo, Garris.

Plybon apuró una calada a su porro.

—Un pequeño saludito a las cámaras de los cajeros automáticos, eso es todo... —El cocinero detalló el plan: el 15 de mayo a mediodía, aniversario de los Disturbios de People's Park, docenas de enmascarados retirarían cada uno veinte dólares de todos los cajeros automáticos de Berkeley. Una acción coordinada y completamente legal, pero calculada para alarmar a las autoridades y provocar una reacción desmesurada—. Las chicas tienen razón. Ya estás metido en el rollo Lon Chaney.

El porro pasó a Beth, luego a Madchen, mientras la habitación se nublaba.

—Usarás mi tarjeta —dijo Beth—. Gracias a la máscara sanitaria, podrás negarlo todo, levantarás polémica. Además, resultas muy intenso en cámara. Alto y extraño, si no te importa que te lo diga.

—No me importa. Soy alto y extraño.

Su mano subió para acariciar las cicatrices que enmarcaban entre paréntesis su nariz. En otro tiempo la mancha había sido algo que solo Bruno podía ver, eternamente interpuesta entre el mundo y él. Ahora que la desfiguración resultaba visible para los demás, Bruno se olvidaba a menudo de ella.

—Me parece brillante —dijo Madchen—. A mí también me gustaría ir a los cajeros.

Plybon negó con la cabeza.

—Para una extranjera sería demasiado arriesgado.

—De acuerdo.

—Si quieres colaborar, puedes sustituirnos a Bruno y a mí en el local.

—*Ja.*

Madchen se estiró por encima de los cojines para devolver lo que quedaba del porro.

Plybon se secó apresuradamente las manos con un trapo, se puso la colilla sobre la lengua y tragó.

—Aquí no se tira nada.

—Explícales lo del Millón Enmascarado, Garris —pidió Beth, en tono seductor.

Bruno se abandonó a una visión de Plybon como una especie de chulo, su piso convertido en un harén de cojines y vino tinto en tarros de mermelada.

Plybon agitó una mano. De civil, seguía blandiendo una espátula fantasma.

—Es una idea a la que estoy dándole vueltas. Desde Seattle se emplean técnicas de reconocimiento facial para vigilar a los manifestantes, ya lo sabéis.

—Yo no lo sabía —dijo Bruno.

—El Bloque Negro, Zengakuren y Anonymous dependen de la ocultación. Los sijs se quitan el turbante en los aeropuertos, perseguimos a los chavales negros con capucha y a las mujeres con burka. Así pues, ¿qué tal una Marcha del Millón Enmascarado?

—Fascinante.

—Ya, pero no va a pasar. El comité está plagado de bookchinistas con banderas verdes. No tienen un gramo de situacionismo en el cuerpo. —Plybon se cernía por encima de Bruno—. ¿Piensas comerte la sopa o solo la miras?

—La estoy saboreando —se disculpó Bruno.

—Si quieres la recaliento.

—Está bien así.

Plybon hizo una mueca y se fue a la cocina. La nervuda disidencia del cocinero era como una surgencia epiléptica en el interior de su cuerpo, posiblemente consecuencia de la presión de algún lóbulo. Si eras Noah Behringer, el hecho esencial de cualquier persona podía extirparse, dejando que el paciente se reconfigurase en torno a su ausencia. Bruno, por ejemplo, había renunciado al lujo, la posesividad, las apuestas, todo lo que le hacía ser quien era. Aun así, seguía existiendo, custodio de un cuerpo alto y extraño en un viaje sin rumbo a través del tiempo.

—*Wir sollten ihn davon überzeugen, auch am Millionen-Maskierte-Marsch, teilzunehmen.*

Las mujeres reanudaron su conspiración. Bruno no necesitaba entender lo que decían. Ya fuera una condición básica de la telepatía, o debido al zumbido de fondo de la maría, se sentía acogido en el santuario del harén con aroma a sopa de Plybon.

—*Ja, verdammt. Er sollte ganz vorne mitmarschieren.*

Madchen sonrió a Bruno. Él le devolvió la sonrisa, parpadeó. Después de haber cruzado al muelle de Kladow y haberse besado por encima de la bicicleta, de que sus voces hubieran rebotado en satélites solitarios, de haber volado miles de kilómetros para aplicar loción en el cuerpo cicatrizado o cubierto de lentejuelas del otro, la intimidad de Bruno y la alemana seguía siendo opaca, incipiente.

—Costaría convencer a las mujeres con burka —dijo Beth, todavía trabajando en la marcha de Plybon.

—No importaría quién fuera debajo del burka —replicó Plybon desde la cocina—. Vosotras podríais presentaros voluntarias, por ejemplo.

—*Ja*, ¿por qué no? —convino Madchen.

Su actitud sugería que se había manifestado muchas veces bajo un burka. Madchen y Plybon convergieron en el ojo de la mente de Bruno: la alemana larguirucha y grácil, con su inocencia irredenta, sus erupciones de alegría; el pálido anarquista desdichado, con los codos como ramas de un árbol enfermo y ojos que parpadeaban como los de un topo en cuanto se quitaba las gafas de culo de botella de Coca-Cola.

Imposible, y aun así posible, puesto que al fin y al cabo todas las conjunciones humanas lo eran.

El idilio alivió la culpa de Bruno. Quería precipitarse al abismo del ingenio despectivo de Tira Harpaz y sus pezones duros, el quiste mágico del interior del muslo. Habiendo jubilado el tablero de backgammon, cambió mentalmente a los humanos que tenía delante a posiciones ventajosas como si fueran fichas. Madchen podría ser un corredor rezagado, una ficha que hubiera trasladado a una distancia descabellada en contra de unas probabilidades titánicas. Tenía que jugarla de forma segura, por la propia absolución de Bruno. Él podía quedar al descubierto, Bruno era el aislado, siempre. Era el *blot*.

–Y tú serías perfecto –dijo Beth–. El Ahorcado, a la cabeza de la columna.

–Soy perfecto para cualquier cosa –replicó Bruno–. Por eso nadie sabe qué hacer conmigo.

Beth, con la ayuda de Alicia y Madchen, preparó a Bruno para una aparición estelar en su vídeo. Lo pertrechó con su tarjeta de crédito y la contraseña, y una pila de minúsculas papeletas fotocopiadas que debía presentar ante cualquier autoridad y que rezaban:

> Participo en un experimento social no violento, sin el menor deseo ni intención de dañar a ninguna persona ni institución en modo alguno. Gracias por su interés y que tenga usted un buen día.

Le eligieron la ropa, el esmoquin y los zapatos de vestir que había aparcado en favor de los pantalones de chándal y las camisetas AGUANTA. La máscara sanitaria, en lugar de la arpillera y la soga. La acción no era una broma, no debía convertirse en un chiste tipo el Cocinero Ahorcado. Madchen volvió a pasarlo por la tijera, repasó la línea de las orejas y el cuello, con castas atenciones no tan distintas de las de Oshiro. Luego Bruno se duchó, se afeitó cuidadosamente y se vistió, realizó una prueba de vestuario para la cámara de Beth. En privado, supuso que había decepcionado sus esperanzas de una catástrofe fotogénica. El esmoquin lo hacía parecer inalcanzable, con tan pocas probabilidades de que lo detuvieran como a un mago en mitad de una actuación. Bruno lo había utilizado para retirar ingresos en negro de protectorados y emiratos; costaba imaginar que retirar veinte dólares a plena luz del día fuera a desencadenar la ruina de sus privilegios de teflón.

Con todo, resultaba agradable llevar esmoquin. A base de sopas de Plybon y hamburguesas afanadas, Bruno había engordado, había recuperado la forma, y el esmoquin le sentaba bien. Estaba curándose, supuso. Echó un vistazo al tablero abandonado, pero no tenía con quién jugar. En su defecto, con los dedos de los pies crujiendo dentro del cuero italiano por primera vez desde que se había comprado las zapatillas baratas, alargó un brazo para atraer a Madchen hacia sí y asirla suavemente por el final de la espalda como en un tango. Ella se rio cuando Bruno la inclinó hacia atrás. Tuvo una erección. No le importó que las lesbianas lo vieran.

Se pondría la máscara para el experimento social no violento, sí. Pero sería la última vez. De la noche a la mañana, Bruno se había vuelto de una belleza cruel, mucho más llamativa que antes de que abrieran la puerta de su cara. Tenía ganas de oír que alguien lo llamaba Flashman, aunque no sabría explicar por qué. Cuando Garris Plybon regresó tarde del último turno en el Kropotkin's, Bruno volvió a cambiarse, se puso una camiseta AGUANTA y se quitó los zapatos. Descalzo, se sumó a la celebración anticipada de las mujeres en el apartamento de Plybon, con más vino tinto y marihuana rapiñada. Para cuando Madchen y él volvieron tambaleándose al número 25, esas nuevas energías se habían disipado y solo durmieron. Pero Bruno no se olvidaría.

II

Mientras Beth y Alicia lo seguían con la cámara de vídeo desde los Jack London, Telegraph ya parecía una laguna fangosa. El aniversario de los Disturbios de People's Park había sacado a la superficie la psicosis de la calle, mezclando a la población del parque, los tristemente traumatizados y los agraviados justificados, los espigadores de desperdicios, con los turistas y los universitarios de fraternidad, los vomitadores de media mañana. Alguien con un altavoz recitaba un viejo discurso sobre el discurso, palabras arrojadas a puñados por el barrio para que las agarraran en cualquier momento. Nadie escuchaba. Las palabras habían triunfado y fracasado por completo, un puzzle imposible de resolver. El tráfico se detuvo mientras alguien empujaba por el centro de la avenida un palé con ruedas cargado con una marioneta de cuatro metros y medio.

Bruno llevaba la máscara sanitaria en el bolsillo derecho de la chaqueta del esmoquin, aunque se cruzó con otros rostros cubiertos, probablemente participantes de la conspiración. Otros lucían tan solo máscaras de dolor. En el bolsillo del pecho llevaba el móvil y cuarenta dólares, los únicos que le quedaban; en el bolsillo de los pantalones, para que le trajera suerte, el adoquín berlinés. Si también hubiera cogido el estuche de backgammon, podría haber devuelto el piso a su propietario legal, junto con el cargador del teléfono y una provisión de camisetas y pantalones de chándal sucios. Otra oportunidad para seguir andando y no volver jamás.

Beth avanzaba de espaldas entre la confusión que se arremolinaba en las aceras, capturando cómo se acercaba el hombre del esmoquin, mientras Alicia iba apartando a la muchedumbre, protegiendo la retaguardia de su novia. Madchen no iba con ellos, sino que había partido hacia su particular aventura, encargarse sola del mostrador del Kropotkin's para permitir que Plybon participara en la acción.

A mediodía, Bruno se alineó junto a los otros participantes ante la hilera de siete cajeros que había enfrente del campus.

Los otros seis llevaban máscaras de Guy Fawkes. Con pinta de haberse pasado la noche bebiendo, se escoraban y gritaban y despertaban las carcajadas de los paseantes, difícilmente la provocación serena que Plybon había descrito. En su compañía, la presencia alta y elegante de Bruno pasaba tan desapercibida como había predicho. Causaba lo contrario a sensación, era un contorno cegador, una ausencia de luz. Se puso la máscara sanitaria y se ajustó los velcros, pero la prenda no sumó nada, probablemente restó. Tal vez le habría ido mejor con la soga, pero estaba guardada en el cajón del Kropotkin's.

Bruno introdujo la contraseña, luego entregó a Beth la tarjeta y el recibo, junto con el billete de veinte dólares, pero ella le devolvió el dinero apretándolo en su palma.

—Es la cuenta de mi padre, quédatelo.

Bruno y Alicia cruzaron la calle, a través de más tráfico detenido. Beth mantuvo la cámara fija en la escena. Dos de los Guy Fawkes se habían enzarzado en un combate de empujones con un vigilante de Wells Fargo, un mexicano bajito que no daba el perfil de esquirol de la Pinkerton. No parecía probable que el forcejeo tuviera lugar lo bastante cerca de las cámaras de seguridad de los cajeros como para que importase, pero a Bruno le habían explicado que la vigilancia urbana era omnipresente, como en un casino. Era muy posible que la pequeña escena de tumulto se convirtiera en cuestión de interés público y motivo de indignación, aunque en las proximidades rivalizaban varios altercados no guionizados. En todo caso, para Bruno fue un alivio haber cumplido su misión. Se quitó la máscara y se la guardó en el bolsillo lateral junto con la piedra berlinesa.

Alicia le regaló la más cálida de sus sonrisas de diente de oro. Le acarició la manga.

—Has estado bien.

Bruno era un perro recibiendo su recompensa.

—Gracias.

—Nosotras vamos a circular un poco —dijo Alicia. Beth se puso de puntillas, tratando de enfocar por encima de la muchedumbre. No habían arrestado a nadie en los cajeros, una decepción. La energía nueva parecía localizada al principio del campus, cerca de Sather Gate–. A empaparnos del ambiente.

–Hay mucho que asimilar –convino Bruno.

Se quedó solo, listo para ser devorado y expulsado por el caos incipiente de la calle. Su conocimiento básico de Telegraph apuntaba a que lo que tuviera que pasar esperaría al anochecer. Bruno no estaba seguro de que le importara. Lo que importaba era llegar al Kropotkin's para descubrir qué tal se le había dado a Madchen la parrilla y rescatarla en caso necesario. Un control de conos naranjas bloqueaba la entrada de Telegraph, Bruno no sabría decir si oficial o no. No era el único desconcertado. Alguien plantó un amplificador en la barricada de conos y enchufó una guitarra eléctrica.

A estas alturas Bruno ya conocía a los asiduos del Kropotkin's, pero el esmoquin y las cicatrices le permitieron avanzar entre ellos sin que lo reconocieran. El disturbio programado no había desalentado a la avalancha del almuerzo. Si acaso, la revuelta había atraído a más consumidores de sliders. Atendiendo a la demanda con su garbo habitual estaba Garris Plybon, no se veía a Madchen por ninguna parte. Plybon llevaba una máscara semitransparente de Ronald Reagan, recuerdo de su participación en la acción de retirada monetaria de los cajeros.

–Vaya, vaya, vaya, si es Dapper Dan. Has esquivado a la pasma.

–¿Dónde está Madchen? Creía que estaba echándote una mano.

Plybon-Reagan se encogió de hombros.

–Ha recibido una oferta mejor. Me pasa constantemente.

–¿Qué oferta mejor?

Plybon frotó el pulgar y el índice juntos, ladeando la cabeza significativamente.

–Ante la duda, sigue al dinero.

—No lo entiendo.

—Gran Jefe Venir y Llevarse India Alemana.

Esta vez Plybon señaló con el pulgar por encima del hombro, un gesto reconocible por las alusiones a sus incursiones en el Volvo de Tira Harpaz. «Los Que Viven en la Colina», los había llamado una vez. A Bruno le dio un vuelco el corazón.

—¿Te refieres a Stolarsky?

—Sí. Cuando he llegado el Jaguar estaba aparcado en doble fila. El Faraón se calma devorando una pirámide de sliders de vez en cuando, pero nunca deja ni una migaja de propina.

—¿Qué ha pasado?

—Cuando he llegado estaban hablando. Le ha pedido a Madchen que saliera un momento y la he sustituido. Al cabo de diez minutos ha vuelto él solo, me ha devuelto la bolsa —Plybon clavó la espátula en un paquete para llevar, aplastado en lo alto de la basura— y ha dicho que se iban a comer.

—¿Cómo se lo has permitido?

—¿Permitido? Su Excelencia el Señor de las Bestias de la Tierra y los Peces del Mar no me ha pedido permiso.

—Al menos podrías haber advertido a Madchen.

—Por lo que he podido ver, Madchen ya es mayorcita. De todos modos, camarada, ¿es que tengo pinta de dedicarme a decirle a la gente lo que tiene que hacer?

Entretanto, Plybon volteaba, picaba, añadía queso y rellenaba panecillos, organizando el avance de la cola con leves gestos de la cabeza y miradas ceñudas. Tal vez Plybon se dedicara a ejercer de dictador de la nación más minúscula del mundo.

—¿Sabes adónde han ido?

Plybon volvió a encogerse de hombros.

—Estará rociándola de martinis en el bar Paragon del Claremont. Es el mejor lugar de los alrededores para decir: «Mira, nena, algún día todo esto podría ser tuyo».

—¿Iba solo?

—Estás para verte, el gran rostro pétreo. Se te sonrojan las cicatrices. ¿Que si iba solo? Iba solo hasta que se la ha llevado como a una gatita con correa, sí. Después ya no.

—¿Ni rastro de… Tira?

—Según mi experiencia, esos dos no suelen viajar juntos. Además, ella no es muy devota del Kropotkin's.

—Tenemos que ir a buscarla. A Madchen.

Plybon arqueó las cejas por encima de las gafas, luego señaló a la multitud de comensales que desbordaba el local.

—Aunque tuviera alguna idea de dónde buscar, debo quedarme hasta que venga el chico a las seis. ¿Por qué no te tranquilizas? Apuesto a que Stolarsky la devolverá al apartamento, sobre todo en cuanto empiece a aburrirlo con su charla.

Bruno, envalentonado por el esmoquin, se imaginó saltando el mostrador para estrangular a Plybon de espaldas contra la plancha. Pero ese era el impulso de alguien completamente ajeno a él —pongamos, uno de los jóvenes que sacudían la barra de los condimentos en busca de mostaza o kétchup—, así que se le pasó.

Bruno se sentó a solas en el número 25, no de cara a la puerta sino a las ventanas abiertas. El estallido esporádico de las sirenas o las risas puntuaba el sonido lejano de los megáfonos y el ritmo sordo del reggae. El cielo se oscureció despacio, bajo y anaranjado, mientras las colinas se incendiaban en alguna parte. Los pensamientos de Bruno eran opacos. No estaba esperando, puesto que había supuesto que Madchen no regresaría, o al menos se decía que lo había supuesto. Madchen no regresó. Bruno esperaba a Plybon, tal vez. Se había acostumbrado al traqueteo de su bicicleta saliendo del ascensor, avanzando por el pasillo. Plybon tampoco regresó.

Bruno volvió al Kropotkin's. Ahora había dos bicicletas encadenadas a la farola. Acompañaba a Plybon su bisoño protegido, el Robin de Batman. Bruno entró. El joven dependiente hacía todo el trabajo, servía a la excitable parroquia, a los futuros revolucionarios y los mirones de lejos, mientras Plybon los reprendía.

—Así que esto es lo que hoy en día consideráis un aniversario de los Disturbios de People's Park. Como los espasmos del cadáver de la Libertad. Se reduce a una excusa para romper escaparates y robar bongos y cuero y vaqueros rotos. Probablemente no tengáis medios ni para volcar un coche patrulla. La juventud de hoy...

—Te he estado esperando.

Bruno se inclinó para hablar más de cerca y flojito.

—Vale, me has estado esperando. Pues aquí me tienes.

—Madchen sigue... secuestrada.

—¿Y qué pretendes que haga yo?

—Que me lleves a la colina.

—Me da a mí que no voy a poder salir pronto —replicó Plybon—. La noche pinta bastante festiva por aquí.

—¿Quieres que les cuente que trabajas para Stolarsky?

Plybon puso una cara larga, avinagrada, con los ojos como dos ostras amplificadas. Bruno no estaba convencido de que el chantaje funcionara, pero Plybon pareció reconsiderar su amenaza. Se acarició la calva sudorosa con ambas manos, luego las extendió y las entrelazó para hacer crujir los nudillos. Miró a su protegido.

—¿Te las apañas una media hora más o menos?

El chaval levantó los pulgares.

—¿Por qué no?

—¿Le prestas la bici a Alexander?

Quizá hubiera sido el tono decidido de Bruno. O tal vez la imaginación de Plybon hubiera captado algo, otra acción que no quería perderse.

—Claro. —El joven dependiente se sacó del bolsillo la llave del candado y se la lanzó a Plybon—. Cuidado con las bajadas, el freno de atrás no va.

—No son las bajadas lo que me preocupa —contestó Plybon—. ¿Te ves capaz de subir kilómetro y medio por Euclid? La residencia del Sultán está tocando al lago Anza.

—Claro.

El farol de Bruno era doble. No tenía ni idea de cuáles eran sus capacidades ni de dónde estaba el lago Anza.

—Entonces ¿a qué estamos esperando?

III

La casa del Crescent, retrepada en la ladera, no tenía cara. En la oscuridad ofrecía solo el borde de un camino de entrada, bajo el cual asomaban las colas del Jaguar y el Volvo, inclinados sobre la pendiente que terminaba en una puerta de garaje bloqueada y un alto portalón de madera. El techo bajo se desdibujaba a un lado entre hojas oscuras, al otro entre flores rosas que brillaban a la luz de la luna; más allá se adivinaban las colinas, tallando su camino hacia el cañón. Los dos hombres se aproximaron en, o con, bicicleta. El primero, el calvo larguirucho de las gafas, llevaba casco de bici y avanzaba cual eficiente guadaña hacia el borde de la entrada, donde desmontó. El segundo, el alto de esmoquin, que había rechazado el casco, llegó con los hombros encorvados, caminando y empujando su bicicleta cual trineo sin perros.

Las cigarras cantaban: eso, o algún transformador en lo alto de un poste telefónico cortocircuitaba siguiendo un ritmo circular en medio del silencio.

Las casas estampadas en las colinas se abrían por detrás, con ventanales y puertas correderas, con terrazas y patios; del lado de la calle parecían búnkeres. Si los dos hombres hubieran subido por el cañón, como coyotes, habrían ganado el factor sorpresa. Bruno Alexander tal vez lo habría propuesto, de no haber estado sangrando y sin resuello, con el esmoquin sudado y roto por las rodillas. Bastante había hecho con llegar.

Garris Plybon apoyó la bici en un seto mullido. Bruno hizo lo mismo. También le sangraban los nudillos porque se había caído de la bicicleta; por suerte, el cráneo desprotegido había esquivado la calzada y los coches aparcados a lo largo de Euclid. Apenas sentía las rodillas y los nudillos por la sensación ardiente que le constreñía las costillas, efecto no de la caída sino de la subida, antes de que abandonara los pedales y se pusiera a empujar la bici cuesta arriba. Algo, tal vez sangre, se escurría por sus pulmones.

Bruno agarraba la piedra berlinesa dentro de su bolsillo. Un elemento provocador de disturbios, tal vez, en aquel plácido e implacable dominio. Pero no veía ninguna ventana a la que arrojarla. Entonces la descubrió, un pequeño triángulo, justo por encima de la puerta oscura y por debajo de la punta del tejado, cuyo cristal reflejaba la noche azul y la cubierta de hojas negras. Otro de los espejos unidireccionales de Stolarsky. Bruno sopesó la piedra, giró la muñeca y lanzó. Un lanzamiento perfecto, que hizo añicos el reflejo con un ruido fino, tintineante. El talismán berlinés de Bruno desapareció dentro. La casa no se inmutó.

—¿Qué haces? —susurró Plybon, que acababa de abrir la puerta del acompañante del Volvo sin cerrar con llave de Tira Harpaz.

—Anunciarme —consiguió responder Bruno, sin aliento después de pedalear lo que le habían parecido kilómetros.

—Para eso está el timbre, pero me gusta tu estilo, camarada.

—Gracias.

Bruno se plantó en lo alto del camino de entrada para ver la casa. La calle a sus espaldas seguía tranquila. La bahía, el collar de puentes, las torres lejanas, todo cuanto habían vislumbrado desde la curva del Rose Garden se ocultaba tras la cuesta. Desde donde estaba, el Berkeley de los pisos, de People's Park, se antojaba tan distante como Neukölln de Kladow. Bruno había disparado su única bala, estaba sin blanca. El complejo de Stolarsky no tenía por qué admitir su presencia. ¿Y si soltaba el freno del Jaguar y lo empujaba fuera del garaje? Pero Stolarsky no solo no había dejado la llave puesta (algo improbable, al fin y al cabo), sino que había cerrado el coche con llave.

—Plybon, cagón, ¿eres tú?

Bruno no había oído abrirse la puerta. Stolarsky asomaba medio cuerpo, oculto en la oscuridad. Plybon no contestó.

—¿Qué cojones le has hecho a la ventana?

Una vez más, Plybon no contestó, y Bruno tampoco se prestó a hacerlo.

—¿Has traído compañía?

Quizá hubiera visto las bicicletas contra el seto.

—No dispares —dijo Plybon.

—Salid a la luz, cabrones anarquistas.

—No hay ninguna luz, Keith.

Plybon se deslizó hasta el asiento del copiloto del Volvo y dejó abierta la portezuela para mostrarse a la luz interior del vehículo. Levantó las manos.

—¿Con quién estás? ¿Tu compinche radical, cagón? ¿Es esta tu gran traca final? ¿Dos tíos con una piedra? ¿Lleva una nota atada que dice «Devora a los ricos»?

—Soy yo.

Bruno habló con voz débil, rota. Bajó por el camino, rodeando la portezuela abierta del Volvo.

—Hostia puta, míralo, vestido para el Ritz, cubierto de sangre y tripas pero con puños franceses. Pareces Frankenstein y su monstruo, los dos juntos.

Mientras Bruno se acercaba, Stolarsky se apartó de la puerta. Tenía las piernas y los pies desnudos. Sostenía una pistola con gesto relajado y no llevaba más ropa que una camiseta fina. La oscuridad por debajo del dobladillo formaba un garabato de genitales y pelo, con el pene como una segunda nariz mordaz.

—¿Por qué no recoges la cosecha y te largas, cagón?

La voz de Stolarsky había cambiado, se había vuelto musgosa e insinuante. Movió la pistola para indicar la dirección, con la naturalidad de quien desliza una imagen en una pantalla.

Plybon se llenó los bolsillos de porros sin asomo de vergüenza.

—Me necesitan en el local.

—Apuesto a que sí.

Plybon dio media vuelta, se montó en la bici y se marchó.

—Adelante, Flashman.

Bruno siguió al hombre semidesnudo por un pasillo salpicado aquí y allá por minúsculas luces rojas y azules incrustadas en el zócalo, en dirección a un área abierta iluminada tan solo por las pálidas sombras celestes. Bruno volvió a oír su propia respiración rasposa. El ventanal fue ensanchándose ante ellos al llegar al final del pasillo, algo esperado pero aun así asombroso: densas copas de árboles, enraizados fuera del alcance de la vista sobre el vertiginoso picado de la ladera, luego el crudo ascenso del otro lado del cañón. Allí, la tierra y las rocas eran amarillas, aferradas por matorrales y árboles ladeados como los dedos de una bruja de dibujos animados. Los tres cuartos de luna se filtraban en la sala, plateando su contenido: sofá y sillas, librerías bajas, grabados enmarcados, una barra de bar cargada de botellas, cubitera y servilletas arrugadas, un artilugio con forma de vaina que tal vez fuera un humificador o un ionizador, las nalgas peludas de Stolarsky, la mesilla de café modernista sobre la que había depositado la pistola de cualquier modo, haciéndola girar con una floritura como si propusiera una ronda al juego de la botella.

—¿Necesitas beber algo?

Bruno quería agua, pero todavía quería más no aceptar nada de Stolarsky. Negó con la cabeza.

—¿Tiritas?

—No.

—Entonces ¿a qué coño has venido?

—¿Dónde está Madchen?

—Madchen está bien. ¿Tú qué eres, su ayuda de cámara?

—Quiero hablar con ella.

—Ah, lo siento, ahora no puede hablar, está in-dis-pues-ta. —Stolarsky dobló las rodillas y se agarró los genitales con ambas manos, dejando caer brevemente la cabeza y sacando la lengua—. ¿Lo pillas? —Stolarsky resopló y se acercó a la barra para rellenarse el vaso con una botella de whisky—. Te estoy tomando el pelo, Flash. Está estupendamente. De hecho, creo que me he agenciado una nueva asistente personal. Estos alemanes son tan organizados que rayan la compulsión. Me ayudará a poner en orden mis mierdas. Vamos, descansa lo pies. —Al señalar el sofá, Stolarsky pilló a Bruno mirando la pistola. Añadió—: No te preocupes por eso, supongo que habré oído un pájaro o un murciélago colándose por la ventana del ático. Y me he asustado.

Las tonterías de Stolarsky formaban una niebla que impedía pensar bien a Bruno.

—¿De verdad va a… trabajar para ti?

—Claro, ¿por qué no? —Stolarsky le dio la espalda y se dirigió al ventanal—. O sea, lo he dicho sin pensar, pero, bien mirado, ya lo hace.

—No estoy de acuerdo.

—No, claro que no… porque no sabes lo que es la gratitud.

—¿Tira está aquí?

—No, se ha largado. Tiene una casita de campo en Sonoma, le gusta perderse por allí…

—¿En una bodega en Glen Ellen?

Stolarsky se giró esbozando una mueca.

—¿Cómo lo has adivinado?

—Es a donde me contó que tú sueles escaparte.

Bruno colgaba entre ellos, Tira y Stolarsky, y posiblemente Plybon, en una loca red de mentiras. Quizá Stolarsky nunca hubiera salido de la ciudad: ahora que Bruno había visto el interior de aquella finca, le parecía posible que hubiera permanecido instalado en la colina como los trols vivían debajo de los puentes. Quizá no existiera la bodega, ni siquiera Glen Ellen.

—En ese caso, ¿qué pinta su coche en la entrada? —preguntó Bruno.

Stolarsky le apuntó con un dedo.

—Me has pillado. En realidad está en una zanja en la linde de la propiedad, justo iba a buscar un saco de cal viva al cobertizo. —Se palmeó la frente con gesto teatral—. ¡El coche! Cómo no se me ha ocurrido, una pista jodidamente obvia.

Bruno midió su proximidad al arma en relación con la de Stolarsky. El hombre con pinta de sapo estaba de pie junto al ventanal, casi pegado al cristal, dibujando una mancha negra contra el follaje destellante y el pálido cielo, con la luna perfilándole las piernas arqueadas con un halo de pelos gruesos. Bruno podía coger la pistola. Entonces Stolarsky le hizo una seña y la ocasión, si había existido, pasó.

—Mira.

—¿Qué pasa?

—Querías comprobar que se encuentra bien, ¿no? Ven a ver. Es una vista bonita. No ha envejecido mal.

Bruno avanzó unos pasos y sintió como si cayera en picado por el amplio ventanal. La sala, que había tomado por la casa entera, era una cajita de cerillas encaramada a lo alto de una estructura mayor, imposible de adivinar a partir del bungalow que se veía desde la calle. Stolarsky y él se alzaban por encima de una casa semisubterránea, con un ala larga y baja que se extendía por la colina empinada para unirse a una casa más pequeña, unas estancias para invitados o un estudio, mucho más abajo. Las ventanas de la casa pequeña estaban iluminadas.

Entre todo aquello, en la colmena de patios y jardines en miniatura de abajo, destacaba un jacuzzi empotrado de secuoya, con el vapor murmurando entre los árboles, ropa, chancletas y vasos vacíos esparcidos por los tablones de alrededor. Medio sumergida, apoyada en los codos con aire soñador y cubierta de espuma hasta los pezones, estaba Madchen. No miró hacia arriba.

—Te invitaría a darte un chapuzón con nosotros, pero, lo siento, es un circuito cerrado y la introducción de sangre, lefa y sustancias corporales jode el pH del agua durante semanas. Lo he aprendido por las malas.

Bruno tenía que admitirlo ante Stolarsky: Madchen disfrutaba de los baños. Si simplemente se hubiera caído en la sopa de Plybon, Bruno podría haberla rescatado con una cuchara. Se preguntó si Madchen lo oiría si la llamaba. No lo comprobó.

—¿Quieres saber lo más curioso? Con la cocaína no hay ningún problema. De hecho, casi podrías usarla en lugar del cloro.

Bruno había parado de respirar por la boca y la opresión de las costillas había aflojado. Pero no tenía voz.

—A la señora le gustan las drogas, eso sí. Reducirle el consumo podría considerarse un trabajo a jornada completa.

Bruno no escuchaba, solo miraba al ángel del ferry al que no había sabido dar uso, y que tampoco lo había usado a él.

—Por suerte para mí, no me sentía de humor para reducírselo.

Stolarsky podía decir lo que gustara. Poco importaba.

—Ten, he encontrado esto en su bolsa, creo que es tuyo.

Stolarsky había cogido algo de la barra: tres viales azules con cierre a prueba de niños, que dejó en manos de Bruno. Este reconoció las etiquetas: los calmantes que le había dado Oshiro, los que no había consumido antes de dejarlos definitivamente. Bruno se los guardó en el bolsillo que había ocupado la piedra berlinesa.

—Bonita estampa, ¿eh?

Pero Bruno miró por encima de Madchen en el jacuzzi hacia las ventanas de la casita de abajo, casi oculta por el follaje: ¿se había movido algo tras las cortinas? ¿Tira Harpaz? Si se hubiera acercado como un coyote desde el cañón, Bruno se habría topado primero con la casa pequeña y con Tira dentro. Y luego… ¿qué? ¿Se habrían fugado juntos sin mirar atrás, Bruno habría tirado a la basura su inocente galantería y hubiera abandonado a Madchen? ¿O Tira lo habría enredado todavía en más confusión, habría asegurado haber matado a Stolarsky, o a Stolarsky y a Madchen? Los propósitos de Bruno se habían ido al traste, y aun así seguía importándole lo que Tira pensara de él, se habría avergonzado de las rodillas sangrantes y la alemana desnuda cociéndose en el jacuzzi de Stolarsky, de sus errores tan tontos. Mejor que se hubiera aproximado a la casa por delante.

—*Cocaine Suppe Mit Tittenschnakken* —dijo Stolarsky a su espalda.

—¿Qué?

—Pensaba en lo que dirías al servir el plato en la mesa, señor Chez Panisse.

—Me lees la mente —espetó Bruno.

—Como quien lee la tira cómica de un Bazooka Joe. Basta un simple vistazo para echarse unas risas. Luego lo arrugas y lo tiras, y confías en que no se te pegue a la suela del zapato...

Calló para darle un sorbo al whisky. De otro modo, estaba claro que Stolarsky podría seguir explotando esa veta indefinidamente.

—¿Lo sabías?

—¿El qué?

—La cirugía me ha devuelto la telepatía. ¿Lo sabías... de antes?

—¿De antes de qué?

—De cuando chavales, quiero decir. ¿Te lo confesé? He olvidado muchas cosas.

—¿Si me confesaste que tenías telepatía?

Stolarsky se rascó el vientre hinchado por debajo de la camiseta sucia, exhibiéndose todavía más.

—Sí.

—Seamos serios, Flashman. Puede que seas la criatura con menos telepatía que se pasea por el planeta. ¿Es que crees que leer entre líneas equivale a tener un superpoder o qué?

—Es poco fiable —admitió Bruno—. Nunca he cultivado mi don. Me he pasado años evitándolo: así es como creé el bloqueo, la mancha del cráneo. Por el deseo de no oír más voces...

—Estás loco.

—No, es verdad. Cuando el doctor Behringer extirpó la excrecencia, liberó el flujo de... pensamientos, de ida y de vuelta.

—Acabas de dejar de fascinarme, Flashman. Pero dime: ¿cómo alguien tan superficial puede estar tan profundamente jodido por dentro?

—¿No lo ves? Tal vez ahí radique el origen de tu fascinación. —Bruno, inmune al insulto, solo deseaba comunicarse—.

Intuías que yo era como tú. Por eso me has recordado todo este tiempo...

—Qué va, tú y yo no tenemos nada en común. Excepto, supongo... ya sabes. —Stolarsky guiñó lascivamente un ojo y señaló con la cabeza hacia la ventana, a la casita del otro lado—. Te ha dejado probar el quiste secreto, ¿eh?

—Pero tú lees la mente, ¿verdad?

Se inclinaría ante Stolarsky a cambio de la satisfacción de una respuesta.

—¿Y quién no, comparado contigo?

—No me entiendes...

—¿Por dónde empezar? ¿Cuándo es la última vez que recuerdas dominar una sola situación en lugar de dejarte dominar por ella? No tenías ni idea de que tu amorcito se metía la medicación anticáncer, ¿verdad? Y eso que dormía contigo en la cama, aunque por lo visto sin follar, pobrecita. ¿Qué? ¿Demasiadas arrugas para tu gusto?

—No tengo cáncer.

—Ah, sí, lo había olvidado, contigo hay que hablar con eufemismos. ¿Cómo deberíamos llamarlo? ¿Tu excrecencia? ¿Tu amiguito? Las drogas para la cosa esa que te empujaba los ojos fuera del cráneo... ¿Mejor así?

—Déjame hablar con ella.

—¿Con cuál?

En el intervalo de duda de Bruno, Stolarsky recuperó la pistola. La sopesó con naturalidad en ambas manos.

—Móntate en la Schwinn y desaparece ahora mismo. El *Schadenfreude* tiene sus límites, hasta para mí.

—No me iré sin ella.

Tal vez fuera la frase más desesperada que Bruno se había oído pronunciar jamás.

—¿Qué vas a hacer, romperme todas las ventanas? Me parece que ya no te quedan piedras.

—Creía que dijiste que había sido un pájaro.

—Madura de una vez. Estaba vigilando por las cámaras de seguridad en cuanto tú y el cagón habéis activado el detector de movimientos. O quizá haya empleado mi telepatía, ¿quién sabe?

—¿Por qué le permites robar del coche de Tira?

Stolarsky se encogió de hombros.

—No sé. ¿«Mantén a los amigos colocados y a los enemigos todavía más»?

—Suelta la pistola.

—Basta de tonterías. Si hubieras traído una podríamos batirnos en duelo, diez pasos, pum y arreglado. Qué pena. Supongo que nos la podríamos jugar al backgammon, pero tampoco has traído el estuche, ¿verdad?

—No.

—¿Ves? Ya ni para eso sirves.

Bruno se apoyó en el cristal y abrió la boca, pero no salió nada.

—Adelante, no te oirá con el rugir de las burbujas, incluidas las de su cabeza. O no te molestes, echa un último vistazo y vete en la montura con la que has llegado.

—¿Qué va a pasar ahora?

—Irás a ayudar al cagón a preparar hamburguesas, tal vez después de adecentarte un poco.

«No son hamburguesas, son sliders», estuvo a punto de corregir Bruno. En cambio dijo:

—¿Y con Madchen?

—Adelante, pon a prueba tus poderes. A ver si eres capaz de leerme la mente al tiempo que digo las mismas putas palabras con la boca, ¿vale? Madchen va a practicar su talento, puesto que a diferencia de ti no ha olvidado lo único que se le da bien, hasta que pierda el sentido y yo me aburra, y luego tendrá su billete de avión y una buena propina. Mejor que quedarse sentada en Haste Street comiendo Cheerios, ¿no te parece? Así que deja de preocuparte por ella y céntrate en tus problemas.

—Yo no tengo problemas.

—Anda y vete a escribir una obra de Beckett en tus horas libres. A la calle, Flashman.

Stolarsky cerró la puerta sin miramientos, dejando a Bruno tirado con los coches, la bicicleta prestada, la luna indiferente. Supuso que incluso Stolarsky respetaba el límite de no pasearse medio desnudo por el camino de entrada a la casa. Desde luego, no sería el único de los vecinos equipado con un sistema de vigilancia. La máscara sanitaria de Bruno seguía arrugada en el bolsillo, aunque tampoco lo habría ocultado de las cámaras para las que supuestamente estaba actuando, después de llevar tanto rato trastabillando por el proscenio de la acera de Stolarsky. ¿Podía dar la vuelta y probar el asalto del coyote? No. Tras caer en el baño de humillación de Stolarsky, no se imaginaba enfrentándose a Tira Harpaz.

Desprovisto de freno trasero, Bruno estrelló la bicicleta otras dos veces en la pendiente de Euclid. Consiguió aterrizar de pie la primera vez, y estamparse contra una señal de stop y apoyarse en un coche aparcado la segunda, por lo que solo añadió a sus males varios rasguños en las palmas y un tobillo torcido. Incluso en eso halló consuelo: cuesta abajo podía deslizarse en lugar de extenuarse pedaleando.

Regresó a la calle de las barricadas, vacía de coches e iluminada por los destellos de la ocupación policial. Los disturbios de Telegraph se ajustaban a lo previsto. La estampa le despertó un recuerdo incoherente y primario: el escozor de una lata de gas lacrimógeno en la infancia, acurrucarse con June refugiados en una librería feminista. Ahora los juerguistas deambulaban a la espera de los acontecimientos. La muchedumbre era demasiado densa para atravesarla en bicicleta, así que Bruno desmontó y la empujó, como había hecho al subir la colina.

Ciertos escaparates alardeaban de escudos de contrachapado, una rutina, incluso una precaución ritual. Pero no el de Stolarsky. El edificio de cristal de Zodiac Media brillaba como un faro, descaradamente. Tal vez la macrotienda confiara su inviolabilidad a su aura monolítica; a esta, y a los vigilantes de seguridad. Más allá, el Zombie Burger, aquella escultura cárnica, irradiaba su contumaz rareza impura. Todavía lucía una cola de clientes, entremezclados con el gentío que cruzaba de la acera a la calzada, una confusión de hambrientos que tal vez careciera de importancia distinguir.

—¡Hostias! ¡Mirad qué le ha hecho la pasma a ese tipo!

—Es el Nota, tío. Casi no te reconozco con el esmoquin. ¿Dónde está tu máscara? Tienes mal aspecto.

—¿Quieres que reventemos algunas cabezas?

—Gracias, pero no. La verdad es que me he caído.

Bruno salió de Telegraph por Durant. Serpenteó entre la gente hasta el Kropotkin's, que encontró rebosante de comensales, algunos embutidos contra el estrecho mostrador, otros repartidos por la acera, incluso sentados en el bordillo, y todos engullendo sliders con la mirada encendida. Dentro, parecía que Plybon y su pupilo habían dejado de cobrar la comida que servían y habían convertido el establecimiento en una célula de distribución de proteínas para el gran malestar. Plybon, de espaldas, rascaba con la espátula los restos de carbón de la parrilla. Bruno pasó desapercibido. Apoyó la bici, con solo cuatro arañazos y algunos radios doblados, contra la farola.

El Kropotkin's estaba a salvo de los alborotadores porque nadie sabía que pertenecía a Keith Stolarsky. Bruno comprendió que tal vez debía su presencia en Berkeley, la broma en que se había convertido su existencia presente, al impulso estalinista de Stolarsky de procurarse una espinita para su propia zarpa. Tal vez Garris Plybon estuviera en lo cierto, mucho más de lo que él creía. Bruno debía sustituirlo, no tras el mostrador de sliders, no, sino como antagonista de Stolarsky. Así que este se había traído a Bruno desde tan lejos, un enemigo nuevo para combatir el aburrimiento.

Bruno había suspendido la prueba. Podría haber cogido la pistola cuando Stolarsky la había dejado en la mesa. Podría haber reservado el adoquín berlinés para el gran ventanal, o romper el cristal con algún mueble. Pero no, los añicos habrían llovido sobre el jacuzzi. En la colina lo había paralizado la cuestión de Madchen, una ficha que nunca debería haber sacado del lugar donde estaba protegida. Aquí, a nivel de la calle, podía ver con mayor claridad: la cuestión nunca había sido Madchen. Si Bruno la hubiera rescatado, Stolarsky habría reaccionado encogiéndose de hombros. El feo carecía de vanidad que pudiera destrozarse. Para que Stolarsky lamentara haber despertado la faceta Flashman de la personalidad de Bruno, este tenía que robarle algo que le importara de verdad.

Primero tenía que deshacerse de Plybon. Se lo merecía por su cobardía en la colina. Bruno entró con paso decidido detrás del mostrador y abrió el cajón de las manoplas donde había guardado la máscara de arpillera. Un último hurra por esa cara, para animar a su público, que quizá no lo conociera sin ella. Se giró para lavarse los nudillos ensangrentados y las palmas doloridas en el pequeño fregadero de acero inoxidable. La barra ocultaba las rodillas magulladas y la máscara se encargó del resto, cubrió el desastre y la desesperación general que era ahora su cara, su persona.

—No necesitamos tres cocineros —se quejó Plybon.

—El chico debería ponerle el candado a la bici —dijo Bruno—. Y quizá le toque un descanso, ¿no crees?

Se enfundó la máscara.

—Sí, bueno, dos ya somos demasiados.

—¡Muerto! —lo llamaron.

—El Mártir del Anarquismo —corrigió en voz queda Bruno. Lo animaba una ferocidad tranquila—. Garris, ¿me pasas tu utensilio, por favor?

El protegido de Plybon había salido a proteger su bicicleta, quizá también porque se olía problemas.

—¿Qué ha pasado con tu novia?

—La situación sigue sin resolverse. Pásame la espátula.

—Estoy rascando la plancha —repuso Garris, perplejo—. Luego ya me ayudarás con las cebollas para una nueva tanda.

—Tengo otros planes.

—Vale, pues, ¿qué te parece si sacas tu enigmático mal rollo de aquí y me dejas trabajar?

—¿Quieres que les cuente para quién trabajas?

—Perdona, ¿qué?

—Les diré que eres un empleado de Stolarsky —dijo Bruno en voz baja—. ¿Su… pelele, es así como se dice?

—No está la noche para más jarana, camarada.

—Ah, pues a mí me parece justo la noche ideal. A ver, con permiso. —Bruno no se había atrevido a coger la pistola de Stolarsky de la mesa, pero no le costó arrancarle la espátula de la mano a Plybon. Quizá fuera el poder de la máscara—. Te daré ocasión de pelear. ¿Sabes jugar al backgammon?

—¿Juegos de mesa, el opio de las masas? Cuando era un niño solitario perdido en el sueño burgués, jugué a todos. ¿De qué va esto?

—Te refrescaré las reglas.

Bruno volcó el cubo de aluminio de las cebollas cortadas para cubrir la parrilla. La materia vegetal empezó a chisporrotear suavemente. Después las picó y amontonó con el canto afilado de la espátula, dibujando con cebollas un tablero rudimentario, veinticuatro puntas y una barra central. Se saltó el caldo: las cebollas nadarían en el exceso de humedad y destrozarían el campo de juego.

—Tú mueves las fichas en esta dirección —le explicó a Plybon, utilizando la espátula de puntero—. Y yo voy hacia ti, en sentido contrario. —Agarró un montón de hamburguesas crudas y las distribuyó en las posiciones iniciales sobre las puntas de cebolla—. Gana el primero en sacar todos sus peones del tablero.

—¡Eh! Es demasiado pronto para echar el queso —protestó Plybon cuando Bruno comenzó a colocar cuadraditos naranjas sobre un grupo de fichas cárnicas.

—Hay que distinguir un bando del otro. Tú jugaras con la carne sola y yo con la carne con queso. ¿Recuerdas cómo va? Es un juego elegante, simple. Como montar en bicicleta, una vez que aprendes es difícil que lo olvides, a menos que los frenos no funcionen.

—Sí, ya me acuerdo. —Plybon ojeó el tablero con su lúgubre intensidad de empollón. A su pesar, le atraía cualquier cosa remotamente de culto—. ¿Qué podemos utilizar de dado?

—La registradora —improvisó Bruno—. Teclearemos al azar. Los dos primeros números del total equivaldrán a una tirada… sin contar los ceros, claro.

—En la naturaleza no hay ceros, ¿lo sabías?, son abstracciones, un paso hacia la desnaturalización de la labor humana.

—Pues muy bien, prescindiremos de los ceros.

Bruno dio los últimos retoques a los puestos de salida, las rosadas fichas crudas comenzaban a cocinarse y oscurecerse encima de la cebolla frita. El queso se había reblandecido, cubriendo bien sus fichas.

—Tú primero.

—Allá voy.

Plybon marcó teatralmente las teclas de la caja registradora. Era verdad que a menudo la manejaba sin mirar y, si sumaba mentalmente lo bastante rápido, podría determinar sus tiradas. Pero no. Bruno vio que Plybon entrecerraba los ojos para leer la cifra final. Nadie podría considerar un seis-dos una apertura ventajosa. Plybon cogió un tenedor y lo clavó en una de sus piezas negras, luego contó, «uno-dos-tres-cuatro-cinco-seis», sin la menor idea de dónde aterrizaría su ficha, el distintivo del pardillo. Asegurado el peón retrasado en la punta dieciocho, Plybon movió el segundo dos puestos, reforzando así su confesión de bisoñez.

Bruno tecleó en la registradora. Era fácil usarla con honradez gracias a que la máscara estrechaba su visión periférica. Un seis-uno. Golpeó y se protegió. Un juego inocuo; con todo, el bloque triple suponía suficiente ventaja para que Bruno doblara la apuesta de haber tenido un dado doblador. Podría fabricar uno aplastando panecillos, pero no. No buscaba ganar, sino jugar. Perseguía obtener de aquellas fichas cárnicas un resultado más profundo que la derrota de Plybon. El aroma que se elevaba desde la parrilla sin caldo era trascendentalmente peligroso y cortante, el juego cárnico componía una suerte de dispositivo oracular, un tablero de Ouija o una Bola 8 Mágica. Bruno no tenía prisa por saber lo que desvelaba.

—¡Mirad, están jugando al parchís!

—No te flipes, negro, no es parchís. Es el nosequé ese.

—Pásame un par de esas cuando te las maten…

Plybon levantó una mano con firmeza.

—Un momento.

Volvió a marcar en la caja y sacó un cuatro-tres, con lo que rescató al peón de la barra y luego dejó otro *blot* al azar en el cuadrante interior. Sonrió a Bruno, retándolo a que lo criticara con la misma actitud defensiva a la inversa con que plantaba cuencos de su sopa más reciente.

Las puntas de cebolla del extremo caliente de la parrilla comenzaron a humear. Plybon encendió el extractor, que emitió un rugido suave y agudo.

Bruno se comió otras tres fichas de Plybon en las tres tiradas siguientes, un castigador excedente de buena suerte. Los peones de Plybon se quedaron bailando en la barra, luego se deslizaron hacia las puntas interiores de Bruno formando grupos indisciplinados, tantos que casi incordiaban: a ese ritmo bastaría una hora para ganar la partida.

—Has caído en mi pequeña trampa —se pavoneó Plybon sin el menor sentido.

—Por lo visto al Pueblo le gusta jugar rezagado.

—Puedes apostarte el culo.

Habían congregado un gentío considerable, incluyendo al aprendiz de Plybon, que se encargaba de acallar a los mirones y retrasar los pedidos. Las sliders de la parrilla se habían convertido en fichas carbonizadas, incomibles. A Bruno le costaba más mover los peones encogidos con la espátula gigante, de modo que siguió el ejemplo de Plybon y la cambió por un tenedor. Cuando el queso distintivo se evaporó con una humareda apestosa, Bruno colocó nuevos cuadraditos naranjas sobre los restos de carne. El calor que se elevaba de la parrilla le obligó a quitarse la chaqueta del esmoquin, que de todos modos ya estaba prácticamente destrozada. Sudaba a mares debajo de la arpillera, pero se la dejó puesta, solo se levantaba el nudo de vez en cuando para ventilarse el cuello. Plybon apretó el Play del infernal cedé de Sonny Sharrock y subió el volumen para tapar el rugido del extractor y el clamor de la galería.

Justo cuando Plybon alargó el brazo para sacar con el tenedor otra hamburguesa prisionera de la barra, dos de las fichas de Bruno —su bloque de la punta diecinueve— se incendiaron. El cocinero se limitó a gruñir, sin dejarse impresionar, y sofocó las llamas con cebollas sobrantes, suficientes por el momento.

—¡Date prisa! —gritó Plybon por encima de la música estridente—. Te tengo justo donde te quería.

Entre jugadas, tenía que retroceder hacia el mostrador en busca de oxígeno. Bruno, que ya había descendido al nivel cromañón del juego de Plybon, se movía prácticamente al azar, exponiendo fichas en el cuadrante interior tan solo para no tener que estirarse por encima de la humareda tóxica del exterior. Ambos jugadores tenían peones en la barra cuando las fichas capturadas explotaron con un fogonazo azul.

—¡Aceptaré tu dimisión! —bramó Plybon, alargando la mano hacia el cucharón para apagar las llamas con caldo—. ¡Au, JODEEER!

Era imposible tocar el cucharón de acero inoxidable, expuesto sobre el silo de aire caliente que subía hacia el extractor; Plybon sacudió la mano escaldada por encima de la cabeza danzando como un loco. Ahora ardían todas las sliders.

—Deja que se quemen —dijo Bruno—. No es que fuera una competición de gran altura.

Los espectadores habían salido en busca de aire. Bruno corrió tras ellos. Solo Plybon permaneció en el interior, apenas visible con tanto humo. Rebuscando debajo del mostrador, tal vez a la caza de un extintor, el cocinero había encontrado la chaqueta del esmoquin de Bruno y la lanzó por encima de las llamas como un torero. Demasiado tarde: la prenda explotó. El protegido de Plybon entró corriendo y arrastró a su mentor hasta el bordillo, donde el cocinero se sentó, pasmado. Se quitó las gafas con gesto aturdido. El grosor de los cristales le había protegido los ojos. Alrededor de ellos se dibujaba la quemadura instantánea, cejas tostadas que se desintegrarían al tocarlas. El pequeño local ardía, columnas negras de humo corrían hacia el tejado y el cielo nocturno, cascadas invertidas.

—¡Hostia puta, Ahorcado, te has cargado el Kropotkin's!

—Pertenecía a Keith Stolarsky —respondió Bruno a quienquiera que lo hubiera acusado.

—¿A Darth Vader?

—Sí.

—¡Mierda! ¡Eso no está bien!

—No.

—¡Tenemos que hacer estallar la Estrella de la Muerte!

—Sí, eso es lo que hay que hacer.

—¡Muerte al Zodiac!

La deslavazada masa de cuerpos se escindió en dos grupos: los que huyeron al llegar las sirenas y los que siguieron a Bruno cuando enfiló hacia Telegraph entre los escombros que cubrían la línea blanca central de Durant, vacía de coches. La máscara de arpillera focalizaba toda la atención hacia el siguiente destino de Bruno, distrayendo de lo que quedaba detrás, ya fuera la ruina del local —ahora el estruendo y los alaridos teatrales al estallar y ceder el escaparate forrado de manifiestos—, o el número y el carácter del improvisado ejército que, congregado por una excitante fascinación, marchaba tras él,

Una falange de policías los recibió en Durant con Telegraph, detrás de controles de carretera y luces de emergencia que pretendían dirigir a los alborotadores hacia el sur, lejos del santuario del campus, de vuelta hacia People's Park, el terreno cedido tiempo atrás. Zodiac Media brillaba como un señuelo para peces tras las defensas, convertido en inalcanzable.

—Al Zombie —sugirió Bruno.

Apenas tenía que hablar para dirigir a sus seguidores, fuera cual fuese la clase de ratones o niños que componían el desfile.

—¡Joder, sí! ¡Quememos el tetaburguer del cabrón capitalista!

Ninguna presencia oficial defendía el Zombie Burger. En su defecto, la torre, cual dibujo aterrador del Dr. Seuss, seguía caldeando sus intereses brutos, humanos sumergiéndose sin pausa por una boca cavernosa para volver a emerger esposados a gigantescos sándwiches narcóticos, un método de control de masas mucho más efectivo que los escudos plásticos y las porras. ¿Debería Bruno abrirse paso a codazos a través de la cola para invadir la superpoblada cocina e incendiar desde dentro el palacio calabaza, aprovechando su grasa y sus llamas? ¿O quemarlo desde fuera? Antes de decidirse por un enfoque de actuación, los estudiantes que lo habían seguido desde el Kropotkin's habían puesto manos a la obra y estaban destrozando un caballete de madera con patadas voladoras y estúpidos gritos de kung-fu, turnándose como en una piñata.

—¡Dejadme a mí, que fui boy scout! Necesitamos una superficie y aire…

—Yesca, o sea, algo como astillas…

—¡A la mierda la yesca! ¡A la mierda las astillas!

Otro enmascarado se acercó danzando como un poseso y vertió un buen chorro de líquido para mecheros de una latita que sostenía provocativamente bajo, entre las piernas. El líquido cayó en arcos de orines por el exterior metálico del Zombie y resbaló hasta los restos de la barricada destrozada, los tableros azules astillados que se habían apresurado a amontonar a patadas contra la pared.

¿De verdad esas fuerzas estaban a las órdenes de Bruno? Una pregunta sin sentido. Otro tipo procedió a encender varias cerillas, que iba tirando a la pira aún fría. Al final una de ellas prendió el líquido para mecheros, pero el resultado fue menos que explosivo. Los maderos empezaron a arder, sí, pero el resto de la superficie del Zombie permaneció inmune a la pequeña fogata. Una de las empleadas se asomó al umbral, como una aparición, nimbada por el uniforme iluminado por los ultravioletas. Con un extintor enorme a la espalda –parecía un ángel o una buceadora–, lanzó tranquilamente una cascada de densa espuma blanca sobre las llamas. Uno de los soldados de infantería de Bruno, cubierto por un pañuelo de asaltador de trenes, corrió hacia ella en un caótico intento de defender la hoguerita que tanto esfuerzo había costado. La chica apuntó amenazadoramente el extintor en su dirección y el soldado cambió su trayectoria, como si esquivara la Taser de un policía.

El olor a quemado del Zombie resultaba casi insoportable, las plantas superiores proyectaban láseres al vacío, un tótem de fuego demasiado imponente como para sucumbir. Tal vez el edificio estuviera concebido a prueba de disturbios, quizá incluso para sobrevivir a una guerra nuclear, tras la cual permanecería solitario y erguido en el desierto de Berkeley, emblema irónico de la voracidad humana.

–Conozco otro edificio de Stolarsky. –Bruno apenas tuvo que susurrarlo–. Por aquí.

Echó a andar por Channing Way, rodeando la manzana: una ruta más larga, pero que evitaría las sirenas y el incómodo escrutinio de una muchedumbre enardecida probablemente repleta de policías infiltrados. No necesitó echar ningún vistazo atrás, sus lugartenientes le pisaban los talones, una célula efectiva de cuatro o cinco miembros, no más de los requeridos. Plybon, defensor del valor de los públicos reducidos, se habría sentido orgulloso. Bajó hacia el frío y el silencio, dejó atrás People's Park. Ya no sentía las rodillas ni los nudillos. El embotamiento siempre había sido unos de sus talentos. ¿Otra oportunidad, tal vez, para alejarse de su agotador destino? Pero no, torció en la esquina de Dana Street. Luego volvió a girar por Haste.

Cuando la puerta se cerró tras Bruno, el vestíbulo forrado de madera de los Jack London conformó un templo de paz y luz de caramelo. Los disturbios parecían a kilómetros y años de distancia. Era como si Bruno y sus seguidores se hubieran colado a hurtadillas, como una cuadrilla de samuráis, para invadir un salón europeo. O como —¿cómo los había llamado Madchen?— la Baader-Meinhof. Uno de los miembros, todavía en modo kung-fu, aulló y pateó uno de los paneles de madera clara del vestíbulo, que cedió al instante.

—No —dijo otro—. El ascensor.

El líquido para mecheros empapó su grafiti en el tosco interior de madera, que llevaba tristemente años sin renovarse. La primera cerilla encendida, que rozó las tres paredes de la cabina, también prendió fácil.

—¡Envíalo hacia arriba!

Las puertas se cerraron y el ascensor se elevó como un farolillo de papel ardiendo por la garganta del edificio.

Fue solo entonces cuando Bruno se volvió a mirar la cara enmascarada del portador del líquido para mecheros: otro con arpillera y soga como él. Stolarsky había dicho que tenía docenas, si no centenares, de máscaras iguales. Bruno comprendió demasiado tarde que nunca había escapado del control de los agentes de Stolarsky. Hasta puede que él mismo fuera uno de ellos.

IV

Aunque había estado a punto, en numerosas y exóticas dependencias, nunca había pasado una noche en prisión. Habían tenido que ser policías californianos los que lo placaran. Lo habían custodiado a lo largo del breve y conocido trecho hasta la comisaría de Berkeley, en Martin Luther King Jr. Way: por un momento Bruno imaginó que lo arrastraban de vuelta al instituto, pero pasaron de largo.

Tal vez hubiera una lección en la gravedad de los lugares de origen, su capacidad para demoler pretensiones; poco importaba el interludio entre ellos, durante el que habías soñado con una fuga fácil. Los restos del esmoquin sin chaqueta —una camisa manchada de hierba con los puños remangados y chamuscados y unos pantalones con las rodillas a jirones– no ejercieron el menor influjo en las autoridades, ni durante el arresto fuera del edificio incendiado ni durante la noche y la mañana que Bruno pasó en diversos calabozos. Allí, se fundió con mayor o menor gracia con la población reclusa, igual que se había fundido en la acera rota a la sombra de la Hauptbanhof de Berlín. Nadie hizo mención alguna a su cara. Las habían visto peores.

En el amanecer neblinoso, había soportado un traslado en autocar hasta Oakland para oír la acusación y que se fijara una fianza. Tira Harpaz la había pagado y había esperado a la puerta del juzgado mientras Bruno salía dando tumbos a la granulosa luz del día, una luz que provocaba dolor de cabeza; en suma, un rescate que era toda una cura de humildad. El asiento del acompañante del Volvo no estaba más limpio que antes, aunque quizá Bruno nunca se había sentido tan en consonancia con su mugre.

Tira condujo en silencio. No era el reencuentro con el que Bruno había soñado, sus títeres viajaban alineados pero inmóviles en los asientos. Los poderes de Bruno habían desaparecido, disueltos por la mofa de Stolarsky, y había agotado su energía provocando incendios y cayéndose de bicicletas. Pensó «quiste secreto», pensó «comes o te comen», pensó «pues nos rendimos los dos», pero los mensajes se alejaron flotando como pancartas desprendidas del avión que las había enarbolado, girando y rodando por el cielo de su mente.

Bruno no preguntó adónde se dirigían. Quizá la ruta fuera evidente. Esta vez no hubo una parada técnica en Zuni para comer ostras y pollo asado. Tira salió del puente hacia el sur, por Potrero, para recorrer el calvario de vallas publicitarias y colinas centelleantes de sol tachonadas de casas como cajitas rosas... era June quien las llamaba siempre así. Bruno había pasado la noche de calabozo pensando en ella: en June, no en

Tira. Había recordado los trayectos de vuelta a casa desde el instituto Berkeley cuando aún tenía que hacerlos, por MLK, frente a los colmados indios y las tiendas de saris de University Avenue, hacia los bloques de pisos, hasta el apartamento de Chestnut Street antes de que la desahuciaran.

Tira, no obstante, lo sorprendió al estacionar en el aparcamiento del aeropuerto, una desolada isla de asfalto al sol, frente al viejo hangar de United.

—¿Hemos venido a recoger a alguien? —preguntó medio en broma.

Ella lo fulminó con la mirada.

—Cámbiate. Tus cosas están en el maletero, coge lo que quieras.

Palpó bajo el volante para abrir el cierre del maletero.

Bruno salió torpemente para comprobar a qué se refería. Una gran maleta blanda ocupaba el centro del maletero, una que no reconoció.

—Adelante —dijo Tira.

Al abrir la cremallera, Bruno descubrió el contenido del armario de su habitación de hotel en Charlottenburg, un lastre que había soltado al huir sin pagar la factura. Tocó las camisas, los pantalones bien planchados, maravillado. En el compartimento de nailon que había enfrente de la ropa colgada encontró calcetines deportivos limpios, calzoncillos todavía con la etiqueta, pantalones de chándal, camisetas.

—Todas tus prendas favoritas. —Tira rio amargamente. Se había apeado del coche para colocarse a su lado junto al maletero. Señaló por gestos el asiento del acompañante—. Vístete, no miraré, te lo prometo.

Bruno eligió un traje de dos piezas, de piel de zapa color mostaza oscura, una rareza que había apreciado y dado por perdida. Debajo no se puso una camisa, sino una camiseta AGUANTA. Sus dos mitades aunadas. Suponiendo que la cifra correcta fuera dos, y no cien o cero. Se cambió en el asiento del acompañante, se quitó los pantalones del esmoquin y la camisa hechos jirones, se subió cuidadosamente los pantalones nuevos por encima de las costras de las rodillas y se enfundó la camiseta y la chaqueta limpias. Tira se recostó en el coche para fumarse un porro, dio sus dos caladas de costumbre antes de tirarlo.

—Ten, casi se me olvida.

Tira abrió la portezuela y le entregó dos objetos de la guantera: su piedra berlinesa y un pulcro sobre de papel, con el emblema de la agencia de viajes que también había decorado el billete electrónico que había provocado el despido de Beth Dennis. ¿Es que todo Berkeley acudía a la misma agencia de viajes? O quizá también Beth y Alicia, sin saberlo, hubieran seguido un guion escrito por Stolarsky. ¿O acaso era otra persona la que movía las fichas? Bruno intuía que la respuesta estaba delante de sus narices, en el crudo círculo de entendimiento que la mancha había destapado, levantada como una piedra de jardín.

Quizá no importara saberlo. El billete de dentro iba a nombre de Alexander B. Flashman. El rígido pasaporte nuevo, en el bolsillo opuesto al del billete y el recibo, llevaba el mismo nombre. La foto mostraba la cara actual de Bruno: era la instantánea que le había sacado Keith Stolarsky en su despacho, el día que le había hecho entrega de la máscara de arpillera.

Bruno se guardó el billete en el bolsillo interior de la chaqueta y sopesó la piedra en la mano. Miró a Tira.

—Keith dice que esa cosa es tuya.

—Sí.

—También dice que puedes hacer sopa con ella, aunque no tengo ni idea de qué coño significa.

—Tira.

—¿Qué?

—No puedo irme hasta asegurarme de que Madchen está bien.

—Sí, bueno, tengo otra sorpresa para ti.

Volvió al asiento del conductor, consultó el móvil para confirmar un mensaje y luego lo guardó en su bolso.

—¿Sí?

Tira señaló al otro lado del aparcamiento. Bruno siguió la línea que marcaba el dedo y descubrió el Jaguar de Stolarsky, que justo en ese instante se acercaba en paralelo a la posición de ellos, con el morro hacia la salida. Madchen lo miró desde la ventanilla del pasajero. Levantó una mano, parecía intacta y compungida. La sombra de sapo de Stolarsky asomaba tras el volante, pero por una vez estaba dispuesto a interpretar al caddie silencioso.

—La alemana dijo lo mismo que tú —explicó Tira—. Pidió alguna prueba de que estabas a salvo. Sois tan monos que dais asco.

El arreglo recordaba a un intercambio de espías en una zona neutral durante la guerra fría, o a un tenso encuentro entre familias agraviadas por el comportamiento del acompañante a un baile de instituto. ¿Madchen ya había estado esperando y lo había visto bajarse del vehículo y rebuscar en el maletero del Volvo? Bruno supuso que también a ella le habría preparado una maleta la misma mano invisible.

Entonces el Jaguar comenzó a moverse en dirección a la salida del aparcamiento.

—Diles que paren. Quiero hablar con ella.

—No hay tiempo. Creo que su vuelo sale antes que el tuyo.

—Ya se ha aburrido de ella.

—Está aburrido de todo. —La voz de Tira sonó indiferente—. Pero ella le ha proporcionado una buena coartada. La prueba de que Keith estaba en la colina cuando empezó el incendio. Hace veinte años que quería cobrar el seguro de esa ratonera... por lo visto todo el mundo lo sabía menos tú.

—¿Y tú? ¿Tú también estás aburrida?

—A mí me aburre verle conseguir siempre lo que quiere, si es eso lo que preguntas. Creía que lo harías mejor, Alexander.

—¿Insinúas que le he dado lo que quería?

—Has sido útil para sus propósitos. —No le miró a los ojos—. Y has salido bastante barato.

Fueron las últimas palabras que cruzaron.

En la terminal internacional, una vez que facturó y se libró de la maleta y pasó el control de seguridad —nadie quería retener al pobre A. B. Flashman, un hombre marcado con una foto de pasaporte llena de cicatrices, además de una leve cojera—, Bruno localizó en la pantalla el vuelo de Lufthansa directo a Frankfurt. Para cuando alcanzó la lejana puerta de embarque, Madchen ya había embarcado y desaparecido.

El recibo del billete de avión de Bruno iba a nombre de Edgar Falk.

BACKGAMMON

I

Era su quinta noche consecutiva en el Smoker's Club, en lo alto del hotel junto al casino, y el brasileño comenzaba a hartarse de que el americano le preguntara cuándo iba a conseguirle una partida con la Momia. El brasileño, Tiago Alves, había estado jugando en la mesa de las grandes apuestas con el americano, Dale Thurber (Thurber tenía un apodo idiota, con el que insistía que Alves le llamara; Alves se había negado), cada una de las noches anteriores. Ya se habían enfrentado antes en la mesa, en una timba privada en Guadalajara. En ambas ocasiones habían evitado el cara a cara, solo habían tenido alguna escaramuza, habían ido conociéndose y, con ello, levantando grandes dosis de suspicacia. Aquí, en Singapur, los dos habían ganado dinero de diversos individuos que solo habían aguantado una noche a la mesa, Thurber a menudo con manos que para Alves se habían revelado como faroles evidentes o apuestas crueles en ocasiones en que debería haberse retirado, escaleras internas conseguidas con la quinta calle, fulls de último minuto con unas cartas pésimas.

A su manera, Thurber no había parado de mostrarle a Alves su estilo de juego. Para Alves, el idilio había terminado. Se dijo que esa noche le sacaría una buena tajada. Eso, o se excusaría de la mesa e iría a tirarse a la esposa del americano, extremadamente joven y extremadamente infeliz. En su opinión, la mujer llevaba pidiéndoselo desde Guadalajara. Hacerlo redimiría aquella espera sin sentido, la espera hasta volver a la extraña partida en la residencia privada del fascista singapurense. Alves, que había jugado con la Momia meses atrás, se lo había contado al americano en Guadalajara; el deseo de Thurber de ponerse a prueba les había llevado a encontrarse ahora aquí. En aquella visita previa, Alves había perdido contra la Momia, mucho, y no tenía intención de reincidir. Pero había pensado que tal vez le gustaría ver cómo lo hacía el americano. Ahora se sentía listo para cobrar personalmente el precio por tanto incordio.

—Tienes que esperar al viejo —le había explicado Alves a Thurber una vez más—. Él te lleva.

Esa noche habían vuelto a repasarlo.

—Es en casa de ese tal Billy the Kim, ¿no? —preguntó Thurber.

—Billy Yik Tho Lim, sí.

—¿Y por qué no acudimos directamente a él?

—No funciona así. Cuando Lim y la Momia están listos para una partida, aparece el viejo.

—Mierda. ¿De verdad vale la pena tanta parafernalia? He estado antes en timbas con entrada de cien de los grandes.

—Nunca has estado en una timba como esta.

—Te dio para el pelo, ¿eh?

—Hará lo mismo contigo. Puedes sacarles una montaña de dólares singapurenses al Director Lim y sus camaradas, si eres diligente. Pero si no te andas con ojo se los devolverás todos, y muchos más de tu cosecha, a la Momia.

—Te ha dejado huella, ¿eh, Tiago?

—Sí. Me ha dejado huella.

II

La atmósfera no era precisamente la que Dale «Titanic» Thurber había anticipado, pero era una a la que podía amoldarse y… mierda, a saber qué era lo que se había esperado de entrada. Los habían trasladado en coche el breve trayecto desde el hotel del puerto hasta Sentosa Cove, también junto al agua y todavía con vistas a todos los rascacielos famosos, a un patio en una azotea con puertas correderas que podrían haberse cerrado para refrigerar la zona como era debido, como haría cualquiera en semejante clima, pero en cambio Billy Lim y su gente las mantenían abiertas, con mosquiteras, para que los jugadores se ahogaran en la humedad y los chirridos de algún puto grillo sudasiático o rana de playa, Titanic no estaba seguro de cuál. El patio estaba abarrotado de macetas con helechos inmensos y palmeras achaparradas: tal vez el chirrido proviniera del interior. El viejo, que por fin se había avenido a convocarlos fuera del Smoker's Club, era un espanto, podría haber pasado por una momia, y no jugaba, solo merodeaba sospechosamente, revisando de arriba abajo el juego y a los sirvientes de Billy Lim. Pero las copas estaban ricas y frías y la compañía, aparte de Tiago Alves, que en las últimas noches también había empezado a comportarse de forma sospechosa —y se diría que la había tomado con Titanic, pero, a la mierda el brasileño, sumando desde Guadalajara no se habría embolsado más de mil dólares de Titanic, quien, desde luego, llevaba la cuenta—, la compañía era agradable. Billy the Lim y sus chicos, tres aparte de él, parecían más o menos un puñado de jubilados del Pentágono, apostaban fuerte y sin rencores, y contaban montones de chistes verdes aunque Titanic solo entendiera un tercio de lo que decían en su presunto inglés. Por lo visto, las manos que habían jugado eran solo de calentamiento, lo cual no impidió que Titanic —y también Alves, como pudo advertir— contribuyeran con cierto derroche inicial a las reservas de los singapurenses.

—Y bien, ¿dónde está la Momia?

—Ya vendrá —dijo el viejo, con sonrisa de lagarto.

La Momia llegó. Tampoco era precisamente lo que Titanic se había esperado a partir del apodo y la reputación, no era una criatura vendada, sino un hombre alto con traje de lino blanco y camisa azul claro, que llevaba unas gafas de sol por encima de una suave máscara blanca que se remetía por el cuello de la camisa como un pañuelo ascot y que estaba confeccionada para que encajara alrededor de las orejas y dejara asomar por arriba un mechón de pelo pajizo. La Momia se encaminó grácilmente, pese a una leve cojera, hacia el asiento vacío de la mesa, y Billy Lim y su cohorte no hicieron nada por rebajar el ánimo a su nivel espeluznante, sino que siguieron bromeando y bebiendo y barajando, aunque aun así el ánimo decayó de algún modo, como si la velada se hubiera organizado en torno a la presencia de la Momia, a su aparición, y al sirviente que había repartido cada uno de los tacos de fichas, esas fichas de cien y quinientos y mil y diez mil que espoleaban maravillosamente la atención, que te daban un chute cojonudo de adrenalina cada vez que alguien rozaba alguna, y Titanic supuso que así había sido exactamente. Y pensó: «Si ahí debajo está Lawrence de Arabia, ¿por qué no me han avisado?». Era la película favorita de Titanic, y ahora ahí estaba él, venido hasta Singapur para la legendaria timba y enfrentado en la mesa no con un monstruo, sino con el maldito Lawrence de Arabia escondido tras un velo nupcial. Pero ¡qué coño!

—Puedes llamarme Titanic —dijo, y tendió la mano.

—Encantado de conocerte —dijo con voz suave la Momia.

Pero no estrechó la mano de Titanic, sino que se llevó la suya al bolsillo y sacó un cubo irregular de piedra gris que colocó en la mesa junto a sus fichas.

—¿Qué es? —preguntó Titanic—. ¿Un amuleto?

—Sí, eso es.

El tono de la Momia era meramente agradable, no delataba ninguna incomodidad, impaciencia ni hostilidad.

Billy Lim repartió las cartas. Y empezaron.

III

Cuando el sol comenzaba a elevarse al otro lado del agua tenías que admitir que era bastante bonito, daba sentido a todo el tinglado del patio en la azotea de Sentosa Cove, aunque Titanic estuviera más que harto de respirar el bochorno del océano cargado con la neblina acre y gris del humo, el olor a quemado que, cuando se quejó, Billy Lim le había explicado que no era culpa de Singapur, sino de Malasia, a la que desgraciadamente estaba encadenado el país, y donde estaban quemando la selva para cultivar aceite de palma, una pena, ¿verdad? Sí, una pena y una verdadera jodienda que al amanecer Titanic se encontrara no solo con una deuda de ciento sesenta mil dólares singapurenses, sino también con la sensación de que no quedaban muchas manos antes de que Billy Lim volviera a despertarse —estaba dormido en la silla— y finalmente pidiera a sus invitados que lo excusaran, con lo que terminaría la timba. Las señales de alarma eran evidentes. Los criados que a las tres de la madrugada habían servido la clase de tentempié que se utilizaba para alimentar el juego —sándwiches de cerdo rustido, café solo y vodka helado— regresaron con elegantes bandejitas de desayuno, de huevos con beicon y minicruasanes, y Titanic intuyó que estaban preparando el beso de despedida.

—¿No comes? —le preguntó a la Momia—. ¿Tienes boca ahí debajo?

—Soy vegetariano —respondió con naturalidad la Momia.

Solo se había levantado de la mesa una o dos veces en toda la noche, para mear o chutarse heroína o vapear o consultar la Ouija, lo que cojones hicieran las putas momias durante los descansos de manos de póquer de diez mil dólares. Alves, el chaquetero brasileño, hacía mucho que se había marchado. Alves había perdido poco, frente a Titanic y Billy Lim. También había ganado alguna que otra mano, pero mayormente no había arriesgado, retirándose en el instante mismo en que la Momia veía una mano. Titanic se había fijado en que era también la costumbre de Billy Lim y sus colegas, que se habían montado un buen numerito, arrinconándolo para que fuera el único mamón de la mesa dispuesto a llegar al cara a cara. Cosa que no le había ido precisamente de maravilla. El Valle de la Muerte había llegado hacia las tres y media, justo después de que el café, la carne y el vodka despejaran a Titanic y hubiera visto formarse una primorosa escalera y hubiera tratado de recuperar en una sola vez todo lo que la Momia le había ganado, y la Momia había aceptado, había visto las apuestas descabelladas y luego había mostrado un insignificante full, de dos y cuatros, para mayor insulto. Alves estaba en lo cierto, la Momia era imbatible, era algo tan extraño que casi resultaba una puta estupidez, incluso un puto aburrimiento, salvo por una cosa, de la que Alves no le había advertido: la sensación de perder una mano frente a la Momia era casi tan buena como la de ganar. Titanic estaba en trance. Sin saberlo, se había pasado la vida esperando conocer al jugador —¿el fantasma?, ¿la criatura?— que le hiciera eso, y ahora que le había ocurrido, perder lo hipnotizaba. Le provocaba adicción. El viejo le había pedido educadamente sus detalles bancarios después de la mano de las tres y media, y Titanic ni siquiera le había pateado la cara por ello. Y ahora estaba saliendo el sol y Titanic no quería irse, aún no.

«Alves está con Lisa, tonto del culo.»

El pensamiento le vino a la cabeza sin previo aviso, uno de sus pálpitos, pronunciado con su propia voz, como si estuviera sentado en el hombro de su propia chaqueta susurrándose al oído. Titanic conocía esa voz. La escuchaba con frecuencia, le había estado hablando toda la larga noche de derrotas con la misma urgencia: «Esta vez va de farol» o «Completarás la escalera con la quinta calle». Esa noche la voz lo había decepcionado, pero Titanic todavía se la creía, sentía que los cargos de la acusación llegaban a él como una enfermedad de los pulmones o el estómago. El puto caradura brasileño se estaba tirando a su mujer. Alves había regresado al hotel y había ido directo a la habitación de su mujer, o ella a la de él. Si Titanic se levantaba ahora mismo de la mesa todavía los pillaría, era la ultimísima mano de la noche, jugada con cuerpos en lugar de cartas.

—Tengo que marcharme.

Entonces, solo entonces, la Momia tendió la mano por encima de la mesa. Su apretón era tan real como el de un ser humano. Y luego recogió la piedra.

IV

—¿Por qué se ha marchado tan de repente? —preguntó Falk, limpiándose la cara con crema en el lavamanos para quitarse el maquillaje y el colorete—. ¿Se ha quedado sin dinero?

—No tiene nada que ver con el dinero. Como bien sabes, tiene más que de sobra.

Falk se encogió de hombros.

—Siempre puede haber sorpresas.

—Esta vez no.

—Entonces ¿qué lo ha espantado?

—Me sentía demasiado cansado para seguir. Así que le he transmitido información relativa a su mujer. Acerca del otro... de Alves.

—Interesante —dijo Falk, volviéndose hacia él.

—En realidad no.

Bruno solo había habitado temporalmente al americano, lo suficiente para encontrarlo pútrido, indigno de una nueva visita.

—Si estás cansado, deberías acostarte. ¿Te llamo a un coche?

—Iré caminando.

No había lugar más seguro que Singapur por la mañana. Y, aun así, tampoco resultaba más peligroso por la noche. ¡Así era Singapur! Esa maravilla permanente divertía a la alta figura de traje de lino blanco mientras paseaba tranquilamente por Sentosa Gateway, pasaba la isla de Brani y entraba en la ciudad, agarrando la piedra en su bolsillo, por lo demás su única carga. Necesitaba dormir, sí. Pero pensó que quizá podría cruzar primero por el viaducto y girar por Labrador Villa Road. Quería ver los pájaros.

Eran motivo suficiente para alegrarse de que Edgar Falk se hubiera instalado en Singapur, en Sentosa Cove: los pájaros. Los cormoranes gigantes —al menos uno— parecían estar siempre esperándolo. Su ave acuática, el único animal que lo seguía adondequiera que fuera en el mundo, empezando por la playa de Stinson. Hasta quizá se cambiara el nombre por el ave. Alexander B. Cormorant.

O quizá aceptara su nombre actual: la Momia. Vetusto, pero con legado.

En la práctica, era un cirujano, hurgando en las caras hasta llegar a lo que hay detrás, para poder mirar a través de sus ojos. Y una vez allí, aprender lo único importante acerca de la mayoría: qué cartas llevaban. Hasta podría llamarse Noah Behringer, por pura diversión. Se preguntaba si Edgar Falk reconocería el nombre o si no le sonaría de nada…

Flashman, Ahorcado, Anonymous, Aguanta.

Ich bin ein Vegetarierin.

En este autobús todos somos Trágicos Desconocidos.

O un veterano de Vietnam, trabajando de encargado de hidroterapia en Alta Bates y mirando mientras un niñito blanco indefenso eyaculaba en un torbellino, una porquería que tendrás que limpiar, mierda. Si lo intentaba, hasta era posible que recordara el nombre del tipo…

Cualquiera, cualquiera, salvo «Alexander Bruno»… palabras para alguien que ya no existía.

GRACIAS

Dr. Adam Duhan
Dr. Michael Blumlein
Dra. Marie Warburg
Dr. Laurence Rickels
Dr. Atul Gawande
Dr. Michael Zöllner
Dr. Chris Offutt
Dra. Amy Barrett